唐五代記異小説的文化闡釋

黃東陽 著

封面設計：實踐大學教務處出版組

出版心語

　　近年來，全球數位出版蓄勢待發，美國從事數位出版的業者超過百家，亞洲數位出版的新勢力也正在起飛，諸如日本、中國大陸都方興未艾，而台灣卻被視為數位出版的處女地，有極大的開發拓展空間。植基於此，本組自民國 93 年 9 月起，即醞釀規劃以數位出版模式，協助本校專任教師致力於學術出版，以激勵本校研究風氣，提昇教學品質及學術水準。

　　在規劃初期，調查得知秀威資訊科技股份有限公司是採行數位印刷模式並做數位少量隨需出版〔POD＝Print on Demand〕（含編印銷售發行）的科技公司，亦為中華民國政府出版品正式授權的 POD 數位處理中心，尤其該公司可提供「免費學術出版」形式，相當符合本組推展數位出版的立意。隨即與秀威公司密集接洽，出版部李協理坤城數度親至本組開會討論，雙方就數位出版服務要點、數位出版申請作業流程、出版發行合約書以及出版合作備忘錄等相關事宜逐一審慎研擬，歷時 9 個月，至民國 94 年 6 月始告順利簽核公布。

這段期間，承蒙本校謝前校長孟雄、謝副校長宗興、王教務長又鵬、藍教授秀璋以及秀威公司宋總經理政坤等多位長官給予本組全力的支持與指導，本校多位教師亦不時從旁鼓勵與祝福，在此一併致上最誠摯的謝意。本校新任校長張博士光正甫上任（民國 94 年 8 月），獲知本組推出全國大專院校首創的數位出版服務，深表肯定與期許。諸般溫馨滿溢，將是挹注本組持續推展數位出版的最大動力。

本出版團隊由葉立誠組長、王雯珊老師、賴怡勳老師三人為組合，以極其有限的人力，充分發揮高效能的團隊精神，合作無間，各司統籌策劃、協商研擬、視覺設計等職掌，在精益求精的前提下，至望弘揚本校實踐大學的校譽，具體落實出版機能。

實踐大學教務處出版組　謹識

中華民國 96 年 3 月

目次

第一章　緒論

　　唐代承繼六朝粲然大備的文學新象，無論詩賦抑或古文，皆有長足的發展與建樹，至於小說的撰寫亦有承繼，成為當時興盛的文學活動。其中專擅記異述奇的故事，除了多具曲折動人的情節與出人意表的發展外，對於人物亦有較深細的描繪，符合了現今對小說當具備「人物」、「時間」、「情節」的三項要求，無怪唐代多被視為中國小說的成熟時代，亦事出有因了。[1]這些作品在思想、題材雖看似祖述著唐前的志怪小說，然而在體裁上已多呈現繁複的結構，甚而雜入詩歌。鑑於這些作品的體製確實有別於前代，因此或主張以「傳奇」一詞予以概括，卻留下無法歸納體製介於質樸、繁複作品的難題，或認為統稱為唐人小說即可，毋須另立名目，則存有難以突顯新生體製特徵的缺點。這也是程毅中所慨歎的：「傳奇到底有哪些特徵，它和別的小說又有哪些區別，至今還是一個有待探討的問題，或許可以說傳奇本身就是一個模糊概念。」[2]已道盡唐代小說在區分文體所面臨的窘境。因此欲釐清及辨分文體的特徵，自是以志怪、傳奇題材的研究裏，首當處理的重要命題。

---

[1]　關於中國小說的發展，論者多以唐代作為成熟與否的分水嶺。若魯迅在《中國小說史略》即以「是時則始有意為小說」標明唐代小說作者的創作意識。李悔吾更明確地道出：「中國文言短篇小說，經過較長時期小說藝術因素的積累，到了唐代，終於結束了它的萌芽期和童年期而進入成熟階段。」頗能代表此說的觀點。文見李氏撰《中國小說史》（台北市：洪葉文化事業有限公司，1995 年 4 月），頁 55。

[2]　文見程毅中《宋元小說研究》（句容市：江蘇古籍出版社，1998 年 2 月），頁 9。

第一節 志怪、傳奇文體的分判

自魯迅撰《中國小說史略》發明「傳奇」一詞統稱唐人傳載奇事的小說作品後，[3]學者亦多承繼其說，少有踰矩，讓「傳奇」近於成為唐人小說的代表及定名，然而欲倚重其立論劃規、判定唐代傳奇與志怪兩類文體時，往往徒生疑義，更顯糾葛。周氏對傳奇定義的思考進路，是先就文學發展脈絡觀察，判定「傳奇者流，源蓋出於志怪」，聯繫起二者間的傳承關係，其後復就文章體製分析，藉由「敘述宛轉，文辭華豔，與六朝之粗陳梗概者較，演進之跡甚明」文筆及手法的差異，分別出六朝志怪與唐代傳奇的不同，最後由探測作者的原始命意，提出「尤顯者乃在是時則始有意為小說」，得到「然施之藻繪，擴其波瀾，故所成就乃特異，其間雖亦或託諷喻以紓牢愁，談禍福以寓懲勸，而大歸則究在文采與意想，與昔之傳鬼神、明因果而外無他意者，甚異其趣矣」[4]的結論。周氏的主張雖然提出具體的文體特徵作為區別，卻未能正視及處理唐代近於六朝筆法的志怪書，以致上述定義足堪圍別唐傳奇與六朝志怪，卻在劃分援用六朝筆意撰寫志怪的唐時作品，助益不多；致使無論就

3　現今學者習用「唐傳奇」一詞，實肇始於魯迅。魯迅擇用「傳奇」來統說唐代較具規模、情節的小說作品，與六朝志怪筆法、體製較近者則稱為雜俎。雖然亦有擅長考證的研究者若李宗為探溯了文獻裏傳奇一詞的使用概況、及是否與目前所稱呼為唐傳奇的作品間有所關聯，惟其目的在於解釋魯迅用傳奇籠絡文體的歷史淵源，並認為此詞彙在擇用上具適切性，而非證明周氏乃傳承舊有的成說。又傳奇詞義演變的相關考證，與本論文關係較遠，詳論可參李氏《唐人小說》（北京市：中華書局，2003 年 6 月）第一章裏「傳奇名稱的來歷及其含義的演變」一節，今不贅引。

4　以上引文皆見周氏撰《中國小說史略》（台北市：里仁書局，1994 年 11月），頁 59-60。復按周氏於唐傳奇集後僅以「雜俎」一詞兼說志怪書，以段成式《酉陽雜俎》為例，頗代表周氏對唐人小說的界定。

體製上情節的曲折與文辭的華豔，抑或作者撰寫動機的「有意」、「無意」區隔唐代志怪、傳奇，便不免力有未逮而難盡如人意了。[5]於是今日學者多能承認唐代志怪、傳奇皆繼承六朝志怪而來，也受到史傳文學的影響，但在處理的態度上又有區別。李劍國仍嘗試判別出兩種體裁，主張兼具文筆繁複、立意尖新者為傳奇，反之則為志怪，但也不得不承認部分作品僅能作「大概、直感的判定」，[6]王夢鷗則用「唐人小說」一辭統稱志怪、傳奇，不嘗試亦不以為作品

5　除小說史的撰述者多沿續周氏成說外，專治唐人小說者亦然，然而在分辨二種文體上卻仍未見果效。周紹良的主張頗具代表，其云：「一、具有一定內容的奇情故事，並且故事是想像中可能有的，但其情節曲折，又不是一般發展和結果。二、故事內容上要有一定的真實性，但同時也帶有一些理想和虛構。三、不同於只是客觀的記事和述異，志怪，但又不是寓言、神話傳說一類東西，它是創作，而不是紀錄或報導。四、較深刻地表達出當時社會背景和現實面，客觀地描繪出人物的內心活動。五、在一定程度上突出作者本人思想、認識和看法。六、有豐富的詞藻和文采，有時雖帶有當時流行的駢儷詞句，但多半具有新興的散文風格，並且有較長的篇幅。」其說即引申魯迅之說細分為六，卻瑣碎無章，又有過於唯心、客觀不足的嫌疑，試相較魯迅《唐宋傳奇集》裏所收白行簡〈三夢記〉，幾與上述六點論述皆有違逆，自非魯迅的看法。在判別文體上，亦無助益。周氏文見其書《唐傳奇箋證》（北京市：人民文學出版社，2000 年 5 月），頁 4。

6　李劍國對唐五代小說體裁的分判，指出「不過涉及具體作品，要加以區分並不都是好辦的。所謂描寫的精細，曲折，宛轉，華豔，在較長的作品中看得明顯，一篇幾百字的小說，又如何判定呢？只能作大概的判定，只能作直感的判定。……按照各種不同因素的混合程度，可以把唐代小說集分為傳奇集、志怪集、志怪傳奇集、傳奇志怪集、志怪傳奇雜事集等。……倘若覺得過於瑣細，粗略分為傳奇集（以傳奇體為主）、志怪集（以志怪體為主）、志怪傳奇集（二體具相當比例）還是可以的。」嘗試對二種類型的作品及作品集訂定規範，亦將其中會流於精確不足（大概的判定）、主觀太過（直感的判定）的問題予以提出。李氏文見其書《唐五代志怪傳奇敘錄》（天津市：南開大學出版社，1998 年 9 月），頁 5-6。

應該加以分類，[7]或是若程毅中以折衷態度承認傳奇的體製，僅舉傳奇名篇及志怪集者大致陳介，未以實例說明。[8]惟傳奇、志怪本是文體之一例，故今即以文章的功用與體製略予考察：

一、以功用觀察傳承

　　六朝因著禮教的鬆脫與宗教的興盛，當時文士多好搜羅異聞，在談助之外，又以宣傳宗教（或神鬼觀）信仰為主要目的。[9]這些

---

[7]　王夢鷗治唐代小說無論傳奇、志怪，都一律統稱「唐人小說」，雖然他也承認唐代確實存有致力於詞藻修飾意圖的作品，卻仍表示「『傳奇』這名稱原只是一本書的名字，並不代表唐人其他作品；如果把唐人這類作品全稱作傳奇，實在不太適當。」主張不應另立傳奇一詞，王國良撰《唐代小說敘錄》不予分類，似遠祧其說。王夢鷗文見其著〈唐人小說概述〉，收於《中國古典小說研究專集3》（台北市：聯經出版社，1979 年 7 月），頁 38。

[8]　程毅中對唐人小說的看法，與王夢鷗見解頗近。他說：「從小說史上看，小說與雜傳合流，或者說把雜傳歸併入小說，就更多地發揚了傳記文學的傳統。唐人用傳記體寫小說，或都說用小說手法寫傳記，就把小說的藝術性提高了一步。小說吸收了史傳的寫作方法，才進一步走向文學的領域。」指出了唐人與六朝小說間最重要的區隔，在於史傳文學的援用，至於對唐代小說的分派雖未處理，但由篇目的討論採單篇傳奇、志怪集分別論述的方式可以得見，程氏仍趨向於嚴謹、折衷的態度。後來若寧稼雨則從程氏說法，以「史傳體裁」分出唐代傳奇一體，以吻合「唐代傳奇的題材淵源於六朝志怪，而其體裁卻來源於唐前的歷史傳記」的景況。程氏文見其著《唐代小說史》（北京市：人民文學出版社，2003 年 5 月），頁 5、寧氏語參其書《中國文言小說書目·前言》（濟南市：齊魯書社，1996 年 12 月），頁 6。

[9]　六朝時期志怪小說作者的創作心態，王國良已有說明，而謂：「大略而言，一般文士殆受巫覡數術、陰陽災異等傳統迷信之影響；或因搜集材料編撰史書，聊且彙聚奇聞異事以為談助；更有因個人之不尋常遭遇而發憤著述者。方士之流，每喜愛糅合固有傳說，藉時空之隔閡，援引荒渺之世，稱道絕域之外，以長生久視之道鬻賣帝王，用吉凶禍福感召民眾。若夫佛教信徒，則掇拾雜記，傅會史實，闡明因果報應之理，達成宣揚佛法之意願，

最為大宗具有宗教意識的作品，入唐後仍有佛教應驗及道教仙遇直
承發揚信仰、招徠信眾的初衷，續編各類宗教傳聞，其撰寫目的，
可由作者自序裏獲得說明。唐臨即說：「昔晉高士謝敷、宋尚書令
傅亮、太子中舍人張演、齊司徒從事中郎陸杲，或一時令望，或當
代名家，並錄《觀世音應驗記》，及齊竟陵王蕭子良作《宣驗記》、
王琰作《冥祥記》，皆所以徵明善惡，勸戒將來，實使聞者深心感
寤。臨既慕其風旨，亦思以勸人，輒錄所聞，集為此記，仍具陳所
受及聞見由緣，言不飾文，事專揚確，庶人見者能留意焉。」[10]自
陳《冥報記》對六朝釋教小說的承繼外，亦表明撰寫所具有「聞者
感寤」、「思以勸人」的宗教目的。至於道教小說亦然，杜光庭云：
「陰功克就，玄德昇聞，使雞犬以俱飛，拔庭除而共舉。光于簡冊，
無世無之。昔秦大夫阮蒼、漢校尉向，繼有述作，行於世間。次有
《洞冥書》、《神仙傳》、《道學傳》、《集仙傳》、《續神仙傳》、
《後仙傳》、《洞仙傳》、《上真記》，編次紀錄，不帝十家。……
則神仙之事，煥乎無隱矣！」[11]接續前人仙傳的職志。這些宗教應
驗錄不僅撰寫目的未變，亦在「實錄」的要求下——至少編寫者相
信所錄傳聞的真實性，讓故事的結構、敘事與六朝幾無分別。故由
文章功用的特徵而言，已可將具宣教意識的作品劃歸在志怪項下，
至於其他頗涉鬼神的載錄，實難探測其創作的動機與目的，更遑論

其動機明顯而單純也。」其中除用以談助外，其餘三者的撰寫目的實皆與
宗教攸關。王氏文見其著《魏晉南北朝志怪小說研究》（台北市：文史哲
出版社，1984 年 7 月），頁 37。

[10] 據唐臨著、方詩銘輯校《冥報記》（北京市：中華書局，1992 年 3 月），
頁 2。

[11] 見杜光庭著《墉城集仙錄‧敘》，據《雲笈七籤》本（北京市：中華書局，
2003 年 12 月），頁 2525。

明白文章的具體功能了。這些創作或編纂者的撰寫意圖，明人胡應麟已嘗試掌握，用以劃分唐人小說的派別，他說：「小說家一類又自分數種：一曰志怪，《搜神》、《述異》、《宣室》、《酉陽》之類是也；一曰傳奇，〈飛燕〉、〈太真〉、〈崔鶯〉、〈霍玉〉之類是也。……至於志怪、傳奇，尤易出入，或一書之中二事並載，一事之內兩端並存，姑舉其重而已。」[12]將《宣室志》、《酉陽雜俎》與六朝志怪劃歸一類，用以區分出命名為傳奇的作品，頗近現今對志怪書與傳奇的看法，然而其後胡氏又特別提出兩類文體有著並陳同書「尤易出入」的現象，除顯示出胡氏用單篇文章作為辨別單位外，亦提供著唐人創作心態的線索。首先，志怪與傳奇雖體裁不同，卻有「一事兩體並存」的現象，[13]表徵撰寫者雖使用志怪、傳奇不同的文體，卻偏好採用特定的題材，顯現出唐代文士對兩種文體的功能界定，有部分的重疊；至於「一書之二事並載」的情況，[14]解釋著無論該小說集係由個人創作或是文人鈔撮才集結成書，仍表達著編纂者認定了這些故事裏具有相同的命意，說明著撰述者在擇選文體從事創作、以及完成後他人（包括自己）對兩種文體的看法，有著相近甚而共同的觀感。而這觀感，當即盱衡於「異、

----

[12] 文見胡氏撰《少室山房筆叢‧九流緒論下》（上海市：上海書店，2001 年 8 月），頁 282-283。

[13] 「一事兩端並存」，是指同一題材卻可得相異體裁的創作。若演繹倩女離魂與男子婚配的主題，便有傳奇文陳玄祐的《離魂記》與志怪書《靈怪錄》所收的〈鄭生〉，又若載錄文人誤入精魅集會的故事，可得王洙《東陽夜怪錄》與牛僧孺《玄怪錄》的〈元無有〉，但前是傳奇，後為志怪。此類情況於唐五代時頗為習見，胡應麟即指此。

[14] 「一書之二事並載」，乃指傳奇、志怪共存在一書中。例如被視為志怪書牛僧孺的《玄怪錄》，傳奇〈杜子春〉卻收在此書裏，而裴鉶《傳奇》也兼容〈王居貞〉、〈五臺山〉的志怪作品，甚至像陳翰《異聞集》近於專收傳奇名篇者亦然，輯入〈漕店人〉、〈解襆人〉的談鬼短製。

奇」的特徵上：由物理變異、情感特出、情節曲折等文章特殊的內容與形式，令人在聞見後亦在心理生成、得到不同於尋常的經驗，換言之，由於傳奇、志怪兩種文體的內容，皆牽引出讀者情感上奇異的感受，進而讓具有同樣功能的作品，雜廁於一書中。雖然，傳奇可以僅藉由敘說人情世故的特異作為故事脈絡，區別出志怪必然用異變神怪作為結構基礎的事實，但畢竟二者仍在談鬼說異的純粹談助甚至反映人事的命意上有所交集，而無法僅以文體功能加以區隔，於是，便需進一步探勘體裁的外徵，用以辨分。

二、用體裁區分異同

即使六朝志怪與唐代傳奇皆以敘事行文，亦多陳講事件本末，然而就文體性質觀察，二者似非嫡傳關係，至少就唐傳奇的撰者而言，仍以為採用著撰寫史傳的形式，而非記錄當時新聞或鄉譚的筆法。就篇名來說，作者即題作「記」、「傳」、「錄」來表明自己對傳記的仿傚，在敘寫上也以史筆為法。這種以傳記體載錄異事風氣的形成，或興起於當代文人傾慕撰史的心理反映，[15]但就體裁來看，不僅有別於六朝時僅自命為小書、小史的撰寫形式，更挪用了史傳裏最為重視的褒貶意識及贊詞。就體裁而言，史傳對於事件的發展、個別的景況及人物的言行多有著墨，以利於對事件及人物作

---

[15] 三國以後私史的撰寫雖盛，不過政府亦開始明令箝制史書的私纂，產生史家心理與著述的轉折。雷家驥說：「相對的，史家在『此路難行』的情況下，頗或轉折於傳記史學（包括志怪史學）、譜系學、方志學等範圍，對史學這些領域頗有促進發展之貢獻，而唐、宋以降記之大盛，當亦與政府基本上持續此政策（指明令禁絕私修的途轍）有關。」指出六朝迄宋代志怪小說的撰寫是受到撰史的心理影響。雷氏文見其著《中古史學觀念史》（台北市：學生書局，1990 年 10 月），頁 591。

出是非的判斷，小說作品既然仿傚其結構，故在故事的脈絡、情節
的單元及角色描繪上有對等的反映，這也是學者主張以情節曲折、
敘述繁複作為辨分傳奇、志怪的原因；至於評史的意識，更是仿冒
了專屬於史傳對人物、事件功過論斷的專利，置於文章之末。於是
若用《太平廣記・雜傳》裏所收傳奇文以觀，多先表陳個人（妖魅
神鬼）身分、里籍或出身，後介紹個性才情及生平要事，已多與史
書規模相仿外，部分作品甚至以仿傚史贊口吻的評議附於文末，更
表明了體例對史傳的承襲。以〈謝小娥〉文末所繫一段自稱「君子
曰」的評述為說，顯然仿傚自傳記的贊語：

> 君子曰：誓志不捨，復父夫之仇，節也。傭保雜處，不知女
> 人，貞也。女子之行，唯貞與節，能終始全之而已。如小娥，
> 足以儆天下逆道亂常之心，足以觀天下貞夫孝婦之節。余備
> 詳前事，發明隱文，暗與冥會，符於人心，知善不錄，非《春
> 秋》之義。故作〈傳〉以旌美。[16]

這段贊語自是作者所加，細繹著謝小娥為父報仇表現出貞節兼備的
德行，表彰品性的意圖甚明，其後甚至自行比況史家楷模孔子《春
秋》的筆力，也肯定了己身記錄故事與臧否人物的作為，而這撰寫
的心理意識，自是促使小說撰述者採用的史傳體例的主要原因。[17]

---

[16]　文據王夢鷗著《唐人小說研究二集——異聞集遺文校補》（台北市：藝文
　　　印書館，1973 年 3 月），頁 228。
[17]　王夢鷗在判別六朝與唐代志怪時指出其心態的不同，而謂：「六朝撰志怪
　　　的只是筆記而已；唐人卻幾乎以歷史家的態度，用歷史家的筆法——稱為
　　　史家，來寫奇奇怪怪的故事—即後人所稱小說，這是很重要的。……因此，
　　　我們認為唐人寫小說，開始的時候都是以孔子著《春秋》的態度，來撰寫
　　　許多零零碎碎的事情。」按雖然王氏主張用「唐人小說」代稱唐代所有的
　　　小說作品，不宜另分傳奇一類，不過他所指出唐人所有的史家心態與筆

唯須知文人在撰寫此類作品號稱傳記，但撰寫時卻明確地認知這些作品仍當劃歸在小說之下，若〈王知古〉文末所連綴的作者評議，便有自白：

> 三水人曰：嗟乎王生！生斯世不諧而為狐貉所侮，況其大者乎？向若無張公之皂袍，則強死於穢膻之穴也。余時在洛敦化里第，於庠集中博士渤海徐公讜為余言之，豈曰語怪，以摭奇文，故傳言之。[18]

記述者自知所記本是「語怪」，又欲以刺諷人事而勸喻來者，即以記異為本，卻寓以褒貶的意涵，傳述著與史傳相同的意圖，成為傳奇判定的重要線索。因此用史傳的體例或筆法檢測唐代小說裏傳奇、志怪的歸屬，應可以作較粗略的辨別：就傳奇而言，若魯迅《唐宋傳奇集》所收白行簡〈三夢記〉以三事相屬，體例雖近於記錄新聞的志怪形式，但由於文末尚附有作者「《春秋》及子史，言夢者多，然未有載此三夢者也」[19]垂鑒後世的心意，實用史傳為法，因此當視為傳奇，至若裴鉶《傳奇》的傳奇專書裏復得〈蔣武〉僅用近質樸的筆墨載錄異聞，宜易於志怪門類之下。

法，頗中唐人撰傳奇的心理，故仍引以為說。王氏文見其著〈唐人小說概述〉，收於《中國古典小說研究專集3》，頁40。

[18] 文據台北藝文印書館影印盧文弨輯刊抱經堂叢書本《三水小牘》卷上。

[19] 據魯迅輯《唐宋傳奇集・三夢記》（北京市：人民文學出版社，1999年7月），頁101。按故事末所附文字如下：「行簡曰：《春秋》及子史，言夢者多，然未有載此三夢者也。世人之夢亦眾矣，亦未有此三夢。豈偶然也？抑亦必前定也？予不能知。今備記其事，以存錄焉。」白氏道出「記夢」是承繼起《春秋》及子史的歷史傳統，但由於其所記「三夢」裏存有「命定」的意識，又是之前諸書記載所未逮處，故聊記供後人參考。由這段識語可見白氏仿傚的對象為《春秋》，亦具垂鑒來人的撰寫意圖，皆與史傳有關。

故唐時文人撰寫小說的心態,只是對於知見的「異事」加以記錄,在書寫策略上表達他們筆下的初衷:或雖僅有載錄傳聞的企圖,卻在施予文采、鋪陳故事上頗為著力,讓志怪頗染傳奇筆法;至於欲借奇事寄寓感慨,或誇耀文才,自採用史傳體裁且傾力於雕飾文句,曲折情節,表達著有意創作傳奇文的撰者心理,其差異便僅在於撰者經營小說的心態而已了。故今以文學的歷史發展觀察,見唐代文人感染著六朝志怪的撰寫風氣,部分作者已嘗試採用傳記的體類從事創作,且形成風氣。這些仿傚史體的創作無論在立意及體裁上,皆與以記異為要的作品不同,故別裁而出,目為「傳奇」,至於其他,則稱為「志怪」——即便這些志怪作品的文辭已傾向於藻飾雕琢。因此,依循這樣的判別方式,便必須摒落文體未能呈現史傳筆力特色的作品,若陳翰《異聞集》的〈鏡龍記〉一則,是以內容稍繁卻以平實的文字記錄下神鏡來歷與功用,又若牛僧孺《玄怪錄》,其中亦復不少頗具文采卻以記錄異事為要的故事,這些作品大凡僅得陳述本事且無顯著的史傳特徵(若文末的贊語、評述),敘事亦較近於樸實無華(傳記體例的特色不顯),成為游走傳奇、志怪間主要且龐大的文類聚落,但在上述原則下,則必須歸於志怪之屬,而不能稱之為傳奇。以較嚴格的條件定義傳奇,可突顯出史傳的主要特徵,瞭解唐代小說的文學新象,更可以避免分類文體的疑義,徒生困擾。

第二節　研究範圍

以上雖然對唐代志怪、傳奇訂立較明確的辨別法則,但畢竟現今學者對兩種文體的分判多堅持己見為既成事實,令選擇其中任何

一種文類作為研究文本時，便可預見必落入文類認定的爭議裏。因此本書便合觀唐五代志怪、傳奇所共同擇用的「記異」題材上，這些作者是如何去選擇與運用，進而支撐起唐五代小說裏人神共處、異變頻仍的異想空間。以下先就本論文的研究範圍予以說明。

　　唐五代小說的取材方式一如六朝志怪，或轉錄古籍、佛經，鈔錄同時期的著作外，亦親自採輯新聞，記錄傳說，表彰著作者對異聞奇事的閱讀嗜好，即使是佐證信仰的宗教應驗錄亦不免以「記異」（載記特異）作為選用題材的唯一標準。這些被視為或被界定成的「異」事，多含括著未依循物理常態而產生魅怪、自然異象，或者具有宗教應驗意涵的奇異經歷，甚至僅是出人意表的特異人事，這些異事（或神祕經驗）表達的不僅是事件本身的怪誕讓聽聞者得到驚異的感受，且在脫離甚而違悖常理的現象裏，是已形成與智識相互排擠的特異理論體系。因此就故事的命題而言，僅以記述異聞為要的作品，異變即是主旨的所在，若習見的妖物作祟、鬼魅現形等傳聞皆然，表陳著一種單純的、直覺的變異思維，至於藉由異變的發生來說解寓意，便涉及傳述、記錄者自身對事件的解讀方式，有證明著具宗教意識的佛教應驗及道教遇仙的傳說、甚至於只是作者所欲傳達的一項概念，毋論主旨的趨向為何，這些異事及其表達的意識雖與智識活動相互排斥，卻在這些以記異作為結構的故事裏，嘗試著用無法驗證的預設概念，來融攝甚至凌駕習知的智識，以便在人們實際活動的空間裏，能夠建構起超現實的運作規範，讓未可眼見的神佛鬼神能合理方便地在人間活動，予人一種「虛」（變異）、「實」（現實）相間的印象。[20]因此本論文對「異」的定義，

---

[20]　唐代語涉怪異的作品多欲處理、說明發生的合理性，雖然作者未必然相信自身的解釋，但卻反映著當代普遍的集體意識。而這特點，今人李鵬飛便

是含括著變異本身和支持、解釋變異發生的運作原理,以及事件本身與理論間的關係,欲藉由探討記異故事的題材,發掘隱藏在其中的意涵,並嘗試還原唐人對超現實場域的空間設想與運作模式。

第三節　研究方式

志怪小說於六朝初肇時便已汲引神話、傳說,甚而轉化原始巫術及宗教迷信的思想成為故事,在六朝佛、道相繼興起後,復有佛教應驗及道教仙話的新題,[21]這些源流分明的故事題材,顯示著撰述者已預設主題輯錄與其攸關的史料與傳聞,於主題與故事間有著密切的共生關係。這樣的撰寫方式在入唐後仍被承襲,尤以轉載六朝志怪書的行跡最顯,惟在手法上略有差異,除借作典故重新詮釋之外,甚而效法著原來的創作方式及故事寓意,創造唐五代新生的傳說作品;至於與宣教有關的作品則未脫舊有形式,像佛教應驗書者《冥報記》、《冥報拾遺》、《地獄苦記》、《金剛經應驗記》等皆以因果作為敘事基礎,崇佛行為被視為絕對的善、毀佛則貶為絕對的惡,導引出善惡有報的循環及概念,用異事來闡揚宗教的真

以「非寫實小說」予以概括,復略分諧隱精怪類型、遭遇鬼神類型、和夢幻類型三大類,且云:「這三個大類的一個重要共同點即在於它們都屬於非寫實小說的範疇,另外它們又在一些具體的表現手法上也具備共同點,比如都具有一種類似『夢』或者『幻』的敘事結構,又都要對虛實關係加以表現和處理等。」已精確地道出這些撰寫非寫實故事的作者大凡用虛境的處理手法,環結起變異與現實的關聯,其說即本文所以為的「在現實世界建構起超現實的運作原則」。李氏文見其著《唐代非寫實小說之類型研究·緒論》(北京市:北京大學出版社,2004年10月),頁7-8。

21　關於唐前志怪小說的起源與發展情況,本文依據李劍國《唐前志怪小說史》(天津市:天津教育出版社,2005年1月)的整理與說明。

實與靈異；至於道教亦接續起六朝已建立仙傳、仙事的編纂基礎，仍記錄下仙人行誼、遇仙經歷作為仙人確然存在的證據，迄唐末杜光庭更仿傚佛教應驗的形式成《道教靈驗記》，而以崇道得益，輕慢道法必受懲罰的定則演述故事；在民間基於功過觀隱然成形的勸善思想，也借用了佛教報應法則建立懲惡揚善的事業，這些標舉著鮮明宗教印記的記異小說，在預設的觀念及目的下，必然促使這些記異故事的結構，依循著已固定的模式進行。然而上述無論是傳錄或創作傳說、或以宣教為要的宗教應驗，在主題及敘事上頗有個別依循既定進程的傾向，但其中仍多折衷著當時對未可知世界的想像與理解，若物老成魅、命運天定等概念都已作為印證宗教威力的試金石。至於傳說的續寫與再造，也都受到當代的思維所重塑。這些在各種記異題材裏傳達出的各項思維，不少已被載錄成單項異聞，可反映在天道運行、萬物變化、死後世界及個人命運等與人生攸關的重大題目。既然唐人小說受個別主題引導以建構故事的主要脈絡與基礎，因此本書亦就主題來擬定章節並析解內容，除擘畫出唐五代志異小說的世界藍圖外，亦用以呈現志怪及傳奇在構思情節、建立故事的思想依據。

第四節　記異小說研究的概況

唐五代小說的研究，肇始自文獻的考證，且代有傳人，呈現出前後接力的態勢。或以唐五代為時代斷限，以陳介作品、作者的手法研議，雖然採取的研究方式趨於保守，卻奠定下此時小說研究的重要基石，故先簡說：

一、文本、目錄的整理

自魯迅校錄唐小說四十八篇為《唐宋傳奇集》並撰〈稗邊小綴〉於書後，已建立起文本、考證兼重的研究法式，其後汪辟疆亦編有《唐人小說》一書，在選錄、點校作品外，篇後也繫有考論。王夢鷗亦採行汪氏的研議方式，惟一改前人以單篇為單位的作法，纂集考訂唐代重要小說著作，前後發行《唐人小說研究》一至四集、《唐人小說校釋》上、下兩冊，在校讎與論證上皆得到重大創獲，為後來研究者立下了典範。周紹良《唐傳奇箋證》也採取相近的研究方式，考證精密。又道教小說可得嚴一萍輯校杜光庭《仙傳拾遺》與《王氏神仙傳》二書，利於後來學人翻檢。但欲全盤掌握當時作品，則有賴目錄的指引，先有王國良《唐代小說敘錄》辨析諸書，分現存、殘闕、輯存、亡佚、存疑五類書目，李劍國後出，考證用力更勤，全書內容、佚文歸屬無不辨分，撰成《唐五代志怪傳奇敘錄》，洋洋大觀，成為後來研究此時小說的學者必當參考的重要著作。[22]

二、斷代、概略的陳介

另外或採小說史的形式探討此時作者、作品，甚而涉及社會背景。此類著作仍不免依循小說史的既定形式，偏好考證文本、賞析

---

[22] 編纂唐、五代的小說書目者，另有程毅中《古小說簡目》、袁行霈、侯忠義《中國文言小說書目》、寧稼雨《中國文言小說總目提要》都成書在李劍國前，但皆非研究唐代五代的專著，尤其李氏後出轉精，故僅附誌於此，不作介紹。又李氏《敘錄》出書後，其後仍發表專文修正，已撰有〈玄宗難坊再考——對拙著唐五代志怪傳奇的一點補正〉其用心由此更可看出。文可見於李著《古稗斗筲錄——李劍國自選集》（天津市：南開大學出版社，2004 年 10 月），頁 320-325。

作品，且都受到魯迅《中國小說史略》的觀點影響，有所限制。若
李宗為便接受了魯迅「唐傳奇」的命名，撰成《唐人傳奇》，在文
體論述、小說分期皆有立說；而以唐代傳奇作研究題目的專著，像
劉瑛《唐代傳奇研究》、《唐代傳奇研究續集》訛誤極多，祝秀俠
《唐代傳奇研究》、劉開榮《唐代小說研究》少有新意，成就有限，
惟程毅中《唐人小說史話》已留意較少論述的唐、五代志怪書，[23]
對小說文體的分判見解亦獨具隻眼，絕非一般人云亦云的小說史能
望其項背，值得參考。

三、題材、主題的探述

在前述文獻研究者考訂文字、辨別真偽建立的根基上，後來學
者更能深入且準確地探論與掌握此時對超現實世界的觀感與想
像。於是或以探究作者及專書作為研究標的，若鄭惠璟《唐代志怪
小說研究》綜說諸書，徐志平《續玄怪錄研究》、吳秀鳳《廣異記
研究》、趙修霈《段成式與西陽雜俎之研究》專談單冊，填補著唐
代小說研究的空缺；或借小說貼近民間的性格，研議著當時的宗教
與對超自然的觀感，在宗教方面，有兼談佛道兩教像王義良《唐人
小說中之佛道思想》、陳嘉麗《唐代佛道思想小說研究》，專寫佛
教如王昭仁《唐代傳奇與譬喻類佛典之關係研究》、陳敏瑄《唐代
佛教果報地獄小說研究》，觀照著宗教信仰對小說的影響；惟在道
教方面的研究成果最為突出，李豐楙《六朝隋唐仙道類小說研究》、
《誤入與謫降──六朝隋唐道教文學論集》立足於道教義理，開創

---

[23]　按程氏《唐代小說史話》原由文化藝術出版社印行，後來在人民文學出版
　　　社再版，雖更名為《唐代小說史》，不過內容相同。

研究的新局，李氏尚指導許雪玲《唐代遊歷仙境小說研究》、吳碧貞《唐代女仙傳記之研究》，皆用道教小說作為研究命題。在宗教以外，李素娟《唐人小說中變化故事之研究》、林岱瑩《唐代異類婚戀小說之研究》、林舜英《夢在唐傳奇情節結構中的作用與意義》、詹麗莉《唐傳奇女性宿命觀研究》，都對唐代的世界觀與人生觀有深淺不同的觸及，抒發一己的洞見。

四、研究預期的成果

　　由前述具體、可觀的研究成果裏可以發現，治唐五代小說的學者已留意其中記異的素材與概念，卻因著文體的劃分（即傳奇、志怪的區別）令取材時有所掣肘，不免削弱了論證的力道，至於已設定主題的研究，其目的本在呈現此時社會甚至個人意識的部分面向，自然無法、亦無企圖想完整地建構起當代的集體意識。大陸學者李鵬飛鑒於此，便以「非寫實」來劃限唐小說的類別，撰成《唐代非寫實小說之類型研究》來通觀精怪變化、遭遇鬼神及魂魄夢幻，雖然成果斐然，卻仍僅止於物理流變的觀察，有所侷限。因此本書兼說傳奇、志怪裏的志異題材，體察並取得其中所呈現思維模式的最大共識，除欲建構當時人們想像裏所擘畫超自然規律與世界的完整體系，亦藉此明瞭這些內容不經的概念與素材，在小說發展的長河裏，究竟發揮與扮演著如何的作用與角色，以期對唐、五代小說的內容，提供另一種觀察與詮釋。

第二章　古今傳說的援引與編寫

　　初民以口傳為手段將記憶裏的歷史及見聞傳予後代，作為記錄人類活動的主要形式。在當時民智未開的氛圍裏，自多將環境變遷及異動的原因訴諸於神祕來源；加上僅利用個人的有限記憶作為記錄方式，難免在有意、無意間錯置記憶裏的事件，甚而再次創造，讓本來以口耳傳遞的上古歷史，便成為夸誕、恢奇的象徵，而被視為「神話」。[1]即便在文字的發明後，讓歷史不再屈就在個人的有限記憶，更傾向於固定、客觀且與傳說分道揚鑣，但傳說仍騰播於民間所建構知識封閉的環境裏，保有活潑的生命力，傳續於群眾的記憶及口耳間。是知傳說與民間故事有著流傳及本質的共同點，在個別時代裏未曾斷續地被傳講與再創造，反映著民族及社會的心理。[2]這些不見容於正史及自視為有識之士的鄉譚，或成於初民，

---

[1]　古傳說本是傳載本族歷史的一種記錄與詮釋。其中含括了頗涉不經的神話故事，以及記錄下初民活動的上古史事，二者在本事與思想上又有所重疊與糾葛。故神話學者若袁珂便說：「中國神話的一個最突出的特徵，就是神話這條線和歷史這條線互相平行，而又往往糾纏在一起，攪混不清。神話可以轉化做歷史，即天上諸神都歷史化而為人間的聖主賢臣，……但這只是問題的一方面。問題的另一方面，歷史是否也可能因人民世代的口耳相傳而轉化做神話，即人間的聖主賢臣，是否也可能神話化而為天上的諸神呢？」雖然袁氏以問句為結，不過頗能反映出神話起源及變遷的模式：就其發生而言，本是記錄初民自己認定的過往歷史，在後來轉換為文字記錄時，受史觀的導引而對古傳說有所擇選，自然予人神話與歷史在時間上是相互平行的印象。而這思考模式，亦促使部分歷史人物轉化成神話英雄，即後文所提及的民間傳說。袁氏文見其著《古神話選釋・前言》（北京市：人民文學出版社，1996 年 9 月），頁 10。

[2]　就古傳說（包含神話）與後來的民間故事皆賴口耳相傳、且反映著族群心

或傳自民間,皆在六朝好奇尚怪的時代氣氛下,令佛、道兩教的信奉者或是儒家的傳道客,皆投入撰寫行列,包賅了地方傳說、風物民情甚而宗教應驗,得到了全面性的文字記錄。[3]相對於六朝時在傳說文字寫定的貢獻與特色,唐代則作了進一步的發揮及演繹:就題材而言,單純地記錄山川異物的作品相對減少,且在佛、道兩教經文所提供的新題裏,得到渲染與發揮的依據;就手法來看,則依循著既定思維模式而進行,或藉由特定人物作為鋪陳原型,以建立起具特定意涵的人物性格,或採用既定故事模式作為基礎,環繞在生活所關切的議題,託賦寓意於其中。惟就傳說本身而言,即存有被不同時期被創造或寫定的傳續特徵,不僅不易與當時的新聞有所區分,亦令其定義接近包賅所有志怪小說。故本章僅就創作手法與寓意檢視唐五代諸多的傳說與新聞,如何承繼、處理既有的傳說,又如何創造當代的新題,成就後代所援引的傳說故事。至於傳說的

理來看,實已具備相近的性質,就傳播的時空來看,亦皆具有知識封閉的氛圍。故王孝廉便言:「神話學是人文科學中重要的一環。神話和傳說、民間故事、口碑等嚴格地說都有其不同的界限和定義。但是由研究這些都可以尋出它們所反映著的社會影子和民族心理,所以也可以說它們具有相通性和共同點存在。」扼要地指出傳說與民間故事因性質相近,存有文類不易劃分的既成事實。因此本文僅用「傳說」一詞泛指口耳相傳的故事,不作細緻的劃分。王氏文見其著《中國的神話與傳說》(台北市:聯經出版社,1994 年 4 月),頁 273。

[3] 六朝為傳說纂集的興盛時代,根據王國良的統計,無論是一般文士、佛、道兩教的信眾,皆投入編寫行列,至於內容則近於無所不包,令志怪由附庸而蔚為大國。故李劍國亦指出:「如果說在戰國兩漢,它還只是少數的造作,還無力在當時文壇上為自己爭得顯眼的地位,還只是作為史家之末事和史書之附庸出現,那麼在六朝,這昆山片玉、桂林一枝便頭角崢嶸地蔚成大國,極一代之奇觀。」亦對六朝志怪小說的發展,作出時代演進的解釋。王氏觀點見《魏晉南北朝志怪小說研究》(台北市:文史哲出版社,1984 年 7 月),頁 37-51,李氏文見《唐前志怪小說史》(天津市:天津教育出版社,2005 年 1 月),頁 218。

命意，則當察考傳述者在通過「變異」的情節，對人事提出怎樣的概念甚至勸喻。至於陳講單一觀念以及佛道具宗教意識的作品，則已另立專章討論。[4]

第一節　人物敘寫的基調與法式

　　口耳相續裏的傳說人物，本受到地域與時間的影響與催化而有形象的紛歧，即便這些遠古的偉人、威靈後來得到文字的寫定，仍呈現出單一人物卻擁有多重樣貌的景況，而反映在神話書《山海經》與各種謠讖的記載裏。因此戰國時期無論是伏羲、女媧抑或西王母、黃帝等上古神明，雖多作獸形，[5]但西王母與黃帝畢竟在概念上與伏羲、女媧所表徵創造天地、發明人類具原始意涵不同，後世自漸脫野獸樣態趨於神仙形貌。其形象改變的關鍵，在於這些神話人物所代表的概念是否具備再次創造、引用的特點，決定了他們能否再次現身於後來的文學作品裏。故就人物個性而言，即可略見唐五代對神話人物的傳承與再造：

---

[4]　關於具宗教意涵或單純記錄異事者，本書第三章至第六章皆闢有專章討論，本章皆不予重複敘述。

[5]　袁珂曾對《山海經》裏古天神的形貌粗略地劃分，而謂：「古天神多為人面蛇身，舉其著者，如伏羲、女媧、共工、相柳、窫窳、貳負等是矣；或龍身人頭：如雷神、燭龍、鼓等是矣，亦人面蛇身之同型也。此言軒轅國人人面蛇身，固是神子之態，推而言之，古傳黃帝或亦當作此形貌也。」足見初民對古代神祇的想像。袁氏文見其校注《山海經校注》（台北市：里仁出版社，1995年4月），頁221。

一、舊有印象延展的神靈形貌

因著初民以「具人格的神靈」有意識的操作來解釋萬物變化的
主因,讓造作出的傳說人物皆具有專職與不可取代的性格及任務,
無論創建天地的盤古、女媧,抑或治水有功的鯀禹父子,皆因所承
負的任務具備了獨立與時代的特殊個性,讓個別人物各自承負著既
定概念,令後來對傳說的發揮與再造皆劃規在此範圍內,少有踰
矩。故就傳說在引述的方式以觀,不外用直覺印象抑或再行塑造的
方式來處理傳說內容,但無論採取的進路為何,皆根植於傳說的既
定印象再予申述。

(一)印證、援用舊說

此類多以宣稱發現偉人遺跡,或直接與神靈相遇作為記述基
礎,來印證古傳說記錄的真實,藉由遺跡、顯聖的手法徵引傳說。
像大禹自可得治水故跡的遺留,可供察訪,而謂:

> 補闕。熊皎云:「廬山有上霄峰者,去平地七千仞。上有古
> 跡,云是夏禹治水之時泊船之所,鑿石為竅,以繫纜焉。磨
> 崖為碑,皆科斗文字,隱隱可見。」則知大禹之功,與天地
> 不朽矣。[6]

「禹治水」傳說裏當有的泊船行為,故以山川勝景任意牽合,作為
古傳說遺跡發現的一例,是唐時談助所感興味的題材,於是傳說裏
發明車舟的奚仲就有「徐之東界接沂川,有溝名盤車,相傳是奚仲

---

[6]　據《太平廣記》(北京市:中華書局,2003 年 6 月)卷三百九十七引《玉
　　堂閒話》,頁 3181。

試車之所」[7]的記載，而與老子接觸並作為傳《道德經》的第一人
尹喜，便留下「犍為郡東十餘里」處「觀殿有石函，長三尺餘，……
里人相傳，云是尹喜石函」[8]的仙物，皆將山川風景與傳說人物予
以環結，以所謂的遺跡來印證、闡述傳說，成為傳說在民間流傳的
方式之一。這些上古神靈除了遺下痕跡供後人察考外，亦會偶然地
現身人世與人接觸，惟大凡維持舊有形象，缺乏一般神仙具有飄逸
超然的姿態及神情。段成式就曾記載女媧為傳達肅宗將即大位的天
命，在武靈自己的墳前現身。其文云：

> 肅宗將至靈武一驛，黃昏，有婦人長大，攜雙鯉吒於營門曰：
> 「皇帝何在？」眾謂風狂。遽白上，潛視舉止。婦人言已，
> 止大樹下。軍人有逼視，見其臂上有鱗，俄天黑，失所在。
> 及上即位，歸京闕，虢州刺史王奇光奏女媧墳云：「天寶十
> 三載，大雨晦冥忽沈。今月一日夜，河上有人覺風雷聲，曉
> 見其墳湧出，上生雙柳樹，高丈餘，下有巨石。」兼畫圖進。
> 上初克復，使祝史就其所祭之。至是而見，眾疑向婦人是其
> 神也。[9]

---

[7] 事見《太平廣記》卷四百七十九引《玉堂閒話》，頁 3947。
[8] 文據《太平廣記》卷四十三引《宣室志》，頁 269。按今《稗海》十卷本《宣室志》收此事於卷七，不過關於尹喜（即尹真人）函事僅注云：「事具『靈仙篇』」而已，今用《廣記》引文。
[9] 段氏文見《酉陽雜俎》前集卷之一（台北市：漢京文化事業有限公司，1983年10月），頁4。按據《舊唐書·五行志》載：「乾元二年六月，虢州閿鄉縣界黃河內女媧墓，天寶十三載因大雨晦冥，失所在，至今年六月一日夜，河濱人家忽聞風雨聲，曉見其墓踊出，上有雙柳樹，下有巨石二，柳各長丈餘。郡守圖畫以聞，今號風陵堆。」此即段氏所記傳說的本事，惟又附會肅宗將於武靈登上大位的說法，致使女媧親見。《新唐書·五行志》雖亦載此事，解讀方式卻有不同，而云：「天寶十一載六月，虢州閿

見女媧雖已具人形，不過仍未脫「長大」、「有鱗」的動物樣貌，並且有直呼皇帝何在的傲慢粗俗舉措，誠然維持、兼容了讖緯裏帝王的地位與蛇身的原型，代表了唐人對女禍的觀感。因此無論是對傳說遺跡的發現，抑或神靈親臨的描述，尚且遺留傳說裏的既定形象，繼續保持著質樸原始的傳說內容，此類對傳說的引述雖未必全然同於舊說，但並非對傳說的內容加以改寫，也並無延伸、發展人物形象的企圖，僅是作為輔證傳說，抑或借用人物的手法處理而已。

（二）重塑、再造性格

　　以直覺的方式印證或傳達傳說的內容，雖對傳說人物的形象及內容有所調整更易，卻未若有意識地將傳說人物予以重塑。這些被塑造成既定形象的人物，多與道教相關。譬若干寶《搜神記》所記錄下〈女化蠶〉的傳說，便以一位與馬戲言救父歸家便下嫁的少女，來解釋後來農村養蠶的由來，本是初民對養蠶肇始的一種設想，惟入唐後，「蠶女」故事已得變化，而與舊有傳說不同：

> 蠶女者，乃是房星之精也。當高辛帝之時，蜀地未立君長，唯蜀山氏獨王一方，其人聚族而居，不相統攝。往往侵噬，恃強暴寡，蠶女所居在今廣漢之部，亡其姓氏。其父為鄰部所掠，已逾年，唯所乘馬猶在。女念父隔絕，廢飲忘食，其母慰撫之。因告誓於其部之人曰：「有能得父還者，以此女

鄉黃河中女媧墓因大雨晦冥，失其所在。至乾元二年六月乙未夜，瀕河人聞有風雷聲，曉見其墓踊出，下有巨石，上有雙柳，各長丈餘，時號風陵堆。占曰：『塚墓自移，天下破。』十三載，汝州葉縣南有土塊鬥，中有血出，數日不止。」以為此事乃是安史之亂的預表。雖與《酉陽雜俎》的觀點有別，但都相同地將這女媧墓自現的異聞，附會當時大事，為傳說產生的原因之一。

嫁之。」部人雖聞其誓，無能致父歸者。馬聞其言，驚躍振迅，絕絆而去。數月，其父乘馬而歸。自此馬劃夜嘶鳴，不復飲齕。父問其故，母以誓眾之言白之。父曰：「誓於人也，不誓於馬，安有人而配偶非類乎？馬能脫我難，功亦大矣。所誓之言，不可行也。」馬嘶跪愈甚，逮欲害人，父怒，射殺之，曝其皮於庭中。女行過其側，馬皮蹶然而起，卷女飛去。旬日，復棲於桑樹之上，女化為蠶，食桑葉吐絲成繭，用織羅綺衾被，以衣被於人間。父母悔恨，念之不已。一旦蠶女乘流雲，駕此馬，侍衛數十人，自天而下，謂父母曰：「太上以我孝能致身，心不忘義，授以九宮仙嬪之任，長生矣，無復憶念也。」言訖沖虛而去。今其家在什邡、綿竹、德陽三縣界。每歲祈蠶者，四方雲集，皆獲靈應。蜀之風俗觀諸，畫塑玉女之像，披以馬皮，謂之馬頭娘，以祈蠶桑焉。俗云：「閣其尸於樹，謂之桑樹，恥化為蟲，故謂之。」〈稽聖賦〉云：「爰有女人，感彼死馬，化為蠶蟲，衣被天下」是也。《陰陽書》云：「蠶與馬同類，乃知是房星所化也。」[10]

文中除更動原有故事裏少女「對馬戲言」、「足蹙馬皮」的情節，來刪落少女輕浮、失信的負面性格，至於增寫受太上嘉許而封神的結局，則又賦予了蠶女大孝、大義的美德，這樣處理當是鑑於蠶絲對社會的貢獻，讓傳說裏少女內在形象與外在行為能夠統一，然而亦依循著原有傳說裏已建構「有功於民」既定的人物印象而來，延展著舊有故事的內容。此類無法道出確切姓名的傳說人物，都已得

10　見杜光庭《墉城集仙錄》卷六，據台北新文豐出版社影印《正統道藏》本。又《太平廣記》卷四百七十九引《原化傳拾遺》（應是《仙傳拾遺》），亦收，文字詳略不同。

到形象發展的契機,更遑論古帝聖王,自是道教所好著墨的對象。
其中已被學人多所稱引者若西王母的演進即是,從《山海經》迄杜
光庭《墉城集仙錄》所記錄下西王母由原始野獸轉變成美感人形,
可瞭解其間的變革始末,要之乃遵循著西方女性聖主當有的尊貴地
位及形象進行修正,雖擴充了西王母的文明外貌及美感本質,卻仍
須歸納原有傳說的內容,延續著既存於西王母傳說裏的概念。[11]今
以黃帝形象的演變歷程為說,亦是抽取傳說裏黃帝的部分特質,有
目的地推向傳述者所欲建構的身分及性格。故就《山海經》裏所建
立起黃帝的概念,亦是與其他上古聖王般具有野獸的外形,但時迄
漢時司馬遷撰《史記》,認定黃帝是歷史裏真實存在的聖主,故刪
落神話裏的獸形,讓黃帝化身為五帝之首,成為華夏民族的宗祖,
[12]而這定見,為劉向所接受,在《列仙傳》裏建立起兼具帝王與仙
人的聖王特徵,作為後來黃帝形象的發展指標:在神仙形貌來說,

---

[11] 討論西王母形象演進的論文甚多,內容差異不大,學位論文已得魏光霞《西
王母信仰研究》(台北市:淡江大學中國文學研究所碩士論文,1994 年)
及黃才容《西王母神話仙話演變之研究》(台北市:國立臺灣大學中國文
學研究所碩士論文,2001 年),另王景琳〈西王母的演變〉(收於《道教
與傳統文化》(北京市:中華書局,1992 年 3 月),頁 226-231)論述扼
要,皆可參看。

[12] 黃帝傳說出現戰國之時,惟其地位在戰國已見遷昇,入漢後讖諱引用時亦
有不同,或預於三皇之一,又時入五帝、九皇之目(可參顧頡剛〈三皇考〉,
收於氏著《顧頡剛古史論文集》(北京市:中華書局,1996 年 4 月)及楊
寬《中國上古史導論》(附於《古史辨》第七冊,台北市:藍燈出版社,
1993 年 8 月,頁 189-214)之考證)。惟史官司馬遷對此不以為然,而道
出:「學者多稱五帝尚矣,然尚書獨載堯以來,而百家言黃帝,其文不雅
馴,薦紳先生難言之。」(見瀧川資言校注《史記會注考證·五帝本紀第
一》(台北市:天工出版社,1989 年 9 月),頁 65-66)故撰《史記》便
將黃帝身分定位在華夏族群的始祖,雖雜染神仙氣息,實視為帝王之始。
司馬氏對黃帝身分的處理,雖然與當時讖緯與方士視黃帝為神仙的說法大
相逕庭,卻成為漢代文人對黃帝的主要觀感。

黃帝昇仙後被視為最為尊貴的神明，彰顯著兼有聖王與神仙特質的身分，已得神仙傳記的青睞，[13]至於就帝王身分而言，便發揮他在武功方面的建樹，故有征伐蚩尤的功業，及器物的發明上，有著造福萬民的創造。自然地，由於黃帝與蚩尤的征戰與「古遺跡的發現」具有相同概念，自無發展基礎，但制器傳說則不然。本來「制器」乃定位在聖王相繼承續、完成的功業，並非黃帝所專有，試觀《周易·繫辭》裏便認為源自庖犧氏法天地而成八卦進而啟示對後代君王，再由歷代諸位聖王的法八卦之象接繼發明方得完成，近於陳講文明演進的歷程，[14]故知先秦時黃帝僅是諸器的發明者之一，但卻

---

[13] 由於仙傳裏黃帝皆是扮演傳授仙苑祕書的習見角色，並無特出之處，而與一般神仙傳記的編纂原理及動機並無不同。本書第四章「仙話編寫的動機與目的」已有專題考論，詳參該章考述。

[14] 其文云：「古者庖犧氏之王天下也，仰則觀象於天，俯則觀法於地，觀鳥獸之文與地之宜，近取諸身，遠取諸物，於是始作八卦，以通神明之德，以類萬物之情；作結繩而為罔罟，以佃以漁，蓋取諸離。庖犧氏沒，神農氏作，斲木為耜，揉木為耒，耒耨之利，以教天下，蓋取諸益，日中為市，致天下之民，聚天下之貨，交易而退，各得其所，蓋取諸噬嗑。神農氏沒，黃帝堯舜氏作，通其變，使民不倦，神而化之，使民宜之。易窮則變，變則通，通則久，是以自天祐之，吉無不利，黃帝堯舜垂衣裳而天下治，蓋取諸乾坤，刳木為舟，剡木為楫，舟楫之利，以濟不通，致遠以利天下，蓋取諸渙，服牛乘馬，引重致遠，以利天下，蓋取諸隨，重門擊柝，以待暴客，蓋取諸豫，斷木為杵，掘地為臼，臼杵之利，萬民以濟，蓋取諸小過，弦木為弧，剡木為矢，弧矢之利，以威天下，蓋取諸睽。上古穴居而野處，後世聖人易之以宮室，上棟下宇，以待風雨，蓋取諸大壯。古之葬者，厚衣之以薪，葬之中野，不封不樹，喪期無數，後世聖人易之以棺槨，蓋取諸大過。上古結繩而治，後世聖人易之以書契，百官以治，萬民以察，蓋取諸夬。」或因〈繫辭〉本在演述《周易》義理，故將制器說繫於庖犧，也間接地認定制器亦源自陰陽八卦的建立，不過制器歷程的推演，亦頗符合各代聖王的既定形象，近似於陳述文明發展的觀點。引文據清李道平撰、潘雨廷點校《周易集解纂疏》（北京市：中華書局，2004 年 4 月），頁 621-632。

在黃帝制器觀念的擴展下，入漢後漸生黃帝獨立制器的說法。若《淮南子‧本經訓》云：「昔者蒼頡作書而天雨粟，鬼夜哭」，又〈脩務訓〉謂：「昔者蒼頡作書，容成造曆，胡曹為衣，后稷耕稼，儀狄作酒，奚仲為車。此六人者，皆有神明之道，聖智之跡，故人作一事而遺後世，非能一人而獨兼有之」，雖皆認為若文字、曆法、衣服、耕稼及車輛皆非黃帝所造，不過許慎《說文‧序》云：「黃帝之史倉頡」，將倉頡視於黃帝臣，至於高誘注皆有補說：「容成，皇（黃）帝臣，造作曆，知日月星辰之行度」，[15]又「《易》曰：黃帝垂衣裳，胡曹亦黃帝臣也」，[16]且高氏注《呂氏春秋‧君守》則云：「奚仲，黃帝之後，任姓也」，[17]務使造器發明與黃帝相關，以利於將黃帝塑造成一切禮樂與生計用物的創作者，而這對黃帝制器形象的建立，是作為造福萬民所當具備的聖王氣象。此概念在漢末迄六朝已經成熟，令黃帝成為制器傳說簞垛式的帝王。[18]既然唐前「黃帝制器」已成為既定概念，令任何發明皆肇始於黃帝，入唐後《廣黃帝本行記》、《軒轅本紀》皆集結並重組黃帝的諸多傳說。若云：

---

[15] 　據許慎著、徐鉉校《說文解字》（香港：中華書局，1998 年 9 月），頁314。

[16] 　以上引《淮南子》四段文字，皆據台北藝文印書館影印日本古鈔卷子本《淮南鴻烈解》。

[17] 　據陳奇猷點校《呂氏春秋校釋》（上海市：學林出版社，1995 年 10 月），頁 1062。

[18] 　若王嘉《拾遺記》便載：「軒轅出自有熊之國。母曰昊樞，以戊己之日生，故以土德稱王也。時有黃星之祥。考定曆紀，始造書契。服冕垂衣，故有袞龍之頌。變乘桴以造舟楫，水物為之祥踴，滄海為之恬波。」又記「猶憶軒轅之時，始學曆數，風后、容成，皆黃帝之史，就余授曆術。」即以黃帝臣發明諸器，間接作為黃帝發明。文據齊治平校注《拾遺記》（北京市：中華書局，1981 年 6 月），頁 8-9、195。

　　帝理天下十五年之後，憂念黎庶之不理，竭聰明，進智力，
以營百姓，具修德也，考其功德而務其法教。時元妃西陵氏
始養蠶為絲，乃有天老五聖以佐理化。帝取伏犧氏之卦象法
而用之，據神農所重六十四卦之義，帝乃作八卦之說，謂之
《八索》，求其重卦之義也。時有臣曹故造衣，臣伯余造裳，
臣於則造履，帝因之作冠冕。始代毛革之弊，所謂黃帝垂衣
而天下理也。帝因以別尊卑，令男女異處而居，取法乾坤天
尊地卑之義。帝見浮葉方為舟，即有共鼓、化狄三（二）臣
作舟楫，所謂「剡木為舟，剡木為楫」也。以取諸渙，渙，
散也，物大通也，所以濟不通也。帝又觀轉蓬之象以作車。[19]

　　所謂「憂念黎庶之不理，竭聰明，進智力，以營百姓」誠為黃帝成
為制器傳說箭垛人物的思考底蘊，此段且轉讓《易經·繫辭》裏聖
王相續的制器成就全予黃帝，復將有功於社會、民生的器物創作適
時安插於不同階段，實皆依循此概念而來，若與漢劉向《列仙傳》
簡樸且無提及制器的黃帝記載相較，自然相去甚多，變化甚大了。
故唐時因延續六朝對仙傳的續寫、編定，必須對於神話、傳說人物
安排在官秩有別的仙班裏，以孚道教建立典籍的宗教需要，但是仍
以張皇、擴展、延申原本已建立起的特徵，讓形象趨於完整而統一。
惟在道教仙傳的編寫外，亦可得僅採用傳說人物的特色或事跡作為

<hr>

[19]　文引自《軒轅本紀》，據宋張君房編、李永晟點校《雲笈七籤》本（北京
　　市：中華書局，2003 年 12 月），頁 2158。按《道藏》洞真部記傳類海字
　　號收有唐王瓘《廣黃帝本行記》一卷，內容僅有黃帝修行成仙事跡，恰無
　　《軒轅本紀》所載黃帝較早經歷。觀《新唐書·藝文志》之史部雜傳類收
　　是書作三卷，因此《道藏》本《廣黃帝本行記》係存下卷。比對《軒轅本
　　紀》及《廣黃帝本行記》內文，可知宋張君房所用底本即唐王瓘書，故今
　　引《軒轅本紀》作為唐代黃帝傳說的概貌。

演述的基礎者，若前引述黃帝制器說，於唐時便有王度《古鏡記》
以黃帝鑄鏡作為情節線索，演繹著黃帝所標榜的神聖個性與制器事
業，[20]此例雖不多覯，然而亦可再次作為「傳說人物的援引、再造，
皆基於既有特質」的注腳。

　　毋論是印證原始傳說內容的記錄，還是開展傳說人物的傳記，
皆立足於既有的傳說之上，除了可應用在傳說的偉人神靈上，甚至
西來佛經人物亦在適用之列，故若六朝時觀音信仰所建立慈悲救苦
的形象，入唐後仍依循此模式建構觀音形貌，創造新題，[21]而目連、
睒子的大孝形貌，皆在唐代變文裏重複傳詠，[22]顯示著藉由印證或
再次塑造傳說人物的原有特質，為唐人處理傳說人物的習用手法。

---

[20] 關於《古鏡記》援用黃帝制器傳說，詳參拙文〈唐王度古鏡記之鑄鏡傳說
辨析──兼論古鏡制妖的思考進路〉裏「古鏡來歷：黃帝鑄鏡之謎」一節，
刊載於《中國文學研究》第 17 期（2003 年 6 月），頁 131-135。

[21] 關於唐代觀世音信仰本書第三章「佛教主題之闡釋與撰述」已闢有「觀世
音信仰」一節，此處不復討論。

[22] 目連地獄救母與睒子大孝的故事於唐代最為興盛，皆與孝行有關。不過兩
位人物出現於佛經皆非以孝作為命題，劉禎即云：「變文目連故事的思想
已經發生變化，已納入中國傳統儒家思想之列，……出家降為實現報恩孝
親目的的手段。上天入地，也不再是用以顯示神通，而是為了表現其救母
的意志與毅力。」（見氏著《中國民間目連文化》（成都市：巴蜀書社，
1997 年 7 月），頁 15）又謝明勳謂：「據其所言可知（指《佛說睒子經》），
此乃佛言其前世事之一例，為本生故事之一，旨在闡明：『吾前世時，為
子仁孝，為君慈育，為民奉敬，自致得成，為三界尊。』其事原先用意，
並未全如後世之人對於睒子故事的瞭解，僅只是強調『孝』之一字。」（見
氏著〈敦煌本孝子傳睒子故事考索〉，收於《古典小說與民間文學》（台
北市：大安出版社，2004 年 8 月），頁 60）皆分辨出中土對目連、睒子
的大孝理解，是與佛經的說明有著差距，然而也因此可以看出唐人對兩位
佛經人物的看法演述，皆基於二人所具有「孝」的既定觀感來推展，其理
與傳說人物的發揮相同。惟上述雖可印證當時群眾的觀感，但二者畢竟皆
僅限於變文裏傳述而已，在志怪、傳奇文裏則未見，故本文亦未予討論。

二、援引概念塑造的傳說人物

　　除了由傳說人物的既有形象開拓小說主題，亦有藉由既定的概念投射於傳說人物作為途徑者。要之志異小說雖然對神祕世界與人物的存在及真實予以肯定，惟在驗證與說明上，則必須仰仗具神異色彩的人物作為說客，因此志怪小說初肇時便受到宣傳鬼怪實有，以及內容多記殊方異物、妖異災變的引導，啟發六朝對「博識人物」的創造，[23]以回應時代的需求。此類人物行誼的產生法式，乃用「博識」作為既定的概念，尋繹具有神祕性格的歷史人物或當代名人，對志怪內容提供超自然以及具權威性的解釋，因此即便是漢時的東方朔、董仲舒、費長房、王粲等人，在六朝人的眼光裏是等同於六朝人張華、郭璞、束皙、鮑靚之徒，具備著為志怪小說真實性背書所需要的知識與能力，故就六朝而言，「博識」雖是相應於志怪「博物」的內容而生成，然而也讓此類廣知天地萬事的博識人物，也當然地能夠探知、瞭解支持著特異變化的運行原理。然而入唐後，記異故事已不復若六朝時博物主題的熱衷，況且唐代所謂的博物故事已轉變成具商業內容的寶物辨識，由解說者大凡由見多識廣的胡商（胡僧）擔任可以得知其意義的變化，[24]因此察驗天道已不再依循

23　對於「博識人物」的定義，本文採謝明勳的界說，其云：「本文所論博識人物之義，或稍近於此，然其所言未必盡存《山海經》中，但凡對眾人不解之異事、異物，能夠提出『言之成理，持之有故』之解說，且能令眾人信服者，皆可以『博識人物』視之。」又本文所引用六朝所認定的博識人物，亦采謝說，惟另加入郭璞。見氏著〈六朝志怪小說之博識人物試論〉《六朝小說本事考索》（台北市：里仁出版社，2003年1月），頁2。

24　六朝時頗流行域外奇物的纂集，至於記述或辨諸者則多偏勞博識人物擔任，然入唐以後，以條列形式介紹域外方物的作品在志怪的比例驟降，取而代之的是識寶故事：故事情節以①某物（多為寶珠）眾人未知其價值，②後來出現識寶者（或為胡僧、胡商）定其價格，③後眾人伏其所識三項

博察萬物、體驗神異的博識途徑，而是直接窺探、明瞭力量的來源（天意）與命運的傾向（定命）。就此，已讓六朝的「博識人物」被唐代的「先知人物」所凌替。[25]這思考的方式，乃是以具備察識神祕經驗能力作為前提，附會著當代著名的傳奇人物。就此而言，唐代最為著名能測得天意及命運趨向者，莫過於本具方士性格的袁天綱與李淳風。

所構成。若《廣異記》即載：「長安至相寺有賢者，自十餘歲，便在西禪院修道。院中佛堂座下，恒有一蛇。賢者初修道時，蛇大一圍。及後四十餘年，蛇如堂柱，大蛇雖相見，而不能相惡。開元中，賢者夜中至佛堂禮拜，堂中無燈，而光粲滿堂。心甚怪之，因於蛇出之處得徑寸珠。至市高舉價，冀其識者。數日，有胡人交市，定還百萬。賢者曰：『此夜光珠，當無價，何以如此酬直？』胡云：『蚌蛛則賤，此乃蛇珠，多到千貫。』賢者嘆伏，遂賣焉。」一般人（包括文中智者）所認定明珠當值百萬，但當胡僧道出「蚌蛛則賤，此乃蛇珠」的判別後，除解人疑惑、令人折服外，亦突顯胡人識廣及故事本身的商業氣息。引文據戴孚著、方詩銘輯校《廣異記》（北京：中華書局，1992 年 3 月），頁 4-5。

[25]　入唐以後最為大宗的博識人物即「唐人識寶」，其與六朝「博識人物」的概念實有相關，仍沾染神祕的性格。程薔在觀察「識寶傳說」於中土的發展脈絡時，便用六朝習知的博識人連結起唐代胡人識寶故事，而謂「由此看來，識寶情節附會於歷史人物，確是秦漢以來至唐代以前的識寶傳內容方面的一個重要特徵。可以說，由此而形成各階段的主要部分。此外存在著的以其他識寶者（如道士、僧人或不知名者）為主角的識寶傳說，在這一時期，只占據次要地位。」（見程著《驪龍之珠的誘惑——民間敘事寶物主題探索》（北京市：學苑出版社，2003 年 5 月），頁 101）至於唐代胡人成為識寶的主要人物，雖與唐代商業發達有關，但當時流行的識寶故事，仍存續「博識人物」的部分特徵。根據王國良的統計（見王文〈唐代胡人識寶藏寶傳說〉，收錄於《文學與社會》（台北市：學生書局，1990 年 10 月），頁 27-52），共得「望氣識寶型」、「覽物知異型」、「觀寶禮讚型」、「剖肉藏珠型」、「感恩贈寶型」五類，無論「望氣」與「禮讚」多少存有宗教意涵的行為，雖言寶物的特異，亦道出識寶者的神祕性格。不過商業氣息仍凌駕宗教之上，探知萬物變化的能力無法與先知人物相比擬。

　　就目下唐人小說所錄，皆盛稱二人預言的精確，即使正史新、舊《唐書》亦推崇袁天綱的工於相術，言人事休咎皆驗的本事；[26]李淳風則明於曆算，本為道教世家，[27]足見兩人於唐時已負盛名，儼然為當代的命理宗師。既能精算天命運行，自然對於太宗身後出現女主的重大變革，作出精準的預示。惟二人專長不同，推演的方式也各異。故袁天綱長於相術，便安排了相武氏的場景：

　　　唐則天之在襁褓也，益州人袁天綱能相，士彠令相妻楊氏。
　　　天綱曰：「夫人當生貴子。」乃盡召其子相之。謂元慶、元
　　　爽曰：「可至刺史，終亦屯否。」見韓國夫人曰：「此女大
　　　貴，不利其夫。」則天時在懷抱，衣男子衣服，乳母抱至，
　　　天綱舉目一視，大驚曰：「龍睛鳳頸，貴之極也，若是女當
　　　為天下主。」[28]

26　據《舊唐書·劉仁軌傳》載：「仁軌雖位居端揆，不自矜倨，每見貧賤時
　　故人，不改布衣之舊。初為陳倉尉，相工袁天綱謂曰：『君終當位鄰台輔，
　　年將九十。』後果如其言。」又〈方伎傳〉亦載：「袁天綱，益州成都人
　　也。尤工相術。……初，天綱以大業元年至洛陽，時杜淹、王珪、韋挺就
　　之相。天綱謂淹曰：『公蘭臺成就，學堂寬博，必得親糾察之官，以文藻
　　見知。』謂王曰：『公三亭成就，天地相臨，從今十年已外，必得五品要
　　職。』謂韋曰：『公面似大獸之面，交友極誠，必得士友攜接，初為武職。』
　　復謂淹等『二十年外，終恐三賢同被責黜，暫去即還。』……皆如天綱之
　　言。」皆說天綱相術的神準。又《新唐書·方伎傳》所載與《舊唐書》同，
　　不復引錄。

27　見《舊唐書·李淳風傳》載：「李淳風，岐州雍人也。其先自太原徙焉。
　　父播，隋高唐尉，以秩卑不得志，棄官而為道士，頗有文學，自號黃冠子。
　　注《老子》，撰《方志圖》，文集十卷，並行於代。淳風幼俊爽，博涉群
　　書，尤明天文、曆算、陰陽之學。」《新唐書·方伎傳》所載李淳風事與
　　《舊唐書》同，不復引。

28　見《太平廣記》卷二百一十五引《感定錄》，頁 479-480。按劉肅《大唐
　　新語·記異》亦載此事，文字亦略有出入，因此在劉肅撰成《大唐新語》

袁天綱無論相武士彠妻或其子女,皆能作出合於史事的預示,尤其天綱因武則天著男服而誤認為男嬰,而道出「若是女當為天下主」來印證天綱的相術,更為傳神;至於李淳風擅於天文,便由天象探見端倪,故有以下這段淳風與太宗的對話:

> 唐貞觀中《祕記》云:「唐三世後,有女主武王代有天下。」太宗密召李淳風訪之,淳風奏言:「臣據玄象,推算已定,其人已生在陛下宮內,從今不滿四十年,當有天下,誅殺子孫殆盡。」太宗曰:「疑似者殺之,何如?」淳風曰:「天之所命,必無禳避之法。王者不死,枉及無辜,且據占已長成,在陛下宮內為眷屬,更四十年又當衰老,老則仁慈,恐傷陛下子孫不多。今若殺之為讎,更生少壯,必加嚴毒,為害轉甚。」遂止。[29]

所謂《祕記》載記「唐三世後,有女主武王代有天下」,當是武后欲自立為帝時所造的謠讖,證明自己登上帝位乃出於天命,不可更易,而此處是將《祕記》的時代移前,為太宗所見而向李淳風探問,致李淳風由天象推算出此人目前藏身處以及掌權時日,並對太宗提出天命不可違的諫言,以止太宗欲殺疑似者的想法。綜觀上引二事,皆必然出於武氏登祚後,亦即袁、李卒後才生成的傳說,其目的本在於補充、擴展二人的神祕性格與演算能力。其中李淳風與太宗談論《祕記》事竟被新、舊《唐書》的史官以為實錄,收載於正史中,由此足見時迄五代二人仍是預言的宗主,故後世皆有託言袁

即憲宗元和年間已有此傳說。

[29] 見《太平廣記》卷二百一十五引《感定錄》,頁 1647。按《廣記》卷一百六十三亦載此事,出於《談賓錄》(明鈔本作出《朝野僉載》),僅文字略有出入,惟《感定錄》所錄較為完整,今即用《感定錄》文字。

天綱、李淳風著《推背圖》，演算著歷代更替的規律。[30]然而所謂演算未來，本基於「命定」的預設下方能成就，亦即代表著唐代命定觀念的普及與流行，且是萬物變化必然依循的定律，方才造就出此類探測天命的人物，不僅能知人事，亦可探見幽冥。換言之，「先知人物」代表著唐代志異小說的內容已傾於解釋人事變遷的主題，令思想上也演繹著這些主題所賴以維持的命定觀念。

第二節　故事表徵的命題及寓意

今檢視傳說載記的內容，本多用「變異」作為記敘主題。惟其中僅以著錄殊方異物、遠地土俗的一脈，雖在《山海經》裏得到實踐，後世亦得若《神異經》、《十洲記》、《玄中記》或《博物志》等作品承繼體例而有所續寫，然而此類記錄畢竟負有介紹方物與解釋變化的任務，而與人事關係較遠而缺乏故事情節，實未若當變異的發生攸關個人而具有故事規模者，更能引發群眾的興味，可得到繼續傳述的生命活力。這些作品記錄著變異本身（若神祇、物怪、人鬼）主動對個人有所施為，與人有所互動，或是逆向地由個人自身體產生變異（化為物類），被他人察覺。前者由具人格意志的物類來訪，聚焦在神祇或精魅與人的如何交接上，後者因變化發生在

30　目前坊間多有託名二人的預言書《推背圖》，部分甚至已演算至清代。不過是書至晚在北宋時已頗流行，據莊綽《雞肋編》所載：「後（李）逢與宗室世居狂謀，事露繫獄，吏問其發意之端，乃云因於公家見《推背圖》，故有謀。時王介甫方慫公排議新法，遽請追逮。神考不許，曰：『此書人皆有之，不足坐也。』全族之恩，乃謂此耳。」已見《推背圖》於北宋已甚流傳。文據蕭魯陽點校《雞肋編》（北京市：中華書局，1997 年 12 月），頁 67。

人體本身，表呈出人類變異的生成原由，兩種不同撰寫策略的採行，自訴諸於各別傳說的建構目的與命題，惟皆結穴於個人的性情與態度，如何引導情節的進一步發展上。雖變異的發生進程不同，卻都透顯著欲反映人性的共同使命，成為被傳講的主要原因——批評惡性，稱揚良善，故當就此觀察傳說故事的演變與發展。

一、物異類：藉由異類反映的人性特質

在傳統物理流變的觀念裏，本認定萬物皆會受到時間的催化與陰陽的變異而得到人格意志，即所謂的精魅。這些生成於違反常理、常態而得到個性的物怪，自然也賦予了負面的存在價值，對於應天理而生的人身而言，自然產生不良的影響，於是自六朝始起，精魅皆多以迷惑、害人作為終身職志，四處為禍，成為典型而習見的妖怪故事；相反地，亦有依循具正面方式得到神格身分的仙眾，當發生特殊情境與人接觸，留下遇仙的傳說類型。雖然在這些遇妖抑或見仙的故事裏，凡人似居於被動的地位，卻因這些具人身的角色多扮演當事人或本身即是論述者，故能居於誘導、招徠異變的主要位置。原本故事安排個人與仙、妖互動，其命意本在於記載、傳講故事者對這場景賦予的寓意上——藉由示警、告誡故事人物的方式，讓亦身為凡人的讀者獲得相同的教誨，對個人心性提出規範及要求。表現在情節的發展上，個人的心態及作為便得到改變故事結局的能力。那麼作品裏的個人內在才性的良竄與思緒的活動，所能牽動故事的結構及進程，實彰顯著故事的命意與傳遞的消息，明瞭傳說的真正意涵。

（一）異類來訪的褒貶判讀

　　神仙、精怪雖然本身已標識鮮明的正、負評價，但因著這些「異類」在產生方式的差異，也讓「與人相會」有著不同的意義。本來神仙傳說多出自道教徒的造作，故事裏已含括著宗教的意識與價值，但在民間所傳講的故事卻往往視神仙為正面價值的代表，除了不同於人死後受祭祀而擁有的神格外，[31]亦不是宣傳道教的腳力；至於精怪本生於氣的異變，因此與人類所稟賦的正氣相違，本會導致個人生病甚至死亡，其本質亦為惡性，故沿續六朝時已有的為惡本事，繼續作祟。今即用二則皆與螺女相遇的故事以別異同：

　　其一、具女仙身分者：

> 常州義興縣，有鰥夫吳堪，少孤，無兄弟。為縣吏，性恭順。其家臨荊溪，常於門前以物遮護溪水，不曾穢污。每縣歸，則臨水看翫，敬而愛之。積數年，忽於水濱得一白螺，遂拾歸，以水養。自縣歸，見家中飲食已備，乃食之。如是十餘日。然堪為鄰母哀其寡獨，故為之執爨，乃卑謝鄰母。母曰：「何必辭？君近得佳麗修事，何謝老身？」堪曰：「無。」因問其母，母曰：「子每入縣後，便見一女子，可十七、八，容顏端麗，衣服輕豔，具饌訖，即卻入房。」堪意疑白螺所為，乃密言於母曰：「堪明日當稱入縣，請於母家自隙窺之，可乎？」母曰：「可。」明旦詐出，乃見女自堪房出，入廚理爨。堪自門而入，其女遂歸房不得。堪拜之，女曰：「天

31　人死後靈魂受到天帝冊封抑或滯留死處而得到祭祀，皆統稱為神，所以在個性與身分上皆保有生前的樣貌，實與鬼魂無別。唐人亦視人卒後乃入陰間持續生活，即便滯留於陽世，亦執行著生前相同的活動。惟與本節所論關聯性甚遠，本書第六章已有深說，此不贅述。

知君敬護泉源，力勤小職，哀君鰥獨，敕余以奉媿。幸君垂
悉，無致疑阻。」堪敬而謝之，自此彌將敬洽。閭里傳之，
頗增駭異。時縣宰豪士聞堪美妻，因欲圖之。堪為吏恭謹，
不犯笞責。宰謂堪曰：「君熟於吏能久矣。今要蝦蟆毛及鬼
臂二物，晚衙須納。不應此物，罪責非輕。」堪唯而走出，
度人間無此物，求不可得，顏色慘沮。歸述於妻，乃曰：「吾
今夕殞矣。」妻笑曰：「君憂餘物，不敢聞命；二物之求，
妾能致矣。」堪聞言，憂色稍解。妻曰：「辭出取之。」少
頃而到，堪得以納令。令視二物，微笑曰：「且出。」然終
欲害之。後一日，又召堪曰：「我要蝸斗一枚，君宜速覓此。
若不至，禍在君矣。」堪承命奔歸，又以告妻。妻曰：「吾
家有之，取不難也。」乃為取之。良久，牽一獸至，大如犬，
狀亦類之，曰：「此蝸斗也。」堪曰：「何能？」妻曰：「能
食火，奇獸也，君速送。」堪將此獸上宰。宰見之怒曰：「吾
索蝸斗，此乃犬也。」又曰：「必何所能？」曰：「食火，
其糞火。」宰遂索炭燒之，遣食。食訖，糞之於地，皆火也。
宰怒曰：「用此物奚為？」令除火掃糞，方欲害堪，吏以物
及糞，應手洞然，火飆暴起，焚爇牆宇，煙焰四合，彌亙城
門，宰身及一家，皆為煨燼。乃失吳堪及妻。其縣遂遷於西
數步，今之城是也。[32]

其二、身為螺精者：

鄧元佐者，潁川人也。游學於吳，好尋山水，凡有勝境，無
不歷覽。因謁長城宰，延挹托舊，暢飲而別。將抵姑蘇，誤

---

[32]　見《太平廣記》卷八十三引《原化記》，頁 538-539。

入一徑，甚險阻紆曲，凡十數里，莫逢人舍，但見蓬蒿而已。時日色已暝，元佐引領前望，忽見燈火，意有人家，乃尋而投之。既至，見一蝸舍，惟一女子，可年二十許。元佐乃投之曰：「余今晚至長城訪別，乘醉而歸，誤入此道。今已侵夜，更向前道，慮為惡獸所損。幸娘子見容一宵，豈敢忘德？」女曰：「大人不在，當奈何？況又家貧，無好茵席祗侍。君子不棄，即聞命矣。」元佐餒，因舍焉。女乃嚴一土塌，上布軟草。坐定，女子設食，元佐餒而食之，極美。女子乃就元佐而寢。元佐至明，忽覺其身臥在田中，傍有一螺，大如升子。元佐思夜來所餐之物，意甚不安，乃嘔吐，視之，盡青泥也。元佐嘆吒良久，不損其螺。元佐自此棲心于道門，永絕游歷耳。[33]

文中雖然皆記述青年與螺女的相遇，但是二女在真實身分上仍有區分，前者為仙，後者為妖，致使人類在相遇後得到不同的結局：首則即為今人所熟知的「螺精」故事，雖冠以螺精之名，其真實身分乃是天上的白水素女，是具有神仙品格，[34]其降世目的本在於協助恭順護物的吳堪，沿續著六朝「白水素女」獎勵良善世人的意旨。尤其《原化記》時已加入了對抗強權壓迫的新添情節，讓善惡的對

---

[33]　據台北新興書局影印《顧氏文房小說》本《集異記》。

[34]　《原化記》所載螺精故事，本承繼六朝「白水素女」故事，因此雖稱螺精，實為仙女。雖然《述異記》卷上所錄同型故事，是以謝端認為螺女乃妖精所化，因此呵責且讓天女升雲而去為結局，不過文中仍確指螺女為仙女，並非妖魅。王國良〈古典文獻中的螺精傳說試析〉一文已有考論，可參看，文收於王氏著《六朝志怪小說考論》（台北市：文史哲出版社，1988 年11 月），頁 249-261。

立更趨明顯。[35]至於次則載元佐遇螺精而與其共度一宿，在得知女子身分後歸於道門而得無恙。雖然元佐及時抽身未受蠱惑，但可由其他故事可以推得鄧氏若沈溺感官之樂，就會招引禍事結果，若張讀《宣室志》所錄謝翱遇花妖與其酬答，其後「翱雖知為怪，眷然不能忘」，果「不數日，以怨結遂卒」；[36]又像段成式《酉陽雜俎》裏記王申貪圖女色，妻孩被妖怪食盡，[37]皆可證說元佐若惑於感官欲望，則必然死於女妖之手。由於「神」、「妖」已成為代表「善」、「惡」的符號，因此在六朝《玄中記》裏兼容仙、妖品格的「天鵝處女」傳說，[38]迄唐便化為兩支：或鑒於姑獲鳥妖異的身分，而謂：

---

[35] 《原化記》所加入縣宰刁難吳堪的情節，謝明勳指出此乃「巧女故事類型的一種變體」，而解釋：「於此所言之巧女，並不是指通過解謎、避諱等方式來表現其非凡機智的『人間化』類型，而是指以不同凡俗的來歷、身分與強索異物之迫害者對抗的一種類型。」換言之，與強權對抗的基礎，即基於螺女所具備的仙女身分與能力。謝氏文見其著〈波瀾壯闊之小說——以謝端故事為例〉《六朝志怪小說故事考論》（台北市：里仁出版社，1999年1月），頁15-16。

[36] 見張讀《宣室志·遺補》，文據藝文印書館於1965年影印明萬曆中會稽半埜堂商濬校刊《稗海》本。

[37] 見段成式《酉陽雜俎》續集卷之二（台北市：漢京文化事業有限公司，1983年10月），頁209。

[38] 《玄中記》所載姑獲鳥故事，是以妖怪的方式形容：「姑獲鳥夜飛晝藏，蓋鬼神類。衣毛為飛鳥，脫毛為女人。一名天帝少女，一名夜行游女，一名鈎星，一名隱飛。鳥無子，喜取人子養之，以為子。今時小兒之衣不欲夜露者，為此物愛以血點其衣為誌，即取小兒也。世人名為鬼鳥，荊州為多。昔豫章男子，見田中有六七女人，不知是鳥，匍匐往，先得其毛衣，取藏之，即往就諸鳥，諸鳥各去就毛衣，衣之飛去。一鳥獨不得去，男子取以為婦。生三女。其母後使女問父，知衣在積稻下，得之，衣而飛去。後以衣迎三女，三女兒得衣亦飛去。今謂之鬼車。」前段敘妖鳥習性本無可議，然後段載妖鳥嫁予凡人的傳聞，其中著衣飛去一節，已令妖鳥微具仙女色彩。據魯迅輯校《古小說鉤沈》本（北京市：人民文學出版社，1999年7月），頁457-458。

「亦名夜行遊女，與嬰兒作祟。故嬰孩之衣，不可置星露之下，畏
其祟耳」[39]；或認定成仙女下界，而與凡人婚娶。鳥女身分何以無
法存有含糊的看待，著實導因於「異類」身分已象徵著對個人性情
的褒貶，亦即當神仙抑或妖精來訪時，已藉著「異類」的身分映照
著主人翁心性良窳，讓懷有善心而招致神仙造訪的凡人得到獎賞，
當精怪誘引時也應拋擲欲念當機立斷，進行著道德性的勸諭。

（二）動物回報的正面消息

　　雖然所謂的志怪，多指個人接觸抑或自身生成的物理異變，惟
在六朝作品裏，已得與物理變化無關的異事載記，即動物回報故
事。這些動物在未化為人形的情況下作出報德的特出行徑，表彰著
隱藏在動物行為下的內在性格，亦即應該專屬於萬物之靈的報恩品
德，竟然為動物所擁有甚而表現成行為，儼然是一種「異」事。這
類型故事的產生或與佛教裏放生故事攸關，畢竟在放生主題裏多有
動物藉由直接救告或間接托夢的形式求得生機，已確認動物具有靈
性以及能夠回報的兩項內容，且就此引申報應觀點，自可得動物對
個人施予救濟的回報，但就今存六朝動物報恩觀察，除與佛教所關
懷的主題相去甚遠外，且無明顯的承襲淵源，至少當時佛徒對此類
作品並不熱心，致使幾未見於釋教小說裏。[40]故僅就故事內容予以

---

[39] 段成式《酉陽雜俎》所記與《玄中記》同，今不引。然《嶺表錄異》所載
「鬼車」、「鵂鶹」二物，能力、特性與《玄中記》所載存有異同，可見
此傳說已有增刪。引文據魯迅輯校《嶺表錄異》，收於《魯迅輯錄古籍叢
編》第三輯（北京市：人民文學出版社，1999年7月），頁461。

[40] 關於唐代動物報恩故事，夏廣興以為乃源自仿傚佛經故事，而謂：「總之，
動物報恩故事雖然簡略，但基本內容與佛經同類故事的報恩情節構，其中
內含的報應思想與佛教教義亦相關，中土此類故事受佛經影響的可能性還
是存在的。」惟六朝時動物報恩故事已頗多見，且多出於一般文士之手幾

觀察，在動物種類上已得龍、龜、鶴、蛇、虎、象、黃雀（西王母
所有的仙鳥）、犬甚至於蟻王等生物。犬本是人類飼養用以護衛身
家的家畜，故代有義犬護主的傳聞，至於其他大凡為傳統觀念裏的
靈物，自具有近於人類甚至於仙質的靈性而能回報。這類作品由六
朝肇興，入唐仍盛行不衰，頗為傳講，故今縱觀此類作品的思維發
展脈絡，已略得民眾對此類故事所側重的寓意。例如：

> 上元中，華容縣有象入莊家中庭臥。其足下有槎，人為出之，
> 象乃伏，令人騎。入深山，以鼻掊土，得象牙數十，以報之。[41]
> 昔有書生路逢小蛇，因而收養，數月漸大，書生每自檐之，
> 號曰「檐生」。其後不可檐負，放之范縣東大澤中。四十餘
> 年，其蛇如覆舟，號為神蟒。人往於澤中者，必被吞食。書
> 生時以老邁，途經此澤畔。人謂曰：「中有大蛇食人，君宜
> 無往。」時盛冬寒甚，書生謂冬月蛇藏，無此理，遂過大澤。
> 行二十里餘，忽有蛇逐。書生尚識其形色，遙謂之曰：「爾
> 非我檐生乎？」蛇便低頭，良久方去。回至范縣，縣令聞其
> 見蛇不死，以為異，繫之獄中，斷刑當死。書生私忿曰：「檐
> 生養汝翻令我死，不亦劇哉！」其夜，蛇遂攻陷一縣為湖，
> 獨獄不陷，書生獲免。天寶末，獨孤遐者，其舅為范令，三月
> 三日，與家人於湖中泛舟，無故覆沒，家人幾死者數四也。[42]

未見佛徒撰寫，或許唐代所流傳的動物報恩故事有受影響，但就源流來
看，謂肇於六朝的既有模式，較為適當。夏氏文見其著〈隋唐五代小說采
掇佛典題材探微〉，收於陳允吉等編《佛經文學研究論集》（上海市：復
旦大學出版社，2004 年 12 月），頁 455。
[41] 據張鷟撰、趙守儼點校《朝野僉載》（北京市：中華書局，1997 年 12 月），
頁 123。
[42] 引文據方詩銘輯校、戴孚著《廣異記》，頁 227。按蛇報恩故事於六朝已

首則載記了能通於人性的大象因知悉象牙價值，故用象牙答謝恩人的搭救，報恩模式最為簡易，然次則被書生收養的巨蟒不僅在野放後仍能識主，且在主人受難時大發神力予以救護，甚至自行執行復仇任務，為主雪恨，故事自然肯定了蛇所具有的靈性，甚至讓牠具備了「報答恩情」、「為主復仇」的兩項義行。雖然動物報恩本身即富於傳奇意味，但若深究故事創作的命意，仍在於表彰良善的人性內容：藉由動物的知恩圖報，對照著人類的性情沈溺，進而省思人性與動物性相去幾希的道德議題。此類作品仍是接續起六朝對此類傳說載錄的初衷，對人性的一種觀照。[43]

見，若《搜神記》卷二十所收〈隋侯珠〉、〈邛都姥姥〉二事皆屬之，至於《廣異記》所錄〈擔生〉者，其本事應即《水經注》引《東觀漢記》所載：「光武拜王梁為大司空，以為侯國。耆宿云：『邑人有行於途者，見一小蛇，疑其有靈，持而養之，名曰擔生。長而吞噬人，里人患之，遂捕繫獄，擔生負而奔，邑淪為湖，縣長及吏，咸為魚矣。』」與戴孚所錄故事情節略異，大體則無詭。引文見《水經注》（台北市：世界書局，1983年12月），頁146。

[43] 六朝不僅載錄著動物報恩故事，亦有描述著動物在報恩後仍戀戀不忘，甚至收錄有動物在助個人後，人卻恩將仇報的事例。若〈黃赭問路〉載云：「鄱陽縣民黃赭，入山採荊楊子，遂迷不知道。數日，飢餓。忽見一大龜，赭便咒曰：『汝是靈物。吾迷路不知道，令騎汝背，示吾路。』龜即回右膊，赭即從行，去十餘里，便至溪水。見賈客行船，赭即往乞食，便語船人云：『我向者於溪邊見一龜，甚大，可共往取之。』言訖，面即生瘡；既往，亦復不見龜。還家數日，病瘡而死。」若對比二類故事，其寓意自甚明顯。（文據王國良點校《搜神後記研究》（台北市：文史哲出版社，1978年6月），頁126。）因此王立云：「中國古代動物復仇母題，屢屢展露著動物知恩圖報。它們能機智地向惡人或其他惡的對象報仇雪恨。……作為人類的親族，靈畜報主故事深化了文學對人性的反思批判，拓展了復仇恩報模式的深刻寓意。」亦指此。引王氏文見其著〈動物為主雪怨母題的文化闡釋〉，《荊州師範學院學報（社會科學版）》2001年第3期，頁41。

二、人異類：人身變化突顯的內在性情

　　無論是陰陽五行的異變、或是神祇威靈的神力導致人體變形，皆是有賴外來的力量來促成，肯定著天地間神祕力量的確然存在，成為後來六朝志怪裏人身異變傳聞主要援用的理論基礎。[44]至於個人僅能被動地承受而無法干預，至多對這現象加以體察或提出解釋而已。不過部分的人身變異，個人仍持有決定變化的主宰權力。其源流當上溯至神話裏兼具神格的傳說人物，採取凝聚精氣或至誠內心的手段達到變化目的。[45]這看似荒誕的人體形變，是傳述初民內心裏所真誠相信的生命形態，由生命裏自我產生的驅動力量，讓個人既定的形體產生變化。[46]此概念在神話以後的傳說裏得到了沿

---

[44] 六朝時所記錄的人身變化大致有二類：其一是援用陰陽五行之說，其二則訴諸神靈的力量。若王國良述及六朝「反常變化」時，即略說關聯，而謂：「記婦人化為黿鼈之屬。此係反常變化，而《晉書》、《宋書·五行志》，歸之於人痾。」又云：「至若祖沖之《述異記》，載黃苗過宮亭廟許願，已而違約他遁，遂為廟神所譴，謫為老虎。既取三十人，數已足，仍還為人形，尤不可思議。」前者歸於五行變化，後者則稱廟神靈異，亦略分出人身變化的不同。《魏晉南北朝志怪小說研究》，頁 227-228。

[45] 「人化為物」於古神話頗為習見，大凡近乎神人者或懷有精誠之人均能變幻。《漢書·武帝紀》顏師古注引《淮南子》云：「禹治鴻水，通轘轅山，化為熊。謂塗山氏曰：欲餉，聞鼓聲乃來。禹跳石，誤中鼓，塗山氏往，見禹方作熊，慚而去。至嵩高山下，化為石，方生啟。禹曰：歸我子。石破北方而啟生。」（按今本《淮南子》無）禹能化熊工作，其妻塗山氏亦能自如地化為石。復按此故事雖見載於漢代書籍，然仍保留較早的故事原型。袁珂云：「化熊化石的故事，表現得這麼樸野，可以肯定是一個古老的神話傳說未經多少修改的。」袁氏文見於其著《古神話選釋》（北京市：人民文學出版社，1996 年 9 月），頁 314。

[46] 樂蘅軍論及神話人物變形的思想基礎時有云：「如此，變形不僅僅表現著原始初民創造的藝術心，並且它根本就是初民生存信心的表露，是初民對宇宙與生命觀照後的思想語言和感覺語言。所以變形神話既是初民自我表達的形式，並且也是他們自我表達的內容，這一種內涵的嚴肅性，就將創

續，且已適用在一般的凡人身上。若六朝盛傳的望夫石傳說即建立
在這思考上，而有「武昌新縣北山上有望夫石，狀若人立者。傳云：
昔有貞婦，其夫從役，遠赴國難；婦攜幼子，餞送此山，立望而形
化為石」[47]的說法，讓貞婦因送行的動作，反襯望夫早歸的堅定意
志，與身體化為石塊求取長久眺望夫歸的產生聯想，讓個人的意志
啟發、決定著異化的發生，令故事寄寓的人性品德，更加透顯。就
此觀察唐五代時所傳承的傳說故事，實多青睞、傳述將個人尤其關
乎德性的題目與異變加以聯結的作品，不僅維持著主要結構，甚而
延伸變化的模式及情節：

（一）精誠凝聚，而得變化

　　由個人引導變異發生的敘事模式，雖認為其發生即繫於個人的
啟發，但卻並非以交代怪異造成的原委為要務。以六朝時所盛傳的
「韓憑夫婦」為說，入唐後雖然也僅是轉錄故事、引為典故而已，
變化不多，但卻已略見其中的變化線索。唐劉恂《嶺表錄異》即節
錄自《搜神記》而謂：

> 韓朋鳥者，乃鳧鷖之類，此鳥每雙飛泛溪浦。水禽中鸂鶒、
> 鴛鴦、鸂鶒，嶺北皆有之，唯韓朋鳥未之見也。案干寶《搜

造的天真之趣，凝重化而為思想的真誠。」道出變形的神話敘述，是表達
出初民真誠相信的心理，本文即採其說。文見其著〈中國原始變形神話試
探〉，收於氏著《古典小說散論》（台北市：大安出版社，2004 年 11 月），
頁 4。

[47] 據《列異傳》，見魯迅輯《古小說鉤沈》（北京市：人民文學出版社，1999
年 7 月），頁 137。按此傳說雖然極可能僅是為了解釋人石的由來，因扶
會才產生的說法，但是就故事的構成而言，是將貞婦與變化予以關聯，仍
能代表當時存有的思考模式。

神記》云：「大夫韓朋，其妻美，宋康王奪之。朋怨，王囚
之，朋遂自殺。妻乃陰腐其衣。王與之登臺，自投臺下。左
右提衣，衣不勝手。遺書於帶曰：『願以尸還韓氏而合葬。』
王怒，令理之，二冢相望。經夜，忽見有梓木生二冢之上，
根交於下，枝連其上。又有鳥如鴛鴦，恒棲其樹，朝暮悲鳴。」
南人謂此禽即韓朋夫婦之精魂，故以韓氏名之。[48]

原本《搜神記》裏代表惡人的宋康王以二冢相望的方式分葬韓憑夫
妻，仗著權勢使恩愛夫妻死後合葬的卑微心願無法實現，卻由兩家
上生出梓木相互糾結讓二墓合一，突破現實的困境來完成他們生前
的想望，從此可以看出因著夫妻間的至愛招致異變的發生，但亦僅
是消極地完成遺願而已，讓最後出現棲息在梓木上一對鴛鴦，僅能
啁啾哀鳴，悲憐己身的遭遇。由此觀察劉恂對「韓憑夫婦」的處理
雖看似僅係節引了故事，仍對其後續發展提供線索，除了記錄下當
時的南人認定韓憑夫妻死後的精魂就化為鳥類，[49]鞏固個人堅貞與
導引變異（含括生出梓木、化為鴛鴦）的因果外，且將嶺北活動雙
宿的水鳥指名為韓憑鳥，讓兩人精魂與特定鳥種呈現正相關的因果
變化，建立起個人情愛堅貞與孕育新生鳥種的直接關聯，讓雙棲雙
宿的鳥類，延續人生未竟的幸福與願望，可跳脫出原來僅消極地藉

---

[48] 據魯迅輯校《嶺表錄異》，頁 461-462。

[49] 今本《搜神記》卷十一亦有《嶺南錄異》所記「南人謂此禽即韓憑夫婦之
精魂」，本非原書有。余嘉錫云：「又《嶺表錄異》韓朋鳥條下，引此書
（即《搜神記》）韓憑妻一條，末云：『又有鳥如鴛鴦，恒棲其樹，朝暮
悲鳴，南人謂此禽，即韓朋夫婦之精魂。』《法苑珠林》卷二十七引無『南
人』句。此乃劉恂之語，凡恂書中所謂南人，皆指嶺南人言之。」辯證甚
詳，今即據之。文見氏著《四庫提要辯證》（昆明市：雲南人民出版社，
2004 年 11 月），頁 968。

由生出梓木破解未能合葬的難題，以及徒留精魂變化鴛鴦哀鳴而已
的悲觀格局。就原來傳說而言，本借用變異對抗現實，來映照、肯
定人性裏的光輝，其關係就如下圖所示：

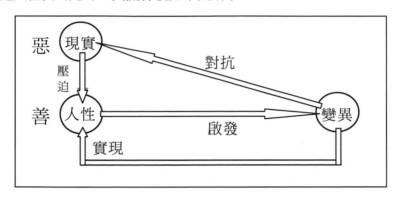

　　由人性至誠啟發異變，對抗著限囿人性的現實，至此雖已表彰
人性的美善，卻仍不免存有消極的遺憾，但藉著變異讓人性的想望
得以實現，便發展出更積極的意義，因此韓憑夫婦的傳說在六朝僅
止於對抗現實，入唐後便演變出憑藉精魂化為韓朋鳥的變異，回饋
且實現人性的價值，而這模式，便可用以理解韓憑夫婦與後起的梁
祝故事相混的思想根由──化為水鳥，抑或變為蝴蝶，皆是對抗著
現實裏惡勢力對良善人性的戕害，進而實現生前未能完成的生命目
標，而這對人性價值的正面肯定，誠然為傳說世代相繼的活力來
源。相對於肯定德行，於人性偏執面也理應有對等的聯想，亦即當
個人未能克制己身情性於道德規範下時，理應引發身體上的變化。
因此入唐後，亦有因性情暴烈以致化為惡物的故事形式，成為讚揚
人性、表彰品德傳說的歧出。

（二）惑溺性情，產生異變

　　人身異變的記述自六朝起便是志怪要題而傳述不衰，反映著人
們對神鬼異事所存有的單純興味，但唐五代人身變化的記錄卻非僅
止於此，部分傳述者除了陳講人體由常態進入異態的過程外，亦開
始關心、思考個人與變化的關聯性，藉此解釋變異的發生。故沿續
六朝志怪多所記載五行異變及神靈力量主題的異聞，亦見佛、道二
教興盛後所加入的新題：兩教神佛執行譴誡時令人身化為物類，以
及修鍊者所誇說的神通而化形為他物，然而無論是繫於五行氣變，
抑或宗教觀點，皆認定了外來力量對人體變化的影響，以確立、證
明力量來源的可信。除了將力量歸源於神祕世界，簡易地解釋異變
的發生，但不少傳述者並不排擠個人與變化間的可能聯繫，甚至將
個人的意志，成為導引故事發展的線索。在《瀟湘錄》裏即錄有一
則唐時頗為習見的蛇郎君故事，竟讓受惑婦女的身軀產生異變：

> 華陰縣令王真妻趙氏者，燕中富人之女也，美容貌。少適王
> 真。泊隨之任。近半年，忽有一少年，每伺真出，即輒至趙
> 氏寢室。既頻往來，因戲誘趙氏私之。忽一日，王真自外入，
> 乃見此少年與趙氏同席，飲酌歡笑，甚大驚訝。趙氏不覺自
> 仆氣絕。其少年化一大蛇，奔突而去。真乃令侍婢扶腋起之。
> 俄而趙氏亦化一蛇，奔突俱去。王真遂逐之，見隨前出者俱
> 入華山，久之不見。[50]

文中記述蛇化為少年色誘王真妻趙氏，少年身分被王真撞破後恢復
蛇身而逃離，就此應當援用妖魅作祟故事的習例，讓趙氏恍然而寤

---

[50]　見《太平廣記》卷四百五十九引《瀟湘錄》，頁 3733。

作為結局，但此處卻令人意外地讓她以仆身氣絕，未久化為蛇類作
為收場。就「受惑者亦變為物類」情節的設置而言，其原理應以趙
氏未守禮法（內在情欲的逾越理性）導致了變化（外在形體的化為
蛇形）的發生，對趙氏接受色誘作出具道德意識的批評。這樣的推
測，可在於同書另則所錄化身為蛇傳聞所建立起性情、異變的關聯
得到證明：

> 御史中丞衛公有姊，為性剛戾毒惡，婢僕鞭笞多死。忽得熱
> 疾六七日，自云：「不復見人。」常獨閉室。而欲至者，必
> 嗔喝呵怒。經十餘日，忽聞屋中窸窣有聲。潛來窺之，昇堂，
> 便覺腥臊毒氣。開牖，已見變為一大蛇，長丈餘，作赤斑色。
> 衣服爪髮，散在床褥。其蛇怒目逐人。一家驚駭，眾共送之
> 于野。蓋性暴虐所致也。[51]

衛公姊因內在的性情剛戾毒惡，表現於外則有鞭笞婢奴的殘暴行
為，與人們對蛇具有內藏毒性，好傷人畜的想像相契合，當這位女
性內在性格已偏離人性，趨向於蛇性時，導致外在形體隨而變化，
於是記述者於文末道出事件的發生癥結，即在於性格暴虐，未能自
制才讓身體化為大蛇，記述者的評議態度自然是鮮明而可察驗。

第三節　小結

　　傳說本多記述人物神鬼的事蹟，以及載錄具情節結構的傳聞，
前者著重在人物形象的建構，後者傾向於故事寓意的表述。就人物

---

[51]　見《太平廣記》卷四百五十九引《瀟湘錄》，頁 3753。

的敘寫方式觀察，唐五代時對於已有文本的傳說人物，多沿續原有的既成印象，採取留下遺跡或親自顯現的形式，用以突破時間的限制而與其交會，或是董理舊有傳聞，讓人物的特定樣貌更趨完整；然而亦有採行逆向的思考方式，藉由既定概念尋繹並投射在特定人物上，執行著參悟天命、透露天機的任務，造就了最具時代特色的新生傳說人物。至於具故事結構的傳說除單純地講述異聞外，則多著眼在個人與異變的互動上，可藉由神、妖自身所代表善惡的符號，來講解與其交會的凡人其心性品質，也適用個人自身產生的人體變異，交代人性裏正負兩面的差異。無論是招引異類或人身異化，仍然著眼在人事的反映，蘊涵著對人性美善的嚮往、偏執心態的貶抑。而這微具道德意識寓意及內容，誠為傳說故事演繹的核心思維。

第三章　佛教應驗的闡釋與撰述

　　佛教自漢末傳入中土，即因教義與傳統思想存在的原有歧異，令宣教時衍生出社會經濟及文化思想上的衝擊，無論六朝抑或唐時，皆遭遇名教中人、道教修鍊者的嚴厲抵制，發生思想和現實二方面的矛盾衝突，[1]引動著學術上儒、釋、道教義優劣的論辯。惟部分信奉佛教的文人更採取編纂應驗新聞的手段，藉以申說報應的實有，精靈的不滅，以及禮佛誦經的神異靈驗，消極地駁斥形神俱滅的無神論述，亦積極地昭示釋教的實有及信奉的利益，支持佛教所特有的輪迴思維。驗諸佛教應驗於六朝已用持經禮佛必得善報，辱佛犯戒則獲惡果的報應關係，建立起近於公式的情節結構，入唐後仍予以承繼，或申言報應的實有與必然，或闡述持經的效果與靈驗，成為此時佛教應驗的大宗，尤其後者隨翻譯佛經的廣傳，使得持念《觀世音經》、《法華經》、《金光明經》、《金剛般若波羅蜜經》等皆有應驗，最為唐代佛教小說的大宗。鑑於佛教應驗的初

---

[1]　佛教自傳入後，文人開始從社會民生及思想哲理重新審視佛教在中國引發的諸多問題，「排佛」即代表其中一派的解決模式。張蓓蓓於講述中古排佛現象時即言：「尤可貴者，諸家（即指傅奕《高識傳》中所述之排佛者）各以聞見所及雜論佛教弊病，正可全盤顯示佛法東傳以來在吾國政治社會以及文化思想等方面所引發之問題。譬如僧尼尊如帝師、干預政治、謀反作亂，百姓相率出家以逃課、避役，以致游食者眾，生產者寡，寺塔營建太甚，以致費損庫藏、妨害民生等等，皆當時崇奉佛法太過所引發之現實問題；而三教本末同異之爭，夷夏之爭，神滅、神不滅之爭，以及僧人致敬王者與否之爭等等，則皆是當時有關文化思想之新論題。」已詳述此時排佛運動觸及的層面。見張文〈高識傳與中古排佛人物〉，收於《中古學術論略》（臺北：大安出版社，1991 年 5 月），頁 344。

肇及內容皆暢言報應,本章先董理唐五代應驗故事所運作的基本原
理與模式,用以呈現此時對佛教報應說的理解與想法,其次分說傳
繼六朝的觀世音信仰以及唐時始盛的《金剛經》應驗故事,區隔出
持念本具有神佛崇拜的《觀音經》與僅以口誦經文的《金剛經》兩
種應驗的不同,亦藉以包賅唐五代其他持念佛經的應驗傳聞。[2]先
言報應。

<h2 style="text-align:center">第一節　報應的意涵</h2>

　　報應亦稱業報,為佛教的基礎教義,可視作因果在人世的具體
示現。鑑於報應理論在教義的重要,又與中國傳統的報應觀有所會
通,致使魏晉南北朝時期信奉釋教的知識分子,在欲壯大佛教流傳
與鞏固自我信仰的企圖下,除了盡力疏通儒教與佛學間的扞格,更
意欲在史傳裏找尋因果報應的蛛絲馬跡,或是留意於當時具冥報規
模的時聞,作為佛教義理的佐證,來抗衡名教的傳統、道教的威脅
及持形神俱滅的無神論者。無論是「儒家君子,尚離庖廚,見其生
不忍其死,聞其聲不食其肉,高柴、折像,未知內教,皆能不殺,
此乃仁者自然用心」的會通儒釋,[3]抑或專輯冥報故事的「釋氏輔

2　唐五代佛教小說大凡簡易地演述善惡報應,其原理於本章第一節已處理,
　另外尚有多種持誦佛經的靈驗故事,鈔存於敦煌寫本裏。根據鄭阿財的統
　計,除《金剛經》外,大凡為單一故事,既便《金光明經》所數故事較多,
　亦側重懺悔及造經,模式不出《金剛經》應驗故事,因此略而不談。鄭氏
　文見其著〈敦煌佛教靈應故事綜論〉,收於《佛教與文學——佛教文學與
　藝術研討會論文集》(台北市:法鼓文化,1998 年 12 月),頁 121-152。
3　見顏之推撰、王利器點校《顏氏家訓‧歸心》(北京市:中華書局,2002
　年 8 月),頁 399。

教之書」，均指陳共通的信仰目的：對佛教義理的實有提出有力的佐證。因此六朝時期以宣教為宗旨的志怪作品，摘錄史傳則多為冤魂報仇，蒐羅近聞更直以因果報應成篇，前者乃著眼於靈魂不滅及復仇觀念的近於報應，後者表現出佛教信徒對時聞的重新認識與詮解，都在在地說明這些貌似志怪書的佛教異聞，尚背負著弘法的重大責任。經由六朝對佛教教義的宣揚，唐代釋教小說已不再解釋已受大眾接受精靈不滅、甚至於報應實有的概念，而是欲使群眾更加認同佛教所闡釋的報應模式，因此無論就報應特質抑或模式而言，皆在印證佛教的基礎要義而撰寫。

一、應驗故事的報應特質

在佛教未入中土之先，傳統思想裏已微具善惡有報的雛形。《河圖紀命符》即言：「天地有司過神，隨人所犯輕重，以奪其算。」《河圖》亦謂：「孝順二親，得算二千，天司錄所表事，賜算中功」[4]前

---

[4]　文據日人安居香山、中村璋八輯《緯書集成》（河北：河北人民出版社，1994 年 11 月），頁 1196、1145。按兩則分別採自日人丹波康賴《醫心方》、後者應據《初學記》卷十七所引錄。《初學記》引文實稱《河圖》，並非《握矩記》，今改正書名。上引《河圖紀命符》日人安居香山、中村璋八以古文獻皆未載這些篇章（書目），深疑《記命符》乃後世偽作，主張將撰成時間定在六朝以後（見《緯書集成・解說》，頁 67），但陳槃撰《紀命符》解題雖未考論年代，將讖緯諸書皆繫於秦漢時，故謂：「見存讖緯之所謂《河圖》、《洛書》，無疑其出於秦漢無數方士之手，文辭駁雜。」（語見〈秦漢間之所謂符應論略〉一文，收於氏撰《古讖緯研討及其書錄解題》（台北市：國立編譯館，1991 年 2 月），頁 82）。今據《抱朴子・微旨》云：「禁忌之至急，在不傷不損而已。按《易內戒》及《赤松子經》及《河圖記命符》皆云：『天地有司過之神，隨人所犯輕重，以奪其算，算減則人貧耗疾病，屢逢憂患，算盡則人死，諸應奪算者有數百事，不可具論。又言身中有二尸，三尸之為物，雖無形而實魂靈鬼神之也。欲使人

為惡事、後為善行，均有神明記其行為的良窳，施以適當的賞罰。以人格天對個人的行為予以仲裁，就是傳統信仰裏善惡報應的執行方式，維繫起社會的共通人倫軌範。此思想後來被道教所融攝、具體化，至晉葛洪時更發展成為較成熟的報應功過思想，明確地載入道教典籍之中，[5]得到了宗教的傳承。因此佛教應驗小說所面臨的課題，除了得說服讀者相信所蒐錄報應新聞的真實性，且其運作確然是印證、發明佛教的義理外，必須處理道教或是傳統思維裏的報應思想。就此而言，佛教對於傳統觀念乃是採取兼容的態度，而非否定：

早死，此尸當得鬼，自放縱遊行，享人祭酹。是以每到庚申之日，輒上天白司命，道人所為過失。又月晦之夜，灶神亦上天白罪狀。大者奪紀。』……凡有一事，輒是一罪，隨事輕重，司命奪其算記，算盡則死。」（見葛洪撰、王明點校《抱朴子內篇校釋》（北京市：中華書局，1996 年 9 月），頁 125-126。）文字雖與《醫心方》所錄《記命符》略有所出入，但文意大體無訛，況且今本《赤松子中誡經》亦載葛氏所錄文字，皆顯示《紀命符》並非葛氏所杜撰，是知在三國、東晉時是書已見流傳。驗諸今存讖緯佚文，時得說明紀算的文字，若《河圖》云：「黃帝曰：凡人生一日，天帝賜算三萬六千，又賜紀二千，聖人得三萬六千七百二十，凡人得三萬六千。一紀主一歲，聖人加七百二十。」又《孝經左契》言：「孝順二親，得算中功，祉福永來。」皆是，足見此觀念的流行。（分見安居香山、中村璋八《緯書集成》頁 1219-1220、997。）今人蕭登福即視善惡行為會加減紀算的司命觀，乃是漢代三命說的反映，亦引有《紀命符》輔說（見其著《讖緯與道教》（台北市：文津出版社，2000 年 6 月），頁 375-394），皆證此思想確為東漢已有的舊說。謹附誌於此。

5　李豐楙言：「《太平經》的通化化俗道教色彩，表現在司命、司過，以及天算、校算說，借神力以勸善，有助於約束其奉道之民的行為。太平道、五斗米道等道派都是具有民眾基礎的宗教，因而提出的道德條目，大多依循通俗化、簡單化的原則，其中自有濃厚的民間信仰的色彩。葛洪的金丹大道並非屬教民眾多的普化宗教，而較傾向於清修的性質；但仍採取功過之說，與儒家的忠孝和順仁信等道德，組成其宗教倫觀。」已說明道家從漢末至六朝功德紀算的發展，本文即采其說。詳參李氏著《不死的探求——抱朴子》（臺北：時報文化事業，1998 年），頁 209。

（一）融攝傳統宗教，擴充報應的適用性

　　在唐臨《冥報記·序》便針對釋教小說的報應思想，以論理的
方式予以陳述，用農夫播種而得收成比擬為因果，肯定二者間的必
然關係。然而世人因上智之人知而不言，下愚者闇於自見，未能通
曉，而中人限於秉賦，多生疑義。故列舉問難，逐一駁釋：

> 一者自然。故無因果，唯當任欲待事而已。
> 二者滅盡。言死而身滅，識無所住，身識都盡，誰受苦樂，
> 以無受故，知無因果。
> 三者無報。言見今人有修道德，貧賤則早死，或行凶惡，富
> 貴靈長，以是事故，知無因果。[6]

首錄二則乃是思想上的差異：前者乃持自然主義，後者則主神滅
論，皆認定因果為妄。然而第三點乃是從現實所作的觀察，行惡善
終，行善夭亡，不合因果規律，故不信因果。由此看來，一、二論
點所持的理由，乃持否認宗教的態度，並無信仰上的交集，遑論針
對思考因果有無的命題予以商議。惟第三項以實證來說明，為佛教
徒應當處理。就此而言，佛教的三世因果說當可詮說，[7]即持此論
者未識報應，囿於現世的可見性而無見生報及後報，但唐臨為其疏
解，是用「近者報於當時，中者報於累年之外，遠者報於子孫之後」

---

[6]　據唐臨著、方詩銘輯校《冥報記》（北京：中華書局，1992 年 3 月），頁 1。
[7]　周紹賢論及佛教因果曾云：「佛家對三世因果有精密之分析，因果報應之
　　方式有三：一為現報，二為生報，三為後報。凡是今生作，今生受者，謂
　　之現報。若是前生作，今生受，今生作、來生受者，謂之生報。至於現世
　　行善作惡，要待後世、第三世、第四世、甚至千百年後，始見報應者，謂
　　之後報。……所以直接觀察，只能得到因果一部分，必須三世綜合觀察，
　　始能見因果定律。」周氏文見其著《佛教概論》（臺北：商務印書館，1995
　　年 4 月），頁 37。

來作解釋，雖不合佛教教義，卻表現出佛教應驗的運作方式——已混入傳統宗教的意識。本來佛教乃是在輪迴裏建立起報應的規模，令所有的報應皆能發生在個人的身上，而與子孫無涉。因此唐臨採取這樣手法處理的原因，殆與欲統攝中國傳統或是道教對報應觀念的界定有關。

中國傳統的報應說淵源頗遠，迄漢代《太平經》已攝入教義，尤其晉葛洪建構道書，提出「凡有一事，輒是一罪，隨事輕重，司命奪其算紀，算盡則死。但有惡心而無惡跡者奪算，若惡事而損於人者奪紀，若算紀未盡而自死者，皆殃及子孫也」[8]的看法。陶弘景則有更細緻的發揮：「人為陽善，吉人報之；人為陰善，鬼神報之。人為陽惡，賊人治之；人為陰惡，鬼神治之。故天不欺人依以影，地不欺人依以響。老君曰：人修善積德而遇其凶禍者，受先人之餘殃也；犯禁為惡而遇其福者，蒙先人之餘殃（按當作慶）也。」[9]到了唐代，用「紀算」作為報應的反映更趨於顯著而細緻，儼然為道教的要義之一。杜光庭《墉城集仙錄》即言：

> 因以一惡，至於萬惡，以垂戒焉。凡人有一千惡者，後代妖逆；二千惡者，身為奴僕；三千惡者，六疾孤窮；四千惡者，疫病流徙；五千惡者，為獄鬼；六千惡者，為二十八獄囚之；七千惡者，為諸方地獄徙；八千惡者，墮寒水獄，九千惡者，入邊底獄；一萬惡者，墮薜荔獄。萬惡之基，起於三業，一

8 　見葛洪著、王明點校《抱朴子內篇・微旨》（北京：中華書局，1985年），頁126。
9 　文據臺北新文豐出版社影印民國涵芬樓影明正統道藏本《養性延命錄》卷上第八。

一相生，以至於萬惡，墮薛荔獄者，永無原期，渺渺終天，
無由濟拔，得不痛哉。[10]

顯見子孫受先人為惡而得報應的想法，是道教報應方式的一種，承
繼了六朝以降的「承負觀」，作為因應個人的善惡行為至終未得報
應之解說。驗之釋教應驗小說裏已概括承受了中國人的報應思維，
竟置納了基礎原理不同的道教報應模式，[11]作為佛教應驗的例證。
若云：

> 唐何澤者，容州人也。嘗攝廣州四會縣令，性豪橫，唯以飲
> 啖為事，尤嗜鵝鴨。鄉胥里正，恆令供納。常參養鵝鴨千百
> 頭，日加烹殺。澤只有一子，愛憐特甚。嘗一日烹雙雞，饗

---

[10] 文據臺北莊嚴出版社影印北京圖書館藏明鈔六卷本《墉城集仙錄》之卷一
〈聖母元君〉。

[11] 道教承負報應觀與佛教輪迴報應說本有差異，湯一介便指出：「從中國傳
統思想看，人們作善事或惡事，都是會受到報應的，而受報應的承擔者如
果不是作這善事或惡事的此生本人，那麼其子孫也必然要受到報應。這就
是說，在中國傳統思想中原來沒有『來世』受報的觀念，這一點和佛教的
輪迴說是很不一樣的。」（文見氏著《魏晉南北朝時期的道教》（台北市：
東大圖書公司，1988 年 12 月），頁 364）歧異處在於「來世觀」的有無
上，若有，則可回報於己身，若無，便由親人後代承負。故蕭登福進一步
言：「中國儒家及道教，對親屬的看法，與佛教大相逕庭，係由血緣來論
述，親屬由血緣所成，是自己生命的延續，因此彼此親情緊密，榮辱與共；
所以一人之善惡，不僅一人受報，而是全家受報。……家族式的業報觀念，
是中土各學派的特色；中土的道教也說一人得道，九玄七祖亦將隨之超
升，非僅是個人自業因果而已。」（文見氏著《道家道教與中土佛教初期
經義發展》（上海市：上海古籍出版社，2003 年 9 月），頁 562-563）已
就兩種文化精神的不同，解釋業報觀有所差異的根由。復從宗教的角度觀
察，中土傳統重視祭祀，因此子孫負有祭拜先靈的責任，故當子孫潦倒甚
至滅絕時，就直接影響一己死後的血食，誠為變相的報應自受。因此即使
是子孫受報，對自己身後仍具有切身的影響，加強了勸善的力道。

湯以待沸。其子似有鬼物撮置鑊中，一家驚駭。就出之，則
與雙雞俱潰爛矣。[12]

隋大業中，河南人婦養姑不孝。姑兩目盲，婦切蚯蚓為羹以
食，姑怪其味，竊藏一臠，留以示兒。兒還見之，欲送婦詢
縣，未及，而雷震失其婦。俄從空落，身依如故，而易其頭
為白狗頭，言語不異。問其故，答云：「以不孝姑，為天神
所罰。」夫以送官。時乞食於市，後不知所在。[13]

前者何澤好殺生本當得報，卻由其獨子承受，即所謂殃及子孫的報
應方式；至於河南婦的不孝，即受畜牲之報（現報），卻以天神為
中介，略去輪迴。須知生報的發生是因著持惡心而在輪迴時化為動
物，所謂的業報自受，是純粹的輪迴之報，[14]河南婦人的記載，誠
然與佛理相悖。惟上述二事皆是當時新聞，是當時所認定的「事
實」，且在觀察惡行（殺生、不孝）與禍事發生（子死、異變）的
關聯，必然指向報應之說，就佛教應驗的編纂者而言，必須對這事
件加以解釋、並統攝在佛教應驗之列，因此借用已受群眾認可的傳
統（或說道教）報應觀來說明，置諸佛教報應之一例。此是佛教應
驗故事所必然遭遇的難題，亦是唯一的處理途徑。

---

[12] 見《太平廣記》（北京市：中華書局，2003 年 6 月）卷一百三十三引《報
應記》，頁 948。

[13] 據唐臨著、方詩銘輯校《冥報記》，頁 56。

[14] 據木村泰賢云：「昔佛陀因持狗戒之二外道，問此種結果，將來如何發生。
而答以修雞狗戒若為修雞狗者，身死則生為雞狗。亦即此意。蓋輪迴之報，
誠非第三者所與之賞罰，乃適應於自己之性格，而為自己所作，故修雞心
者則為雞，抱鬼心者為鬼，養天心者則為天，任何皆可謂之自然，由是善
作者受善果，惡行者受惡之因果說……」已將佛教裏輪迴流轉與個人
造業的關係道出，本文亦從其說。文見木村泰賢著、歐陽瀚存譯《原始佛
教思想論》（臺北市：商務印書館，1999 年 1 月），頁 152。

（二）強調報應對等，以明因果的真實性

　　佛教果報說雖建立在個人的造作、其後自受業報的關係上，然而就造業與報應的本身而言，本無必然的相似性。但自有報應故事以來，多讓受報者得到惡行相對等的報應，尤其殺生者更是如此。若載云：

> 唐咸通中，岳州有村人，涸湖池取魚，獲龜猶倍多。悉刳其肉，載龜板至江陵鬻之，厚得金帛。後歸家，忽遍身患瘡，楚痛號叫，鄰里不忍聞。須得大盆貯水，舉體投水中，漸變作龜形。逾年，肉爛腐墜而死。
>
> 遂州人何馬子好食蜂兒，坐罪，令眾於市。忽有大蜂數簡，螫其面，痛楚叫呼。守者驅而復來，抵暮方絕。如此經旬乃死。[15]

殺生本是佛教五戒之首，為禮佛者所當遵行，若犯戒律，自生惡業，然而上引二事，前者讓殺龜者受到被宰殺的同等痛苦，甚至化為龜形，後者則由被殘害的蜂兒親自報仇，讓好食蜂的何馬子痛楚而死，其目的即在於讓旁人一見便知造業與報應間的關聯，而心生警惕。究之佛教的戒殺不僅是鑑於殺生會生惡果，更是對心性的反省及修持。《楞伽經》裏即載記著大慧菩薩問世尊何以不能食肉的原因，佛即回答說：

> 謂一切眾生，從本已來，展轉因緣，常（嘗）為六親，以親想故，不應食肉；驢騾駱駝，狐狗牛馬，人獸等肉，屠者雜賣故，不應食肉；不淨氣分所生長故，不應食肉；眾生聞氣，

---

[15] 分別引自《太平廣記》卷一百三十三分別引《報應記》、《儆戒錄》，頁949、950。

悉生恐怖，如旃陀羅，及譚婆等，狗見憎惡，驚怖群吠，故
不應食肉；又令修行者，慈心不生，故不應食肉；凡愚所嗜，
臭穢不淨，無善名稱，故不食肉；令諸咒術不成就，故不應
食肉；以殺生者，見形起識，深味著，故不應食肉；彼食肉
者，謂天所棄，故不食肉；令口氣臭，故不應食肉；多惡夢，
故不應食肉；空閑林中，虎狼聞香，故不應食肉；令飲食無
節，故不應食肉；令修行者，不生厭離故，不應食肉；我常
（嘗）說言，凡所飲食，作食子肉想，作服藥想，故不應食
肉。……我有時說，遮五種肉，或制十種，今於此經，一切
種、一切時，開除方便，一切悉斷。[16]

要之，佛所開示「不應食肉」的根本原因，在於修行的妨礙。殺生
不仁，且輪迴流轉，所食的肉裏極可能有自己的親人，更令慈心不
生。而殺生取肉的動機，往往是「貪」與「利」，也礙修為。故佛
作偈言即說「由食生貪欲，貪令心迷醉，迷醉長愛欲，生死不解脫。
為利殺眾生，以財網諸肉，二俱是惡業，死墮叫呼獄」，貪念生成
後，會入地獄受苦。據佛祖的說法是允許信徒食用五淨肉及十制肉
以外的葷肉，[17]蓋由食肉者並非因貪欲而食用的緣故。亦即令犯殺
戒或食肉，不在於殺生（食肉）的行為，乃是殺生（或食肉）時所

---

[16] 見宋天竺三藏求那跋陀羅譯《楞伽阿跋多羅寶經》卷第四，文用上海古籍
出版社 1994 年影印日本排印《大正新修大藏經》，列於《佛藏要籍選刊》
第五輯，頁 1117 下欄迄 1118 上欄。按此經多被視為偽經，但就內容而言
仍是根據佛理而推衍，若《智度論》、《大莊嚴論經》皆述及戒殺觀，今
仍據之。

[17] 五淨肉即一、我眼不見其殺者。二、不聞為我殺者。三、無為我而殺之疑
者。四、諸鳥獸命盡自死者。五、鳥殘，鷹鷲等食他鳥獸所餘之肉也。十
制肉即象、馬、龍、蛇、人、鬼、彌猴、豬、狗、牛等十種。

生的惡心上：「戒殺」雖是佛教戒律的首戒，但在犯戒者的懺悔及修道，無論犯下多重的殺戒，均能成佛。[18]相較於唐時關於殺生或食肉的記載裏，即以殺何種動物即得相似的報應，譬如養鷹田獵，生兒為鷹嘴，或打獵捉鳥，群鳥來報之屬，均是和「殺生」行為具對等與同質性的報應，雖然殺生當得惡報亦為佛教所暢言，實更側重於修養心性之上的妨礙，換言之即使受現世報應，業、報之間亦無必然的相似性。以被殺者索命來強化「業」與「報」的相似性，欲證說殺生報應真實的目的，自然頗為顯著了。

（三）自我設想地獄，強調報應的必然性

　　地獄本是佛教所專有的概念，作為生前不信佛法、為惡者的死後歸所。唐時佛教雖已大暢，但對地獄的設想仍與民間相近，若與六朝相比，僅在刑罰殘忍與恐怖有所逾越，其餘仍屬人間的仿製，依循著人間作息而運作。就佛教應驗所呈現的冥界樣貌，包括了閻羅殿（即閻羅王問話判刑所在地），及地獄（受刑罰處）以及其他鬼魂活動區域。其官吏的委任，亦是由陽世中挑選，待死後遞補之，甚至冥王亦是輪值，並非常駐於閻羅殿裏。正由於閻羅殿的用人乃選自人間，若有人徼幸得脫方能自說其經歷。佛教地獄的描寫或因佛經的不同而間有相異，但之間的歧異不多，故對照於佛家的地獄

18　芮傳明在探討中國「吃菜」信仰時論及佛教吃素的教義時即謂：「思想意識方面的不斷修鍊，才是佛教最主要和最高要求。因此，儘管佛教的五戒、八戒、十戒等均將殺戒列為第一條，但它在佛教根本教義中的地位，卻遠遜于摩尼教。……它允許犯戒者懺悔，不管他以前是多麼嚴重地犯了殺戒，乃至竟可『放下屠刀，立地成佛』。」詳論可參其著〈論古代中國的吃菜信仰〉一文，收錄於《中華文史論叢》第 63 輯（2000 年 9 月），頁 1-33。

敘述，二者間的差異判然分別，甚至與道家亦不相類。第一，依佛
經，閻羅王乃毘沙國王所化身，獄卒即其兵眾，或是為人逼害的禽
獸來地獄索報。即閻羅王及其獄卒乃常駐於地獄之中，即使獄卒是
鳥獸所化，亦非陽間人所能遞補。[19]第二，應驗故事裏的地獄多有
人為因素左右刑罰運作，冥府誤罰、誤提人犯，甚至有冥官舞弊、
誤判等情事發生，儼然地府的機制一如人間。若《冥報記》即有個
人魂入地府，後歸陽世敘述經歷的記錄：

> 江都孫寶本是北人，隋末從居焉。少時，死而身暖，經廿餘
> 日乃蘇。自說初被收，詣官曹內，忽見其母在中受禁。寶見
> 悲喜，母因自言：從死以來，久禁無進止，無由自訴。明旦，
> 主司引寶見官，官謂寶無罪，放出。寶因謂問曰：未審生時
> 罪福定有報不？官曰：定報。又問：兼作罪福得相折除不？
> 官曰：得。寶曰：寶鄰里人某甲等，生平罪多福少，今見在
> 外，寶母福多罪少，乃被久留。若有定報，何為如此？官召
> 問主吏，吏曰：無案。乃呼寶母勘問，知其福多罪少。責主
> 吏，吏失案，故不知本案狀輕重。官更勘別簿，如所言，因
> 命釋放，配生樂堂。……。[20]

「業」的承受乃循環性的因果，並非有「人格性」的官吏依其「法
律」施與刑責，但此則故事卻認為這些報應的運作由地獄統籌。孫
寶本因地府的誤拿而入冥界，其母亦因冥官的失察而致冤獄，後來
甚至主吏還將功德簿遺失，一連串的錯謬以及孫寶與冥王對答折

[19] 本文對佛教地獄觀的陳述，均據蕭登福《漢魏六朝佛道兩教之天堂地獄說》
（臺北：學生書局，1989 年 11 月）。
[20] 據唐臨著、方詩銘輯校《冥報記》，頁 23。

辯，雖會使地獄甚至佛教的權限、能力及客觀性，引發質疑，但是
傳述者似預設了地獄的樣貌與運作，又有類似道教功過簿的紀錄，
皆投射著人間官府的行事。這樣與佛理多違的地獄規模深植人心，
已令佛教徒正視且調動當時的地獄配置，撰寫偽經即中唐前出現的
《佛說十王經》，來回應民間的集體意識，並提供儼然成形的地獄
文本。[21]地獄的地位與樣貌不斷地被重塑並向本土文化靠攏，實鑒
於地獄在證說應驗故事上不可凌替的功能：一方面藉著地獄的恐怖
威脅異教徒皈依、信奉佛教，另一方面，也可使對佛理大凡無深入
研習、卻了然人間官府的聽眾易於接受。又地獄本具備強迫所有善
惡亡靈歸往的斷然性格，自可藉以解釋報應運作的確然實施，至於
不信者、毀佛者也可皆置入其中受盡折磨，讓佛教徒得到心理上的

---

[21] 唐代所出現《預修十王生七經》、《佛說地藏菩薩發心因緣十王經》二種
專講地獄配置的佛經，正可印證地獄觀念對佛教流播的影響，致使佛教徒
加以重視進而撰寫偽經。惟其陳述仍是雜染道教義理與人間官僚的規模，
足知其意涵仍是偏屬於民間的觀感。故蕭登福在抽繹兩種《十王地獄經》
裏的道教思想、中土信仰，並與佛教義理中的地獄原型予以比對後，便有
「唐代出現了地獄十王，此種迥然有別於前代的新佛教地獄說；使得佛教
地獄真的走向本土化」的看法，又云：「佛教地獄說的本土化，經漢末六
朝的醞釀，到唐代形成本土化，產生地獄十王說，到了宋代廣收佛道兩教
地獄冥神，使它成為中土各教各層人士的共同信仰，於是佛教的地獄說，
至此便完全的本土化。」指出唐代形成的十王地獄，是後來中土民間信仰
共同承認的地獄規模。其說由佛、道經書的義理予以研析，立論自是堅實
而可信。今與唐五代小說裏關於地獄的論述予以考量，兩部偽經的出現頗
有整合當時對地獄觀感紛歧的意味。另外民間對地獄一詞已有普及且敬怖
的認識，尤其在業報輪迴上所扮演的功能，成為撰寫偽經的另一項動機——
為群眾解釋著地獄在執行業報具有的積極功能、以及提供地獄在佛教裏擁
有重要定位的文本依據，故強調業報、以及用著名神佛擔任地獄十王者皆
是兩部偽經的內容要項。又上文引道書《墉城集仙錄》論功過報應裏，亦
兼採佛教地獄觀，足見其影響。詳說請參蕭氏《道佛十王地獄說》（台北
市：新文豐出版社，1996 年 9 月）一書，引文見是書頁 16、23-24。

快慰，使唐五代的報應故事對地獄最感興味，成為佛教應驗最為習
見的場域。

二、時序劃分的報應類型

　　佛教的輪迴果報本劃分成「同類因果」及「異類因果」兩類，
然而報應故事的闡述，則僅限於「異類因果」一項，[22]實肇因此類
易於徵驗的特質，成為應驗故事所欲申說的主題。大抵報應故事須
建構在為惡得惡報、善得善果的基本定則下，並交代原因（業的發
生）及其後果，又須合理地解釋其間因果關聯，方能建構起報應故
事推衍的基礎公式。雖然佛教以三世業報解釋了報應未能及時應驗
的現實情況，也就是說即今行善或為惡者終其一生未見報應的發
生，乃是今生不報，在而來世中必受其業果。然而就單一事件來說，
既使是個人行惡不得善終，或是行善而有福至，本來不具有邏輯上
的必然及相關性。因此說故事者需要抽絲剝繭地從種種跡象去尋
查，並予以判斷，或是更直接地由文中的智慧老人（多為僧侶、冥
王）出面點撥，將其聯繫起來，務使故事具備宣教的意味及目的。
再者若是跨越了輪迴時空，更利用「入冥」、「托夢」等超自然現
象處理時空的轉移，仍可說明報應之不爽，或是直接將歷史上著名
的排佛者置於地獄，作為戒懲，化身輪迴因果之一例。惟囿於報應
必須交代因果，致使敘事模式難有創新，善惡亦不外人間的道德規

22　「同類因果」乃說此生若砥勵精勉，則來世託生為賢慧，反之則為愚鈍，
　　均為修為的精進或遲退；「異類因果」則用倫理的立場以說輪迴，譬如今
　　世貧困，緣自前世行惡，今世富有，蓋由前世好善之類。後者的「果（善、
　　惡行）」「報（善惡報）」的性質不同，一為心性，一為事實，故有相異。
　　說采木村泰賢著、歐陽瀚存譯《原始佛教思想論》，頁 152-153。

範，內容上自多雷同。而就報應的類別而言，可由《冥報記》已援用佛教三世報得見端倪：「一者現報，於此身中作善惡業，即於此身報者，皆名現報；二者生報，謂此身作業不即受之，隨業善惡，生於諸道，皆名生報；三者後報，謂過去身作善惡業，能得果報，應多身受，是以現在作業，未便受報，或次後生受，或五生十生，方始受之，是皆名後報。」[23]用報應發生的時序為類，惟生報及後報均是轉世後方得報應，當歸一類。

（一）現報：現實事件的直接詮釋

承前言，個人行為的惡善本難推論出善惡有報的必然結果，即令行善或行惡後遇得相對等的回應，亦僅能說明行為與事件有程度上的相似性而已，卻難求在邏輯上的必然關係。但在釋教徒的眼中，未嘗不是報應的一項應驗。因著行為與事件間有著某種性質的相似性，可加強已預設下因果間的關係及對眾人的說服力。這種簡易的果報敘述，本是六朝習見的方式。無論殺生、貪嗔、不孝、酷暴等惡行，或是造佛、建塔、念經、放生等善作，多有相對的應驗。若云：

> 隋開皇末，代州人姓王，仕為驃騎將軍，在荊州鎮守，性好田獵，所煞無數。有五男，無女，後生一女，端美如畫，見者皆愛奇之。父母鍾念。既還鄉里，里人親族爭為作好衣服，而供愛養之。女年七歲，一旦失去，不知所在。初疑鄰里戲藏，訪問終無見者。諸兄乘馬遠覓，乃去家卅餘里，棘中見

---

[23]　見其〈冥報記・序〉。按此說亦見東晉慧遠〈三報論〉，文字大抵相同，唐氏蓋鈔錄自此。〈三報論〉收於《弘明集》卷五。

之，欲就挽取，即驚走遠去，馬追不及。兄等以數十騎圍而
得之，口中作聲似兔鳴，抱歸家，不能言。而身體為棘刺所
傷，母為挑之，得刺盈掬。月餘日，不食而死。父母悲痛，
不能自割，良由父獵，殃及女受，合家齋戒練行。大理丞采
宣明嘗為代府法曹，為臨說云爾。[24]

若抽離說故事者預設的因果關係，僅知王將軍女失蹤，後雖尋回仍
驚悸而夭，此事因頗離奇，故尋繹其間「因果」，而由女孩的口中
作兔鳴而歸責於其父的好於田畋，讓聽故事者得見其緣故而引以為
戒。然而「田獵」與「女亡」間僅有「女子作兔鳴」作為聯繫，似
嫌牽強，且報應的發生當在「造業者」的自身，與兒女無涉。再若
像《冥報記》所錄的「武德中，臨邛人姓韋，與一婦人言誓，期不
相負。累年失寵愛，婦人怨恨，韋懼其反己，因縊煞之。數日，韋
身痒，因發癩而死」，[25]其因果更是不明，全然倚仗說此事者的主
觀判斷。雖然，此類首言造業，後言果報如此單純的作品數量有限，
然而亦反映著報應觀已深植民心，給予聽聞者如此自然的聯想，便
利於提供現世報應的例證。現世的報應故事無論因果間的關係是否
合理、直接，多無須中介（如冥界、地獄）的參與說明，往往為當
事人或敘事者的觀察、理解而來。然而在跨越輪迴的藩籬，又不得
不借助超自然的、往往是宗教的力量予以解釋，故在生報裏托夢、
冥界或地獄遊行便成了解釋生報、後報的必然法門了。

---

[24]　據唐臨著、方詩銘輯校《冥報記》，頁 47。
[25]　據唐臨著、方詩銘輯校《冥報記》，頁 58。

（二）生報及後報：托夢、入冥的間接說明

　　簡言之，生報大凡墮於牲畜道，以還前業；而後報多入地獄受苦，以贖罪愆，惟「五生十生之後方得報」未見相關記載，畢竟受時間及輪迴的限定影響，在察驗上難舉實證，未若入地獄受刑的易於察驗。在生報裏，托夢與顯靈成了受報應者陳述受報經驗的必經途徑，往往托生於近鄰、親戚處的牲口，復因須承他人搭救而托夢顯象，而將輪迴受報的事實予以托出。例如：

> 長安市里風俗，每歲元日巳後，遞作飲食相邀，號為傳坐。東市筆工趙士次當設之，有客先到，如廁，見其碓上有童女，年可十三四，著青裙白衫，以汲索繫頸，屬於碓柱，泣謂客曰：我是主人女也，往年未死時，盜父母錢一百，欲置脂粉，末及而死，其錢今在廚舍內西北角壁中。然雖未用，既已盜之，坐此得罪，今償父母命。言畢，化為青羊白項。客驚告主人，主人問其形貌，及其小女，死二年矣。於廚壁取得百錢，似久安處。於是送羊僧寺，合門不復食肉。盧文勵說。[26]

來客因死者的顯現，得知死者的身分及身受生報的原因，並告知所盜百錢的置放處，後驗之果然，方證明生報確實存在。與生報相似的後報，亦多以受地獄刑罰的方式表現，入地獄者，尤其是輕慢佛法者更難恕其罪。不信佛法之人，自然難脫地府的緝拿。如：

> 唐太史令傅奕，本太原人。隋末，徙至扶風。少好博學，善天文歷數。聰辯，能劇談。自武德貞觀中，嘗為太史令。性不信佛法，每輕僧尼，至以石像為磚瓦之用。貞觀十四年秋，

---

[26]　據唐臨著、方詩銘輯校《冥報記》，頁59。

> 暴病卒。初奕與同伴傅仁均、薛頤並為太史令，頤先負仁均
> 錢五千，未償而仁均死。後頤夢見仁均，言語如平常。頤因
> 問曰：「先所負錢，當付誰人？」仁均曰：「可以付泥犁人。」
> 問：「是誰？」答曰：「太史令傅奕是也。」既而寤。是日
> 夜，少府監馮長命又夢己在一處，多見先亡人。長命問經文
> 說罪福之報，「未知審定有否？」答曰：「皆悉有之。」又
> 問：「如傅奕者，生平不信，死受何報？」答曰：「罪福定
> 有。然傅奕已配越州為泥犁矣。」[27]

傅奕個性耿直，本為唐代最著名的排佛人士，推崇者甚至借用其身
分與胡僧相對抗，至於佛徒自然視為讎仇，讓他入於地獄受盡折
磨，理所當然。上述經歷自非傅奕所能親說，故訊息則由暫時性召
入地府者所傳出。得見無論報應的遲速，均強調故事的真實以取信
讀者，而報應的恐怖、信佛的神效亦在文中不斷地重複、渲染，用
以恐嚇不信、輕慢佛法的異教徒，在敘事中作何惡事，必有惡報的
因果關係成敘事的必然，藉此不變的敘事模式，達到宣教的最終
目的。

第二節　觀世音信仰

　　觀世音信仰於中土的宣揚，當以西晉竺法護於太康七年（286
年）譯出《正法華經・光世音普門品》為初始，陳講觀音尋聲救苦
之的大能，普濟眾生的悲願，[28]至後秦鳩摩羅什重譯《法華經》，

---

[27]　見《太平廣記》卷一百十六引《地獄苦記》，頁810。
[28]　「觀世音」本是翻譯名詞，因此六朝時因譯者不同，譯名亦各異。或省稱

置於第二十五品，而更譯為「觀世音」（經中偈文則省稱觀音），成為定名。自《普門品》譯為漢文後，在漢地形成觀世音的單一神靈崇拜，佛教徒多持誦觀世音名號，藉以禳災避禍。至東晉時已有謝敷《光世音應驗》以專書蒐集觀世音顯聖，[29]已見傳揚的迅速，且自宋傅亮《光世音應驗記》、張演《續光世音應驗記》、齊陸杲《繫觀世音應驗記》皆以專書形式的集結，宋劉義慶《宣驗記》、齊王琰《冥祥記》亦多收錄，皆說明迄六朝末，觀音崇拜儼然成為佛教裏重要的信仰內容。就此而言，觀音信仰之所以能在中土吸引多人持守，除了《普門品》裏反覆陳述能持誦觀世音名號者，即能自脫於各樣災難外，輔以持守方便，卻利益廣大，相較於研議佛教教義，在六朝紛亂的世代裏，自對民眾產生莫大吸引力外，[30]更因

「觀音」，或號「闚音」、「光世音」、「現音聲」、「觀世自在」不等，入唐後高僧玄奘更主張應正名為「觀自在」。不過細繹六朝觀音信仰，皆自《妙法蓮華經》裏〈觀世音菩薩普門品〉而來，因此本文即以此經初譯時間作為觀世音信仰初至中土的時間。至如觀世音的初譯時間及名號譯法，皆非本文欲探究者，孫昌武〈觀音信仰的弘傳〉《中國文學中的維摩與觀音》（北京市：高等教育出版社，1996年6月），頁70-73已有詳說，可參看。

[29] 謝敷《光世音應驗》一卷，今亦無佚文、輯本。據宋傅亮《光世音應驗記》云：「右七條，謝慶諸往撰《光世音應驗》一卷十餘事，送與先君。余昔居會土，遇兵亂失之。頃還此竟，尋求其文，遂不復存。其中七條具識事，不能復記餘事，故以所憶者更為此紀，以悅同信之云。」因此得知謝敷為著為集結觀世音應驗的肇始，至於內容蓋與傅亮所撰相同。文據董志翹譯注《觀世音應驗記三種譯注》（南京市：江蘇古籍出版社，2002年1月），頁1。

[30] 關於觀世音信仰的原理及特性，今人張火慶已有深入探討，並指出觀音的誓願特徵為：「一、沒有界限的普遍性——普門示現神通力——救濟一切災難苦痛，滿足所有願望希求。二、除去當前人間的苦惱患難，尋求真正安樂的日常生活，而不標榜娑婆與淨土的對照與厭欣。」已指出觀世音救贖的現世效果及利益傾向。詳說可參張氏《觀世音普門品·導讀》（台北市：金楓出版社，1987年1月），頁11。

著觀世音信仰實含括了人們對神靈敬怖的原始心理，與中國傳統信仰裏的「萬靈崇拜」、「多神崇拜」有所契合。要之在中國除對英雄、祖先及精魅等有人格特質且具超自然能力予以祭拜，對自然物、自然力往往將其人格化、神格化，成為具備獨立思考且能有具體作為的神靈，[31]亦即對多樣且具自由意志的神靈予以敬拜。進一步言，正因著《普門品》具備了上述特質，方能排擠淨土及密宗的觀音形象與信仰，[32]於六朝獨盛。《普門品》裏慈悲且具大能的觀

---

[31] 烏丙安指出中國信仰是「萬靈崇拜」及「多神崇拜」，並將崇拜的對象分為「對自然物、自然力的崇拜」、「對幻想物的崇拜」、「對附會以超自然力的人物崇拜」，並指出不具人格特質的自然物、自然力崇拜，往往將其人格化或神格化。詳見烏氏著《中國民間信仰》（上海市：上海人民出版社，1995 年 1 月）。

[32] 中土觀世音信仰裏尚有淨土觀音與密教觀音最為盛行，其根據的佛經於六朝時多已譯出。若淨土三經，漢末安息安世高已翻譯《無量壽經》，其後姚秦鳩摩羅什譯有《佛說阿彌陀經》、宋畺良耶舍譯《佛說觀無量壽佛經》，釋曇無竭譯《觀世音授經記》與淨土思想較接近；至於密咒翻譯更眾，東晉竺難提譯《請觀世音菩薩消伏毒害陀羅尼咒經》（後皆省稱《請觀世音經》）、梁失名譯《雜陀羅尼經》卷五裏收有多種標明觀世音的陀羅尼若《請觀世音自護護他陀羅尼》即是；至於宋天息災譯《佛說大乘莊嚴寶王經》及北涼曇無讖譯《悲華經‧大施品》等，皆述及觀世音能力或身分，惟上述佛經大凡與《普門品》裏觀世音持守的方式及形象有所差異，甚者部分佛經竟未提及觀世音的救苦能力，這些當是六朝時這些經書未能凌替《普門品》的主要原因。其後中土偽造的《高王觀世音經》亦證明救苦觀音獨盛的情形，反映在觀世音應驗小說中。不過大陸學者夏廣興卻認為：「在陸杲的十大分類中，竟然沒有一條故事與『淨土觀音』相關。前兩種《應驗記》也是如此。這一奇特現象表明：三種《應驗記》所選擇的靈驗故事與幾位撰集者觀音信仰的特殊有關。……因此產生於同時的《宣驗記》和《冥祥記》，也都涉及到了兩種神格的觀音。」便是忽略了六朝救苦觀音的獨盛及《普門品》重視現世的利益，竟作出「然而三種《應驗記》都捨『淨土觀音』奇跡不取，也不採死而復活、轉生的故事，這似乎暗示著幾個撰集者對輪迴之說的懷疑」的怪異判斷。今觀六朝釋教徒為推銷佛教，皆反覆申說靈魂不滅以證輪迴實有，以及信奉佛教的現世利益，三種觀世音編纂者自不能例外，夏氏為讓己說成立，卻提出全然不合當時事實

世音傳至中國後，因著本來具有的神靈崇拜契合著漢地傳統信仰，令觀世音即刻成為最為崇敬的佛教菩薩，提供流轉於戰亂民眾的精神倚靠。經六朝時觀音信仰的傳布，觀世音應驗故事已成定式，入唐後承繼遺緒，自然難脫既有的情節架構，有所變易，惟唐時淨土、密宗先後盛行，與《觀世音普門品》裏的觀音形象已有差異，影響著有唐一代觀音應驗故事的特徵。就其情節架構及運作原理而言，或可說即為六朝應驗的引申，換言之乃承自《普門品》而來，時至唐代，則有承繼，亦得新變。

一、故事模式：救苦觀音為基礎的思考進路

六朝時佛教應驗故事的纂集動機，本在於宣揚佛教的實有，與敬奉的必要，[33]心態上必是恭謹而嚴肅，鈔錄時不能以私意更動故事結構，在情節上，更當聚焦於應驗的發生，觀世音應驗亦不能例外，必依循著佛教應驗的基調輯錄文字。因著編纂者態度的謹嚴與敘事重心的固定，在六朝時期「如何解脫苦難」的集體關懷引導下，

的推論，錯謬太甚。復按上舉佛經《高王觀世音經》雖然疑為偽經，不過亦可反映觀世音信仰在中國的流傳，故本文列入，惟不對其真偽另作探討，至於與觀世音信仰的關係，可參于君方〈偽經與觀音信仰〉《中華佛學學報》第八期（1995 年 7 月），頁 97-129。夏氏文見其著《佛教與中古小說》，收於《中國佛教學術論典》第六十二冊（高雄縣：佛光山宗教委員會，2001 年），頁 358-359。

[33] 六朝時應驗故事的纂集，深具宣教目的。王國良指出：「但如何獲得民眾的信仰，卻是傳教者首先必須突破的難題。因此，早期的宗教活動中，宣揚教主的靈異事蹟與信徒的神奇經驗，就成了必然的現象。這也是諸多宗教應驗錄產生的根由。」故知宗教應驗故事纂集的「根由」即基於宣教的「必然」而來。詳參王文〈六朝志怪小說簡論〉，收於《六朝志怪小說考論》（台北市：文史哲出版社，1988 年 11 月），頁 29。

觀音信徒自多注目《觀世音普門品》裏觀音救苦的能力，且讓苦難救贖的見聞，成為應驗的命題，且皆投射在佛經裏關於拔救苦難的文字上。就宋傅亮《光世音應驗記》裏的〈竺長舒〉為可為例說：

> 竺長舒者，其先西域人也。世有資貨為富人。居晉元康中，內徙洛陽。長舒奉佛精進，尤好誦《光世音經》。其後鄰比有火，長舒家是草屋，又正在下風，自計火已逼近，政復出物，所全無幾。《光世音經》云：「若遭火，當一心誦念。」乃敕家不復輦物，亦無灌救者，唯至心誦經。有頃，火燒其鄰屋，與長舒隔籬，而風忽自回，火亦際屋而止。於時咸以為靈應。里中有兇險少年四五，共毀笑之云：「風偶自轉，此復何神？何伺燥夕，當蓺其屋，能令不燃者可也。」其後天甚旱燥，風起亦駛。少年輩密共束炬，擲其屋上，三擲三滅，乃大驚懼，各走還家。明晨相率詣長舒家，自說昨事，稽顙辭謝。長舒答曰：「我了無神，政誦念光世音，當是威靈所佑，諸君當洗心信向耳。」鄰里鄉黨，咸敬異焉。[34]

竺長舒以至信至誠念誦《光世音經》，果然能免去火災，甚至文中引《普門品》的經文作為注解，以明佛經不誣。而這情節的組合，即以持念經文者遇見了災難、及觀世音必然救護的情節構成，所引據的經文，多出於《普門品》，此時期觀世音應驗故事的禍患，多準《普門品》所舉的三災八難。[35]此六朝時依附《普門品》消災解難的陳述準則，亦在入唐後有所承繼。例如：

---

[34] 文據董志翹譯注《觀世音應驗記三種譯注》，頁 3-4。

[35] 以今存六朝時三種觀世音應驗故事來看，災難多依循《普門品》而陳述。孫昌武即說：「這近百個故事（指三種觀世音應驗故事集）的唯一主題是觀音救苦救難的靈跡，突出表現觀音作為救濟之神有求必應、捷如影響的

唐貞觀年中，有河東董雄為大理寺丞，少來信敬，蔬食十年。至十四年中，為坐李仙童事，主上大怒，使侍御韋琮鞫問甚急，囚禁數十人。大理丞李敬玄、司直王欣同連此坐，雄與同屋囚鎖，專念《普門品》，日得三千遍。夜坐誦經，鎖忽自解落地，雄驚告忻、玄。忻、玄共視，鎖堅全在地，而鈎鎖相離數尺，即告守者。其夜，監察御史張守一宿直，命吏開鎖，以火燭之，見鎖不開而相離甚怪，又重鎖，紙封書上而去。雄如常誦經，五更中，鎖又解落有聲，雄又告忻、玄等。至明告敬玄，視之封題如故，而鎖自相離。敬玄素不信佛法，其妻讀經，常謂曰：「何為胡神所媚而讀此書耶？」及見雄此事，乃深悟不信之咎，方知佛為大聖也。時忻亦誦八菩薩名，滿三萬遍，晝鎖解落，視之如雄不異。其事臺中內外具皆聞見，不久俱免。[36]

董雄、王忻（欣）入獄後，先後念《普門品》得到鎖自解於地的結果，正應驗了《普門品》裏「設復有人，若有罪，若無罪，杻械枷鎖，檢繫其身，稱觀世音菩薩名者，皆悉斷壞，即得解脫」[37]，與

神祕威力。條數較多的陸杲書基本是按《普門品》『避七難』的災難，有大火、大風、大水等自然災害，更多是戰亂、囚禁、殺戮等社會苦難。」對故事裏載記的災禍多能對應於《普門品》的經文情形已有詳述。雖然陸杲書最後十四則乃繫於《請觀世音經》，不過究其原由，僅因《普門品》未詳列「示其道徑」、「接還本土」、「遇火惡病」及「惡獸怖畏」四項災禍，在陸杲欲使所有應驗皆有佛經可據的企圖下，方才援才《觀世音經》，實無援用其理論。孫氏〈觀音信仰與觀音傳說〉一文收於氏著《文壇佛影》（北京市：中華書局，2001年9月），頁71。

[36] 董雄事亦見唐臨《冥報記》，惟郎餘令《冥報拾遺》所記較為簡要，今引《冥報拾遺》。文據方詩銘輯校，附於《冥報記》（北京：中華書局，1992年3月）後，頁104-105。

[37] 見《妙法蓮華經》卷七〈觀世音菩薩普門品第二十五〉，文用上海古籍出

六朝的應驗情節無異。觀音的救苦能力，在唐五代仍然受到信眾大
肆宣揚，最著名者莫過於僧人釋法琳撰《辯正論》，申言持念觀音
能不受刀刃所傷，此說受到唐太宗的質疑與挑戰。[38]由此可以看
出，唐五代觀世音仍是以具備救苦的精神與能力而著稱，換言之，
唐代仍承繼了六朝時觀音救苦的形象，並無更易。但在救難的主題
之外，已見脫離六朝軌式者，即並非依循《普門品》所規定的救贖
方式，卻仍能獲得拯救：其一是強調觀世音具淨土引導的身分，誦
念阿彌陀佛；其二則採用鑄造及繪製觀世音像，足以感通神靈，二
者皆與淨土法門的盛行攸關。

（一）淨土導引，彌陀脅侍

　　原本在《普門品》的觀世音形象，是具備釋迦牟尼口中「即時
觀其音聲，皆得解脫」的大能，雖為佛陀弟子，卻也指向具有遊化
婆娑世界的自在個性。當信徒遭遇災難時，亦僅需持念觀世音名
號，即可得到解脫。不過這制式的情節入唐後已產生微妙變化，由
戴孚《廣異記》所收錄觀音應驗的故事便可略見端倪，文中已聯結
起觀世音與阿彌陀佛的關係：

版社 1994 年影印日本排印《大正新修大藏經》，列於《佛藏要籍選刊》
　第五輯，頁 768 下欄。以下引〈觀世音菩薩普門品第二十五〉皆省稱《普
　門品》、《觀音經》或《觀世音》，以下引是書皆據此本，不復列注。
38　本事見釋道宣《續高僧傳》。太宗因法琳《辯正論》裏〈信毀交報篇〉載
　「有念觀音者，臨刀不傷」，因此予法琳七日時間念持觀音，及期便刑決，
　測試法琳能否不被刀刃所傷，太宗顯然不信且排斥佛法，對法琳宣示的觀
　音救苦能力表達極度懷疑。屆時法琳以「口誦陛下」，並進一步解說太宗
　若行慈愛於天下，即如觀音，但若濫刑於法琳，則並非觀音當行，除可見
　法琳的急智而生巧言，方能自脫於刑戮外，亦足見當時對觀音的認識，仍
　以救苦為中心。

唐聖善寺僧道憲，俗姓元氏，開元中，住持於江州大雲寺，
法侶稱之。時刺史元某欲畫觀世音七鋪，以憲練行，委之勾
當。憲令畫工持齋潔己，諸綵色悉以乳頭香代膠，備極清淨，
元深嘉之。事畢，往預寧砑排，造文殊堂。排成將還，忽然
墮水，江流湍急。同侶求拯無由，憲墮水之際。便思念觀世
音，見水底有異光，久而視之，見所畫七菩薩立在左右。謂
憲曰：「爾但念南無菩薩。」憲行李如畫，猶知在水底，懼
未免死。乃思計云：「念阿彌陀佛。」又念阿彌佛，其七菩
薩並來捧足，將至水上。衣服無所污染，與排相隨，俱行四
十餘里。憲天寶初滅度。今江州大雲寺七菩薩見在，兼畫落
水事云耳。[39]

僧人道憲因籌畫觀音像七鋪，之後雖失足落江水中，心欲持念觀音
名號時，已由道憲所繪七尊觀音予以救援，不過觀音僅提供道憲能
在水中行走的護持，至道憲念阿彌陀佛後，七尊菩薩才捧道憲足而
出水，方免於滅頂之禍。就此應驗而言，道憲雖僅心念並無口誦觀
世音名，但仍應援引六朝舊例脫於水難，然而卻僅得到水中能行的
短暫安全，除令觀音大能及威信有所折損外，亦相悖於《普門品》
裏持念觀音，能避水厄的經文。這樣奇特陳述的目的，乃是為了說
明觀世音與阿彌陀佛間的主從關係，亦即採納了淨土裏將觀世音視
為阿彌陀佛的脅侍地位。[40]結合救苦、淨土觀音的企圖，已在盛唐

[39] 見戴孚著、方詩銘輯校《廣異記》（北京：中華書局，1992年3月），頁25。
[40] 觀世音於宋畺良耶舍譯《佛說觀無量壽佛經》裏即與大勢至隨侍於阿彌陀
佛旁，在魏康僧鎧譯《佛說無量壽經》裏更說明：「佛告阿難：彼國菩薩，
皆當究竟一生補處。除其本願為眾生故。以弘誓功德而自莊嚴。普欲度脫
一切眾生。阿難，彼佛國中，諸聲聞眾身光一尋，菩薩光明照百由旬，有
二菩薩最尊第一，威神光明，普照三千大千世界。阿難白佛：彼二菩薩其

的敦煌石窟將《普門品》與「西方淨土變相」並排繪製得到印證。[41]
故此，唐時變文〈妙法蓮華經講文〉關於《普門品》的經文詮釋，
已加入了淨土的敘述：

> 經：「無盡意菩薩，若有〔人〕受持六十二憶恒河砂菩薩名字。」
> 黃鷹云云──詩天邊：
> ……鷹解了，法門開，堪與門徒殄郭災。淨土碧霄今不遠，
> 遨遊飛去也唱將來。

又

> 若將臥具廣鋪陳，供養還須事事新。白角簟中安錦褥，象牙
> 床上布紅絪。時時掃灑檀香水，處處莊嚴淨土塵。六十二億
> 菩薩眾，朝朝供養倍精勤。

以上引文演述、聯結了觀世音與淨土間的關係。甚而出現宣導信眾
當持念阿彌陀佛名，而非觀世音，讓兩者主從關係，更為彰顯：

> 不把花鈿粉飾身，解持佛戒斷貪嗔。數珠專念彌陀佛，心地
> 長修解脫因。[42]

號云何？佛言：一名觀世音，二名大勢至。是二菩薩，於此國土修行菩薩
行，命終轉化生彼佛國。」皆說明觀世音與阿彌陀佛間的從屬關係。《佛
說無量壽經》收於《佛藏要籍選刊》第五輯，頁 813 中欄。

[41] 盛唐時的敦煌壁畫多將「西方淨土變相」與「法華經變相」（以演述《普
門品》為主）並繪，傳達著淨土與救苦觀音形象走向融合的趨勢。故日人
礪波護便說：「根據敦煌文物研究所編《敦煌壁畫》即可明白，在第 420
窟隋窟中，《法華經變》畫在窟頂四面，然而，在盛唐的第 103 窟南壁，
以及盛唐的第 45 窟南壁上，都畫著《觀音普門品》圖像。這不正是上節
探討時說到的以觀世音菩為媒介，產生將西方淨土信仰和《觀音經》相結
合的東西嗎？」即謂此。文見礪波護著、韓昇、劉建英譯《隋唐佛教文化》
（上海市：上海古籍出版社，2004 年 11 月），頁 65-66。

　　這些對《普門品》經文的解釋，自是攝入了淨土法門，反映著唐代對觀音的認識，是基於救苦觀音的形象，再摻入淨土觀念。檢淨土法門入中國後，於唐時趨於流行，釋徒注解淨土經書，皆注目於發揮其中現世的利益觀點。[43]至於以念誦佛名以求利益，已與《普門品》裏專講觀音尋聲救苦的現世特性、他力救贖，有了會通及交集處，促使唐時觀音信仰增加了觀音導引信徒至淨土的能力。是知淨土觀音於唐時方才興盛，然而並非單純地出現淨土觀音凌替了救苦觀音。或可說正因著淨土法門不僅不悖離原本深植人心救苦菩薩的形象及特質，甚至充補了《普門品》裏對觀世音敘述的不足。故由六朝時淨土法門未興之時，王琰《冥祥記》即錄宋時王球事，已載阿彌陀佛、觀世音及大勢至淨土三聖的關係，[44]似欲將此補充《觀

---

[42]　以上引文皆見〈妙法蓮華經講文〉，據黃征、張涌泉點校《敦煌變文校注》（北京市：中華書局，1997 年 5 月），頁 728-731。

[43]　釋慧嚴指出中國淨土思想乃趨向於現世利益的信仰，並以淨土大師善導注解《觀無量壽經》為例說，而謂：「這或許是因為善導生長在一個重視宗教現世利益的文化土壤上，加上《觀經》念佛滅罪思想的闡揚，遂使現世、來生利益的結合，成為中國人彌陀淨土信仰的特色。」不僅簡要地道出中國淨土信仰朝向現世利益發展，亦直指中國宗教裏存有的利益思想底蘊。文見其著《淨土概論》（台北市：東大圖書公司，1998 年 4 月），頁 153。

[44]　事見王琰《冥祥記》，陸杲《繫觀世音應驗記》所記大致相同。載宋元嘉時王球入獄後，至心念觀世音，夢見一沙門予《光明安樂行品》及諸菩薩名，球披閱經書，「忘第一菩薩名，〔憶〕第二觀世音，第三大勢至」，第一位菩薩當是阿彌陀佛，採用了淨土思想，不過該故事僅是補充說明觀世音身分而已，並非淨土三聖同時出現向求告者施予救贖。謹按此故事裏淨土三聖所根據的佛經，可能來自《請觀世音經》裏的載記：「爾時世尊告長者言：去此不遠正主西方，有佛世尊名無量壽，彼有菩薩名觀世音及大勢至，恒以悲憐愍一切救濟苦厄。汝今應當五體投地彼作禮，燒香散華繫念數息，令心不散稱十念頃，為眾生故當請彼佛及二菩薩，說是語時於佛光中，得見西方無量壽佛并二菩薩。」惟其後又謂：「佛告阿難：如是如是，如汝所說，若善男子、善女人得聞此經首題名字，當得見佛及諸菩薩，具足善根，生淨佛國。」亦陳淨土觀，因此即便在故事裏並非引用淨

音經》所缺乏的觀世音的身分。不過淨土思想於六朝並不彰顯，未受注目，因此亦僅見此孤例。淨土經典除確定了觀音在佛界的地位外，對於《普門品》裏未敘及的觀世音法身則有詳說，並且強調觀想形貌的重要，而讓唐時觀世音應驗故事，不免強化了觀音的示現與形象的寫真，讓已入世的觀世音，更與民間親近。

（二）摹造觀音，功德難計

　　觀世音信仰的內容，多伴隨佛像的供養。據劉義慶《宣驗記》所載：「陳玄範妻張氏，精心奉佛，恆願自作一金像，終身供養。有願莫從。專心日久，忽有觀音金像，連光五尺，見高座上。」[45]又王琰《冥祥記・自序》亦言；「琰稚年在交阯，彼土有賢法師，道德僧也。見授五戒，以觀世音金像一軀，見與供養。」[46]不過鑄造、供奉觀世音像的目的，乃在於鞏固自我的信仰，平時尚需持誦《觀世音經》不輟。至於欲感應觀世音，仍需平時的持念，方能在遭遇災禍，持觀世音名號，得到解脫。但牛肅《紀聞》所收錄的觀世音應驗事，卻非如此。其云：

> 桃林令韓光祚，攜家之官，途經華山廟，下車謁之。入廟門，而愛妾暴死。令巫請之，巫言：「三郎好汝妾，既請且免，至縣當取。」光祚至縣，乃召金工，為妾鑄金為觀世音菩薩

土三經，亦對往生淨土未予青睞。另同書又有載高苟入獄將死，聽見有人提到「汝不聞西方有無量佛國，有觀世音菩薩救人有急難，歸依者，無不解脫」，引自《請觀世音經》無疑。《請觀世音經》據台北新文豐出版社影印《大正藏》第四六冊，頁 34、38。

[45] 文據魯迅《古小說鉤沈》（北京市：人民文學出版社，1999 年 7 月），頁 278-279。

[46] 文據王國良《冥祥記研究》（台北：文史哲出版社，1999 年 12 月），頁 67。

像，然不之告。五日，妾暴卒，半日方活。云：「適華山府
君，備車騎見迎。出門，有一僧，金色，遮其前，車騎不敢
過。神曰：且留，更三日迎之。」光祚知其故，又以錢一千，
圖菩薩像。如期又死，有頃乃蘇曰：「適又見迎，乃有二僧
在，未及登車。神曰：未可取，更三日取之。」光祚又以千
錢召金工，令更造像，工以錢出縣。遇人執豬，將烹之，工
愍焉，盡以其錢贖之，像未之造也。而妾又死，俄即蘇曰：
「已免矣！適又見迎，車騎轉盛，二僧守其門，不得入。有
豪豬大如馬，衝其騎，所向顛仆，車騎卻走。神傳言曰：更
勿取之。於是散去。」光祚怪何得有豬拒之，金工乃言其故。
由是蓋信內教。[47]

文中因韓光祚鑄觀世音聖像、圖畫，令華山府君未敢取愛妾性命，
指向觀世音畫像的避邪能力，凌越中土的地方神祇。然而此處用鑄
像、繪圖而導引出觀世音應驗的發生，自與《普門品》所規範以持
念觀音名號不同。雖然，六朝時亦得鑄觀音像而得救贖者，然而仍
須加上讀誦《觀世音經》的條件，[48]亦即鑄像、繪圖是表現信奉觀

---

[47] 見《太平廣記》卷三百三，頁2399。又《廣記》卷三百三十二亦引《紀聞》，
錄劉子貢入冥，鄰人季暐告以於陽世時有罪，需「為吾造觀世音菩薩像一，
寫《妙法蓮華經》一部，則生天矣。」亦是造像感應，所稱為《法華經》，
顯即專指《普門品》。

[48] 若《繫觀世音應驗記》：「南公子敷，始平人也。戍新平城，為佛佛虜兒
長樂公所破。城中數萬人一時被殺。子敷雖知必死，猶至心念觀世音即救
濟。及至交刀見斫而誤，自不中人。行刑人必自睡熟，便不能舉手。時虜
主自監，見驚何故。子敷不覺那必道：『能作馬鞍！』虜主即便置之。當
時亦不自覺道此，唯覺正存念而已。被置之後，尋因得叛歸，作小觀音像，
以栴檀函供養。行則頂戴，不令人知。至於年老，精向轉篤。《宣驗記》
上載二劫，呆謂事不及此，故不取。」又「于闐王女婿，名天忍，為從弟
所鎖繫，送往何覺國殺之。天忍先自造金像，長二尺，恒供養眾，讀誦《觀

音虔敬的表現，並非信奉的方式。對觀音聖像的重視，除與觀世音
信仰傳入時即重視鑄觀音像外，並與中國本土的偶像崇拜相契合，
不過將鑄造或繪製佛像、佛土視為傳達虔敬的崇敬行為，便與淨土
法門的盛行有關。《佛說觀無量壽經》對於觀想佛土、阿彌陀佛、
觀世音及大勢至的形象，計分十六觀，其中第十觀則是針對觀世音
形貌所作的說明，不僅令觀想時有所憑據，且嚴肅地告知信徒：「佛
告阿難，若欲觀觀世音菩薩當作是觀，作是觀者不遇諸禍，淨除業
障，除無數劫生死之罪。如此菩薩，但聞其名獲無量福，何況諦觀？
若有欲觀觀世音菩薩者，當先觀頂上肉髻，次觀天冠，其餘眾相亦
次第觀之。悉令明了如觀掌，作是觀者名為正觀，若他觀者名為邪
觀。」[49]除了可藉由觀想菩薩得到當世的利益，並且規定了觀想次
第及方式，若不依循，便判為邪觀。單純對《觀經》裏繁複敘述的
佛土、佛身予以觀想，不僅不易，而且有入邪觀之虞，因此將佛身、
佛土予以具體化，可令持念者有依託的標的，使神志專一。由此促
使六朝時的偶像崇敬，轉化為淨土、佛身的觀想，令造佛像的動作，
成為聯結信仰者與佛土、神佛間的橋樑，[50]而頗反映出當時信徒造

世音經》。既遭厄難，心益存至。一夜，鎖縛忽自解脫，徑得叛去。」上
述二事皆有鑄觀音像，不過仍強調他們鑄像時因受信仰及持念觀世音的虔
敬驅使，並非鑄像而已。引文據董志翹點校《觀世音應驗記三種譯注》，
頁96、120。

49 見宋三藏彊良耶舍譯《佛說觀無量壽經》，收於《佛藏要籍選刊》第五輯，
頁825上欄。

50 寧強指出淨土變相的形成，肇因於淨土法門裏的觀想，這思維的更易，進
而促使了六朝時尊像以禮拜為要，入唐後則藉以表達誓往淨土的心願，讓
「造作『尊像』是這一信仰實踐的重要一環，『尊像』本質起作聯接此岸
與彼岸的橋標作用。這就在某種程度上解釋了大量佛像存在的原因和他們
原來的功能。」已就造佛像的心理轉折予以說明。文見寧氏著〈從偶像崇
拜到觀想天國——論西方淨土變相之形成〉，寧氏文收於《段文杰敦煌研

淨土三聖佛像的心理企求。而就觀世音信仰而言，亦納入此觀念，
強調造觀世音像所生功德的重要性，讓信奉者投以敬虔恭謹的態度
繪製鑄造聖像，使這行為成為通感觀音的重要方式。譬若穆員〈繡
救苦觀世音菩薩讚并序〉所附錄一則觀音感應故事可堪代表：

> 我裴氏弱妹，疇昔之夜夢老僧，意夫聖者。祈太夫人之福懇
> 懇焉。聖者復之曰：「當繡若繪救苦觀世音菩薩，且視其形
> 則如是。」覺而念之，誠矣未果。越旬朔，嗣夢如初。是用
> 心冥聖功，指集晬容，圓光具發，朝日瞳曨。歲八旬有六日，
> 我慈親生之辰也，願於是畢。工於是終，聖於是興，福於是
> 始，同明我遺，禎夢靡臻，斯文敢闕？[51]

觀音的於夢中向孝女顯現，令繡繪救苦觀音，而能將所生福德迴向
母親，顯然聯結的關鍵，即是繪製觀音像。因之唐五代的觀音供奉，
多以塑像、繪圖的形式進行，[52]並進一步將這供奉，作為取代持念

究五十年紀念文集》（北京市：世界圖書出版公司，1996 年）。

[51] 收於《全唐文》卷二十二，文據中華書局 1983 年縮印嘉慶十九年刊本。

[52] 今檢敦煌願文裏即可見得塑像祈願者，若〈大集經董孝纘題記願文〉：「仰
為亡考鎮遠將軍諫議大夫大冢宰內親信帥都督旨除鳴沙縣令董哲敬造釋
迦、彌勒、觀世音金像壹區。」〈憂婆塞戒經惟珍題記願文〉：「造觀世
音像一軀，造刪九尺幡一口。所造功德，為法界眾生，一時成佛。」為鑄
像（據黃徵、吳偉校注《敦煌願文集》（長沙市：岳麓書社，1995 年 11
月），頁 855、869）；若獨孤及〈觀世音菩薩等身繡像贊并序〉：「願非
大雄之慈，法雲之悲，則莫能救拯我無明苦果，敷佑我宏誓願力。乃彰施
五色，以刺繡成文，寫菩薩之真相，觀音之全身。於是乎諦觀晬容，瞻仰
聖位。」清畫〈畫救苦觀世音菩薩讚并序〉：「乃於寶勝殿內，按經圖變，
祇於壁上，觀示現之門，不捨毫端，禮分身之國。」則是繪像（分據《全
唐文》卷三百八十九、九百十七），皆見唐五代時以鑄造、繪製觀音像作
為信奉的主要方式。

法號、招喚觀音的方式，[53]換言之，即以《普門品》作為基礎，納入了淨土法門重視觀音形象的思維。且觀世音法身以各種實質的形式呈現時，雖是世人所熟悉的觀音形貌，但在不同作手下，生成多變的外貌，惟皆受到救苦觀音的觀感所規範，說明著唐五代觀世音應驗承繼六朝《普門品》的既定思維，適時地納入淨土思想。惟在攝入後，竟促使觀音形貌與性格，都有了進一步的發展。

二、性格發展：慈悲入世作引導的形象塑造

承前述，觀世音傳入中土時多伴隨著佛像的供奉，因此觀音形象對信奉者而言並不陌生。六朝時觀世音的應驗傳聞，觀世音已顯現於人世，讓信眾瞻仰聖容，更生信心。此時所顯示出觀音的形貌方式有二：一是間接地藉由佛像而示顯者。《冥祥記》載云：「晉世沙門僧洪，住京師瓦官寺。當義熙十二年時，官禁鎔鑄，洪既發心鑄丈六金像：『像若圓滿，我死無恨。』便即偷鑄。鑄竟，像猶在模，所司收洪，禁在相府，鎖械甚嚴。心念觀世音，日誦百遍，便夢所鑄金像往獄，手摩頭曰：『無慮。』其像胸前〔方〕一尺許，銅色燋沸。當洪禁日，感得國家牛馬，不肯人欄，時以為怪。旬日敕至彭城，洪因放免，像即破模自現。」[54]是以僧洪所鑄觀音像來示現。不過此事在於突顯僧洪「精誠鑄像」的行為，來環結無罪開釋與持念觀音的因果關係，因此觀音以這樣的顯現形式較為少見；

53　譬如梁肅〈繡觀世音菩薩像讚并序〉：「《蓮華經・普門品》載菩薩盛德大業詳矣，蓋變動不測之謂神，窮理盡性之謂聖，慈悲廣運之謂力。三者一貫，是為妙覺，功不並化，尊無二上，故為法王，我為素臣。」即以《普門品》作為繪像的根據。據《全唐文》卷五百十九。

54　據王國良《冥祥記研究》，頁151-152。

二是化作其他身分、或是更直接地用佛法身的形式顯現。以法身顯現，往往以放光的形式出現，如謂「忽於帷下見光世音從戶外入，足趺及踝間金色照然，曰：『汝念光世音耶？』」，[55]又「忽於夜中眼見觀世音，又放光照之」；[56]至於化作其他身分，仍是一見得知即為觀音，若記「仰向見一道人甚少，形明秀，長近八尺，當空中立，目已微笑」，[57]因著受苦信徒持念觀世音，讓觀音化身僧侶，卻從「明秀」、「八尺」、「當空中立」等動作，皆告知即是觀音化身。觀世音親向信眾示現，亦根據《普門品》觀世音具有化身其他相貌的本事，不過在這些觀世音示現的敘述裏，皆未曾對其形象有較詳細的描述，且多能直接得知觀世音的真實身分，顯示著當時對觀音樣貌已有概念，而這概念的來源，自然並非來自《普門品》，而指向與觀音信仰傳入時的觀音佛像。因此六朝佛教應驗的觀音描繪較為制式，傾於使用莊嚴聖潔的抽象名辭，以光亮作為主要的顯現方式。但唐時因淨土法門的觀想聖像，雖然有《觀經》的詳細說明，但仍讓信眾於觀想時摻入自己觀點，況且《普門品》裏觀音除佛法身外尚有三十二種變化，讓觀音形象亦有了可發揮的想像空間。而這想法的鬆動，讓唐代的觀音形製趨於多樣，示現時更能親近眾生，不再僅以放光的莊嚴相出現而已，而是出現親切、博愛的形貌與動作。

---

[55]　見宋張演《續光世音應驗記》，據董志翹點校《觀世音應驗記三種譯注》，頁41。

[56]　見齊陸杲《繫觀世音應驗記》，據董志翹點校《觀世音應驗記三種譯注》，101。

[57]　見宋張演《續光世音應驗記》，據董志翹點校《觀世音應驗記三種譯注》，頁53。

（一）形象雖繁，皆準慈愛

在《續高僧傳》裏即錄有觀世音來到人世，不僅化為行僧，並且是平凡無任何神異的相貌，對於救告其名的信徒，施予拯救：

> 釋洪滿，姓梁，安定人。在俗年十五遇時患，雙足攣躄，常念《觀音經》三年。忽有僧執澡罐，在前立不言。問曰：「師從何來？」答曰：「以檀越常喚，所以來。」滿扣頭問曰：「弟子往何罪報，今施此攣足？」僧曰：「汝前身拘縛物命，餘殃致爾。汝但閉目，吾為汝療之。」滿隨言冥目。但覺兩膝上各如拔六七寸釘卻即了，開目將欲謝恩，失僧所在，起行如故。滿乃悟是觀音。[58]

釋洪滿依循舊例，遇患難則誦念《觀世音經》，三年後觀音化為凡僧，不僅沒有光采熠熠的聖光，並親自講解洪滿受病的因果，拔釘治療舊疾，已將觀世音入世救人的精神，予以托出。又唐臨《冥報記》亦錄有監察御史范盧勵病篤欲死，腹脹如石，文勵便誠心念觀世音，後來果然在夢裏見一沙門自言是觀世音，以木把捋其腹部，出穢物三升餘，後來病果瘳，[59]觀世音亦是以凡僧的形象出現，親

---

[58] 見唐釋道宣《續高僧傳》卷二五，收於《佛藏要籍選刊》第十二輯，頁 689 上欄。

[59] 據方詩銘輯校、唐臨著《冥報記》，頁 25。按此事與傅亮《光世音應驗記》所載〈沙門竺法義〉事頗為類似，不過就《冥報記》所載「盧文勵」事觀察，此沙門出現時便表明自己觀世音菩薩的身分，並告知因文勵專念其名而來救援，又親手用木把將文勵腹中極臭惡的穢物捋出後方去，已將觀世音救贖時的動機（慈心）、行為（親手推出腹中穢物）以及環境（穢物三升餘，極惡臭）作細緻的說明，在相互對映下使觀音的慈愛特質更顯，此為〈沙門竺法義〉及其他六朝觀音應驗者所未及。

手為信徒療疾。而在段成式《酉陽雜俎》所載錄的觀音，不僅將觀世音仁慈表現描繪更加細膩，且將其仁愛心理予以擴展。其記云：

> 觀音堂在寺西北隅。建中末，百姓屈儼患瘡且死，夢一菩薩摩其瘡曰：「我住雲華寺。」儼驚覺，汗流數日而愈。因詣寺尋檢，至聖畫堂見之，菩薩一如其睹。傾城百姓瞻禮，儼遂立社，建堂移之。[60]

觀世音於夢中向屈儼顯示治病，後來病痛果瘳，屈儼至觀音堂的聖畫堂尋檢，發現救贖及示現者就是觀世音。敘事模式雖形似六朝，意義卻有分別：試觀文中屈儼並無任何持念《普門品》、造觀音像等行為，但觀世音仍無條件地予以救贖，乃是將「尋聲求苦」，解釋成觀音當聽聞世人的苦痛呻吟，即來拯救，不僅限定在持念觀音法號而已。而這改變，彰顯著觀音慈悲與博愛的特質。其次觀世音治療因病瘡將死的病患，並非大顯法力，病瘡即癒，乃是藉由撫摸人不敢近的惡瘡予以治療，親和而慈祥的形貌，躍然紙上，傳寫著新生的觀音形象，親自撫慰百姓，無私、博愛與仁慈，皆有別於六朝的制式樣貌，顯然傾向具母愛的女性特質。而這變化，說明了觀音由男變女的心理關鍵。明人胡應麟雖指出觀音於六朝、唐時多為男身，後變成女像，肇自民眾的心理轉折，而謂：「今塑畫觀音像無不作婦人者，蓋菩薩相端妍靚，文殊、普賢悉爾，不特觀世音也。至冠飾以婦人之服，則前此未聞。考《宣和畫譜》，唐、宋名手寫觀音像極多，俱不云婦服，李廌、董逌《畫跋》所載諸觀音像亦然，則婦人之像當自近代始。蓋因大士有化身之說而閨閣多崇奉者，展

---

[60] 段氏《酉陽雜俎》續集卷之五（台北市：漢京文化事業有限公司，1983 年 10 月），頁 250。

轉流傳，遂致稱謂皆訛。……今觀世音像率作婦人，故人間顯跡夢
兆無復男子相者，俗遂真以觀世音為婦人。不知夢生於心，兆徵於
目，心目注瞻皆非男相，則恍惚示現自當女身。余考《法苑珠林》、
《宣驗》、《冥祥》等記，觀世音顯跡六朝至眾，其相或菩薩、或
沙門、或道流，絕無一作婦人者。使當時崇事類今婦人像，則顯跡
繁夥若斯，詎容無一示現耶？唐世亦然，蓋誤起於宋無疑。」[61]將
此心理的轉折推源自觀音多為女性所持奉，故為女相，殊不知信奉
觀音者自不啻女眾而已，但是胡氏指出因民眾心理投射出女相的觀
音樣貌，令觀音最後轉變為女身，則頗有見的。因此即便佛像伴隨
著觀音信仰傳入中國，信徒對觀音形貌有既定的觀感，入唐因著淨
土法門觀想的興起，讓制式的觀世音形象有所鬆脫，給予自由想像
的空間，在不斷開發觀世音救苦拔難的特質後，啟發且導引群眾觀
音女相的想法與態度，竟成為中國觀音的定型，影響後來文學作品
中的觀音性格與樣貌。

（二）親臨穢土，更近眾生

　　觀世音尋聲救苦，突顯著這位佛經人物是具有與人世緊密關聯
的特性，在淨土思想盛行後，讓觀世音增添導引虔誠佛教徒進入淨
土的身分，使世上眾人毋論在世、離世，皆與觀世音息息相關。若
僅就入世的特性而言，其他諸多神佛自然皆未能超越，故在不斷宣
揚觀世音慈愛且靈驗的作為後，儼然已成為行走人間，伺便即伸援
手的救主。當這親切、仁慈的形象持續發酵，參照著《普門品》謂
觀世音「善應諸方所，弘誓深如海，歷劫不思議」的文本，竟讓這

---

[61]　見胡氏《少室山房筆叢》卷四〇（上海：上海書店出版社，2001 年 8 月），
　　頁 412。

位關懷婆娑世界眾生的苦難救主，親入於輪迴，化作人身，來襯托
悲願的偉大。本來《普門品》裏所記「若有女人，設欲求男，禮拜
供養觀世音菩薩，便生福德智慧之男，設欲求女，便生端正有相之
女」，是讓受無子嗣的女人，免去痛苦，在視「無後」為不孝的中
土而言，自然是重要的恩賜。於是六朝時自不乏申說觀音此項能力
的應驗故事。譬若《冥祥記》即載：

> 宋孫道德，益州人也，奉道祭酒。年過五十，未有子息。居
> 近精舍。景平中，沙門謂〔道〕德：必願有兒，當至心禮誦
> 《觀世音經》，此可冀也。德道罷不事道，單心投誠，歸觀
> 世音；少日之中而有夢應，婦即有孕，遂以產男也。

又

> 宋居士卞悅之，濟陰人也。作朝請，居在潮溝。行年五十，
> 未有子息，婦為娶妾，復積載不孕。將祈求繼嗣，千遍轉《觀
> 世音經》。其數垂竟，妾便有娠，遂生一男。時元嘉十八年，
> 辛巳歲也云云。[62]

兩則故事皆點出年過五十卻無子息的遺憾，幸賴念《觀世音經》而
能得子，自是印證《普門品》裏關於求子得子的記載。不過入唐後，
不僅讓信眾持念觀世音而得子，且是聰慧而好佛理，身分似已不
凡，若《續高僧傳》所記釋靜之即因父母無子嗣而念觀世音而得來，
生平皆顯超然：母親懷孕時即厭惡腥辛，出生後便樂近阿彌陀觀，
性喜出家，平時念觀世音《般若波羅蜜多心經》，皆有靈效，後然
果然成名僧，卒時「桂樹忽凋，胡桃自拔，佛殿無故北面仰地」。[63]

---

[62]　據王國良《冥祥記研究》，頁 173、214。
[63]　見唐釋道宣《續高僧傳》卷二五，收於《佛藏要籍選刊》第十二輯，頁 627

又《談賓錄》亦載僧萬迴母祈觀世音像方有孕，萬迴亦多顯靈驗。[64]
甚至認為若是觀世音所授予生出者，便具有近於神佛的身分。《續
高僧傳》即錄釋靈睿的母親因「還家夢見在松林下坐有七寶鉢於樹
顛，飛來入口，便覺有娠」，乃受感佛家靈物而有生孕，臨終時亦
多現靈異，「大風忽起，高聲言曰：靈睿法師來年十月，往南海大
國光明山西阿，觀世音普薩所受生也。至期十月二日，合寺長幼道
俗，見幡華菩薩滿寺而下，晚講入房看疏讀經，外有僧告，幡花異
香充寺及房，睿捉經出看，斂容立終」，[65]已確指靈睿即是觀世音
轉世。依循觀世音的入世性格與慈悲胸懷，出現了觀世音依此途
徑，作為顯化眾生的方式。《紀聞》直指僧伽亦是觀世音的轉世，
來印證祂入世救人的悲願：

> 僧伽大師，西域人也。俗姓何氏，唐龍朔初來遊北土，隸名
> 於楚州龍興寺。後於泗州臨淮縣信義坊乞地施標，將建伽
> 藍，於其標下，掘得古香積寺銘記，并金像一軀，上有普照
> 王佛字，遂建寺焉。唐景龍二年，中宗皇帝遣使迎師，入內
> 道場，尊為國師，尋出居薦福寺。常獨處一室，而其頂有一
> 穴，恒以絮塞之，夜則去絮，香從頂穴中出，煙氣滿房，非
> 常芬馥。及曉，香還入頂穴中，又以絮塞之。師常濯足，人
> 取其水飲之，痼疾皆愈。一日，中宗於內殿語師曰：「京畿
> 無雨，已是數月，願師慈悲，解朕憂迫。」師乃將瓶水泛洒，
> 俄頃陰雲驟起，甘雨大降。中宗大喜，詔賜所修寺額，以臨

下欄-628 上欄。
[64] 見《太平廣記》卷九十二引《談賓錄》及《兩京記》，頁 606-607。
[65] 見唐釋道宣《續高僧傳》卷十五，收於《佛藏要籍選刊》第十二輯，頁 565
下欄-567 上欄。

淮寺為名。師請以普照王字為名，蓋欲依金像上字也。中宗以照字是天后廟諱，乃改為普光王寺，仍御筆親書其額以賜焉。至景龍四年三月二日，於長安薦福寺端坐而終，中宗即令於薦福寺起塔，漆身供養，俄而大風欻起，臭氣徧滿於長安。中宗問曰：「是何祥也。」近臣奏曰：「僧伽大師化緣在臨淮，恐是欲歸彼處，故現此變也。」中宗默然心許，其臭頓息，頃刻之間，奇香郁烈，即以其年五月，送至臨淮，起塔供養，即今塔是也。後中宗問萬迴師曰：「僧伽大師何人耶？」萬迴曰：「是觀音化身也，如《法華經·普門品》云：應以比丘、比丘尼等身得度者，即皆見之而為說法，此即是也。」先是師初至長安，萬迴禮謁甚恭，師拍其首曰：「小子何故久留，可以行矣。」及師遷化後，不數月，萬迴亦卒。師平生化現事跡甚多，具在本傳。此聊記其始終矣。[66]

僧伽出於西域，除身體異於常人外，入中土後也藉用獲得金像的事件，來印證神佛轉世的出身，其後於中國大施神跡，濯足的穢水堪以治病，久旱不雨就施法且立澍甘霖，皆是採用神仙的筆法予以描寫。當僧伽卒時，吹起郁烈的香風，自又是祥瑞的表徵。至於這位僧人來歷，是藉由其弟子萬迴之口，以肯定的語氣指出即是觀世音轉世，並依據《普門品》三十三種的化身予以解釋。僧伽生平無考，據《紀聞》所錄僅知是唐中宗時人，自非道宣《續高僧傳》所記玄琬弟子僧伽，[67]因有名於世，坊間傳言僧伽是觀音轉世，而為後世

---

[66] 見《太平廣記》卷九十六引《本傳》及《紀聞錄》（即牛肅《紀聞》），頁638-639。

[67] 按《續高僧傳》卷二十二明律下釋玄琬傳四附記其弟子僧伽，俗姓元氏，師玄琬貞觀十年臘月七日卒，道宣慨歎僧伽早卒，未能闡述師法，因此僧

所傳續。宋釋贊寧編《宋高僧傳》亦錄中宗問萬迴其師僧伽究竟何人，迴答以僧伽即觀世音轉世事，不過贊寧尚錄有僧伽現出法身事，「嘗臥賀跋氏家，身忽長其床榻各三尺許，莫不驚怪。次現十一面觀音形，其舉家族欣慶，倍加信重，遂捨宅焉」，[68]僧伽於睡夢裏現密教十一面觀自在菩薩真形，是為了對觀世音轉世身分的再次確認。[69]贊寧書成於宋太宗端拱元十月（988 年），上距開國太平興國元年（976 年）才十二年，贊寧所錄僧伽事，在晚唐、五代應已盛傳。指出觀世音已入於凡世，親自與信徒面對，而這發展，更提點了觀世音身分徹底中國化的開端，讓尊稱僧伽這位「泗州大聖」亦是觀音的別稱，化身為中國本土的佛教人物。觀音親入輪迴教化有識眾生，於宋代最是廣傳，代表著民間信奉觀音的形象與性格。[70]

伽卒年應不過太宗。《紀聞》所記僧伽僅是同名而已，非同一人。

[68]　見宋釋贊寧編《宋高僧傳》（北京市：中華書局，1996 年 11 月），頁 448-449。

[69]　僧伽為當時名僧，卒後信徒造僧伽其弟子的塑像、圖畫崇拜，名聲更著，甚至出現偽經《僧伽和尚欲入涅槃說六度集經》陳述僧伽乃是對應西方釋迦牟尼而降世的東方教主，皆屬於個人崇拜，並非確切地視為觀世音。不過中晚唐至北宋時，便有僧伽為觀世音示現的傳說生成，而為《宋高僧傳》所載錄。關於僧伽信仰的流布，可參看羅世平〈敦煌泗州僧伽經像與泗州和尚信仰〉，《敦煌吐魯番學研究論集》（北京市：書目文獻出版社，1996 年 6 月），頁 124-135。

[70]　如時間較贊寧《宋高僧傳》稍晚的道原《景德傳燈錄》即直言：「泗州僧伽大師者，世謂觀音大士應化也。」全文所記故事同於贊寧書，惟較簡略，當襲自《宋高僧傳》。泗州大聖故事的廣為流傳，亦自宋始。道原書收於《佛藏要籍選刊》第十三輯，頁 737 上欄。

（三）悲願廣大，普及含識

　　觀世音以再入輪迴的方式親臨人世，讓身分更加的平易近人，世人可以近距離且親切的方式靠近觀音，成為全然入世的人間救主。在進一步描繪及確認觀音性格的企圖下，觀世音更擴展慈心的範圍，救拔已普及至所有眾生，成為思考上必然的發展進程。原本就佛教的輪迴思想觀察，擁有血肉之軀的生物群體，無非不是在輪迴裏流轉而沒有超脫的受苦生命，但依據《普門品》文義卻是僅能救拔能口誦觀世音名號或經文的人類，那麼觀音的慈悲就有了侷限性，悲願並非是無條件的救贖。在欲擴展觀世音博愛性格的牽引下，自然發展出對生物救援的故事。張讀《宣室志》即載：

> 唐敬宗皇帝御曆，以天下無事，視政之餘，因廣浮屠教，由是長安中緇徒益多。及文宗嗣位，親閱萬機，思除其害於人者，嘗顧左右曰：「自吾為天子，未能有補於人。今天下幸無兵革，吾將盡除害物者，使億兆之民，指今日為堯、舜時，願足矣。有不能補治化而蠹於物者，但言之。」左右或對曰：「獨浮屠氏不能有補於大化，而蠹於物亦甚，可以斥去。」於是文宗病之，始命有司詔中外，罷緇徒說佛書義，又有請斥其不脩教者。詔命將行，會尚食廚吏脩御膳，以鼎烹雞卵，方措火於其下，忽聞鼎中有聲極微，如人言者，迫而聽之，乃群卵呼「觀世音菩薩」也，聲甚悽咽。似有所訴。尚食吏異之，具其事上聞。文宗命左右驗之，如尚食所奏。文帝嘆曰：「吾不知浮屠氏之力乃如是耶！」翌日，敕尚食吏勿以雞卵為膳。因頒詔郡國，各於精舍塑觀世音菩薩像，以彰感應。[71]

71　見張讀《宣室志》卷七，文據藝文印書館於 1965 年影印明萬曆中會稽半

故事主旨可從文宗的贊歎及左右的諫語看出，除消極地駁斥異教徒
說法的不實，更是正面地稱許佛力的廣大，且兼及萬物的仁德，即
便是僅微具生命的雞卵皆知應當求告觀世音名號，那麼得到人身的
群眾，自當歸於佛門，持誦觀世音。當觀世音救援範圍擴及含有血
氣的萬物時，可以說觀音的性格已經底定：博愛且滿懷仁慈，而後
來故事，皆據此形象予以申述。年代與張讀頗近的蘇鶚《杜陽雜編》
亦記文宗朝事，乃食蛤蜊而見神聖：

> 上好食蛤蜊，一日左右方盈盤而進，中有擘之不裂者。上疑
> 其異，乃焚香祝之。俄頃自開，中有二人，形眉端秀，體質
> 悉備，螺髻瓔珞，足履菡萏，謂之菩薩。上遂置之於金粟檀
> 香盒，以玉屑覆之，賜興善寺，令致敬禮。至會昌中毀佛舍，
> 遂不知所在。傳之涇州從事陳訥。[72]

不過據段成式《酉陽雜俎》所記，乃作「左顧蛤像，舊傳云：隋帝
嗜蛤，所食必兼蛤味，數逾數千萬矣。忽有一蛤，椎擊如舊，帝異
之，置諸几上，一夜有光。及明，肉自脫，中有一佛，二菩薩像。
帝悲悔，誓不食蛤。非陳宣帝。」[73]成式年代較早，所記蛤蜊中顯
現菩薩像事，本認為是陳宣帝，後傳為隋帝，但蘇鶚又歸於文宗。
至於菩薩身分，據段成式所記「一佛二菩薩」，可以推測身分的組
合可能為阿彌陀佛、觀世音及大勢至，或釋迦牟尼、觀世音和彌勒
佛；而蘇鶚載錄則僅有二位菩薩，身分則較難確指，在參照文宗有
雞卵呼觀世音的傳說後，其中一位亦指向觀世音。顯示出《宣室志》

　　堂商濬校刊《稗海》本。
[72]　見蘇鶚《杜陽雜編》卷上，文據藝文印書館於 1965 年影印明萬曆中會稽
　　半埜堂商濬校刊《稗海》本。
[73]　見段氏《酉陽雜俎》續集卷之五，頁 246。

已收錄觀世音救援凡求告其名有血氣的生命，而不侷限於輪迴裏的人道而已，後來發展，自然朝向即便未求告其名號者，觀世音亦予以救援，而從《酉陽雜俎》或《杜陽雜編》的記載，雖未明指顯化的菩薩身分，不過皆隱然指向觀世音，故入宋後便對蛤蜊裏顯化的菩薩身分，便明確地告知即為觀世音，[74]不過也可以瞭解，這樣的思考方式乃初肇於中唐，且是在救苦觀音不斷深化的想望下發展而出。

三、增添神異：持念祕咒為法式的神祕感應

　　但由感應故事來看，尚有一支密宗系統的觀音信仰，與《普門品》所載錄的救苦觀音故事不僅在情節上頗有差異，觀音性格亦未有較明確的說明。若《廣異記》所錄王乙事即如此：

> 王乙者，自少恒持《如意輪咒》。開元初，徒侶三人將適北河，有船夫求載乙等，不甚論錢直，云：「正爾自行，故不計價。」乙等初不欲去，謂其徒曰：「彼賤其價，是誘我也，得非苞藏禍心乎？」舡人云：「所得資者，只以供酒肉之資，

---

[74] 據宋沙門志磐所撰《佛祖統紀》卷第四十二即收錄文宗難卵呼觀世音菩薩事，所記與《宣室志》同。後又接以蛤蜊故事，而謂：「又一日食蛤蜊，有擘不開者，焚香禱之，俄變為大士形。帝召終南山惟政禪問之。師曰：『夫物無虛應，上蓋廣陛下信心。經云：應以此身得度者，即現此身而為法。』帝曰：『大士以現未聞法。』師曰：『陛下睹此，為常為非常，為信為非信。』帝曰：『希有之事，焉得不信。』師曰：『已說法竟。』帝大悅，即詔天下寺院立觀音像，敕師住聖壽寺。」顯然將兩項故事予以統合，並且顯化者更為一人，又明確地指出即觀世音。藉著僧人惟政之口告知，此乃《普門品》裏觀世音三十三種顯化中的一項，勸帝當信觀音。復按此即後世所盛傳之「蛤蜊觀音」。是書收於《佛藏要籍選刊》第十二輯，頁 257 中欄至下欄。

但因長者得不滯行李爾。」其徒信之,乃渡。仍市酒共飲,頻舉酒屬乙。乙屬聞空中言勿飲,心愈驚駭,因是有所疑,酒雖入口者亦潛吐出,由是獨得不醉。洎夜秉燭,其徒悉已大鼾,乙慮有非道,默坐念咒。忽見舡人持一大斧,刀長五六寸,從水倉中入,斷二奴頭,又斬二伴。次當至乙,乙伏地受死,其燭忽爾遂滅,乙被斫三斧。背後有門,久已釘塞,忽有二人從門扶乙投水,岸下水深,又投於岸雖被體,而不甚痛。行十餘里,至一草舍,揚聲云:「被賊劫。」舍中人收乙入房,以為拒閉。及報縣,吏人引乙至劫所,見岸高數十丈,方知神咒明之力。後五六日,汴州獲賊,問所以,云:「燭光忽暗,便失王乙,不知所之。」一瘡雖破,而不損骨,尋而平愈如故,此持《如意輪咒》之功也。[75]

王乙所持念「如意輪咒」即出於唐代僧人實義難陀譯《觀世音菩薩祕密藏如意輪陀羅尼神咒經》(尚有寶思惟譯本《觀世音菩薩如意摩尼陀羅尼經》),持念能使一切所求事,皆能成就。故事裏的王乙遇盜賊,持如意輪咒而能平安,自是持咒之效,否則文中觀音毋需告戒王乙勿飲酒,以利於苦難中持咒,對抗惡人。由於故事裏強調咒語功能,觀世音執行救難時的慈悲心理,便顯得無關緊要。舉凡持念咒語,感通著密教觀音者,往往僅說明咒語的不可思議,至於力量的來源觀世音,則少有著墨,甚至未曾出現在故事之中。例如:

唐李昕者,善持《千手千眼咒》。有人患瘧鬼,昕乃咒之。其鬼見形,謂人曰:「我本欲大困辱君,為懼李十四郎,不

---

[75]　見戴孚著、方詩銘輯校《廣異記》,頁 31-32。

敢復往。」十四郎即昕也。昕家在東郡，客游河南，其妹染
疾，死數日蘇，說云：「初，被數人領入墳墓間，復有數十
人，欲相凌辱。其中一人忽云：『此李十四郎妹也，汝輩還
之。』」乃與送女至舍。女活後，昕亦到舍也。[76]

「千手千眼咒」見於唐伽梵達摩譯《千手千眼觀世音菩薩廣大圓滿
無礙大悲心陀羅尼經》，俗稱《千手經》，故事中的李昕持念經咒，
能有趕鬼的作用，突顯出咒語的法力，及持念者所擁有的神祕力
量，至於觀世音竟無一語涉及，和救苦觀音的故事結構自然大相逕
庭了。即此類故事的持念者，是因持咒而獲得力量，用以抵禦災禍，
心理上並非期盼觀世音的親臨救贖，而是藉由真言的法力制衡惡
人，那麼故事結構裏自然不需要觀音救難的情節，令觀音在故事裏
並無可扮演的角色。要之密教強調佛身、口、意的「三密」，[77]其
中口密即陀羅尼代表著對佛言的重視，有不可思議的法力，上述二
則故事所強調者，即在於陀羅尼的功能上。至於觀世音的形象，則
在密教重視佛身的觀念下，觀音的造像皆有制式的儀軌，[78]不能踰

---

[76] 見戴孚著、方詩銘輯校《廣異記》，頁 30。
[77] 關於三密的內容，李世傑說解甚詳，其云：「其次，從『作用』方面看，
我們的行為，有身口意三業，密教把它叫做三密。三密的意義，可約兩方
面來觀察，第一是約佛界，第二是約眾生界。……第二約眾生界看，佛與
眾生，實無差別，但凡夫不能如實知自心，所以有把三業轉成三密的必要，
這個修法的形式，是要身結手印，口唱真言，意住三摩地（定）的，這樣，
究竟就能得到身口意三密的諸佛活動的象徵形式。從有相修到無相，從無
相現出即事而真的境界，這是三密加持的修法過程。」得知其修行法，仍
據三密即身密、意密及語密來仿傚諸佛在身、口、意三業的象徵形式，因
此若學習佛的三業模範，則可獲得感通而得其加持。引文見其著〈密教概
論〉，收於張曼濤編《密宗概論》（台北市：大乘文化出版社，1979 年 1
月），頁 8。
[78] 李翎云：「佛教造像是佛身、口、意三密的反映，相對於顯教來說，密教

距，令持咒現身的密教觀音，都可查閱到觀音形象的文本。[79]若上
引兩則故事，一是六臂兩足的如意輪觀音，另一種是千手的十一面
觀音，是密教裏習見的觀音形貌。唐人故事裏的密教觀音，是與咒
語聯結，而從佛教徒段成式的記載便足以反映：

> 寺有先天菩薩幀，本起成都妙積寺。開元初，有尼魏八師者，
> 常念「大悲咒」。雙流縣百姓劉乙，名意兒，年十一，自欲
> 事魏尼，尼遣之不去，常於奧室立禪。嘗白魏云：「先天菩
> 薩見身此地。」遂篩灰於庭。一夕，有巨跡數尺，輪理成就。
> 因謁畫工，隨意設色，悉不如意。有僧楊法成，自言能畫，
> 意兒常合掌仰祝，然後指授之，以近十稔，工方畢。後塑先
> 天菩薩凡二百四十二首，首如塔勢，分臂如意（按：意應是
> 衍文）蔓。其榜子有一百四十日鳥樹，一鳳四翅。水肚樹，
> 所題深怪，不可詳悉。畫樣凡十五卷。柳七師者，崔寧之甥，

的三密更具有圖像意圖，本尊之印契，乃至行、住、坐、臥等一切姿態都
是身密的反映，所以身密就是直接體現在圖像上的各種構成樣式，而代表
佛之三密的四大曼陀羅組合造像，其中相好具足之大曼茶羅就是佛之身
密；三昧耶曼陀羅以密印及種種標識表示本誓，為佛之意密；法曼陀羅是
種子、真言、陀羅尼等言教，為佛之語密。」已將密教重視佛像、曼茶羅
作佛理對映的解釋。文見其著《藏密觀音造像》（北京市：宗教文化出版
社，2003 年 11 月），頁 207。

[79] 救苦觀音加入了淨土觀念，唐時已有多種變化的形象，已如前述。若與密
　　教觀音相比，陳國寧指出：「但密宗的佛像畫，亦因儀軌定得太詳細，失
　　去了創造力，不若淨土宗的經典所啟示的只是一個故事，一個境界，畫的
　　構成要靠繪師的幻想力，所以敦煌畫的輝煌是淨土宗帶來的佛教畫，而非
　　密宗畫。」要之密宗觀音像深受其教義所規範，因此在故事裏出現的密教
　　觀音，必是制式且有所佛經所本。陳氏文見其著《敦煌壁畫佛像圖研究》
　　（台北市：嘉新水泥公司文化基金會，1973 年 6 月），頁 122。

分三卷，往上都流行。時魏奉古為長史，進之。後因四月八日，賜高力士。今成都者是其次本。[80]

文中敘述菩薩的形貌作「首如塔勢，分臂如蔓」，即十一面觀音，因女尼魏八師常念「大悲咒」即出於前述《千手經》，因此劉乙所見是千手的十一面觀音。此則記載詳細地描寫觀音形象，並確切地告知此形象是親眼目睹的真實樣貌，自是受到密宗思想的影響。文中亦指出欲見密教所供奉的十一面觀音，亦須常持念密咒。就此而言，當然可就經文及思想的差異，與《普門品》的觀世音信仰加以區分，在觀音應驗故事裏有所印證。不過上述在唐末開始發生變化：觀世音的「先天」形貌即是十一面觀音，別於《普門品》裏變化後的三十三種形象。就前文引述釋贊寧所載僧伽曾於睡夢裏現十一面觀音事，自是這樣看法的反映；又從唐時密教觀音故事並不多見的情形看來，除說明救苦觀音與密教觀音仍然屬於不同的信仰，亦瞭解缺乏抒發慈愛特質的密教觀音，在中國至終未能與普門示現的救苦觀音分庭抗禮，僅在密教信仰者間流傳及信奉而已的癥結。

　　因此就觀音的能力而言，由於六朝奠定下的救苦形象已深植人心，即便唐代後來又盛行淨土與密教的觀音信仰，在思想與形象上皆與《普門品》有所區別，不過顯然唐人是以救苦觀音作為基礎，再附加上導引淨土的脅侍身分以及密教驅惡的祕咒力量，擴展觀音救贖的範圍，以及提供神聖的身分，皆用救難拔苦作為統合的思想底蘊，塑造出以救濟世人為志願的觀音樣貌，而世俗信仰所著重的現世利益，亦由此更加鮮明。其次，就觀音的性格來看，亦由救援今世災禍的特性，引申出觀音入世與慈愛的兩項性格特質，前者提

---

[80]　段氏《酉陽雜俎》續集卷之六，頁 257-258。

供觀音中國化的理論基礎,後者則作為觀音導向女性身分的心理成因,皆開啟後來盛行且流布廣遠的觀音典型。至於密教雖然擴增觀世音的形象與能力,然而在信仰方式實與救苦觀音的內涵不同,促使在中土不興,而廣傳於西藏地區,建構起自成體系的觀音信仰。

第三節　《金剛經》應驗

　　《金剛經》為中國最為流傳的佛經之一,姚秦時由鳩摩羅什率先譯為漢文,後來雖有元魏菩提流支、陳真諦、隋末笈多及唐初玄奘等譯本,仍以先出的鳩摩羅什譯本最為風行。然而六朝時佛教雖從漢末的祭祀戎神進而研議佛理,不過仍歷經視為契合清談典籍的兩晉,至南北朝方逐漸銷鎔,探賾教義。[81]《金剛經》在六朝已譯出,卻未能於民間風行,應與經文僅反覆證說性空,直指佛經真諦有關,未若《觀世音普門品》專講救難拔苦的現實印證,在流離顛沛的六朝時期,未能脫穎而出,受到注目。由目前得見提及《金剛經》應驗者,[82]則晚至六朝末,方有侯白《旌異記》載記,[83]以持念經文而能降魔,來說明《金剛經》力量的不可思議,仍是依循六

---

[81] 關於魏晉六朝的佛教概貌,本文據湯用彤《漢魏兩晉南北朝佛教史》(臺北:臺灣商務印書館,1998 年 7 月)第七章〈兩晉際之名僧與名士〉及第十五章〈南北朝釋教撰述〉兩節。

[82] 六朝時僅有王琰《冥祥記》曾引觀世音論說當持念《波羅蜜經》,據王國良指出,此處所引為大、小品《般若》,足見亦非特引《金剛般若波羅蜜經》。王文見其著《冥祥記研究》,頁 70、140。

[83] 該事記法藏師徒持咒降物,後為湖神所殺,寺僧夜持念《金剛般若》,湖神懾於經文,恭敬聽經,足見《金剛經》法力甚大。本事見魯迅輯《古小說鉤沈·旌異記》(北京市:人民文學出版社,1999 年 7 月),頁 415。

朝釋教小說「大抵記經像之顯，明應驗之實有，以震聳世俗，使生敬信之心」[84]的撰寫旨趣及模式，未見特色。時入唐代，因著社會的安定，般若思想的廣傳，《金剛經》因文簡意賅、持守方便，輔以反覆申說持守念誦者可得無盡功德，深深吸引民眾信守，令《金剛經》風行更甚，[85]而應驗故事，自然隨之衍生。目前可以得見唐五代專說《金剛經》應驗的專書者，有蕭瑀《金剛般若經靈驗記》、孟獻忠《金剛般若經集驗記》、佚名《金剛經靈驗記》[86]、段成式《金剛經鳩異》及盧求《金剛經報應記》，另有鈔於五代天復八年（908年）敦煌本《持誦金剛經靈驗功德記》等專書撰成，另散見於釋教應驗書者亦甚夥，足見《金剛經》於唐時流傳的盛況，成為佛經應驗故事之大宗。惟細繹應驗故事的形態，雖然仍頗形似於六朝應驗作品，以發生苦難與救告佛名，且單純地當下呼應為結構，但六朝觀世音的應驗故事，仍是依循《普門品》經文而張皇應驗，與《金剛經》演繹般若觀念，縷述佛教精義的本質並不相類，也說明《金剛經》在發揮應驗題材時，較難依照經文內容來演述。因此考量《金剛經》應驗故事的敘事結構與發展侷限，雖仍先從敘事進程探討其運作原理，統理出隱匿於故事後的思維模式，但更從《金

84　此引即魯迅所指陳六朝釋教小說的旨趣。見周氏《中國小說史略》，收於《魯迅小說史論文集：中國小說史略及其他》（台北市：里仁書局，1994年11月），頁45。

85　關於《金剛經》於唐時的興盛情形，鄭阿財〈敦煌本持誦金剛經靈驗功德記綜論〉、〈敦煌靈應小說的佛教史學價值──以持誦金剛經靈驗功德記為例〉皆闢專節說明《金剛經》於唐時的流傳盛況，敘述甚詳，參見鄭氏《敦煌學》第二十輯（1995年12月），頁119-146及《唐研究》第四卷（1998年），頁31-46。

86　據段成式《金剛經鳩異》序文提及「又先命受持講解有唐已來《金剛經靈驗記》三卷」，惟其佚文今皆未見。《金剛經鳩異》收於段氏《酉陽雜俎》續集卷之七（台北縣：漢京文化事業有限公司，1983年10月），頁165。

剛經》應驗故事的特殊發展上，細繹出編纂者的心態，推衍出社會
的集體意識，且藉由與《金剛經》經文的對照，可更確切地掌握《金
剛經》應驗故事對六朝小說的承襲，表彰這新題裏，所透露的思想
概念與脈絡。

一、敘事結構表現出的運作原理

　　持守《金剛經》的功德弘大而不可思議，本當反映在修行者對
佛法的修為，猶若金剛斬斷塵念，體悟般若，體現在平日的行止與
著作中。然而在欲強調《金剛經》佛力不可思議的企圖下，為讓無
法眼見的無涯智慧實質體現，用以取信民眾，故轉化為能實現世俗
想望的力量。從所見唐五代所記錄下的《金剛經》應驗，實已涵蓋
各樣人世的企求與願望。而從開元時孟獻忠所編《金剛般若經集驗
記》的分門：「救護篇第一」、「延壽篇第二」、「滅罪篇第三」、
「神力篇第四」、「功德篇第五」及「誠應篇第六」，[87]已可以得
知《金剛經》的功效足以延壽積德，亦可救災解厄，實已囊括了所
有人世趨利避禍的想望。若依循此脈絡觀察每別的故事結構，其情
節類型多以人世的災禍作為應驗發生的實證：當持念《金剛經》的

---

[87] 文據臺北新文豐出版社影印《卍續藏經》本，收於第一四九冊。復按唐代
載《金剛經》的應驗範圍，於唐初蕭瑀《金剛般若經靈驗記》已具備人世
重要想望的規模可反映，王國良論此書的內容時便說：「由此不難看出，
《金剛經》對信徒助益最大者，莫過於延長年壽。其次，藉著誦讀本經，
以其神奇力量降服凶魔，拔除厄運；再者，強調它的功德最大，不可思議。
亦佔有一定的比重。至於因持誦《金剛般若》，遂得護國護身，或者眾罪
同滅，也是信徒所關心的焦點。」已道盡本書的應驗範圍，實包含了人
世廣泛的願望。王文見〈金剛般若靈驗記探究〉，收於《山鳥下聽事，簷
花落酒中──唐代文學論叢》（高雄市：麗文出版社，1998 年 6 月），頁
537。

沙門抑或在家居士，遇到無法逆料的患難時，皆會產生神異讓信徒
脫離災禍。此類演述方式是貼近人性的心理，亦即當人遇見災禍之
時，不免憶起持經力量，讓災難得解，最能引起信眾的共鳴。其敘
事多用災難、念經、災難得解的情節單元構成，演述者同於六朝時
已盛行的應驗故事模式，尤其與觀世音應驗故事最為契合。齊陸杲
《繫觀世音應驗記》即記有：

> 晉太元中，北彭城有一人被枉作賊。本供養觀世音金像，恒
> 帶頸髮中。後出受刑，愈益存念。於是，下手刀即折，輒聞
> 金聲。三方易刀，頸終無異。眾咸共驚怪。具白鎮主，疑有
> 他術。語詰問其故。答曰：「惟事觀世音，金像在頸中。」
> 即解髮看視，見像頸三瘡。於是敬服，即時釋之。德藏尼親
> 聞，本師釋慧期所記。[88]

信仰觀世音甚堅的信眾，受枉使生命受到威脅，因此觀世音適時的
介入護祐方能免禍，並由隨身的觀世音佛像代受刀斫，印證力量確
實出於觀世音之手，告知信奉佛教，能得到最實際的回報，阻擋著
人世災禍。唐五代《金剛經》應驗故事的類型多是此類。《報應記》
即載錄：

> 乾符中，兗州節度使崔尚書，法令嚴峻。嘗有一軍將銜參不
> 到，崔大怒，令就衙門處斬。其軍將就戮後，顏色不變。眾
> 咸懼之。是夜三更歸家。妻子驚駭，謂是鬼物。軍將曰：「初
> 遭決斬時，一如醉睡，無諸痛苦。中夜，覺身倒街中，因爾
> 還家。」妻子罔知其由，明旦入謝。崔驚曰：「爾有何幻術

---

[88]　引文見董志翹點校《觀世音應驗記三種譯注》，頁 84-85。

能致？」軍將云：「素無幻術，自少讀《金剛經》，日三遍。
昨日誦經，所以過期。」崔問：「記得斬時否？」云：「初
領到戟門外，便如沈醉，都不記斬時。」崔又問：「所讀經
何在？」云：「在家鑞函子內。」及取到，鑞如故。毀鑞，
見經已為兩斷。崔大驚自悔，慰安軍將，仍賜衣一襲，命寫
《金剛經》一百卷供養。今兗州延壽寺門外，蓋軍將衙門就
法并斬斷經之像，至今尚存。[89]

相較於前則，兩者僅有信奉觀世音或持念《金剛經》的差異，即救
贖力量分屬的不同佛經而已，表明兩種故事類型依循著相同的思考
進程，或遇水、火之災，猛獸、惡鬼來犯，誠心念經，皆能避禍。
譬若孟獻忠鳩集《金剛經》應驗故事，即表明當淨信持念經書時，
「故能使脩羅之軍，尋聲而遠遁，波旬之騎，藉響而旋奔，鉤爪鋸
牙，挫芒刱銳，洪濤烈火，息浪韜炎，厲氣煙凝，毒不能害，交陳
雲合，刃不能傷」[90]的救難力量。不過《金剛經》畢竟與專予拔難
救苦的觀世音信仰不同，即《普門品》裏明言持念觀世音能救人於
當下的災難，而《金剛經》是告知信奉者持守經文可得甚大功德，
令《金剛經》在陳述念經的力量時，更能強調《金剛經》其功德不
可思議性的特質，將《金剛經》與世俗困境予以對立，宛若無堅不
摧的金剛石，戳破世上實質的災禍。觀世音救贖眾生，乃是基於為
佛的悲願，救拔歸屬於塵世的苦痛，但若以功利、現實的眼光衡量，
《普門品》裏陳述的救難功用，是可被統攝於《金剛經》裏。故當
信眾圓顧人世裏的缺憾及困境時，尚畏懼於自然的莫測及神祕的鬼

---

[89]　見《太平廣記》卷一百八引《報應記》，頁 735-736。
[90]　見孟獻忠《金剛般若經集驗記・序》，據台北新文豐出版社影印《卍續藏
　　　經》第一四九冊，頁 75。

神，以及命定的年壽。既然《金剛經》的功德無法計數，當可讓信奉釋教的傳述者無限上綱其力量，除了可以用來震懾無所不有的精魅妖怪，甚而能夠干預天象，祈雨禱晴，令《金剛經》成為無所不能的萬用經典。不過上述兩項，還是屬於人世上的困難及問題，《普門品》在理論上是仍能發揮這些功用。但人生的年壽，本是所有人都必然面對的無奈與困境，惟佛教以為靈魂本在生死裏輪轉，需識破生死的迷思，藉由佛法超拔於輪迴之外，進而往生淨土，證得佛果。因此延年益壽本非佛徒所企求。故人身必然歸趨於死亡的定則，是不被劃限在人世的危難之中，然而在唐代強烈的命定觀下，以為人生壽限早已決定，如何能讓已限定的生命予以延展，是世俗中人所極切關心，卻非佛教徒所應執著，反而應該在意如何令己身超拔於輪迴之外，並非延長留在濁世的時間。在佛經《普門品》裏自然不會將人身的自然死亡視作災厄，卻無法滿足一般信眾仍是抱持死生亦大的心態，這未曾開發及提及的場域，提供了《金剛經》展現凌駕過《普門品》的新生主題及故事類型。持誦佛經對入地獄者的救拔效用，乃在於脫離地獄，復入輪迴，甚者能往生淨土，而與延壽無關。《法苑珠林》引《譬喻經》即陳講於地獄念佛經大有效力，而謂：

> 昔有國王，煞父自立。有阿羅漢知此國王不久命終，計其餘命不過七日。若命終後，必墮阿鼻地獄，一劫受苦。此阿羅漢尋往化之，勸至心稱南無佛，七日莫絕。臨去重告，慎莫忘此。王便叉手一心稱說，晝夜不廢。至于七日，便即命終，魂神趣向阿鼻地獄。乘前念佛，至地獄門，知是地獄，即便大聲稱南無佛。獄中罪人聞稱佛聲，皆共一時稱南無佛。地獄猛火即時化滅，一切罪人皆得解脫，出生人中。後阿羅漢

重為說法，得須陀洹。以是因緣，稱佛名號，所獲功德無量無邊，不可為喻。[91]

文中說明於地獄持念佛號，則可當下脫離地獄，免受煎熬，而持念者復聽阿羅漢說法後，亦得小乘修行果位，皆未有還陽之說。但在應驗故事裏於地獄裏持念《金剛經》，大凡皆以延長陽壽並還陽作為回報，僅有《廣異記》所收錄〈盧氏〉入冥故事與前引《譬喻經》有近似處，即故事中聽見盧氏誦《金剛經》的地獄受苦者，「網中人已有出頭者，至半之後，皆出地上。或褒衣大袖，或乘車御雲，誦即終，往生都盡」，[92]功德與其相近，但盧氏自身卻得到了還陽的報酬，又回歸於好生惡死的傳統願望，而悖離了佛教教義。但死亡畢竟是凡人必經的歷程亦是無解的災厄，並且無法在佛經裏尋獲印證，自是成為《金剛經》可以發揮的題目，形成應驗故事的大宗，甚至認為《金剛經》可稱之為《續命經》，[93]成為延壽續命的寶典。

於是可以得見，在一般信眾的期望下，當面臨世俗認知下的劫難災禍時，持念《金剛經》必能讓人脫離劫數，即便是輪轉在六道輪迴之內的死亡歷程，仍期盼能夠增壽還陽，延長在火宅之內的時日。可見在《金剛經》應驗故事裏，毋論遇見何種災難，持念經文，便能免禍，而命終步入人生必定經歷的地獄世界時，亦可援例持念

---

[91] 《法苑珠林校注》卷十三（北京市：中華書局，2003 年 12 月），頁 447。
[92] 見戴孚著、方詩銘輯校《廣異記》，頁 16。
[93] 《廣異記》裏〈張御史〉裏冥吏本應索張某性命，但因張某等冥吏善，冥吏教以延壽方法，而謂：「鬼云：『能一日之內轉千卷《續命經》，當得延壽。』言訖出去。至門又回，謂云：『識《續命經》否？』某初未了知，鬼云：『即人間《金剛經》也。』」後張某集數十人同念誦《金剛經》，後果延壽十年。由此可見《金剛經》的延壽功能，頗深植民間。見戴孚著、方詩銘輯校《廣異記》，頁 29。

《金剛經》，只是不可思議的功德並非讓持經者成佛昇天，卻是延紀而歸返陽世，形成了公式化的冥界遊行。但由這與佛教教義相互牴觸延年益壽的念經果效，更可以看出隱匿於故事類型之後的思維，乃是簡單地認定信持《金剛經》可以獲取無盡的佛教功德，並能當下地回應於持守者，除了承繼六朝時觀世音應驗故事「求告」、「回應」的基本型式，更進一步強調其「立即性」與「受益價值」（不可思議的功德），致使拓展了應驗的範圍，甚至到達佛教教義所未及的「延壽」功能。

二、崇拜神靈所呈顯的應驗關鍵

　　《金剛經》被傳述者單方面地理解成大有力量的佛經，讓敘述其濟世力量時得到更大的揮灑空間。但在敘述執行救贖發生的過程時，卻受到中國傳統信仰神靈崇拜的影響，期待有具體神格形象的顯現，[94]讓被救濟的念佛經徒，能確認力量的來源，使救贖者的求告，和經文的力量能兩相呼應，令聽者了然並確認經文的力量和功德的無可限量。只是《金剛經》譬說「性空」即萬物無自性的觀念，並非像《觀世音普門品》陳講觀世音尋聲救苦的慈悲形象，有具體化的神靈足堪演述。令《金剛經》的應驗故事，另行創造隱匿在《金剛經》裏推動力量的神佛。在個別故事裏，便見與《金剛經》相關的佛教人物，往往擔任起這職務。一如《普門品》以釋迦牟尼講述觀世音的功德，《金剛經》亦是由世尊與須菩提間的答問，鋪陳般

---

[94] 中國傳統信仰裏有「萬靈崇拜」、「多神崇拜」的觀念，要之在中國除對英雄、祖先及精魅等有人格特質且具超自然能力予以祭拜，對自然物、自然力往往將其人格化、神格化，成為具獨立思考進而有具體作為的神靈。可參烏丙安《中國民間信仰》（上海市：上海人民出版社，1995年1月）。

若觀念，讓須菩提成為執行《金剛經》力量的不二人選，[95]而傳經
的釋道安，[96]和慈悲的普賢、觀世音，[97]亦在候選名單內，或謂只
知僧人來救，未能確指其名姓，[98]甚至有直接將書名「金剛」二字
視為佛裏位階的金剛，[99]皆是緣由民眾企求具體神靈的心理而生
成，讓這創造的想望，建立在「持念經文」與「當下回應」的模式
裏，並尋找適合的人選，扮演執行經力的角色。自然地，這樣的思
考進路，在六朝時已屢見不鮮，實等同於觀世音之於《普門品》裏
佔有的地位，運籌救難的執行。譬若前述以「金剛」作為人格化題
目者，於唐末《持誦金剛經靈驗功德記》裏便已發展其具體身分，
成為可實指的八大金剛：

> 凡欲轉念《金剛經般若波羅蜜經》者，先須啟請八大金剛名
> 字，發至誠心然後轉念經。此八大金剛自來常當擁護持之人。

95　見《太平廣記》卷一百七及一百八分別引《報應記》，頁 729、733。
96　見《太平廣記》卷一百八引《報應記》，頁 734。
97　普賢及觀世音菩薩皆因信眾持念《金剛經》而顯現，分見《太平廣記》卷
　　一百二及一百八引《報應記》，頁 688、734。
98　《太平廣記》卷一百三引《報應記》載白仁晢過海遇災，夢裏梵僧告知因
　　念《金剛經》因此來救；又《廣記》卷一百四亦引《報應記》于昶持《金
　　剛經》，臨終時有異香並見聖人來迎渡，皆屬此類。
99　張讀《宣室志》即載有金剛顯現故事。述寧勉常誦《金剛經》，因剛勇守
　　飛狐城，薊門帥來犯，軍力雖不及對手，敵方卻潰不成軍。後據所獲俘虜
　　所言，原來攻城之時，見「向者望見城上有巨人數百，俱長三丈餘，雄猛
　　可懼，怒目呿口，袒裼執劍。薊人見之，盡慘然汗慄，遂馳走遠避，又安
　　有鬥心手？」又段成式《金剛經鳩異》記劉逸淮受杖刑，因持念《金剛經》
　　而無恙事。據劉氏自陳當時情況：「言初被坐時，見巨手如簸箕，翕然遮
　　背。因袒示韓，都無撻痕。」亦是為不知名的巨靈所助。張氏書據藝
　　文印書館於 1965 年影印明萬曆中會稽半埜堂商濬校刊《稗海》本，段氏
　　文見《酉陽雜俎》續集卷之七，頁 266。

第一奉請青除災金剛。能除一切眾生宿災殃咎，悉令消滅。主大海。

第二奉請辟毒金剛。能除一切眾生熱毒病苦。主除災毒。

第三奉請黃隨求金剛。能令一切眾生所求如願，所願皆得。主堈灑功德。

第四奉請白淨水金剛。能除一切眾生熱惱苦，悉得消除。主一切寶。

第五奉請赤聲金剛。能照一切眾生光明，所得見佛。主能生風。

第六奉請定災除金剛。能除一切眾生三災八難之苦。主瑠璃寶。

第七奉請紫賢金剛。能除一切眾生心開悟，解發菩提心。主堅牢藏。

第八奉請大神金剛。能令一切眾生智牙成就，惠力增具。主龍王。[100]

由八位金剛分別管理的工作以觀，皆環繞在人世的困厄之上，救難的規模與六朝時期持念觀世音名號、觀世音即來拯救持念者的架構極為神似，不同處在於更細緻地將工作職掌予以劃分，並非由觀世音獨攬巨任，在功效上則認定《金剛經》已踰越了《普門品》，遇見困厄時持念經文，便能召喚佛教各路神明，親自來救。雖然將《金剛經》的「金剛」詮釋成佛教位階的菩薩，自與《金剛經》的原意不侔，[101]但卻可以由這斷章取義的詮解方式，得知《金剛經》應驗

---

[100] 據台北新文豐出版社影印《大正藏》第八五冊，頁 159。另外《廣記》卷一百八引《報應記》亦載蔡州念《金剛經》的行者，受人構陷受牢獄之災，後來八金剛示現，後果脫離罪。足見當時已有將八大金剛與《金剛經》相繫的說法。

[101] 《金剛經》之「金剛」意涵，即指金剛不壞之心。呂澂〈金剛經三義〉謂：「故此發心實一切行所依止，有金剛不壞之義，即名此心為金剛，為大、

故事吸收了觀世音救贖的法式，促使持念《金剛經》與觀世音名號二者有了共通信守的方式，亦即持誦。原來持誦的目的在於對自身智慧的啟發，但就《金剛經》應驗故事的纂集者看來，念經對自己及他人智慧增進的福分甚大，是已轉換成當今現實的報酬，當下的除厄，更直接地讓自己過往的罪衍予以折扣除滅。就持念《金剛經》與《普門品》而言，皆具有立即的效驗。不過兩者間仍有差別，即《金剛經》除了用以救拔苦厄，更賦予了超越《普門品》救人於水火、人事陷害甚而惡鬼羅剎等人身安危外，延展至冥界地獄的權力，故云「冥間號《金剛經》最上功德，君能書寫，其福不小」，[102]「良由《金剛經》是聖教之骨髓，乃深不可思議功德者也」[103]乃述其功德弘大，無法計數。因此在地獄裏計算功過，將其他過錯與其功德相較，自然近於微不足道：

> 梁崇義在襄州，未阻兵時，有小將孫咸暴卒，信宿卻蘇。夢至一處，如王者所居，儀衛甚嚴，有吏引與一僧對事。僧法號懷秀，亡已經年，在生極犯戒，及入冥，無善可錄，乃紿云：「我嘗囑孫咸寫《法華經》。」故咸被追對。咸初不省，僧故執之，經時不決，忽見沙門曰：「地藏尊者語云，弟子若招承，亦自獲祐。」咸乃依言，因得無事。又說對勘時，

為勝、為究竟。所謂菩隆而摩訶薩者，即指發此金剛不壞之心。」又說：「謂：『一切眾生我皆令入無餘涅槃而滅度之。』及『無一眾生得滅度者』。具此二點是名發起金剛不壞心，金剛名經之意，即示明此種發心之義。」至於其功能，呂氏在〈能斷金剛般若經講要〉亦言及，而說：「般若行中，聞思修慧即具此金剛之性，而有能斷之用，亦是金剛，亦是能斷，故謂之金剛能斷也。」其說甚辯，今採之。二文分別收於《呂澂佛學論著選集》卷一、卷二（濟南：齊魯書社，1996 年 12 月），頁 246-247、頁 730。
[102] 見《太平廣記》卷一百三引《報應記》，頁 699。
[103] 見戴孚著、方詩銘輯校《廣異記》，頁 16。

見一戎王，衛者數百，自外來。冥王降階，齊級升殿。坐未
久，及大風捲去。又見一人被拷覆罪福，此人常持《金剛經》，
又好食肉，左邊經數千軸，右邊積肉成山，以肉多，將入重
論。俄經堆中有火一星，飛向肉山，頃刻銷盡，此人遂履空
而去。咸問地藏：「向來外國王，風吹何處？」地藏云：「彼
王當入無間，向來風即業風也。」因引咸看地獄。及門，煙
焰扇赫，聲若風雷，懼不敢視。臨回，鑊湯跳沫，滴落左股，
痛入心髓。地藏乃令一吏送歸，不許漏洩冥事。及迴如夢，
妻兒環泣已一日矣。遂破家寫經，因請出家，夢中所滴處成
瘡，終身不差。[104]

殺生於佛家戒律自為重罪，在持念《金剛經》無可計數的功德面前
顯得如此輕微，當經中躍出火星，即刻滅除所有食肉的惡業。就此
不難理解竟出現欲往西方淨土卻不守佛教戒律的沙門，僅常念《金
剛經》，最後生往不動國佛土悖離佛教教義的應驗故事。[105]從念經
祈救現實的回報，其思考的路線仍是依循著六朝《普門品》的回報
方式，要求現世即刻的回應。又在強化《金剛經》功德無可計數的
企圖下，使經力延伸到地獄之中，讓冥府裏的主宰及其差役扮演《金
剛經》無窮功德的解說員，在這企圖下，甚至無視於對佛教教義的
違背。雖然唐代將《金剛經》的功效予以擴充，令《金剛經》的法
力凌駕在《普門品》之上，但就思路的發展以觀，仍僅是《普門品》
解難模式的引申而已，即尋覓可實指的佛教人物，來執行救贖的工

---

[104]　見段成式《酉陽雜俎》續集卷之七，頁 266-267。
[105]　見段成式《酉陽雜俎》續集卷之七，頁 269。

作，在故事的模式，仍採用信眾遇難持念經文，神佛尋聲來救的襲套，除了擇選人物與繁複編制外，實無太多的新意。

　　除了選用佛經人物、釋教中人來運作《金剛經》力量之外，尚可直接將經書本身予以神祕、神格化，讓其自身便能彰顯佛法。這樣的法式近於鑄造佛像的態度，認為具有護祐佛徒功能，進而讓佛經趨於神聖，即入大火，無法燒燬，[106]若寫經於空屋，諸天即於天上設下寶蓋，不讓雨水沾濡，[107]具不可侵犯的神聖特性，讓經書又復具備了袪邪降妖的力量，成為護身除魔的寶器。佛經在神聖化後，除了能救拔信眾外，又具備神祕的性格，進而讓佛經這項「物件」人格化，來去自如，親自回應求告的佛徒。段成式所記元和間一位持念《金剛經》岑陽鎮將王沔因船破溺水，而《金剛經》親自來救，領他著岸不死，[108]即是由來去自如的《金剛經》個體，回應平日讀誦的持經者。故事強調了經力的不可思議，但亦留下了疑義，即《金剛經》既是具袪邪護身的神物，當持有者對經內意涵全無瞭解，甚至亦無持念經文的動作，當持有人遇見災禍時，《金剛經》是否就不產生救拔的功能，任憑持有人受困於災難之中？在《廣記》卷一○七所引《報應記》的內容裏，提供了解答：

---

[106]　如唐臨《冥報記》即記陸懷素屋宇焚燬惟《金剛經》無恙；郎餘令《冥報拾遺》亦收二則火不能燒燬《金剛經》：孫壽見野火燒遍草木，僅《金剛經》無事，唐曹州野火焚燒舍房，惟《金剛經》如舊，以上誠然將《金剛經》予以神化，具特殊力量。《冥報記》據唐臨著、方詩銘輯校《冥報記》，頁 85；《冥報拾遺》亦據方詩銘輯校本，附於《冥報記》後，頁 102、103。

[107]　見釋道宣撰《集神州三寶感通錄》卷下，據台北新文豐出版社影印《大正藏》第五十二冊，頁 429。

[108]　見段成式《酉陽雜俎》續集卷之七，頁 726。

> 康仲戚，唐元和十一年往海東。數歲不歸。其母唯一子，日
> 久憶念。有僧乞食，母具語之。僧曰：「持《金剛經》，兒
> 疾回矣。」母不識字，令寫得經。乃鑿屋柱以陷之，加漆其
> 上，晨暮敬禮。一夕，雷霆大震，拔此柱去，月餘，兒果還，
> 以錦囊盛巨木以至家。入拜跪母，母問之。仲戚曰：「海中
> 遇風，舟破墜水，忽有雷震，投此木於波上。某因就浮之，
> 得至岸。某命是其所與，敢不尊敬？」母驚曰：「必吾藏經
> 之柱。」即破柱得經，母子常同誦念。[109]

康母並不識字，自然對經文內容毫無知悉，僅對僧侶代為鈔寫的《金剛經》朝暮施禮，表達至誠，以致感應《金剛經》執行救贖任務。惟《金剛經》竟具人格特質，親自飛至海上拯救其獨子，令其歸家。因此無論是康仲戚抑或其母親，皆未曾念誦經文，對其中義理更無體悟，所陳述的乃是一位供奉經書的母親，《金剛經》代為解救身處危境獨子的經過。由此可以指出《金剛經》應驗的編纂者，不斷地尋求運作《金剛經》的佛教人物，讓信眾於求告神佛時有依附投射的對象，甚至出現以《金剛經》這項「物件」，自身即具有神格形象，而這思維方式自是邊緣化甚至排擠對《金剛經》內文體悟與瞭解的重要性；亦在強調《金剛經》的超越性及信守的必要性下，以期達到促使信眾肯定信仰且加深信心的目的，讓誠心求告的應驗關鍵更加突顯。中唐獨孤及曾對《金剛經》應驗的發生提出解釋，正可作為註腳：

> 誠於此者形於彼，故出其言善，千里之外應之。此仁義忠信
> 感於物者也。況第一義諦超貫仁義，自在慧力，不膏忠信，

---

[109]　見《太平廣記》卷一百三引《報應記》，頁 726-727。

則因發而果從，心誠而經還。是法味幽贊，非思議所可及，
豈佛以般若之雨，啟公善牙，使因相以次獲願，進啟乎無願
法之法歟？不然，何必境元合，若律呂相召？[110]

獨孤及以儒家的天人感應作為立說基礎，認為用心至誠於仁義忠
信，已可與萬物相感，何況是貫通並凌駕於儒家之上佛教精義，若
能因「誠」求告，更能感通於佛法第一義諦，能令應驗的事實發生。
指出應驗的發生關鍵，在於誠心，至於佛理的瞭解與否，則一筆帶
過，並無深述。在對照應驗故事多趨向於尋覓佛教人物來回應持念
《金剛經》，甚至直接將經書人格化，使經書這項物件具備神格後，
顯示出纂記者欲淡化體悟《金剛經》般若思想的初衷，來說服、鼓
勵原本對佛理極為陌生的民眾持續念誦，且編纂者更釋出了「求告」
與「回應」具有絕對、必然性的消息，並讓求告者的「誠心」作為
應驗發生的重要樞紐。首先，信眾以誠心求告，便必得神佛的回應，
因此必不涉及佛理體悟與否的說明與探討。再者，當具有人格特質
的神佛執行應驗的發生時，也毋須解釋何以《金剛經》能產生如此
莫大的力量。

　　在編纂《金剛經》應驗故事者的企圖下，卻讓原來持念經文以
增進佛理的初衷，轉化成了外在而具體的實質獲得，甚至成為辟邪
躲難的寶物，使原本以傳達般若智慧為最大想望及功能的《金剛
經》，化身為滿足俗務的神奇利器，持有經書者對佛理的能否理解，
便顯得無關緊要，旁落了讀誦經文的真正任務。

---

[110]　見氏著〈金剛經報應述并序〉，收於《全唐文》卷三九〇，文據中華書局
　　　1983 年縮印嘉慶十九年刊本。

三、功利傾向所引導的經義詮釋

就《金剛經》應驗故事的運作原理及表現方式而言，皆直指紀錄者對現實層面的重視。或可說持經的內在修為的增進，是較無法簡易地表達予他人，至多用念經時生出異光來反映而已，令著眼在「應驗」二字本具有實體回應意義的編纂者，不免在經文裏尋繹著於立即、具體且實際的經文，以為應驗記的註腳。細究《金剛經》教誨有情眾生持念經文所生的福德內涵，實有二種層次，其一是精神性的收穫，具有宗教性及救贖性；其二則為物質上的報酬，劃歸在世俗之內。[111]但佛教既是救拔眾生於輪迴之中，獲取精神上的福德，讓內在提昇、超越，自是釋教信眾應最重視的持經收穫，《金剛經》反覆譬說般若大義，其重心即在於求得能察鑑萬物無自性本質的智慧，作為證佛歷程裏的莫大助益。若能辨分《金剛經》的中心旨要，便可對文中多次徵引世俗的福德，有更親切的體認。

檢《金剛經》關於受持讀誦所得功德的經文，多以兩種形式表達，第一直接陳述持念經文，成就無量、無可計數的功德。不過並無交代功德的內容。如說：

> 須菩提，若善男子善女人於後末世，有受持讀此經，所得功
> 德，我若具說者，或有人聞心則狂亂，狐疑不信。須菩提，
> 當知是經義不可思議，果報亦不可思議。[112]

---

[111] 關於《金剛經》福德的意涵，詳參吳汝鈞《金剛經哲學的通俗詮釋》（台北：臺灣商務印書館，1997 年 2 月），頁 100。

[112] 見鳩摩羅什譯《金剛經》，據上海古籍出版社 1994 年影印日本排印《大正新修大藏經》本，列於《佛藏要籍選刊》第五輯，頁 266 上欄。

佛以為持誦《金剛經》所生功德不可思議，若真的一一陳述，必讓
聽者狐疑甚至心發狂，因為功德無量非尋常人所能理解，說明了功
德無比浩大而不可思議。而僅陳述功德不可思議，自然難以讓讀經
者有所體悟，因之在經文中便將較習見積累功德的方式予以比況，
讓讀者對功德的大小較有概念。在第二種表達方式裏，便以物質世
界的供養諸佛或以七寶布施所生功德相比，猶不能勝過持念經文所
生福德來表呈。若謂：

> 須菩提，若三千大千世界中所有諸須彌山王，如是等七寶
> 聚，有人持用布施，若人以此般若波羅蜜經乃至四句偈等，
> 受持讀誦，為他人說，於前福德百分不及一，百千億分乃至
> 算數譬喻所不能及。[113]

布施即是敬重三寶的實際作為，亦是佛教徒習知積累功德的方式，
而在《金剛經》裏不時地以布施與持念《金剛經》所產生的功德為
喻，自然給予信徒產生親切而清晰的思想輪廓，而用天下無盡的珍
寶來行布施的功業，卻遠不如持念般若經典及《金剛經》、又不及
向他人傳講經文所產生的功德百千億分之一，更能吸引信徒，日夜
持念經文。《金剛經》雖反覆地用人世財貨具世俗且實際的奉獻，
而能得到具出世性格的成佛福報為喻，卻並非視二者可以相互替
換。換言之，布施行為所生成的福德，亦是屬於無自性的感悟，即
劃歸在物質的奉獻，可察驗精神上的獲得。《金剛經》為避免持經
者將功德誤解成物質上的求取，因此又多番解釋布施的意義，而告
知：「須菩提，於意云何？若人滿三千大千世界七寶以用布施，是
人所得福德寧為多不？須菩提言：甚多，世尊。何以故？是福德即

---

[113]　見鳩摩譯《金剛經》，《佛藏要籍選刊》第五輯，頁 266 下欄、頁 267 上欄。

非復福性，是故如來說福德多。若復有人於此經中，受持乃至四句偈等，為他人說，其福勝彼。何以故？須菩提，一切諸佛及諸佛阿耨多羅三藐三菩提法，皆從此經出。須菩提，所謂佛法者，即非佛法。」[114]持念《金剛經》得「阿耨多羅三藐三菩提法」無可計量的福德，歸屬於對佛法的領悟，自是勝過布施七寶可計量的福德了。但這樣細微地佛理說明，與民眾所認知的福德內容有所距離，信徒既見經文以習知而實質布施所生的功德為比況，而能得到更大的福德作為回報，想當然地將原本物質的福報觀感予以擴大，尤其在布施的過程裏，信眾是付出人世的財貨，期待回饋亦是趨向於實際而可得見的範圍。從編集《金剛經》應驗故事者的動機來看，可以察驗這樣的世俗企圖。《太平廣記》卷一○二引《報應記》即載蕭瑀撰寫《金剛般若經靈驗記》的緣由：

> 蕭瑀，梁武帝玄孫，梁王巋之子。梁滅入隋，仕至中書令，封宋國公，女煬帝皇后。篤信佛法，常持《金剛經》。議伐高麗，不合旨，上大怒，與賀若弼、高熲同禁，欲寘於法。瑀就其所，八日念《金剛經》七百遍，明日，桎梏忽自脫，守者失色，復為著。至殿前，獨宥瑀，二人即重罰。因著《般若經靈驗》一十八條，乃造寶塔貯經，檀香為之，高三尺。感一鍮石像，忽在庭中。奉安塔中，獲舍利百粒。貞觀十一年，見普賢菩薩，冉冉向西而去。

蕭瑀因政見與高祖意見不協，以致入獄，後獨赦免，因此認為是素日持念《金剛經》的原故。這一現實的指向，原因與段成式撰寫《金剛經鳩異》的緣起如出一轍：父親免於牢獄而認為與平夙信守《金

剛經》有關。而將《金剛經》指向於現實的回應，自與《金剛經》經文多闡述功德相關。五代由翟奉達鈔寫下的《持誦金剛經靈驗功德記》更直接將經文與應驗故事予以連結，而道出：

> 以此前件驗之，假令有人將三千大千世界七寶持用布施者，不如流傳此經功德最勝。若有人書寫《金剛經》受持讀誦，亦令餘人書寫流布，譬而一燈燃，百千萬燈幽冥皆照明終不絕。若能抄寫此文牓於寺壁上者功德無量無邊，不可思議。[115]

直接點明經文裏的物質功德，作為流傳、持念《金剛經》經文當獲福報的實證與註腳。見信徒本將物質上對佛教的奉獻與布施，期望的獲得亦是當世且世俗的回饋，並用以瞭解且認定持念《金剛經》所應得的福報上。而從《金剛般若靈驗記》所載法藏的事例中，正可以反映這樣的思維：

> 隋鄜州寶室寺僧法藏，戒行精淳，慈悲普行。隋開皇十三年，於洛交縣韋川城造寺一所，僧房二十餘間，佛殿講堂等三口，並七架六栿，塼瓦砌餝，修理華麗；丈六大像一軀，總有四鋪，鋪皆十一事，莊嚴不可思議；觀世音石像一軀，金銅隱起千佛屏風等，並莊嚴成就。至大業五年敕：「但是諸處佛堂之內佛像者，並移州內大寺伽藍。」補壞修理，並已成就。法藏又造一切經，已寫八百餘卷，造長卷紙，於京月愛寺抄寫，檀軸精妙。法藏至武德二年閏五月內，得患困重，經餘二旬，乃見一人，青衣，服飾華麗，在當樓上。手持經一卷，告法藏云：「汝一生已來，造大功德，皆悉精妙。汝

---

[115]　據台北新文豐出版社影印《大正藏》第八五冊，頁159。

今互用三寶物，得罪無量。我所持經者，是《金剛般若》。汝若能自造一卷，至心誦持，一生已來，所用三寶物罪，並得消滅。」藏即應聲：「若得滅罪，病又瘳差，即發深心，決定敬寫《金剛般若》百部，誦持不廢。」又云：「一生已來，雖作功德，未曾抄寫《金剛般若經》。諸佛覺悟，弟子唯身上所有三衣瓶缽等，即當盡捨，付囑大德。」自知病重，遺囑弟子及親知：「為造《金剛般若經》百部，舍婆提城、舍衛國各中半。抄寫並莊嚴了訖，散與一切道俗，讀誦《般若》，威力不可思議，救援一切眾生。」作是語已，藏即命終。將至王所，具問：「一生作何福業？」藏即分疏：「造佛像，抄寫《金剛般若》百部，施一切人轉讀，兼寫餘經八百卷，晝夜誦持《般若》，不嘗廢闕。」王聞此言：「師造功德極大，不可思議！」即遣使藏中取功德簿，將至王前。王自開檢，並依藏師所說，一不錯謬。王言：「師今造寺佛像，抄寫經典，及誦持《般若》，功德圓滿，不可思議。放師在寺勸化一切，讀誦《般若》，具修一切功德，莫生懈怠。師得長壽；後命終之日，即生十方淨土。」[116]

按法藏事較早文本載錄於永徽間成書的唐臨《冥報記》，《法苑珠林》卷十八亦錄此事，當引自《冥報記》。所記雖與蕭瑀抄錄的法藏事大同小異，但據唐臨所錄，法藏於造《金剛經》百部後未久即卒，臨終前見淨土的阿彌陀佛來迎。[117]但在蕭瑀書中除記載較繁複外，又增添了法藏得到長壽的回報，再讓壽終的法藏往生淨土，使

---

[116] 見孟獻忠《金剛般若經集驗記》卷中引是書，據台北新文豐出版社影印《卍續藏經》第一四九冊，頁89-90。

[117] 據唐臨著、方詩銘輯校《冥報記》，頁82。

結局更趨圓滿。無論是造寺塑像、鈔經念持，功德皆指向滿足人們世上的願望，無病無災，壽高而卒，在在說明了無論鈔錄應驗故事者抑或故事中持念《金剛經》者，所關懷的仍是屬於世俗福報，當信徒遇見患難卻能得到全身而退的結果時，便認定危難的消滅即出自於外來佛力，並用印驗及疏解經文，當可堅定自己的信仰，且做為推銷佛法的工具。而這世俗且功利式的經文詮釋方式，是體現唐代民眾對《金剛經》甚至於佛經整體的心理與瞭解。

　　以上已就《金剛經》應驗故事的運作原理、推展進程及思想意涵予以分論。可知編纂者單純地視《金剛經》為萬能的祈願法器，無限上綱持誦《金剛經》功德的不可思議，可消極地戡破世上所有災苦，亦可積極地帶來現世的福德、壽命的延長，甚至命終後得以往生淨土。不過受傳統宗教對「神靈崇拜」的影響下，則又另行塑造具人格特質的神靈來運作《金剛經》力量，讓原本因持念者持誦《金剛經》積累的功德，促使神佛來拔救的「自力救贖」，轉化成主持《金剛經》力神靈的「外力救拔」，等同了《觀世音普門品》尋聲救苦的運作原理。最後在比對經文後，得見應驗故事乃是強調著功德的現實性、立即性，將持念《金剛經》的功德等同世上的利益。因此《金剛經》應驗故事已摻入神靈崇拜的思維，並將佛教功德視為俗世的利益，皆悖離佛教義理。故雖標榜著持經的靈驗，卻未能闡述經義，而成為唐五代《金剛經》應驗故事的主要特徵。雖然如此，亦因著《金剛經》應驗故事於民間的廣泛流傳，扮演著光大《金剛經》信仰的重要推手，也使六朝原先信奉《普門品》救苦觀音信仰，入唐後變易成《金剛經》獨盛的情形，而所謂《金剛經》靈驗記、功德記的集結，除了是有唐一代佛教小說裏最為興盛的撰寫主軸外，亦是後世續編佛教靈驗的重要命題。

第四節　小結

　　強調報應實有本是六朝佛教應驗故事的舊題，入唐後佛徒仍搜羅當時新聞續說因果，惟更強調著地獄的功能與地位，用以加強、鞏固報應運行的確然可信。又為使徵信、察驗報應真實的便利，其類型便限圍在現世報與生報、後報上；唐前已盛行以《觀世音經》為文本的救苦觀音信仰，唐五代時雖有淨土與密教信仰的興盛，卻仍以救苦觀音作為主要內容，用以統攝淨土與密教觀音，提昇了以救苦為職志的觀音地位以及擴展了其能力；至於唐代始興的《金剛經》應驗故事，雖然其經文內容有別於觀世音信仰裏具有的偶像崇拜，以及立足在觀音悲願的「他力」救贖，但卻仍是朝著建構偶像崇拜的方向發展，而一變「自力」而轉向「他力」，即使認定持念《金剛經》的功德遠勝口誦觀世音聖名，惟就應驗方式來看，實與觀音信仰無所分別，不免亦汲汲求取著屬於世俗的現實利益。

第四章　仙話編寫的動機與目的

　　「死生亦大」道出人類心理最深層的疑慮恐懼，點明人生無法
跳脫的困境地位。早在先秦便以求立功、立德、立言傳世的不朽，
間接地撫慰人們憂懼死亡的心理，卻未若神仙家認為長生可致，直
接地抗拒死亡，深孚群眾內心深層的想望。故由先秦肇始的神仙方
術，迄漢亦持續發展，逐步系統化為成仙理論，形成了富含中國本
土色彩的道教信仰，復經六朝文人繼起創造道教經典，皆遙承先秦
探求長生的願景。[1] 惟六朝道教小說的撰寫目的，在於道教徒撰製
教內所缺乏的典籍而來，[2] 除對抗佛教故事的流布外，亦可作為神
仙實有的文獻根據。早期道教故事以神仙傳記、海內外仙境為撰寫
重心，多記錄人與神仙的相遇，開啟了遇仙傳說的風行。入唐以後，
隨著道教教義趨於完備，加上政治因素令政府推動道教，[3] 促使唐

---

[1]　道教對先秦神仙家的先後承繼關係，主要在於「肉身不死」的觀念。蕭登
　　福即指出：「仙人思想起於戰國，仙人不食五穀，餐玉英而飲沆瀣，乘雲
　　氣而御飛龍，……這些都是神仙超越常人的地方。也是凡人所豔羨的。而
　　神仙是可以借由修鍊而來的。」又說：「先秦神仙思想及先秦所說的神仙
　　修鍊術，與後世的道教有極密切的關係，二者是一體的，是相沿襲的。」
　　所言甚是。詳參其著〈先秦神仙思想及神仙修鍊術〉一文，收於氏著《先
　　秦兩漢冥界及神仙思想探原》（台北市：文津出版社，2001 年 1 月），頁
　　225-226。

[2]　李豐楙於所著《六朝隋唐仙道類小說研究》（臺北：學生書局，1986 年 4
　　月）已解釋若《漢武帝內傳》、《漢武帝外傳》、《十洲記》等道教小說，
　　均為建構道教學理而撰寫，詳說則參見其書。

[3]　李唐為強調其承大位及往後統治的正當性，而大力提倡道教。李兵言：「唐
　　代在近三百年的統治中，道教始終得到唐皇朝的扶植和崇奉。……當時道
　　教的地位在儒教、佛教之上，居三教之首。道教教主老子不僅被尊為唐宗

代的道教盛行不衰。除了道教徒稟著信仰熱忱，對修鍊得道者及遇仙的故事多有纂集外，群眾開始流傳、報導著神仙臨世與人互動的新聞，儼然成為唐五代小說的大宗，不僅與佛教小說分庭抗禮，甚而有凌駕其上的趨勢。但因著編纂者的身分不同，採集的來源各異，促使在故事的主題擬定及記錄方式上有所分別，而與六朝單純地由道教信奉者以宗教目的導引小說創作，有了顯著的分野。因著唐代風氣的移轉，和道教教義的發展，皆令道教小說產生改變。今先就情節模式勘察其中變動，進而抽繹唐五代道教小說的轉變因素，藉此呈現隱匿在故事後的思維模式，與存乎小說發展及社會現象裏的內容。

第一節　續編仙傳，承繼宗教使命

自漢劉向輯錄上古至秦漢間神仙傳說成《列仙傳》，讓散見於諸子寓言或詩歌散文的得道仙人，有了較具系統的安置，除了作為撰寫神仙傳記的先河，亦奠定下道教小說的體例。時迄六朝，若葛洪編《神仙傳》，見素子纂《洞仙傳》，大凡更易劉向簡略筆法而傾向繁複，但在編纂的手法及體例，無不承襲自劉向傳記的形式，記錄過往仙眾的生平。或許囿於傳記的形式，道教小說裏仙傳的情

室的聖祖，而且先後被冊封為玄元皇帝，大聖祖高上金闕玄元天皇大帝，事實上成為唐皇朝的護國神，道教也得到前所未有的尊崇。」又「唐代崇奉道教，其中既有政治上的利用，也有帝王個人的信仰，但仍以政治利用為主，這在唐初和唐玄宗前期的崇道活動中表現得尤為顯著。」已道出尊崇道教的癥結，乃在於政治的考量。文見任繼愈主編《中國道教史》第七章〈唐代道教與政治〉（上海市：上海人民出版社，1990 年 10 月），頁266。

節頗為固定，即依循著介紹成仙者的身分，繼以陳列諸多的靈異，至終以不知去向為結的撰寫模式進行，其間時或間雜道教理論的說明，不過仍維護故事情節的規模。揆諸編纂者皆具道教修鍊者的身分，其意圖在於直接提出神仙確然存在的證據，將史傳裏無事實憑據的神籍傳說，更易成來歷、生平較為明確的傳記，至於故事的生動與否，自然無關緊要。而這深具宗教信仰的撰寫動機，讓編纂神仙傳記的工作有著嚴肅的使命感。仙傳的編寫一如歷史傳記，各代皆需要教徒持續地對各代仙眾予以記錄，於是唐五代道教盛行，自有仙傳的編集者。

一、仙真事跡的續寫

　　道教徒深信修鍊成仙是確實可行的方式，歷代便必有藉此法式晉身仙班者，道教徒自須續編仙傳。除檢閱文獻裏仙人的蹤跡，亦需注目近世的成仙傳聞，來充實仙傳的內容，反映出道統的傳承。唐五代時便得若王方慶《神仙後傳》、蔡偉《後仙傳》、改常《續仙傳》、沈汾《續仙傳》等的仙傳纂集，其中又以唐末道士杜光庭編有《神仙感遇傳》、《仙傳拾遺》、《王氏神仙傳》、《墉城集仙錄》最為大宗，皆在宗教使命的驅策下，描繪著道教源流的歷史牒譜。是故，唐五代的著名道士若孫思邈、葉法善、張果、司馬承禎等人，皆理所當然列名仙傳之中。至於行徑特出的奇人異士，亦被視作得道者於人間遊戲的明證。像杜光庭《仙傳拾遺》即記云：

> 韓志和者，本倭國人也。〔入〕中國為飛龍衛士，善雕木為鸞鶴烏鵲之形，置機捩于腹中，發之則飛高三二百尺，數百步外方始卻下。又作龍床為御榻，足一履之，則麟鬣爪角皆動，天矯如生。又於唐憲皇前，出蠅虎子五六十頭，分〔五〕

（立）隊，令無〈梁州曲〉，皆中曲度，致詞時，殷殷有聲，
曲畢則累累而退，若有尊卑等級焉。帝大悅，賜金帛加等，
志和一出宮門，盡施散他人，後忽失之。[4]

志和除了擅長於製作內置機關的木雕外，尚有控制昆蟲的本事，就
此認定韓氏所具備不同凡俗的資質即是仙骨，且將金帛盡散他人，
表現出不貪戀世上榮華的舉措，後來果然依循神仙離去的習例忽失
蹤跡，不令人意外。又若八仙之一的藍采和，亦出於當時傳聞。沈
汾《續仙傳》載云：

藍采和，不知何許人也。常衣破藍衫，六銙黑木，腰帶闊三
寸餘，一腳著靴，一腳跣行。夏則衫內加絮，冬則臥於雪
中，氣出如蒸。每行歌於城市乞索，持大拍板，長三尺餘。
常醉踏歌，老少皆隨看之。機捷諧謔，人問，應聲答之，笑
皆絕倒。似狂非狂，行則振靴言曰：「踏踏歌，藍采和，

---

[4] 文據五代杜光庭撰、嚴一萍輯校《仙傳拾遺》（台北市：藝文印書館，1974
年2月），頁88。按以具神祕巧藝作為神仙特徵的看法，恐與魯班傳說有
關。段成式謂：「今人每睹棟宇巧麗，必強謂魯般奇工也。……據《朝野
僉載》云：魯般者，肅州燉煌人，莫詳年代，巧侔造化。於涼州造浮圖，
作木鳶，每擊楔三下，乘之以歸。無何，其妻有妊，父母詰之，妻具說其
故。其父後伺得鳶，擊楔十餘下，乘之，遂至吳會。吳人以為妖，遂殺之。
般又為木鳶乘之，遂獲父屍。怨吳人殺其父，於肅州城南作一木仙人，舉
手指東南，吳地大旱三年。卜曰：『般所為也。』齎物巨千謝之。般為斷
一手，其月吳中大雨。國初，土人尚祈禱其木仙。六國時，公輸班亦為木
鳶，以窺宋城。」（見《酉陽雜俎》續集卷之四（台北市：漢京文化事業
有限公司，1983年10月），頁233-234），春秋公輸班與東漢以後之魯班，
二人皆長於工藝並都製有飛鳶，迄唐已混為一談，此傳說裏的魯般已能致
旱招雨，近於神仙的形象，若對照以上〈韓志和〉引文，能力近似。又《仙
傳拾遺》錄有〈魯逢〉亦擅長於木工，能於談笑飲酒間召風雨修整莊舍，
仿傚魯般的痕跡更顯。

世界能幾何。紅顏一春樹，流年一擲梭。古人混混去不返，今人紛紛來更多。朝騎鸞鳳到碧落，暮見蒼田生白波。長景明暉在空際，金銀宮闕高嵯峨。」歌極多，率皆仙意，人莫之測。但以錢與之，以長繩穿，拖地行，或散失，亦不回顧。或見貧人，卻與之，或與酒家，周遊天下。人有為兒童時至及斑白見之，顏狀如故。後踏歌於濠梁間，於酒樓乘醉，有雲鶴笙簫聲，忽然輕舉於雲中，擲下靴衫腰帶拍扳，冉冉而去。[5]

一如許多神仙身世，藍采和既不能詳知其來歷，亦未見於史書，僅可在仙傳中略見一二。[6]因著他行事乖張頗異於常人，當時便有傳言藍采和頗為長壽，後來果飛昇而去，讓這位未曾聞達的特異人士，因鄉野的口頭流傳，至終被沈汾所採錄。收錄各時代的成仙者，是仙傳必然輯錄的內容，但部分前人所修的仙傳，往往予人過於疏漏的感受，於是補充前人之未逮處，亦是仙傳續集裏的大宗。

---

[5]　文見沈汾《續仙傳》卷上〈藍采和〉（台北市：自由出版社，1989 年 10 月），頁 137-138。

[6]　藍采和生平亦見宋龍袞所撰《江南野史》，然龍書裏卻明指藍采和的活動年代，是在南唐後主的開寶年間，所記亦與沈汾書不同，當據其他傳說。馬令及陸游各撰有《南唐書》，皆鈔錄龍書關於藍采和的記載，附於〈陳陶傳〉裏陳陶入西山隱居後。而謂：「開寶中，南昌市有一老翁，丫結被褐，與老嫗賣藥。得錢則沽酒市鮓，相對飲啗。既醉，舞道上，其歌曰：『藍采和，藍采和，塵世紛紛事更多，何如賣藥湖美酒，去青崖拍手歌。』或疑為陶夫婦云。」（見陸游《南唐書》（據中國書店影印 1936 年中華書局仿宋版排印本，頁 30），馬令書與陸氏文同，不復引。）文中更易《江南野史》的鍊師為老嫗，以配成陶氏夫妻。由故事內容可知《江南野史》非據《續仙傳》，兩種《南唐書》皆出於《江南野史》又有新的發展，相去更遠。

二、仙傳闕漏的補充

除上述仙傳的續寫外，尚有充補前人所遺漏或未逮處。即以史傳、志怪書甚至民間傳聞作為素材，注目著有成仙可能的人物，譬如具有求道訪仙的履歷、或曾與神祕色彩或具道術人物接觸者，皆是搜羅的對象。另外，修鍊且名列仙籍者，其家人、弟子本有成仙的可能，況且仙眾大部分是男真，女仙較少，於是唐五代女真的輯寫，本有著充補唐前較少著墨處的意義；至於著名神仙身旁侍者，甚至於動物，皆是想當然的仙眾，可直接作為演繹及發揮的文本。雖然採錄的範圍及對象多有不同，不過聯想的方式則無別，即以「有成仙可能」作為拾遺仙傳的基礎，壯大神仙的陣容，因此杜光庭《仙傳拾遺》便將鬼谷先生、張良、嚴遵、劉向、楊雄、王喬等微具有神祕性的歷史名人，逐一置納在仙傳裏。若其載云：

> 王喬，河東人也。漢顯宗時為葉令，有神術。每月朔望，常詣京朝。帝怪其來數，而不見車騎，密令太史伺望之，言臨至，必有雙鳧從東南飛來。於是候鳧至，舉羅張之，但得一舃焉，乃四年時所賜尚書官屬履也。每當朝時，葉縣門下鼓，不擊自鳴，聞於京師。後天忽下玉棺於庭前，吏人推排，終不搖動。喬曰：「天帝欲召我耶？」乃沐浴服餌〔飾〕（餌），臥棺中，蓋便立復。宿昔乃葬城東，土自成墳。其夕，縣中牛羊皆流汗喘乏，人莫知之。百姓為立廟，號葉君祠。禱無不應，遠近尊崇。帝詔迎取其鼓，置都亭下，略無復聲。或云：即古仙人王喬也，示變化之跡於世耳。[7]

---

[7]　據五代杜光庭撰、嚴一萍輯校《仙傳拾遺》，頁 20。

此事顯然摘自范曄《後漢書‧方術列傳》第七十二上，文字雖略有差異，然大體無訛。惟葛洪《神仙傳》未收，又《洞仙傳》雖載錄其事，文字卻嫌簡陋，自可為之補遺，重新介紹。不過上述記載在原來的文本裏，多少認定王喬即是神仙，杜光庭予以節錄補充，可以理解。但吾人仍可察見竟收錄原來文獻並未提及是否成仙者（甚至否定成仙），卻令其羽化而去，名留《道藏》。《仙傳拾遺》載云：

> 嵩山叟，晉時人也。《世說》云：「嵩山北有大穴，莫測其深淺，百姓每歲遊觀其上。叟嘗悮墮穴中，同輩冀其儻不死，投食於穴。墮者得而食之，巡穴而行。十許日，忽曠然見明。有草屋一區，中有二仙對碁，局下有數杯白飲。墮者告以饑渴，碁者與之飲。飲畢，氣力十倍。碁者曰：『汝欲留此否？』答：『不願停。』碁者教云：『從此西行數十步，有大井，井中多怪異，慎勿畏之。必投身井中，自當得出。若饑，可取井中物食之。』如其言入井。中多蛟龍，然見叟輒避其路。於是隨井而行，井中物如青泥而香美，食之了不飢。半年許，乃出蜀青城山，因得歸洛下。問張舉（按應作張華）。舉（華）曰：『此偃龍丈夫，所飲者玉漿，所食者龍穴石髓。子其得仙者乎？』遂尋洞卻往，不知所之。」《玄中記》云：「蜀郡青城山有洞穴，分為三道，西北通崑崙。」《茅君傳》云：「青城是第五洞九仙寶室之天，周迴二千里，十洞天之一也。入山十里得至焉。」[8]

8　據五代杜光庭撰、嚴一萍輯校《仙傳拾遺》，頁 25-26。

杜光庭引文雖稱《世說》，實採自劉孝標注，而文出劉義慶另行編
纂的志怪書《幽明錄》。[9]今檢殷芸《小說》、康王《幽明錄》文
字，皆僅止於張華告知老叟所食乃是玉漿及龍穴石髓，溢出文字自
是杜氏所加。此則乃說解張華竟知仙物的博識，[10]作為將仙境之物
帶至人間媒介的老叟，本無緣升仙。復據《幽明錄》尚另錄同類故
事，亦藉張華口予以說明：「如塵者是黃河下龍涎，泥是崑山下泥，
九處地仙名九館大夫，羊為癡龍。其初一珠，食之與天地等壽，次
者延年，後者充飢而已」，[11]誤入仙境的丈夫雖食井中塵泥，以及
龍珠，卻因未能及時吞食癡龍初吐、次吐的龍珠，失去不死、延壽
的機會，隱約地道出復返塵世者，便喪失成仙的機會，老叟亦然。
但杜光庭卻撮合郭氏《玄中記》以及《茅君傳》關於仙洞的記載，
務使這位與升仙機緣失之交臂的嵩山叟，終能回歸仙境，獲取了仙
位。而這樣匯集過往的文本重新組合，讓原本僅得到成仙機會的人
物，讓他亦能得道，作為前人修纂仙傳的補充。而這拾遺心理的具
體發揮，更可在唐五代始有修纂女真傳記專冊若杜光庭《墉城集仙

9　此則故事《廣記》亦題《世說》，魯迅輯錄《古小說鈎沈》便加附注，指
　　出有「案今本《世說》無此文，唐宋類書引《幽明錄》，時亦題《世說》
　　也。」的現象，王國良以為：「唐宋類書引《世說》本文及劉孝標注文，
　　率皆題為《世說》，所引用之注文可能恰巧是《幽明錄》，並非二書名稱
　　可以通用。」所言當是。王文見〈幽明錄初探〉，收於《六朝志怪小說考
　　論》（台北市：文史哲出版社，1988 年 11 月），頁 159。
10　謝明勳對六朝志怪博識人物有全面的整理，並針對關於《幽明錄》所載「洛
　　下洞穴」及「嵩高山穴」（即本則所錄）事提點其命意，在於突顯張華無
　　所不知的形象。詳參謝氏〈六朝志怪小說之博識人物試論〉，收於氏著《六
　　朝小說本事考索》（台北市：里仁書局，2003 年 1 月），頁 1-62。
11　文據魯迅《古小說鈎沈》（北京市：人民文學出版社，1999 年 7 月），
　　頁 194。

錄》（又名《女仙傳》）得到具體印證。[12]《墉城集仙錄》便說：
「又一陰一陽，道之妙用。裁成品物，孕育群形，生生不停，新新
相續。是以天覆地載，清濁同其功；日照月臨，晝夜齊其用。假彼
二象，成我三才。故木公主於震方，金母尊於兌澤，男真女仙之位，
所治昭然。……女仙以金母為尊，金母以墉城為治，編記古今女仙
得道事實，目為《墉城集仙錄》。」[13]即鑑於陰陽相對的關係，對
於前代所欠缺的女真傳記予以補錄，並以女仙之首西王母所治之地
墉城為書名，表彰該書專輯女仙故事的主旨。女仙專冊在輯錄的方
式上實與其他男真亦無差別，於是無論本是著名仙人，若《山海經》
的西王母、《魚龍河圖》的九天玄女，或是東晉仙真葛洪妻鮑姑、
道士李脫妹李真多皆名列仙籍，補充了原本仙傳中較缺乏的女性仙
眾，而成為唐五代道教傳記小說特殊的類別。惟須知女真的增寫目
的仍在於加強仙傳的真實內容，補充疏漏的區塊，深具宗教的嚴肅
意義。

---

[12]　按早於梁陶弘景《洞玄靈寶真靈位業圖》裏已專設仙位安置女仙，分別是
　　　第二女真位、第四右位錄有十五玉女號、第六地仙散位有女真名錄，另外
　　　在第二左、第三右、第四右、第四右、第四散位、第五散位、第六左位、
　　　第六地仙散位、第六右位等尚得散見的女仙姓名，惟僅收名號，未得生平。
　　　故今仍以《墉城集仙錄》為今存最早的女仙專傳。陶書據台北新文豐出版
　　　社影印明《正統道藏》本第五冊，頁 19-33。
[13]　文據宋張君房編《雲笈七籤》本（北京市：中華書局，2003 年 12 月），
　　　頁 2526-2527。

第二節　輯錄仙話，說解仙遇契機

　　六朝的遇仙故事，率含括於仙境傳說的情節之內，本是凡人進入仙鄉裏的必然經歷。隨著道教的壯大及發展，「遇仙」情節儼然自立門戶。一方面遇仙的處所不再侷限於「仙境」之中，而與「仙境」故事有所區別外，另一方面強調著遇仙的真實性，此時世人與神仙感遇的處所，場景多設在人世之中，令單純描繪「仙境」的主題，轉為六朝仙境故事的引申，甚至成為遇仙故事中的一環。遇仙場景多移往人世，沈汾曾予以說明，而云：「《史記》言三神山，在海中，仙人居金銀宮闕，不死之藥生其上，人有欲近山者，則風引船而去，終莫能到，斯亦激勵之意也。大哉神仙之事，靈異罕測。初之修也，守一鍊氣，拘謹法度，孜孜辛勤，恐失於纖微。及其成也，千變萬化，混於人間，或藏山林，或遊城市。其飛昇者，多往海上諸山，積功已高，便為仙官，卑者猶為仙民。十洲間，動有仙家數十萬，耕植芝田，課計頃畝，如種稻焉。是有仙官分理仙民及人間仙凡也。其隱化者，如蟬留皮換骨，保氣固形於巖洞，然後飛昇成於真仙，信非虛矣。」[14]指出仙境不容凡人隨意而入，惟有成仙後方能飛往，於是神仙雖眾，卻多棲止於仙處，故難見。前者告知了入仙境而得見神仙者多是偶然的發生，後者透露著於俗世遇仙方是常例，惟皆讓仙凡相遇及仙境遊歷的主動權，仍掌控在仙人的個人意志裏：

---

[14]　文見沈汾《續仙傳・序》，頁133。

一、探訪仙境模式的變易

　　仙境或稱仙鄉，乃是與世懸絕的他界，有別於凡人居住的塵世。先秦兩漢時雖已有海上仙山、仙境的名稱，不過未對仙境的內容及本質予以陳述。迄六朝才開始董理各樣的仙境傳說，逐漸形成較具系統的仙境概念，而見於志怪小說。但對仙境內的景觀描繪及定義亦見分歧，並隨著時間不斷變化：從早期的觀棋與服食，逐漸新增了人神戀與隱逸說、名山地仙說與仙境傳說，[15]經歷六朝時的鎔鑄變化，入唐後雖形成較為明晰的仙境概念，卻仍依循個人的理解，敘述著不同形式的仙境，而與六朝各自表述的情形相近。[16]雖然仙境形象分歧，卻有著明顯的發展脈絡，從情節單元的變化，可以得見端倪：

（一）故事情節單元的轉折：由不能回歸到再歸仙境

　　六朝奠定下的仙境故事，乃是依循「相遇、歷程、結果」的敘事進程，創造出營造仙境所需的情節單元。根據日人小川環樹對六朝仙境故事所董理出的八項情節單元觀察，大凡是可以任意增添者，通常並不影響個別故事邏輯，[17]不過「再歸與不能回歸」則是

---

[15]　本文據李豐楙〈六朝道教洞天說與遊歷仙境小說〉一文之分類。下文所援用的觀念亦由此文而出。李氏文收錄於其著《誤入與謫降：六朝隋唐道教文學論集》（台北市：臺灣學生書局，1996 年 5 月），頁 109-141。

[16]　魏晉仙洞、仙穴傳說，於志怪小說屢見不鮮，而時入唐、五代的仙境傳說，情節單元亦不出六朝。王國良〈唐五代的仙境傳說〉一文已有董理，本文亦據之。文收錄於《唐代文學研究》第三輯（廣西：廣西師範大學出版社，1992 年 8 月），頁 615-633。

[17]　日人小川環樹對六朝仙鄉故事歸納出「山中或海上」、「洞穴」、「仙藥和食物」、「美女與婚姻」、「道術與贈物」、「懷鄉、勸鄉」、「時間」、「再歸與不能回歸」等情節單元，並說明：「並不是所有的故事都具備這

故事結束時所必須交代的情節單元。唐時道教廣傳天下，為宣傳成仙的可能與證據，讓原先少見「再歸」的情節此時湧現，亦有改寫、調整六朝故事，俾利傳達仙人的消息。從唐人小說觀察，專寫仙境故事者，多為六朝遺緒，模仿敘事進程及情節，僅更動時代、人名以及部分敘述而已。若《太平廣記》卷二十五引《原化記》「採藥民」雖記述唐高宗顯慶年間的新聞，不過故事原型應據《幽明錄》所載妻子欲害親夫而推婿於洛下洞穴，竟入於仙境一事，其中亦置有智慧老人於故事末，說明整起仙境經歷的意義，頗留鑿斧痕跡。今即引錄智慧老人語以供對照：

> （張）華云：「如塵者是黃河下龍涎，泥是崑山下泥，九處地仙名九館大夫，羊為癡龍，其初一珠，食之與天地等壽，次者延年，後者充飢而已。」（《幽明錄》）[18]
>
> 時羅天師在蜀，見民說其去處，乃云：「是第五洞寶仙九室之天，玉皇即天皇也。大牛乃馱龍也，所吐珠，赤者吞之，壽與天地齊；青者五萬歲、黃者三萬歲、白者一萬歲、黑者五千歲。此民吞黑者，雖不能學道，但於人世上亦得五千歲耳。玉皇前立七人，北斗七星也。」民得藥，服卻入山，不知所之。蓋去歸洞天矣。（《原化記》）[19]

《原化記》顯然是對照著《幽明錄》而撰寫，甚至更明確地道出仙洞名即「第五洞寶仙九室之天」，治者乃天皇，大牛是馱龍，所吐

些要素，有些相當長的故事也只具有其中少數而已。」見小川氏著、張桐生譯〈中國魏晉以後（三世紀以降）的仙鄉故事〉，收錄於《中國古典小說論集》第一輯（臺北：幼獅文化出版社，1988 年 7 月），頁 91。

[18] 據魯迅輯《古小說鉤沈·幽明錄》，頁 194。

[19] 見《太平廣記》卷二十五引《原化記》，頁 166。

龍珠為青、黃、白、黑四色，無論是仙境、仙官及神物，皆勝過《幽明錄》一籌，不過由於馱龍所吐功能最下的黑珠乃可延年五千歲，為採藥民所吞食，於是建立了回歸仙鄉的基礎，更易了《幽明錄》裏凡人終死於塵世的結局。而這回歸的產生，與六朝小說裏離開仙境者，日後再尋訪仙鄉往往歸於徒勞的情形自大相逕庭。就唐人道教小說而言，仙鄉的回歸，是修鍊者升仙後將要歸往的居所，因此有緣探訪仙境者在得到符籙、仙藥後，便有了回歸的保證，譬若裴鉶《傳奇》所載元徹、柳實遇海難而入於海上仙島即是如此，雖仿傚劉晨、阮肇故事，惟在回凡世得到仙女所贈予的靈藥，令二人竟能回歸仙山，印驗了仙女「子有道骨，歸乃不難」的預言；[20]谷神子《博異志》裏錄有誤入仙洞的鑿井工人，在飲用仙境清泉眼水及白泉水後，即使出洞後亦不食五穀，後數年亦成仙而去，莫知所在。[21]這些結構略有差異的仙境傳說，皆祖訴著神仙可致的共同命意。

　　雖然道教小說已讓仙鄉主題回歸於宣揚教義的主要論述，除了可激勵群眾信奉道教，亦讓仙境故事的結構更趨謹嚴，不過卻未考量早在六朝時已生成仙境和俗世的時間差異。[22]要之在仙境裏營設

---

[20] 見裴鉶《傳奇》所載「元柳二公」故事。其中有南溟夫人語云：「昔時天台有劉晨，今有柳實；昔有阮肇，今有元徹。昔時有劉阮，今有元柳，莫非天也。」是知自承襲劉晨阮肇的故事。文據王夢鷗〈傳奇校釋〉，收於氏著《唐人小說研究》（台北市：藝文印書館，1997 年 6 月），頁 163。

[21] 據台北新興書局影印明嘉靖顧氏夷白齋《顧氏文房小說》刊本。

[22] 六朝仙鄉故事已注意「時間」的情節單元，即謝明勳所說的：「六朝時期對於他界之一的『仙界』之時間看法仍屬紛歧，而造成各說差異的理由究係安在，今已不可究詰矣。然在各書的眾多說法當中，他們卻有一共同的現象，即『仙界』的時間總是較諸人世要來得長久，換言之，他界時間的同一單位，往往是人世相同單位的倍蓰，甚至是更多的時間，這一點實頗堪玩味。」指出六朝仙境裏時間流逝快速的概念業已形成。至於仙鄉與凡世的時間換算卻頗紛歧，可能與此情節單元方才草創有關，未及去合理解

時間快速流動的概念，當為映襯神仙超越時間、永恒存在的生命形態，其情境必須由仙人、仙境共同組合，才具意義。當凡人誤入後參與了仙人活動，由此方才開啟進入仙境的遊歷，且不受仙境裏相對於凡世極速時間流逝的影響。[23]但唐五代時對於仙境內的時間，並未重視與處理，更遑論加以統一了。如此一來，將無法詮釋在海上抑或山中、洞穴不同的仙境裏，何以與凡世的時間步調不一，遂出現在不同故事裏入於仙境數日，回歸後有的倏然已過多年，亦得未見差異的情形。換言之，道教小說的作者並無特別注意仙境內時間計算，讓在不同仙鄉裏，共存著不同的時間換算。而這矛盾，除了肇因此類故事本各自承繼對時間未予統合的六朝故事外，亦導源於唐五代遇仙的地點已轉移至人間，甚至是設置在人境與仙境間的模糊地界。因著部分仙人引入的區域未能判定是否為仙境，乃使時間無法輕易地予以規範。若盧肇《逸史》所載李虞與楊稜遊華山，偶入洞天，未久便歸回，並無時間差別，或許可將李楊二人所進入的並不能歸納在他界裏，但是文中卻有「真仙靈境，非所實好，不

釋甚而統一計算等衍生出的問題。謝氏文參其著《六朝志怪小說他界觀研究》（台北市：文化大學中國文學研究所博士論文，1992年），頁190。

23　李豐楙認為仙境裏時間流動快速的理據在於：「當凡俗之人進入仙界參與神仙的活動後，這時時間的運行完全依照仙界，為人世三度空間之外的另一度空間，因而仙界的一瞬，在人間世則已經多年，因而造成強烈的奇幻、虛幻感。」即仙鄉中時間並非是處於凝滯的狀態，而是與凡世般同樣在流動。就此而言，未得仙位的凡人在這時空下理應迅速衰老，但在故事裏皆和仙人同例，不受時間因素的影響。其徵結即在於仙境乃是「神仙與其專屬空間的組合」，故當凡人與神仙接觸後才仙境遊歷的開始，又因著參與神仙的活動，換取了與神仙相近的地位，得到不致迅速老化的結果。復由六朝時仙鄉故事或置入「贈藥」母題者，原因也在於注意到凡仙本質上的差異，故又新增情節，讓故事更加合於情理。李氏文見〈道教謫仙傳說與唐人小說〉，收於氏著《誤入與謫降：六朝隋唐道教文學論集》，頁112。

可依名而往之也」的說明，[24]誠然又是名實相符的仙境。而這近於
人境的領域，當是欲使神仙親近凡人，以便於與世人交接而設置，
較不允許有時間差異的存在，以免影響仙、凡間的互動。由這兩項
情節單元的變異，可以發現仙境的設置傾向提供仙、凡會合的場
地，讓仙鄉主題融攝在遇仙的情節內，並逐漸成為遇仙故事裏的單
一情節單元。

（二）進入仙境原因的改變：從偶然進入到神仙導引

　　修道者斷絕俗念，成仙後飛昇而棲止於仙境，故欲見神仙，惟
有進入仙境一途，卻又僅能因著偶然事件致使凡人誤闖仙境，開展
與神仙相遇的歷程，為六朝仙境遊歷的思考進程。這些仙境主題的
初肇目的，在於表達仙境的美好及遇仙的經歷，以及印證神仙的實
有。隨著仙境的概念已為人們所習知，亦瞭解探訪仙境本來就可遇
而不可求，在欲增加世人遇仙的機會與藉口下，唐五代小說裏的神
仙往往在人世保有暫時居所，作為接待世人拜訪的場地，故折衷在
表現居所的超越性及塵世的親切感下，劃出一塊凡世與仙境間的模
糊地帶：一方面不破壞仙境難以進入的既成觀念，另一方面也預示
世人若誠心修道，仙人可遇。而這新概念的提出，指示著仙境主題
的敘述目的，在於印證神仙的真實性與修鍊的可行性，營造出一種
新的他界觀。如前文所提及部分故事神仙接待凡人處，雖稱仙境，
不過就時間流逝上並無仙凡的悠遠差別。當仙境在小說裏的地位有
了改變，漸漸成為單純的靈境福地甚至僅是神仙於凡世的暫時居
所，讓仙境的出入，成為遇仙期間中的一項歷程，即藉由他界情節

---

[24]　見《太平廣記》卷四十二引《逸史》，頁 267。

單元的設置，傳達出進入仙境的原因，及再次回歸的關鍵：在於倚靠自身的意念。與六朝僅是多憑藉偶然的誤入相較，差異甚遠。下引兩則故事，皆是入於神仙在凡世暫時的居所，相與比對如下：

> 東極真人王太虛，隱居王屋山中。咸通壬辰歲，王屋令王玼，夙志崇道，常念《黃庭經》，每欲自為註解，而未了深玄之理，但日誦五六千遍。聞王屋〔山〕（小）有洞天，神仙之府，求為王屋令，欲結盧於其中，冀時得遊禮耳。罷官，乃絕粒咽氣，數月，稍覺神旺身輕。入洞屋，誓不復返。初行三二十里，或寬廣明朗，或幽暗泥黑。捫壁俯行，經三五日，忽坦然平闊。峭崖倚空，直拔萬仞。下有嵌室，可坐數百人。石床案几，儼若有人居之。案上古經一軸，未敢遽取。稽首載拜言曰：「下土賤臣，形濁氣穢，輒慕長生之道，幸入洞天。仰窺靈府，是萬劫良會。今睹上〔仙〕（天）遺跡，玉案玄經，不敢輒取。願真仙鑒祐，許塵目一披篇卷，則受罔極之恩。」良久叩頭，乞報應之兆。忽有一人坐於案側曰：「子其忘乎？緱氏仙裔〔幸〕（聿）能好道，可以名列青簡矣。吾東極真人，子之同姓也。此《黃庭寶經》，吾之所註，使授於子。」復贈以桃（按應作核），〔出融皋澤中〕，得數斗〔器〕。曰：「此食之者白日飛行，此核磨而服之，不唯愈疾，亦可延算。子雖有志，未可居此，二十年期於茲山矣。勉而勤之，得道也。」言訖，不復見。玼亦不敢久住。攜桃核與經而歸。磨服桃核，身康無疾，顏狀益少。人間因有傳寫東極真人所註《黃庭經》本矣。（杜光庭《仙傳拾遺》）[25]

---

[25]　據五代杜光庭撰、嚴一萍輯校《仙傳拾遺》，頁 103-104。

貞觀中，華陰雲臺觀有劉法師者，鍊氣絕粒，迨二十年。每三元設齋，則見一人，衣縫掖而面鷺瘦，來居末坐，齋畢而去，如此者十餘年，而衣服顏色不改。法師異而問之，對曰：「余姓張名公弼，住蓮花峰東隅。」法師意此處無人之境，請同往。公弼怡然許之，曰：「此中甚樂，師能便住，亦當無悶。」法師遂隨公弼行。三二十里，援蘿攀葛，纔有鳥道，其崖谷嶮絕，雖猿狄不能過也，而公弼履之若夷途，法師從行亦無難。遂至一石壁削成，高直千餘仞，下臨無底之谷，一逕闊數寸。法師與公弼側足而立。公弼乃以指扣石壁，中有人問曰：「為誰？」對曰：「某。」遂劃然開一門，門中有天地日月。公弼將入，法師隨入，其人乃怒，謂公弼曰：「何故引外人來？」其人因闔門，則又成石壁矣。公弼曰：「此非他人，乃雲臺劉法師也，余交故，故請來此，何見拒之深也？」又開門，內公弼及法師，公弼曰：「法師此來甚饑，君可豐食遣之。」其人遂問法師：「便能住否？」法師請以後期。其人遂取一盃水，以肘後青囊中刀圭糝之，以飲法師，味甚甘香，飲畢而飢渴之想頓除矣。公弼曰：「余昨云山中甚樂，君盍為戲，令法師觀之。」其人乃以水噀東谷中，俄有蒼龍白象各一對舞，舞甚妙，威鳳綵鸞各一對歌，歌甚清。頃之，公弼送法師迴，回顧，唯見青崖丹壑，向之歌舞，一無所見矣。及去觀將近，公弼乃辭。法師至觀，處置事畢，卻尋公弼，則步步險阻，杳不可階。法師痛恨前者不住。號天叫地，遂成腰疾。公弼更不復至矣。昭應縣尉薛公幹為僧孺叔父言也。（《玄怪錄》）[26]

---

[26]　據唐牛僧孺編、程毅中點校《玄怪錄》（臺北市：文史哲出版社，1989年

兩則故事說明著凡好道者，可藉由至誠的修鍊方式探訪仙境，並非是憑藉無法預測且難求的偶然機會，讓個人意志的堅定與否，成為入於仙境的主要關鍵，亦可瞭解以此方式能進入靈地，旨趣自非強調仙境的美好及實有，而在於傳達自力成仙的可能；在故事裏的參訪仙境者必然返回人世，以便於傳述其經歷，不過回歸與否，則在故事裏設下的測試情節。在《仙傳拾遺》裏王玠表現對仙人的恭謹及修道的至誠，讓東極真人感受到王玠的心意，而贈以自己所註解《黃庭寶經》、仙餌桃核，並對王氏給予「子雖有志，未可居此，二十年期於茲山」再次回歸的允諾。至於《玄怪錄》中劉法師對於仙人問以是否願意立即隱居於此，劉法師卻欲處理觀裏俗事再至仙境，表現出對凡塵的留戀，當他想自行回歸仙洞，卻難以達成，僅能號天叫地的抱恨而已。因此修道至誠，神仙或用給予遊歷仙境的機會，來試鍊修鍊者的信仰和決心，至於長久留於仙境的關鍵，乃基於被神仙導引後，能否堅持自己的信念未有猶疑，指向於修鍊可牽引仙人來訪，予以提點。可以得見修鍊是此類道教故事所欲強調的概念，多借用仙境的情節予以發揮，成為招引仙人拜訪的原因，而列為遇仙方式的一種。除此之外，遇仙經歷的發生除了凡人自行努力的個人因素外，尚導因於天上仙庭的政策執行，即藉由仙人來到凡世執行工作，而與世人互動，有了遇仙歷程，生成了第二類型的遇仙體驗。

---

7 月），頁 74-75。

二、神仙造訪發生的關鍵

　　神仙既然處於天庭及仙境，如何能與侷限於塵世活動的凡人相遇，自是說故事者所當解釋的要題。唐前的處理方式即歸諸於「偶然」，或凡人偶闖仙境，或神仙於山林間游戲卻為樵夫、道人偶見，這樣的解釋，自然太過牽強而難為常例。今觀入唐以後的仙話，顯然較為全面且嚴謹地建立起凡人與神仙接觸的機制：一是從凡人的立場解釋，即由下界凡人因自力而感通仙人造訪，強調著成仙的基本原理及依循方式；二是由上天的角度考量，神仙被迫降臨人世，執行任務或接受懲罰。即世上若有修道或具成仙資質者出現時，神仙也必然現身人世；而天庭也負有教化人間的責任，加上仙人未必全然謹守仙條，仙人因罪謫降凡世，更是難免，於是與仙人接觸，也是當然。讓遇仙的經歷在理論上成為常態，亦更趨完整。

（一）執行天命，神仙降世

　　唐前雖已有神仙因天命而被迫降世的紀錄，不過為數不多，據李豐楙統計，漢魏六朝共得謫仙項曼、瑕丘仲、壺公、愕綠華、成公興、晉陽人某、蔡某及東方朔等八位，[27]其中瑕邱仲、蔡某僅是時人稱為謫仙，[28]至於貶謫的原因全未提及，惟項曼、壺公、成公

---

[27] 見李豐楙〈道教謫仙傳說與唐人小說〉一文的統計。文收錄於其著《誤入與謫降：六朝隋唐道教文學論集》，頁 249-250。不過《神仙傳》及《抱朴子・祛惑》所記劉安升仙後因箕坐大言又自稱寡人而被謫罰，不過乃是守「天（都）廁三年」，並非謫降人世，因此不列入。

[28] 以下依序摘引上述稱為謫仙的原由：《列仙傳》：「北方謂之（瑕邱仲）謫仙人焉。」（據王叔岷點校《列仙傳校箋》（台北市：中研院文哲所，1995 年 4 月），頁 75）；《南齊書・高逸傳》：「永明中，會稽鍾山有人姓蔡，不知名。山中養鼠數十頭，呼來即來，道去便去。言語狂易，時

興、晉陽人某、及東方朔皆僅提及曾犯下過錯而已，[29]暗示著降於人間，即是罪罰，尤其女真愕綠華因還未成仙時犯下為師母毒殺乳婦，因此得到「故今謫降於臭濁，以償其過」的判決，[30]更直指降下凡塵，便是莫大的懲戒。由此看來，仙真們因天庭指令被迫來到人世，僅待謫罰期滿，無庸執行任何任務，便可返回天上，建構起天庭與人世的對立地位，突顯仙境對人世採取疏離的態度。或因道教被李唐奉為國教，相對的道教也以解釋李氏取得大位具正當性作為回饋，促使教義裏發明出天庭負有維繫國運並關懷政治的責任，來回應現實的環境。故此，唐五代出現了為數不少由天帝直接指派保境安民，安邦守境的任務予仙官，讓協助凡世君主，成為神仙降世的原因之一。至於犯過錯而非自願入世的仙人，除了仍保存謫降人世需待罪責期滿，便能返回天庭的類型外，又多見附加任務至人世執行完成後，才得返回天上。這些仙真無論是執行天帝的任務，

謂之謫仙。不知所終。」（引文據中華書局版印本）

29　以下亦依序摘錄仙人被貶原因：《抱朴子・袪惑》：「（勞都曰）到天帝前，謁拜失儀，見斥來還，令當自修積，乃可得更復也。」（據王明點校《抱朴子內篇校釋》（北京市：中華書局，1996年9月），頁350），《神仙傳》：「（壺）公語房曰：我仙人也，昔處天曹，以公事不勤見責，因謫人間耳。」（據自由出版社排印本，頁82）；《北齊書・方伎傳》：「是人謂道榮云：我本恒岳仙人，有少罪過，為天官所謫。今限滿將歸，卿宜送吾至汾水。」《北史・藝術傳》所載與《北齊書》同。《魏書・釋老志》：「其（王胡兒）叔父曰：此是仙人成公興館，坐失火燒七間屋，被謫為寇謙之作弟子七年。始知謙之精誠遠通，興乃仙者謫滿而去。」（以上史書皆據中華書局排印本）；《漢武故事》：「（西王）母謂帝曰：此兒（東方朔）好作罪過，疏妄無賴，久被斥退，不得還天；然原心無惡，尋當得還。帝善遇之。」（據魯迅《古小說鈎沈》本，頁436）

30　《真誥・運象》：「訪問此人，云是九嶷山中得道女羅郁也。宿命時曾為師母毒殺乳婦，玄州以先罪未滅，故今謫降於臭濁，以償其過與。」據上海古籍出版社影印明《正統道藏》本，收於《道藏要籍選刊》第四冊，頁568。

抑或因罪而降臨，皆顯示出天庭的優越感，能掌控人世的謫罰，甚至國家的建立與君主的廢立，亦具有控制權力，雖是如此，若與六朝相較，唐五代天仙入於人世，多表現著神仙對人世的關懷，而頻繁的仙真降世，又多負有執行的項目，增加仙與人的互動，讓遇仙的機率大幅提高。奉天帝命令降世的天仙，多執行與國家社稷攸關的任務，讓天神的意志、法旨能達下界，予以執行。在〈王法進〉故事裏，即因三川發生饑荒，上帝便命令三青童降於王法進庭院，告知法進「上帝以汝凡稟仙骨，歸心精誠，不忘於道，我迎汝受事於上京也」，帶法進直昇天庭，由上帝面告「今且令汝下歸於世，告喻下民，使其悔罪，寶愛農桑，此亦汝之陰功也」，事成後給予「上宮侍童」的官職，[31]其中不僅關照了個別修道者王法進外，亦讓躋身仙班的法進立即還歸人世，以救百姓於飢饉之中，流露著上天仍對人間秩序、疾苦的關切；又〈二十七仙〉裏亦言唐玄宗曾夢見「二十七仙人云：我等二十八宿也，一人寓直，在天不下。我等寄羅底間三年矣。與陛下鎮護國界，不令戎虜侵邊。眾仙每易形混跡遊處耳」，[32]甚至借謫仙之口，道出「每年三元大節，諸天各有上真，下遊洞天，以觀其所為善惡。人世生死興廢，水旱風雨，預關於洞中焉。龍神祠廟，血食之司，皆為洞府所統。」[33]仙人分別在上元、中元及下元三日降臨下界的仙洞，以就近觀察，反映出天界對人世的主控地位，以及關懷心理。神仙單純地下凡來協助皇帝保護中國領土，鞏固社會安定及人民安全，雖然表現了天庭凌駕凡

---

[31] 據五代杜光庭撰、嚴一萍輯校《仙傳拾遺》，頁 72-73。

[32] 見《太平廣記》卷二十九引《神仙感遇傳》，頁 188。

[33] 嚴一萍輯本漏收此則，今據《太平廣記》卷三十七引《仙傳拾遺》，頁 235。

世的超越性，但也讓處於天界的天神仍將凡世劃歸於管轄的範圍，
定睛著世人的言行動靜。

　　至於唐五代的謫仙多僅依循六朝既成概念，入於凡世即是最大
的罰責，毋需執行工作為大宗。仙人在人間活動時，尚需低調行事，
不可曝露身分，除了解釋大量仙真降世何以未能時常得見的原因
外，復因降臨人間的謫仙，若顯異能，必招致聲名，增強了世上聲
色的誘引力量，會使仙人沈溺其中，難以回歸天庭。譬若馬周本為
華山素靈仙官，受太上之命降世輔助李唐，但因沈湎於酒，以致袁
天綱告知他已「五神奔散，尸居旦夕耳」。[34]又賈耽身為謫仙，被
從前仙友譏嘲「傳語相公早歸，何故如此貪著富貴」，[35]皆指向仙
眾再次面臨誘惑時，可能落入凡人的欲望裏而墮落，甚至死於人
世，因此在人間再次歷煉，成為謫仙降臨人世的主要原因。仙人因
過犯除了單純地流放至人世作為責罰外，尚得附加協助人世的任
務。若萬寶常乃因小事而被仙宮謫於人世，一日神仙降臨傳達「上
帝以子天授音律之性，將傳八音於季末之世，救將壞之樂」[36]此項
需執行的工作；又若葉法善者亦藉由上天遣三神人告知「子本太極
紫微左仙卿，以校錄不勤，謫於人世。速宜立功濟人，佐國功滿，
當復舊任」，[37]皆在刑期間要求有所作為，方能歸回天上，顯示出
天上對凡世仍採取主動接觸，拉近了仙凡的距離。這些仙人入世後
或待流放期滿，或完成任務後返於天庭，期間仍是允許和修鍊者、

---

[34]　據五代杜光庭撰、嚴一萍輯校《仙傳拾遺》，頁 42。
[35]　見《太平廣記》卷四十五引《逸史》，頁 279。
[36]　據五代杜光庭撰、嚴一萍輯校《仙傳拾遺》，頁 38。
[37]　據《太平廣記》卷二十六引《集異記》及《仙傳拾遺》，頁 170。按此則
　　嚴一萍輯本據《歷世真仙體道通鑑》卷三九及《三洞群仙錄》卷十輯入，
　　無上述文字，今引文仍據《廣記》。

行善者、具仙骨者甚至有緣人接觸，既便這些活動不含括在天帝的任務及預期內，仍是被天庭所允許。顯示出仙話安排仙人降世讓世人親睹，可訴說神仙的真實可信，且道出神仙即便是超然於凡塵，仍是關懷著一心向道的信眾。至於處於凡間的信眾，如何回應天庭所釋出的善意、如何去感通降世的神仙，進而有所接觸，則是依賴個人天生的仙骨及後天的努力。

（二）感通於天，招引神仙

　　天庭表達著對人世的關懷，差遣神仙來訪，何況尚有地仙、尸解仙在人間遊走，處於塵世的凡人，如何能積極地爭取神仙來訪的機會，則賴操之在我的努力。驗諸唐五代的遇仙故事，出現大量因個人行誼招致神仙來訪的模式，亦即其本質及意志決定著能否遇仙的結果，轉變了唐前僅能多歸諸於偶然的發生。大致而言，凡人與神仙的相遇，除了少數仍以偶然作為口實外，多以本身具有仙骨，導致仙人來訪；此外，尚有因有好道至誠、忠孝行善等作為，促使遇仙的發生。前者說明了修鍊成仙尚與自身所具備的仙質有關，後者則解釋若能至誠求道，行善積德，升仙可望。就仙質而言，屬定命觀，人天生而成，不可更易，本是道教成仙理論的原始思維，因此在葛洪的《神仙傳》已有記載具仙骨之人，受神仙引領飛昇而去，時入唐代，這類被仙骨而吸引的仙人，更為增加，《仙傳拾遺》便載有張定、王法進、《逸史》得李吉甫、《傳奇》有許棲巖，[38]皆是此類記錄，為六朝時神仙思想及故事之遺緒。不過修仙可成若僅劃限在具備天生仙質的修鍊者，自排除了一般信眾成仙的可能，是

---

[38]　前兩則見五代杜光庭撰、嚴一萍輯校《仙傳拾遺》，頁108-109、72-73，後二事參《太平廣記》卷四十八、四十七引《逸史》及《傳奇》，頁297、295。

無法吸引信眾持守,如此便影響教法的拓展,於是自力成仙亦成為另一項陳述要題,即藉由好道、行善等方式求取躋身仙班。不過既強調天生仙質的命定性格,又要求後天努力的自力特質,究竟何者才是決定成仙與否的重要關目,藉由神仙感遇故事裏來訪神仙之口,已予以安排和說解。最無疑義的詮解方式,是將二項特質予以結合,即認為能至誠好道者亦多具仙骨。像唐若山是位施行惠政的良吏,亦是好長生之道的信徒,求道至誠,後果有太上真人告知「子有道骨,法當度世」,又如劉白雲是位「家富好義,有財帛,多以濟人,亦不知有陰功修行之事」,已具有成仙的可能,之後即有真人樂子長來告知他具「子有仙籙天骨」,授以仙書,[39]即結合了仙骨與好道兩樣特質,如此一來,兩人必然蛻化成仙,毋需討論天生與自力何者才是成仙的必要條件。故此,若不具備或是無法確定是否具備仙質者,能否依循修鍊程序達到成仙的目的,便是需要解釋的要項。在〈韋丹〉裏已針對這項疑義予以討論:

> 韋丹大夫及第後,歷任西臺御史。每常好道,未曾有遇。京國有道者,與丹交遊歲久,忽一日謂丹曰:「子好道心堅,大抵骨格不成。某不能盡知其事,可自往徐州問黑老耳。」丹乃求假出,往徐州。經數日,問之,皆云無黑老。召一衙吏問之曰:「此州城有黑老,家在何處?」其吏曰:「此城郭內並無。去此五里瓜園中,有一人姓陳,黑瘦貧寒,為人傭作,賃半間茅屋而住,此州人見其黑瘦,眾皆呼為黑老。」韋公曰:「可為某邀取來。」吏人至瓜園中喚之,黑老終不肯來。乃驅迫之至驛,韋公已具公服,在門首祗候。韋公一

---

[39] 據五代杜光庭撰、嚴一萍輯校《仙傳拾遺》,頁 106-107、49。

見，便再拜。黑老曰：「某傭作求食，不知有何罪？今被捉
來，願得生迴。」又復怖畏驚恐，欲走出門，為吏人等遮攔
不放。自辰及酉，韋公禮貌益恭，黑老驚惶轉甚，略請上廳，
終不能得。至二更來，方上堦，不肯正坐。韋公再拜諮請，
叩問不已。至三更，黑老忽然倒臥於床上，鼻息如雷。韋公
兢兢床前而立，久因困極，不覺兼公服亦倒臥在床前地上
睡。至五更，黑老起來，以手撫韋公背云：「汝起汝起，汝
似好道，吾亦愛之，大抵骨格不成就，且須向人間富貴。待
合得時，吾當來迎汝。不然，恐汝失路耳。初秋日，可再來
此，當為汝盡話。」言訖，俄已不見，韋公卻歸。至立秋前
一日晚，至徐州，黑老已辰時死矣。韋公惆悵，埋之而去，
自後寂絕，二十年不知信息。韋公官江西觀察使，到郡二年，
忽一日，有一隻謂閣人曰：「爾報公，可道黑老來也。」公
聞之，倒屣相迎，公明日無疾，忽然卒，皆言黑老迎韋公上
仙矣。[40]

韋丹好道卻不具備仙骨，道友直言韋丹所面臨的困難，即未必成仙
的事實。而這問題，亦是許多道教徒心中的疑惑：自己的修鍊是否
早已被決定歸於徒然？故指點韋丹訪仙人黑老以求解答。而黑老在
不斷的測試裏確認了韋丹求道之心後，雖又礙於不具仙骨的原始難
題，當時無法引領成仙，卻再次設下時間的信心測試讓韋丹在凡世
等待，韋丹仍用堅定的意念通過了試鍊，二十年後黑老果然回來，
引領韋丹成仙而去。故事裏已為有心修鍊卻無法確定己身是否擁有
仙骨的眾人，提供解答：修道至誠者仍是可以成仙，惟需更加努力

---

[40]　見《太平廣記》卷三十五引《會昌解頤錄》，頁 224-225。

而已。於是求道堅定，才是成仙的不二法門。而出於神仙之口的答案，自然具有正確性及權威性。至誠好道，便毋需瞭解自身是否具有仙骨，僅當致力求取，便能招引神仙來接引渡化。《續仙傳》所載錄的王老夫妻即是「頗好道愛客，務行陰德為意」的道教信徒，果然招致以藍縷道士形貌的神仙來訪，王老及其妻子具禮款待，後果留下仙餌，使服用者皆昇升而去。[41]相反的，若僅有好道之名，而無好道之實者，往往不能通過仙人的測試，若《宣室志》裏吳郡蔣生好神仙之道，隱居於四明山從道士鍊丹。後來仙人全素白以乞者的外貌與他相遇，全素白曾告以神仙鍊丹之道，不過蔣生皆因輕視全素白乞者的低賤身分，又自負頗甚不予理會，全素白便離他而去，蔣生不免以身死於四明山作為故事收梢。[42]由正反兩例得知，求道心志是成仙重要的關鍵，至誠則能升仙，反之便求仙不成。見遇仙故事已從陳講具仙質者的成仙歷程，轉向於闡述至誠求道的成仙理論，亦即成仙原屬天生命定轉趨自力救贖，扮演傳授仙方或引領成仙的眾仙，亦由個人意志作為決定探訪與否的指標。換言之，個人若能致力修道，便能感通神仙，成就了遇仙情節的發生。讓天上及仙境的神仙，能因世人的努力在人世有了交會的循例和機制，並在這人世短暫的交集中，推銷著成仙理論及道教思維，讓世人能藉由「實例」親切地體驗道教的說帖與理論。

---

[41] 文見沈汾《續仙傳》卷上〈宜君王老〉，頁 138-139。

[42] 見張讀《宣室志》卷八，文據藝文印書館於 1965 年影印明萬曆中會稽半埜堂商濬校刊《稗海》本。

第三節　注解仙話，體現成仙歷程

　　仙話多陳述可確指的場景及人物，傳達片面卻又神似實事的傳聞，給予讀者真實可信的印象。惟囿於既定的成仙主題及故事結構，讓陳講的教義限制在修鍊理論裏，至於可供直接表述成仙理論及法式的人物對談，又須適量、適當且擇要地安插，無法得到完整的篇幅細述道法奧祕。即便如此，仙話除了可仰仗文體的特色，說解最適宜傳達仙人實有的訊息外，尚有利於將這些修鍊成功者經歷的個別階段，更細緻地安插義理於其中：成仙者具備的特質、依循的方式，以及升仙後的至樂，在形容人物或交代情節時予以置入。以下就小說裏成仙者不同階段表現出的概念，略予分說。

一、應持守修鍊的基本態度

　　無論仙傳抑或遇仙故事，皆必須環繞且聚焦於敘述仙人的言行動作，且評述、解釋在言行中所蘊含的意義。就一位修鍊成功的仙人而言，本無法避免地必須交代身為仙人應該持守的戒律與態度，尤其仙人的現身無非為勸誡或渡化世人而來，更需對仙凡間的差異，予以提點，在言談間透露著成仙的祕訣。統理仙人或修鍊有成者的箴言要道，不外強調態度及方法上兩種面向的堅持：就態度上，表現著淡泊名利的心態，疏離人們所企羨的人世榮華，而就方法來說，則僅是略述簡易的道教修鍊訣竅。就個別的言論觀察，皆認為二者皆是必要條件，換言之，若能疏離榮華，或是遵循仙法，就可能升仙而去。至於其內容，則頗為簡易，並無艱深的道理。

（一）不慕功名，清虛自守

　　道教理論本多根據道家學說予以申說與重新闡釋，尤其老子以簡要文字反覆申說「道」的意涵，莊子復采夸誕寓言演繹神人、至人的特色，皆可作為道教所追求體悟的至道內容，以及仙人行止敘述的文本基礎，融會於道教的神仙論述中。即道家擷取老子文簡意賅的文理，來支持莊子所提及真人逍遙的境界，作為道教的修鍊要求。道教小說侷限於體製，往往僅能簡易地將神仙的態度及理論予以申述，就此來看，已與道家主張相互關聯。若仙真羅浮先生回答皇帝成仙之法，明確指出的基本修鍊態度，就是清淡自守的處世觀：

> 撤聲色，去滋味，哀樂如一，德施無偏，自然與天地合德。日月齊明，則致堯舜禹湯之道，而長生久視之術何足難哉？[43]

聲色犬馬，口欲之腹，皆是擾亂真我的外在影響，故需遠離，以保有真性，故《老子》便有：「五色令人目盲，五音令人耳聾，五味令人口爽，馳騁畋獵令人心發狂，難得之貨令人行妨。是以聖人為腹不為目，故去彼取此」[44]的主張，亦即無論外在的色、音、味、畋獵、寶物皆不應執著，如此方能不受外物所累。上述乃就心性的修養而發論，而繼以延續至政治上的應用，能無偏無倚，依循自然，便與天地合德而合乎天道。就以上所述，似與《老子》主張無異，但是老子所主張的「道」，乃是否定人為一切刻意、造作的行為，自視國家的發展為不必要，反映在政治上便是無為而治。[45]顯然羅

---

[43] 見蘇鶚《杜陽雜編》卷下，文據藝文印書館於 1965 年影印明萬曆中會稽半埜堂商濬校刊《稗海》本。

[44] 見《老子》第十二章，文據台北文史哲出版社 1997 年影印清武英殿聚珍本。

[45] 關於老子思想由其根基推展至人事、政治的應用，勞思光有扼要的說明，指出：「蓋老子所肯定之主體僅是駐於無為之境而利用『反』之規律以支

浮先生的論述並不止心性修為，而是予以擴展至物理現象：既然心性及行為皆能合於天地之德，連帶著肉身亦能因此而與天地同存得長生不死，顯然引伸著道家的語言，卻執著於肉身的不死，不免成為道家思想的歧出，但亦因此透顯出信守道教的旨要，即以平淡的態度面對世上榮華，不受其羈絆，方可繼以要求超越人世，飛昇成仙。

（二）遵守仙法，修鍊不輟

　　態度上若能抱虛養靜，澹然地面對世人所汲汲求取的富貴，便可依循成仙的法式，繼以修鍊。因此小說裏多用簡短的形製提及世人所習知的修鍊方式，若辟穀絕粒、服氣導引的身體操練，此外除去三尸，積德行善，亦是成仙的基礎要訣。不過這些攸關成仙理論的陳述，並非藉此解說道教理論，而是在告示神仙的實有之後，指出眾仙皆因循某種修鍊要訣後方能成就，求環結理論與實際的當然關係，故此，即便有較細緻的理論敘述，也殊乏長篇。譬若言及絕除三尸，大凡僅說守庚申、絕三尸而已，即便有較深入的說明，亦見簡潔：

> 夫彭者，三尸之姓，常居人身中，伺察其罪。每至庚申日，籍於上帝。故學仙者，當先絕其三尸，如是，則神仙可得，不然，雖苦其心，無補也。[46]

配萬物者；主體本身不是一實現價值之主體，自亦不能肯定文化之價值。國家生活既不能視為有價值之活動，自無須發展。」本文亦據此論點。見勞氏《新編中國哲學史》（台北市：三民書局，1999 年 8 月），頁 248。

[46] 見張讀《宣室志》卷一，載僧人契虛於仙洞得見稚川真君，真君問虛是否已絕三彭之仇，虛不瞭解何謂「三彭之仇」而問於擇子，擇子告以上述等

上引文字乃是捧子代稚川真君（即葛洪）解釋「三彭之仇」的內容。
「三彭」乃上尸彭倨、中尸彭質、下尸彭矯，即「三尸」，[47]說法
顯然承襲葛洪《抱朴子・微旨》所主張：「又言身中有三尸，三尸
之為物，雖無形而實魂靈鬼神之屬也。欲使人早死，此尸當得作鬼，
自放縱遊行，享人祭酹。是以每到庚申之日，輒上天白司命，道人
所為過失。」[48]三尸神在庚申日會回天庭報告個人過錯，罪滿後人
便死亡，修鍊者若在庚申日晝夜不睡，可使司命之神便削去修鍊者
的死籍，著長生錄裏，即所謂守庚申。此處點明能絕三尸，方能成
仙，是眾人所習知的成仙方法，至於持守的細目，自非說故事者所
應處理，僅有點到為止的說明。然而上述僅是修鍊的基礎功夫，更
需按部就班地進行修仙的程序，內外丹雙修，持之以恒，方能升仙。
而在這過程裏，方法正確固然重要，但心態的至誠於道，且努力不
輟，更是被認定成仙法門裏不可或缺的要項。畢竟即便無仙師指
導，或真人啟發，亦可藉由至誠感通於天，驅使神仙降臨。於是一
位傲慢的修鍊者，自然遠離道門而不知門徑了。若毘陵道士李褐，
個性褊急且好凌侮人，根本怠慢道法，而自以為是，成仙者寒山子

語。以上引文據藝文印書館於 1965 年影印明萬曆中會稽半埜堂商濬校刊
　《稗海》本。
47　根據《太上三尸中經》所載：「上尸名彭倨，在人頭中，伐人上分，令人
　眼暗髮落口臭面皺齒落。中尸名彭質，在人腹中，伐人五藏，少氣多忘，
　令人好作惡事，啖食物命，或作夢寐倒亂。下尸名彭矯，在人足中，令人
　下關撓擾，五情勇動，淫邪不能自禁。」顯然據葛洪《抱朴子》所述三尸
　而更加細密而已，惟將三尸加上姓名。文據宋張君房編《雲笈七籤》卷八
　十一引《三尸中經》，頁 1854-1855。
48　據王明點校《抱朴子內篇校釋》，頁 125。林禎祥〈三尸信仰初探〉一文
　已對三尸已詳考，可參看，是文收於《東吳中文研究集刊》第 11 期（2004
　年 7 月），頁 81-98。

便來測試，果然是不可取的修鍊者，於是便發議論，作出李褐成仙無望的預言：

> 善推於人，不善歸諸身，所以積德也；功不在大，立之無怠，
> 過不在大，去而不貳，所以積功也。然後內行充而外丹至，
> 可以冀道於彷彿耳。子之三毒未剪，以冠簪為飾，可謂虎豹
> 之鞟，而犬豕之質也。[49]

此處道出的內丹修鍊，即藉由持續的積德行善來成就，而配以外丹，便能成就仙道，但是李褐不以修養心性為務，重視外丹，故犬豕之質，豈能冀望成仙？此處點出藉由修養心性可讓自身漸具仙質，尤其行善少過，是與個人天資的優劣無關，多少轉變了仙骨不可更易的傳統，大幅增加自力成仙的比例。故知修鍊的態度，左右著成仙的與否，為唐五代道教小說最為強調的關鍵。雖然魏晉時若葛洪已對自力修鍊成仙予以肯定，認定至誠者方能成仙，然而又不免仍對仙骨的天生命定、師承的外力協助予以強調及統合，僅鼓勵具有仙質的特定族群當求仙不竭。[50]但唐後雖不乏具仙質成仙的個案，亦有擁有仙骨卻死於塵世的例證，惟有求長生不竭的至誠者，即便是僧人，皆能感通神仙，引入道門，至終成仙而去，亦即個人

---

[49] 據五代杜光庭撰、嚴一萍輯校《仙傳拾遺》，頁105。

[50] 胡孚琛針對葛洪《抱朴子‧內篇》的成仙原理，統理為六項，其中首項為「至誠信仙，稟值仙氣」，不過至誠屬於個人意志，乃自力救贖，而仙骨則是先天造成，與個人意志無關，思想自然相互衝突，也因此胡氏指出：「葛洪把宿命論與先驗的人性論相互聯繫起來，又把宿命論跟神秘的胎氣說結合在一起，認為一個人先有神仙之命，才會有信仙道之心。」換言之，葛洪仍主張惟有仙骨者，方能求仙，亦即成仙的方式，僅適用於具仙骨者而已，與此處所述及唐代的自力成仙，本質上並不相同。胡氏文見其著《魏晉神仙道教──抱朴子內篇研究》（台北市：臺灣商務印書館，1995年5月），頁165-166。

的誠心與否，成為成仙的真正關鍵，並非天生的命定仙質，或是仙師的高明指點。如此一來，讓尋常百姓皆可力行、信守，可傳揚廣博，成為真正的民間信仰。

二、當遵行傳統的道德規範

　　因著唐五代仙道小說所認定的成仙要件，並非限制在丹藥的煉製上，而是擴展自力成仙的區塊，強調心性修鍊的持續，讓心性不斷地向圓滿成長。就心性修養的內容來看，實則含括了一般性的道德規範，及攸關社會秩序的價值，讓忠孝節義，成為修鍊裏的要項，甚而扮演成仙與否的關鍵。在〈劉無名〉的故事裏，即借泰山攝人魂魄的直符之口，道出道教教義與社會價值間的關係，而謂：「然吾聞一陰一陽之謂道，一金一石之謂丹。子但服其石，未餌其金；但得其陽，未知其陰，將何以超生死之難？期昇騰之道乎？其次廣施陰功，救人濟物，柔和雅靜，無欲無為，至孝至忠，內修密行。功滿三千，然後黑籍落名，青華定籙。制御神鬼，驅駕雲龍。而上補仙官，永除地簡，九祖超鍊，七玄生天，如此則不為冥官所追捕耳。今子雖三尸已去，而積功未著，大限既盡，將及死期，豈可苟免也？」[51]以為劉無名尚不能超脫死籍，除了僅食雄黃石材，而未服用金餌使然外，尤其又無致力執行其後所羅列的諸多陰功若救人濟物、至孝至忠，故修仙不成。上舉「陰功」，皆是維繫秩序的要件，顯然將道教理論「柔和雅靜，無欲無為」與社會價值予以揉和，而稱為「內修密行」，使積功未著，難免大限將近。而由以下故事，

51　嚴一萍輯本漏收此則，今據《太平廣記》卷四十一引《仙傳拾遺》，頁 261。

更顯傳統道德的規範，已在道教修鍊的理論裏，作為成仙與否的關鍵原因：

> 陽翁伯者，盧龍人也。事親以孝，葬父母於無終山。山高八十里，其上無水。翁伯盧於墓側，畫夜號慟，神明感之，出泉於其墓側，因引水就官道，以濟行人。嘗有飲馬者，以白石一升與之，令翁伯種之，當生美玉，果生白璧，長二尺者數雙。一日，忽有青童乘虛而至，引翁伯至海上偓山謁群偓，曰：「此種玉陽翁伯也。」一偓人曰：「汝以孝於親，神真所感，昔以玉種與之。汝果能種之，汝當夫婦俱仙。今此宮即汝他日所居也。天帝將巡省於此，開禮玉十班，汝可致之。」言訖，使偓童與俱還。翁伯以禮玉十班，以授偓童。北平徐氏有女，翁伯欲求婚。徐氏謂媒者曰：「得白璧一雙可矣。」翁伯以白璧五雙，遂婿徐氏。數年，雲龍下迎，夫婦俱昇天。今謂其所居為玉田坊。翁伯偓去後，子孫立大石柱於田中，以紀其事。[52]

陽翁伯因事親至孝，而感通於天神，不僅為他守孝結盧旁開有泉水，甚至給他玉種能種植玉璧，除因此能娶妻外，又上獻於天帝，最後升天而去。而這成仙關鍵，即為至孝。至孝而能招致仙人，是唐五代的新題，本與六朝的仙傳思想不侔。今以葛洪《神仙傳》所錄的孝子相較，即見差異：若〈蘇仙公〉當仙侶降其門接蘇仙公昇天時，便拜別母親，留下能治疾病的井水及橘樹，和有求必得的神櫃，讓母親終老而衣食無虞，[53]卻不採取奉養母親卒後方才離去，

---

[52]　據五代杜光庭撰、嚴一萍輯校《仙傳拾遺》，頁 125。
[53]　事見葛洪《神仙傳》卷九（台北市：自由出版社，1989 年 10 月），頁 115。

不免招致對雙親僅有「犬馬之養」的口實；至於〈茅君〉裏更是直
指父母認為學道乃「汝不孝，不親供養，尋求妖妄，流走四方」的
錯誤，及欲鞭打的不是，辯解著「某受命上天，當應得道，事不兩
遂，違遠供養，雖口多無益，今乃能使家門平安，父母壽考」，表
達著升仙所帶來的福分，凌越了侍親意義，並且警告父親「其道已
成，不可鞭辱，恐非小故」，[54]以較高姿態回應父親欲用家法來執
行父子間的倫常，而留下修道與行孝的衝突和抉擇，將道教與儒家
置於絕然對立的處境。就葛洪而言，道法本高於儒教，故否定、對
抗著名教義理，因此在《神仙傳》兩則道法與孝道的衝突裏選擇修
道，置孝親不顧，便顯得理所當然。反觀唐五代仙道小說則採取折
衷二者立場，調和思想，將傳統道德觀念視為修養心性的要目之
一，可謂唐五代道教思想上的轉折。若前述的孝道，於唐時才成為
重要的成仙法式，已見有「孝道」職銜的明王傳諶母「孝道之法」，[55]
而最著稱的許遜孝道信仰，亦在此時漸趨成熟，後來竟形成淨明道
派，[56]足見唐五代重視儒教的道德規範，將其視為修養至道的內

又此事《洞仙傳》亦載，文字較簡，可反映思想上與《神仙傳》的會通。
54　事見葛洪《神仙傳》卷九，頁 111。
55　見《太平廣記》卷六十二引《墉城集仙錄》，頁 385-386。
56　許遜因孝道而成仙的觀念，六朝時尚為地方信仰，入唐後方始盛傳。據《許
遜別傳》所記：「遜年七歲，無父，躬耕負薪以養母，盡孝敬之道。與寡
嫂共田桑，推讓好者，自取其荒，不營榮利，母常譴之：『如此，當乞食
無處居。』笑應母曰：『但願老母壽耳。』」（見《藝文類聚》卷二一引，
（上海市：上海古籍出版社排印本，1999 年 5 月），頁 381）許遜本應歸
屬於漢末孝行的遺緒，且因晉時推崇孝道及品鑒人物的風氣影響下，自當
目為講談人物，惟《幽明錄》記有許遜事，亦僅止於其孝行和異事的陳述
而已。但入唐後方出現以許遜為中心，集結十二位孝順著名者列於《晉洪
州西山十二真君內傳》，足見行孝可成仙的觀念於唐時方始盛行。黃小石
便說：「初期（指六朝）的許遜崇拜發展到後來，即由西山的『許仙祠』
升為『游帷觀』，並與道教產生了一定聯繫後，初期的許遜崇拜在宗教意

容，亦即天行運常的真理，陰陽相續，生生不息，然而若「不忠於君，不孝於親，違三綱五常」，[57]便會生成妖孽，自投死地，此時道教小說所透顯的思想傾向，是企圖統攝社會價值與傳統道德，並回歸置納於道教義理之下，成為戮力於至道必然遵行的門徑。

三、為取得優越的宗教利益

　　就義理而言，道教小說將世俗的禮法納入道教教義範圍內，亦即對人世的制度與規範，採取妥協的態度，承認其存在的價值，但是如何與傳統價值予以區別，及怎樣將道教義理加以提昇，以利於解釋世上的價值觀雖是正面且具意義，但道教教義更是凌駕其上。就道教小說而言，乃是將忠、孝、行善等道德觀念提煉而出，視為與道教教義相互契合的至道，至於在人世追求自身的社會價值以及物質生活，則視為世俗的、應摒棄的象徵。雖然人在追求自身社會價值的同時，亦在實踐忠孝等社會義務，但道教所強調的乃是不可將這價值，視為人生至終的目標，而一生汲汲追求。在小說裏，則藉由得道仙多以穿戴破爛的面目出現於人前，且從事為人所輕賤的工作，最後便以真實面目示人，表現著絕對的優越個性，讓目擊者

識和宗教行動上都有了發展，其影響也逐漸擴大。」指出其信仰由單純的個人崇拜，後來為道教吸收成為仙真的一脈，李豐楙論證更加細密，指出：「在許遜傳說史上，唐代是具有決定性的一個轉變期，這一情勢與許遜教團的發展有密切的關係，經由道士胡慧超的努力，才是昇了許遜祠廟信仰的地位，確定以孝道為主要的教團信仰中心。」而這以孝道視為信仰的中心思想，是與道教自身對孝道視為重要的成仙法式，方才將許遜、吳猛等孝子列於仙籍裏。黃氏文見其著《淨明道研究》（成都市：巴蜀書社，1999年9月），頁17，李氏文則見其書《許遜與薩守堅──鄧志謨道教小說研究》（台北市：學生書局，1997年3月），頁43-44。

[57] 見《太平廣記》卷十四引《神仙感遇傳》，頁102。

贊歎再三。這類型的故事多呈現兩兩的對照，即(1)仙人得道的本質（仙質，是永久而不壞、突破時間限制）◀──▶凡人必死的肉身（俗身，是隨物而遷化、限囿在時間之下），(2)仙人破敗的外觀（對仙人而言是暫時且無關緊要）◀──▶凡人鮮麗的衣著（對凡人來說是暫時卻一生追求），在對照之後，令人省思著當追求肉身的不死，換取無限時間的逍遙，抑或用必然趨於敗壞的衣著，來妝點逐漸衰老的肉體。正由於這樣觀念的說明，解決道教義理與傳統道德間的可能矛盾，於是此類型的小說頗為習見，反覆申說求道訪仙的超越性格。尤為顯著者，當推以兩人（或三人、四人不等）入山求道，卻因志向不同，使結局各異的作品類型：

> 唐開元中，有張、李二公，同志相與，於泰山學道。久之，李以皇枝思仕宦，辭而歸，張曰：「人各有志，為官其君志也，何怍焉！」天寶末，李仕至大理丞。屬安祿山之亂，攜其家累，自武關出，而歸襄陽寓居。尋奉使至揚州，途覯張子，衣服澤弊，佯若自失。李氏有哀恤之意，求與同宿，張曰：「我主人頗有生計。」邀李同去。既至，門庭宏壯，儐從璀璨，狀若貴人。李甚愕之，曰：「焉得如此？」張戒無言，且為所笑。既而極備珍膳，食畢，命諸雜伎女樂五人，悉持本樂。中有持箏者，酷似李之妻，李視之尤切，飲中而凝睇者數四。張問其故，李指箏者：「是似吾室，能不眷？」張笑曰：「天下有相似人。」及將散，張呼持箏婦，以林檎繫裙帶上，然後使回去，謂李曰：「君欲幾多錢而遂其願？」李云：「得三百千，當辦己事。」張有故席帽，謂李曰：「可持此詣藥舖，問王老家，張三令持此取三百千貫錢，彼當與君也。」遂各散去。明日，李至其門，亭館荒穢，扃鑰久閉，

至復無有人行蹤。乃詢傍舍求張三，鄰人曰：「此劉道玄宅也，十餘年無居者。」李嘆訝良久，遂持帽詣王家求錢。王老令送帽問家人，審是張老帽否，其女云：「前所綴綠線猶在。」李問：「張是何人？」王云：「是五十年前來茯苓主顧，今有二千餘貫錢在藥行中。」李領錢而回，重求，終不見矣。尋還襄陽，試索其妻裙帶上，果得林檎，問其故，云：「昨夕夢見五六人追，云是張仙喚擣箏，臨別，以林檎繫裙帶上。」方知張已得仙矣。[58]

張、李二人原本同在泰山修道，李生中途放棄而從宦，多年後二人相遇，開展兩人的成績比較：在成就上，張生得道成仙，具永恒生命，李生功成名就，不免衰老死亡，這是在修道成仙真實可行前提下的必然結果。不過值得注意的是，故事裏賦予兩項權利予張生，一是聲色欲望的滿足，二是差派神鬼的法術，皆是世俗之人所追求的物質享受。而在敘述這兩項權力時，說明前者不僅是屬乎耳目口腹的滿足，並且強調這些物質享受的品質絕非世俗所能比擬，而後者所指揮的鬼神則供作差遣傳喚歌伎，形同私人僕役。換言之，故事以修道的成果作為誘因，即修鍊時雖然捐棄人身的享受，但在成仙後便有不再受限，且得到更大的物質滿足。如此處理的根由，自與強調成仙後的優越感攸關，代表著成仙後一切世俗的享樂同時亦得到昇華，享用更高層次的娛樂，展示著優越一切的宗教態度。

　　仙道小說或從仙凡的交談裏提點成仙要訣，或由情節的組成傳達修鍊的態度，皆表述著在修鍊的個別階段裏，所應當明瞭的道教

---

[58] 文見方詩銘輯校、戴孚著《廣異記》（北京：中華書局，1992 年 3 月），頁 4-5。

理論。這些作品視個人意志為成仙與否的關鍵，突破以往單就仙
骨、仙質作為指標，復將傳統道德及社會規範置入道法之中，要求
修鍊者信守，已將修鍊時的內在心理與外在行為予以疏解及規範；
又多列舉成仙者所獲取遠遠逾越世俗（但性質仍是屬乎世俗）的歡
愉與尊貴，提供修鍊者心裏懷想的目標，驅策自己堅持修行。足見
道教為求宣揚教法，已妥協於一般民眾的思維，故更體貼社會群眾
的心理，頗染世俗的樣貌。

第四節　貶抑佛教，崇揚道教教法

　　道教經歷六朝思想的醞釀及經典的建構而趨於成熟，入唐後更
在政府的獎掖下得到進一步的發展，雖然如此，卻仍不敵佛教流布
廣泛和影響深遠。[59]道教徒鑒於佛教的威脅，和身為中土兩大宗教
之一，必然處於爭競的地位，唐代仍持續著六朝佛道兩教間的攻伐
論戰，見高僧、道士及碩儒因持守的信仰不同，各持己說，產生多
次儒、佛、道間的論證與爭辯，也在攻防間促使儒釋道的相互融合。
不過宗教義法的思想研議，反映著學界各派別間思想演進的歷程，
卻無法對照出宗教在民間流傳時的真實景況。故考量纂集民間流傳
佛道故事的文人，未必意謂著對宗教有深入的瞭解或信仰，即便對

---

[59]　唐時雖然儒、釋、道並稱三教，不過由於佛教藉由各項藝術及通俗作品的
　　宣傳，為各階層所接受，影響最遠，故任繼愈指出唐時「佛教在三教中的
　　社會影響最大，道教次之，儒家最弱。」所言甚是。任氏文見其著〈唐代
　　三教中的佛教〉，收於氏著《漢唐佛教思想論集》（北京：人民出版社，
　　1994 年 10 月），頁 69。

教義頗有深解，亦不易對所蒐集的各種傳聞記載予以考證、篩選，
那麼正可刪落複雜的哲學考辨，表呈民間的信仰原貌。

　　佛道兩教派成出的宗教小說形態迥異，乃肇因自教義的不同。
佛教以輪迴流轉建立教義，以出世作為想望，僅有「業報」一項可
將它化作實質的故事，促使佛教小說多陳講持誦拜佛的應驗，方能
使信仰更加的入世與具體，故強調著現世利益；而道教用肉身不死
以為主張，用成仙當作目標，因此必以「升仙」當作命意，反覆陳
講遇仙的不同經歷，說明仙人的實有。兩教因教義令小說的主題有
別，內容也各異，但在肯定自我價值的目標上則是相同。在肯定自
我的同時，直接對主要的宗教對手予以批評或回擊，亦是以宗教作
為主題的作品習見訴求。唐五代道教小說，就故事模式而言，其一
是直接的批評，形式與六朝無別，其二則是模仿佛教應驗，更易佛
經為道經而已。但在功能及結構上則不盡相同，發揮著貶抑佛教、
推崇道法的故事功能，成為宗教小說中頗為特異的一支。

一、承襲六朝模式，惟道術多勝佛法

　　由於道教所追求肉身的不死，是處於傳統氣化宇宙論的規模
下，用修鍊的方式，讓由血氣凝聚的肉身不因外在環境的變易而潰
敗。佛教則否定了現世一切包括肉體的無常事物，藉由輪迴的思想
架構，經歷不斷的佛法體悟後，讓真我跳脫無止盡的輪迴，達到佛
的境界。對中國文化而言，這是嶄新且具衝突性的思想模式。因此
入中土後，無論靈魂不滅及輪迴流轉皆受到儒、道兩家的排擠，促
使高僧大德撰寫專文，辯證義理，或是編纂故事，申述佛法。就現
存資料看來，南北朝時所流傳佛道爭勝的故事，往往佛道鬥法，道
教徒敗落，或是拒排佛法者，入地獄受苦，至於道法得勝者，則不

多靚。[60]道教對佛教的統攝，可上溯至晉王浮《老子化胡經》的編纂，藉由交代《史記》裏老子西行後的行蹤，乃是教化胡人道法，來說明佛教的來源。既然佛教本出於道教，雖無礙於正道，但所受的真理不全，自然難與道法相比況了。[61]正由於此說成為貶抑佛法重要的文獻依據，令佛教徒將王浮置於釋教小說裏的地獄受苦，以洩其恨。[62]即是如此，道教徒亦由此思想進路來思考，已並非全然將佛教視為毒蛇猛獸，冰火不容，而是置諸較低層級的境界而已。依循著六朝的創作方式，以佛道相爭為命題，僅在道教勝出、而佛徒敗落的勝負上有所不同而已。若依循故事裏對佛教教義的批評力道，則可較細緻地劃分成三種不同的態度：

---

[60] 王國良指出，南北朝時佛道爭勝的故事，今存者「則佛之勝道，甚為明顯也」，至於與巫術較量能力，亦是佛勝巫敗。至於道教小說未見以貶責佛教的主題，主要原因可能與當時道教小說仍處於創作典籍的階段，如編寫《十洲記》、《神仙傳》之類，尚無法根據經說或理論主張道勝佛敗，入唐後則全然相反，今存申說道勝佛敗的作品，於唐時數量頗鉅，至於貶低道教的佛教小說則少見。王文見其著《魏晉南北朝志怪小說研究》（台北市：文史哲出版社，1984 年 7 月），頁 289-292。

[61] 「老子化胡」傳說自王浮《化胡經》寫成定本後，影響後來佛道爭競更為深遠。彭自強指出：「在以後所發生的佛道之爭中，『老子化胡』說被道教徒和排佛論者作為攻擊佛教的武器，認為佛教這種外來宗教，只是作為高度發達中華文化的代表的老子，為了滿足未開化民族的需要而傳去的中華文化的一部分，甚至是旨在消滅這些野蠻民族而實行的一種策略。因此佛教的一種變形的和墮落的形式，它無必要也不適宜輸入中國，因為在中國一直完好無損地保持著老子的教義。」已將道教的立場即「佛法雖出於道教，不過是不完全、且是權宜的教化手法而已」點出，可參看。文見彭氏《佛教與儒道的衝突與融合——以漢魏兩晉時期為中心》（成都市：巴蜀書社，2000 年 8 月），頁 193。

[62] 若《幽明錄》即載：「蒲城李通，死來云：見沙門法祖為閻羅王講《首楞嚴經》；又見道士王浮身被鎖械，求祖懺悔，祖不肯赴。」文據魯迅輯《古小說鉤沈．幽明錄》，頁 266。

（一）佛教虛妄，內容則一無可取

　　道教中人既然認為佛教不可遵行，自可直覺地判定佛法盡誤，否定佛經義理及僧人教化。因此，經由敬奉三寶、持念經文，以換取招引福報及拔苦救難的功能，自是不能應驗而歸於徒然。這種涇渭分明的判讀，即是六朝佛教小說對道教所抱持的態度：入於道門，即是錯誤，必導致靈魂的滅亡而難以超拔，於是這些道教信徒便齊聚地獄，受盡折磨。這樣斷然對立的想法，自可滿足立場較為強硬的修鍊者，沿續六朝判然兩分的思考方式，道教徒襲用佛教應驗模式，讓僧、道相遇的場景裏，決定兩教的高下：

　　　　徐仙姑者，北齊僕射徐之才女也。不知師奉何人，已數百歲，
　　　　狀貌常如二十四五歲矣。善禁咒之術，獨遊海內，三江五嶽，
　　　　天台四明，羅浮括蒼，名山勝賞，無不周遍。多宿巖麓林窟
　　　　之中，亦寓止僧院，忽為豪僧十輩，微詞所嘲，姑輒罵之。
　　　　群僧激怒，欲以刃制之，詞色愈悖。姑笑曰：「我女子也，
　　　　而能棄家雲水，不避蛟龍虎狼，豈懼汝鼠輩乎？」即解衣而
　　　　臥，遽徹其燭，僧喜以為得志也。明日姑理策出山，諸僧一
　　　　夕皆僵立尸坐，若被拘縛，口噤不能言。姑去數里，僧乃如
　　　　故。來往江表，吳人見之四十餘年，顏色如舊，其行若飛，
　　　　所至之處，人畏敬若神明矣！無敢以非正之意戲侮者。咸通
　　　　初，謂贍縣白鶴觀道士黃雲陶曰：「我先君仕北齊，以方術
　　　　聞名，陰功及物，今亦得道。故我為福所及，亦延年長生耳！」
　　　　以此詳之，即實之才女也。（杜光庭《墉城集仙錄》）[63]

---

[63]　文據宋張君房編《雲笈七籤》本，頁 2552-2553。

文中僧人心性凶殘,且存有強烈欲念,表示著佛教修習心性,無法
潛移劣根,所謂出家修行,實是緣木求魚;其次佛門雖亦講究持咒
及神通,但在徐仙姑仙法之下,僧人皆拘縛且不能言,無法自脫,
因此佛教法力,亦是虛假無實。尤其用仙姑嬌柔而隻身的女性弱
勢,對照豪僧身強而眾多的男性優勢,卻因著分別入於佛道法門的
不同,令局勢扭轉。文中極盡醜化佛門中人之能事,對於佛教的修
行及法力,也採取全然否定的立場。此類型的故事,不僅否定佛法,
亦多對僧眾作人身攻擊,讓佛門成為無賴之徒集結的會所。又若緱
仙姑修行時亦是受到群僧來害,所幸受到遠祖西王母的獲祐,而僧
人推壞仙壇洩忿,九人皆被虎殺,表現著出家者的凶殘性格,[64]又
若道士馬湘等人至洞巖禪院分食齋飯,僧人不能以禮款待,走後施
法令三百名寺僧無法下床,後經僧人求情後,馬湘解除咒術並告戒
寺僧應「此後無以輕慢為意」,透露著僧人的勢利心胸,[65]在對照
道士高潔的心性,及無邊的法力後,是棄佛教內在的修鍊及外在的
法力若敝屣。再如杜光庭《神仙感遇傳》裏評論關於唐僖宗乾符時
兩名僧人入於仙境,其中一位食用神仙食物後,出仙洞便化為石的
故事,認為:「以此言之,王烈石髓,張華龍膏,得食者,亦須累
積陰功,天挺仙骨,可上登仙品。若常人啗之,必化為石矣。」[66]
僧人修鍊後,在心性及修為上是無法有所斬獲,仍如凡人,即便食
用仙餌,亦無法得道而升仙,而這註腳,除說明道教徒對佛教修鍊
者的觀感外,亦道出此類故事乃以傳達佛教的錯謬為真正意旨。

64　本事見《墉城集仙錄・緱仙姑》,文據宋張君房編《雲笈七籤》本,頁 2553-2554。
65　文見沈汾《續仙傳》卷上〈馬自然〉,頁 140-141。
66　見《神仙感遇傳・薛逢》,文據宋張君房編《雲笈七籤》本,頁 2457。

（二）學佛雖可，但仙籍品類甚低

　　或鑑於佛教信徒的眾多及思想的普及，道教徒在採取全然排擠、否定佛教的態度及手法，未必然得到預期的效果，故有因循著《化胡經》的思考線索，認定佛教雖然有可采之處，不過由於所根據的真道不完全，導致在致力修行後的「仙籍」品目較低。基於這樣的觀念，當佛道鬥法時，只確認部分佛法有其力量。在手法上，自以藉僧人之口道出此說，最具說服力。《酉陽雜俎》嘗載：

> 孫思邈嘗隱終南山，與宣律和相接，每來往互參宗旨。時大旱，西域僧請於昆明池結壇祈雨，詔有司備香燈，凡七日，縮水數尺。忽有老人夜詣宣律和尚求救，曰：「弟子昆明池龍也，無雨久，匪由弟子。胡僧利弟子腦，將為藥，欺天子言祈雨，命在旦夕，乞和尚法力加護。」宣公辭曰：「貧道持律而已，可求孫先生。」老人因至思邈石室求救。孫謂曰：「我知昆明龍宮有仙方三十首，爾傳與予，予將救汝。」老人曰：「此方上帝不許妄傳，今急矣，固無所客。」有頃，捧方而至。孫曰：「爾第還，無慮故僧也。」自是池水忽漲，數日溢岸，胡僧羞恚而死。[67]

身為道士的孫思邈與和尚宣律平日互參宗旨，說明佛道間本有相通之處，加上故事裏並不否認胡僧具備有足以危害昆明池龍性命的法力來看，對於佛教，已作部分的肯定。當昆明池龍化為老人至宣律處求救時，與孫思邈相識已久的宣律卻指示池龍至孫思邈處求援，除肯定了孫思邈道術的力量勝於胡僧外，也間接地承認道教的義理

---

[67]　見段成式《酉陽雜俎》前集卷之二，頁 19。

有勝過佛教的可能。而結局孫思邈讓池水高漲，破解了胡僧法術，
讓他羞恚而死，已作出道勝佛敗的判定。在編集道法優越於佛教的
故事之外，尚須面對已經形成的佛教勝道教的傳說，尤其當時的高
僧、道士的鬥法，更應予以處理。像羅公遠與不空等是著名宮廷御
用法師，便流傳著在唐玄宗面前鬥法的爭寵傳聞。《酉陽雜俎》
又載：

> 玄宗又嘗詔術士羅公遠與不空祈雨，互校功力。上俱召問
> 之，不空曰：「臣昨焚白檀香龍。」上命左右掬庭水嗅之，
> 果有檀香氣。
> 又與羅公遠同在便殿，羅時反手搔背。不空曰：「借尊師如
> 意。」殿上花石瑩滑，遂激竄至其前，羅再三取之不得，上欲
> 取之，不空曰：「三郎勿起，此影耳。」因舉手示羅如意。[68]

兩則引文自然是說明僧人不空道行高於公遠一籌。此說自然不為道
教信徒所認可，尤其羅公遠是道教徒目為神仙的人物，更是無法妥
協，令道教文人不免加以處理，惟在情節上作了適度的調整、變化。
杜光庭《仙傳拾遺》所載錄的羅公遠本事，則直接刪落與不空互較
祈雨功力之事。至於第二則，鬥法者則由不空更換成了金剛三藏，
二人在玄宗前炫示法術：

> 時武惠妃尤信金剛三藏。玄宗幸功德院，忽苦背癢，公遠折
> 竹枝，化七寶如意以進。玄宗大悅，顧謂三藏曰：「上人能

---

[68]　見段成式《酉陽雜俎》前集卷之三，頁 39。

致此乎？」曰：「此幻化耳，臣為陛下取真物。」乃袖中出七寶如意以進。公遠所進者，即時化為竹枝耳。[69]

公遠能變化凡物，三藏能拿取實物，二人相比功力，實未見高下，沖淡了《酉陽雜俎》裏公遠敗落的窘境。但是身為道教徒所編纂的《仙傳拾遺》，更讓公遠與金剛三藏鬥法再三，三藏至終不及公遠，且在最後的比試裏，三藏招喚菩薩、金甲神人、金剛等護衛袈裟，而公遠命玉清神女取之，一無障礙，讓道法遠勝於佛法，並且進一步藉公遠之口，道出何以佛力難勝道法的理論基礎：「菩薩力士，聖之中者，甲兵諸神，道之小者，皆可功參上界；至於太上至道之妙，非術士所知。適使玉清神女取之，則菩薩金剛不見其形，取若坦途，何礙之有？」[70]雖不否定佛教裏菩薩金剛的神格，但是若與道法相比，僅是品類較低的神仙而已，同於《酉陽雜俎》所記載的：「佛為三十三天仙，延賓官主所為」，[71]將神佛納入道教體系之內的手法。雖然肯定部分佛教的理論，但仍強調道教遠遠優越佛教，招徠著已投入佛門的信徒，應迷途知返，歸返正道完整的道教修鍊之中。

（三）佛道相通，然道法有時勝出

　　無論是否定佛教價值抑或僅視佛教為道法旁枝，皆是由道教徒強烈的宗教意識引導著故事進程。但佛道間義理差別的究竟為何，未必然能引起對教義無所鑽研群眾的興趣，進而達到深入理解教義的目的。且在儒釋道融合的發展影響下，道教一般信徒未必然採取

69　據五代杜光庭撰、嚴一萍輯校《仙傳拾遺》，頁 54。
70　據五代杜光庭撰、嚴一萍輯校《仙傳拾遺》，頁 56。
71　見段成式《酉陽雜俎》前集卷之二，頁 14。

絕對排斥的態度面對佛理，而有更寬廣的解釋角度。此類故事，必
然不會出現在有宗教意識下編纂的仙傳或遇仙故事集，而是一般的
志怪書裏。若以戴孚所錄的〈秦時婦人〉即是如此：

> 唐開元中，代州都督以五臺多客僧，恐妖偽事起，非有住持
> 者悉逐之。客僧懼逐，多權竄山谷。有法朗者，深入鴈門山，
> 幽澗之中有石洞，容人出入，朗多齎乾糧，欲住此山。遂尋
> 洞入，數百步漸闊，至平地，涉流水渡一岸，日月甚明。更
> 行二里，至草屋中，有婦人，並衣草葉，容色端麗，見僧懼
> 愕，問云：「汝乃何人？」僧曰：「我人也。」婦人笑云：
> 「寧有人形骸如此？」僧曰：「我事佛，佛須擯落形骸故爾。」
> 因問：「佛是何者？」僧具言之，相顧笑曰：「語甚有理。」
> 復問：「宗旨如何？」僧為講《金剛經》，稱善數四。僧因
> 問：「此處是何世界？」婦人云：「我自秦人，隨蒙恬築長
> 城。恬多使婦人，我等不勝其弊，逃竄至此。初食草根，得
> 以不死。此來亦不知年歲，不復至人間。」遂留僧，以草根
> 哺之，澀不可食。僧住此四十餘日，暫辭出人間求食。及至
> 代州，備糧更去，則迷不知其所矣。[72]

故事中的婦人因不食人間煙火僅以草根果腹，由此而得長生，甚至
已近於地仙身分，證明了道教修鍊的真實存在。不過在與僧人的問
答間，對於佛的內容及對《金剛經》的義理，表達「語甚有理」、
「稱善數四」的見解，亦即對佛理採取肯定的態度。當然在婦人成
仙的事實下，道教仍是勝過佛理，但是卻沒有務將佛教納入道教義

---

[72]　文見方詩銘輯校、戴孚著《廣異記》（北京：中華書局，1992 年 3 月），
　　　頁 12。

理中的企圖，來貶低神佛的地位及佛教的教義，讓道士與僧人在故事中，有了較平等的對待。在仙傳的故事裏，固有借用佛教來印證仙骨的手法。若欲陳述鄴侯李泌所具備的神仙性格，便藉由當時有觀音轉世之稱的僧伽大師來說明，道出：「有異僧僧伽從泗上來，見而奇之。且曰：此女後當歸李氏而生三子，其最小者慎勿以紫衣衣之，當起家金紫，為帝王師。」預言李泌母親當生貴兒，並有事業，而形容其仙骨，便謂：「每導引，骨節皆珊然有聲，時人謂之鑠子骨。」[73]即兼用了高僧的預言，和佛教的觀感，來詮解神仙的神質。表現著對佛教義理的善意與認同，方將僧人援用至神仙故事裏充當解說員。惟畢竟在建構神仙的內容上，雖對佛教未曾貶抑，但不免帶有些許統攝佛教及推崇道教的意味。就此看來，預示在佛道從壁壘分明的立場下，仍隱約地指出一條和解的路徑可供依循。

二、仿傚佛教應驗，且否認佛經力量

　　鑑於佛教應驗故事的盛行，及其產生宗教的效應，道教小說發展至唐末亦出現仿作，即以杜光庭《道教靈驗記》為代表的應驗故事集。藉由修建道觀、維護神像、持念道經、敬重仙人等尊崇道教的行為，換取災難獲解及善事自來的現實利益，用以鼓勵眾人的信奉，至若反其道而行者，則當遭受天神的直接處罰，來恫嚇、禁止異教信徒對道教的詆毀。此類故事皆強調持咒念經、禮奉道教必然得到效驗，目的自是替代佛教念經的主要利益，全盤推翻佛教存在的價值。這樣的故事模式，雖然與傳統仙話有別，不過從仙道教小

---

[73] 以上言李泌事，乃出於《鄴侯外傳》，據江蘇廣陵古籍影印明李栻《歷代小史》本卷二十七。

說由多在強調自力救贖的重要，入唐後開始對他力的神仙教化、導引的功能有所著墨的情形判斷，開發由神仙主導懲治工作的應驗故事，亦是形勢下沛然難禦的推展：可闡述神仙能力及發揚道法、又有利於對抗佛教，在內在教義及外在環境的雙重牽引下，道教應驗故事就此應運而生。此類故事的基本模式本以遇難、持經、得解三項情節單元來構成，提供道教應驗的基礎進程，正面地表述道經的果效。譬若持念〈姚生持黃庭經驗〉：

> 姚生者，華原人也。幼而好道，持《黃庭經》。光啟中，僖宗再幸陳倉，遠近驚擾。姚為賊所迫夜走，墮枯井中傷足，求出未得。乃旁有窨穴，匿於其中，晝夜念經，因不饑渴，足疾亦愈。時裏土既平，大駕歸關，鄉里人戶稍復。有遊軍夜宿井側，見井中有光，拯而出之。具述經靈驗，遂為道士，居華原西界觀中焉。[74]

《黃庭經》即指《黃庭內景經》，本為道教修鍊成仙的要籍，不過據〈上清章第一〉所記：「是曰《玉書》可精研，詠之萬升三天。千災以消百病痊，不憚虎狼之凶殘，亦以卻老年永延。」[75]具有消災解難，延年成仙的妙用。至於姚生好道而持念《黃庭經》，後遇災難，而持續念經，果然得救，與佛教應驗故事如出一轍，惟更改佛經為道經而已。不過為達成對佛教的批評目的，以及強調惟有道經才是真理而有靈效，因此不僅於故事裏比較佛道教經文、咒語的靈驗外，甚至於指出部分的佛經及咒文乃不肖僧人鈔自道書，藉此

---

[74] 見杜光庭《道教靈驗記‧姚生持黃庭經驗》，文據宋張君房編《雲笈七籤》本，頁 2638。
[75] 見《上清黃庭內景經‧上清章第一》，據宋張君房編《雲笈七籤》本，頁 199。

大發議論，多方指摘僧人的惡行及佛理的謬誤。尤其佛教密宗持念陀羅尼神咒不僅宣稱效力廣大，並且分門苛細，講究持念的效應，自是首當其衝應予批駁的標的。在方法上，不外指出持念佛咒時，根本無所效力，或是直接否定陀羅尼咒來源的正當性；前者需經實際上的操作來驗證，多由僧人與道士分別持咒的途徑，鑑識咒語的真偽，並非分別力量高低；而後者在發掘陀羅尼的來源為何，判定佛教咒語為偽。上述皆是斷然地否定佛教，未存任何轉圜的空間。先就咒語的果效來看，道教咒語自然靈驗非常，而陀羅尼咒則是無任何法力。如下引〈王清遠誦神咒經驗〉，可為說明：

> 王清遠世居北邙山下。唐咸通年，時多疫疾，清遠身雖在俗，常服氣行藥，誦《神咒經》，自稱是緱山真人遠孫。是時天子蒙塵入蜀，兵火不息，疫癘大行，連州匝縣，飢荒病患眾矣！清遠佩受《神咒經籙》。每行符藥救人，多不受錢，只要少香油供養經籙。鄉人迎請醫療，日夕喧闐。清遠有表弟一人為僧，名法超，亦持《大悲輪行祕字》。清遠之醫道大亨，忽一日冒夜來投宿止，潛以瓶盛狗血，傾於清遠道堂內。至二更已來，忽聞空中有兵甲之聲，頃聞法超於床上，如有人挽拽叫諴，唯言乞命。清遠命燈照之，但見以頭自頓地，頭面血流，至平明不息。須臾之間，但見兩腳直下，如人拖拽，奔竄入緱水江內，浮屍水上。闤市目擊，無不驚歎。是知《神咒真經》，實有神將吏兵守護，豈容嫉妒庸僧將穢惡之物犯冒？所謂為不善於幽暗之中，神得而誅之。清遠襲氣

持經，陰功濟物，壽一百七歲。辭世之夕，闔境皆聞異香仙
樂，斯亦證道之漸階矣。[76]

道士王清遠受《神咒經籙》，救贖受苦百姓，且不以營利為目的，
表現著光明磊落的心胸。相反地，身為僧人的法超，因持念密教《大
悲輪行祕字》並無果效，又嫉恨王清遠持道教神咒的靈驗，做出手
狗血污穢道堂來泄憤的惡事，其後受到天兵天將的懲罰，拖曳至江
中使其溺斃。此則故事不僅正面的說明道經能力的真實，也批評佛
教經咒的虛假，至於佛道修行者的優劣，亦在故事裏極寫僧侶操行
的卑劣，及道士品德的高潔再次被強調。此類將佛道兩種咒語置於
故事裏來實驗效果，可視為佛道爭勝故事的延伸，惟在判別勝負採
取不同的方式而已。上述二種故事類型，或直接沿襲應驗故事的結
構，或取意佛道爭勝的模式，皆是當時已有的故事進程，以人物描
繪及故事情節來證說道教的真實與貶抑佛教的義理。但除此之外，
道教應驗故事出現了直接懷疑佛教的信仰來源，從根本否定佛教的
教義。本來佛道兩教在發展時，經文的形式、義理存在著相互雜染
的歷史事實，但就道教徒的立場判讀，佛教援用道教經文無異是盜
竊、辱聖的行徑，那麼在道教應驗的故事裏，特別針對佛徒逾越分
界，甚至引鈔道書的情事，採取嚴厲批評的立場。例如〈僧行端輒
改五廚經驗〉云：

> 僧行端性頗狂譎，因看道門《五廚經》只有五首咒偈，遂改
> 添題目云《佛說三停五廚經》，以五咒為五如來所說經，未
> 復加轉讀功效之詞，增加文句，不當一紙。《五廚經》屬太

---

[76] 見杜光庭《道教靈驗記・王清遠誦神咒經驗》，文據宋張君房編《雲笈七
籤》本，頁 2627-2628。

清部，明皇朝諫議大夫蕭明觀主尹愔注云：「蓋五神之祕言，五臟之真氣，持之百遍，則五氣自和，可以不食。」其經第一咒云：「一氣和太和，得一道皆泰。和乃無不和，玄理同玄際。」開元中，天師趙仙甫為疏，皆以習氣和神為指。行端旁附此說，即云讀誦百二十遍，可以咒水飲之，令人不食，名為《三停五廚經》。詞理鄙淺，與尹趙注疏，殊不相近。改經既了，已寫六本，傳於他人。於窗下寫經之際，忽有神人長八九尺，仗劍而來，謂之曰：「太上真經，歷代所寶，何得輕肆庸愚，輒為改易？」奪斬之，以手拒劍，傷落數指。同居僧二人，共見其事，驚為哀乞。神人曰：「如此無良，也解惜命。」促令追收寫換，然後奏聽敕旨。行端與同居僧散尋所行之本，只得一半，餘本已被僧將出關。別寫元本經十本，燒香懺謝，所改添本，香上焚之。神人復見曰：「訾毀聖文，追收不獲，不宜免死。」逡巡頓仆而卒。其所改經，至今往往傳行諸處，覽觀其義，自可曉焉。[77]

《五廚經》即《老子說五廚經》，依照東、南、西、北、中央五方位分為五篇，每篇下有偈文四句，其文云：「東方：一氣和泰和，得一道皆泰，和乃無一和，玄理同玄際。南方：不以意思意，亦不求無思。意而不復思，是法如是持。北方；莫將心緣心，還莫住絕緣。心在莫存心，真則守真淵。西方：修理志離志，積修不符離。志而不修志，已業無己知。中央：諸食氣結氣，非諸久定結。氣歸諸本氣，隨取當隨洩。」[78]雖借用佛經偈文形式，以利於經文背誦，

[77] 見杜光庭《道教靈驗記・僧行端輒改五廚經驗》，文據宋張君房編《雲笈七籤》本，頁 2634-2635。
[78] 見唐尹愔注《老子說五廚經》，文據宋張君房編《雲笈七籤》本，頁 1356-1360。

反覆玩味，申述著存養泰和之氣。尹愔之後，趙仙甫為《五廚經》
作疏，亦依循道教修養之義，未敢踰矩；至於《佛說三廚經》今有
敦煌卷本，題名西國婆羅門達多羅及撰、闍那崛多等奉詔譯，觀其
內容亦依東南中西北五廚，文字全然仿傚道書，今亦節引各方位之
偈文，以堪比對：「東方木偈：一氣和太和，得一道皆太，和乃元
一和，玄理同玄際。南方火偈：不以意思意，亦不求無思，意而不
復思，是事如是持。中央土偈：諸食氣結氣，非諸久定結，氣歸諸
本氣，隨聚當隨泄。西方金偈：修理志理志，積修不扶理，志而不
修志，已業無已智。北方水偈：莫將心緣心，還莫住絕緣。心在莫
存心，真則守真淵。」[79]與《五廚經》相較，僅在方位的排序有不
同外，文字幾乎全同，此書顯屬中土所造的偽經，無怪杜光庭憤恨
不堪，斥為瀆褻神聖而判為死罪了。持平而論，道教經典雖然亦有
模仿佛經，但僅止於行文的仿傚。[80]佛教傳入中國後，在本土思想
的影響下，亦產生不少闡述風水吉凶的佛經，其中有師習道教教
義，惡劣者則點綴數語於道經中，便號稱佛經新譯，甚至有通篇鈔
襲的情形，上引行端更易《五廚經》者，亦僅是冰山之一隅而已。[81]

---

[79] 據台北新文豐出版社影印英倫所藏敦煌漢文卷子斯 2673 號，《敦煌寶藏》
第二十二冊。

[80] 對此，孫昌武指出：「道教在和佛教的辯論中經常強調的一點，就是其論
理上遵循中土傳統的優越性。道經裏宣揚忠孝之類儒家傳統觀念的地方很
多。唐代乃是道教經誡的總結時期。本來眾多的道典是規仿佛典制作的，
但它們主要是從佛經借鑒了形式，內容方面則更注重吸取傳統的儒家倫
理。」道教為求義理超越佛教，故吸納儒家義理，或強調道教裏與儒家相
通的部分，僅在形式採用佛典而已。孫氏文見其著《道教與唐代文學》（北
京市：人民文學出版社，2001 年 3 月），頁 482。

[81] 佛教傳入土中後，頗融攝道神祇與義理來創寫佛經，蕭登福對此情形已
有董理，並列有偽經詳目，《佛說三廚經》即預其一，詳參蕭氏撰《道教
與密宗》（台北市：新文豐出版社，82 年 4 月）。

而杜光庭之所以大加撻伐，自與佛經鈔引道經的風氣有關，而杜氏點出此現象，除了揭發部分佛徒的劣行外，亦可以對佛經來源的正當性及內容的可信度，提出合理的質疑，可積極地肯定道教的義理，至少有告示佛教誠然是不足以信守的消極作用。

第五節　小結

　　相較於佛教熱衷於應驗故事的蒐集，仙道小說則收羅更廣，呈顯著建構典籍、宣傳教義並行的企圖：首先，它承繼漢代以來仙傳的編寫，將前人所疏漏的人物，尤其是女仙的缺乏予以補充，讓仙傳代有傳人，繼續編寫；而遇仙題材的蒐集，亦隨著道教意涵的發展與修正，不斷地重新採錄與編纂，讓嶄新的道教義理與命題，體現於其中；至於新生成道教形式的應驗故事，則是用以申述道教神仙的救贖及懲治能力，來對抗佛教的威脅及傳播。因著仙道小說以故事的形式，親切地體現道教理論系統裏難以具體陳述的仙真形貌，並提供實質的人物來對照道藏裏繁複的成仙程序與方式，皆有助於道教的傳播與發揚。不過即便仙道小說多承負著宗教使命，然而其中仍保存一般文人所記錄仙道的傳聞野談，因著有別於受道教修鍊者的摘錄心態，反倒更能反映民間對道教的觀感，表述著與嚴肅宗教義理外，活潑的神仙形象和天庭仙境，提供文人心靈悠遊的想像樂土。

第五章　勸善思想的發揚與闡述

　　勸善故事興盛於唐五代，獨立演繹著善惡有報、天道不爽的定則。其思想雖源自傳統思維與信仰，卻因著作品僅散見於各類應驗專書裏，[1]不免予人勸善故事不過是佛道附庸的觀感，進而忽略了這些作品對宣揚、凝聚勸善思想的作用與地位。善書本有說理與記事兩類：說理者直陳因果原理，記事者列舉佐證實聞，[2]互為表裏，彼此發明。故就現今善書的研究成果而言，對勸善義理的淵源與發展論述最為深細，[3]卻殊乏兼說勸善故事的意義與內涵，令勸善概

---

[1]　根據李劍國對唐五代小說整理的書目觀察，僅有《陰德傳》一種似標舉勸善命意。檢《太平廣記》所引《陰德傳》佚文，頗對積陰德能獲報的原理予以說明，因此極可能為善書的初筆之作，惜今存佚文不多，未敢直下斷語。至於尚有書名標示「報應」、「徵戒」者，由《廣記》引文獲知仍以闡說佛教報應觀為大宗，自非專說勸善。詳參李氏《唐五代志怪傳奇敘錄》（天津市：南開大學出版社，1993 年 12 月）。

[2]　按善書依其形式可分為說理與記事兩種主要類型，另有功過格和寶卷兩種特殊形式。以記錄善惡果報之實證以為勸說者，即記事類。記事類與《太上感應篇》說理式善書出現的時間約略同時，不過《感應篇》出，才建立起善書明確的理論基礎。但學者論及善書，多僅談論說理類而已。若陳霞《道教勸善書研究》（成都市：巴蜀書社，1999 年 9 月）即以《太上感應篇》、《玉歷鈔傳》、《太微仙君功過格》、《文昌帝君陰　文》等說理式的善書作為範圍，未及記事類型的作品，便是一例。以上關於善書的界定，乃據袁嘯波《民間勸善書》（上海市：上海古籍出版社，1995 年 11 月）之分類及其〈前言〉。

[3]　善書成熟於宋代，尤在《太上感應篇》、《太微仙君功過格》兩種義理性的善書出現後，理論體系更加明確。故學者就此細繹善書的思想淵源，多有發明。鄭志明於〈太上感應篇的倫理思想〉裏便說：「《太上感應篇》也是一部雜抄性的書籍，其主要的文字與內容抄襲自《抱朴子內篇》卷三〈對俗〉與卷六〈微旨〉兩篇，以通俗文字加以整理貫穿而成。」又云：

念於民間流傳的情況與實際的操作，未得相對應的瞭解，至於說理與記事類善書所存有的思想歧異，自然未予留意與處置了。[4]驗諸唐五代的勸善故事，或用道教的面目，或採佛教的思維，無不以簡易的報應結構及概念作為運作原理，闡釋清晰的勸善目的。這些載記下勸善思想於民間騰播時的新聞，誠然代表著善書在醞釀時期的原始景況，自不可輕忽。本章先就唐前勸善思想的肇興及意涵的變化予以研議，體察此思想的核心價值與演變規律，俾利掌握勸善的故事特徵及發展線索，以徵驗流傳與肇興在唐五代勸善故事的思想特點。就此可明瞭在善書完成前的流衍過程與思想核心，且排解說理與記事類善書的思想衝突，進而拼補善書論述裏長久遺缺的圖版。

第一節　勸善思想的淵源與發展

　　追求至善是文明社會共同追求的願景，勸人向善則是群體生活軌則的建構。個別族群在文化上本存在著既有歧異，自然對「善」

　　「《太上感應篇》原則上應屬於道教的典籍，以道教的宗教倫理化成通俗化、淺俗化的道德條目，作為日常生活中待人處事的規則。」（見於氏著《中國善書與宗教》（台北市：學生書局，1993 年 9 月），頁 41、42）明確地指出《感應篇》對《抱朴子內篇》的承襲。蕭登福更援引唐五代的道書文獻，讓善書發展脈絡更加清晰與完備外，業已留意道教小說《墉城集仙錄》關於勸善思想的論述，頗具啟示意義。蕭氏文見其著〈太上感應篇太微仙君功過格等善惡功過說與民俗信仰〉，《道教與民俗》（台北市：文津出版社，2002 年 12 月），頁 372-499。

4　就善書成熟的宋代觀察，說理與記事類皆有專冊，惟記事者像周明寂、王古各撰《勸善錄》，南宋李昌齡亦纂有《樂善錄》，皆收拾佛道關於報應之事，在內容皆與佛、道教的義理有所牴觸，難簡易地將勸善書皆置納在兩教的義理系統內。本章所指的歧異即謂此。

的界定亦有分別。就中華文化而言，漢以後儒家便受到政府的認可
與推展，其規範的禮法制度及忠恕之道，自然成為「善」的主流意
識。是故，儒家典籍裏所追求的至善社會，就含括了勸善的具體內
容及定義：

一、社會規範即為勸善的核心思維

　　由於勸善的目的在於實現社會的價值，故相關論述已見於儒家
經典中。此即《周易》的坤卦文言所說的：「積善之家，必有餘慶，
積不善之家，必有餘殃。臣弒其君，子弒其父，非一朝一夕之故，
其所由來者漸矣。由辯之不早辯也。」[5]儒家以實現自我本性作為
驅策個人向善的力量，於是行善、作惡皆各得報應，並非是宗教神
靈執行善惡賞罰的結果，而是對社會秩序加以建樹或破壞後，所招
致的福報或惡果。[6]延續著以社會秩序作為主要判定善惡的準則，
漢時陸賈《新語》所謂的：「積德之家，必無災殃」，或是《淮南

---

[5] 　據清李道平注疏、潘雨廷點校《周易集解纂疏》（北京市：中華書局，2004
　　年4月）頁87-89。
[6] 　錢穆指出古代對禮的意涵發展，乃是「中國古代，是將『宗教政治化』，
　　又要將『政治倫理化』的。換言之，即是要將『王權代替神權』，又要以
　　『師承來規範君權』的。平民學者的趨勢，只是順此古代文化大潮流而演
　　進，尤其以儒家思想為主。……儒家所講的道，不是神道，亦不是君道，
　　而是『人道』。」是將政治視為道德的實現，並凌駕在宗教之上，於是「中
　　國文化建設，在先秦以前，早已超越了宗教的需要，中國人早已創建了一
　　種現實世界平民社會日常人生合理的自本自性的教義，更不需要再有信仰
　　上帝或諸神的宗教。這是先秦時代的功績。」使驅動遵行禮法（亦即行善）
　　乃出於自己的本性，而非宗教，以道德實現來解釋本具神祕意義「善惡有
　　報」的內容。錢氏文見其著《中國文化史導論》（石家莊市：河北教育出
　　版社，1999年3月），頁772、847。

子‧人間訓》：「夫有陰德者必有陽報，有陰行者必有昭名」，[7]無
不扣緊了能否遵守社會軌範所牽動出的災害福樂，來判別善惡，以
為因果，建構善惡有報的基礎原理。然而以實現自我本性作為鼓舞
民眾行善的誘因或動力，未若訴諸於天道的強大力量，更具有說服
性及脅迫性，況且漢時所流行的天人交感之說，已將人格天置納在
善惡報應的體系之內，扮演起勸人行善的神祕推手，執行懲惡勸善
的工作。此說已近於利用宗教思維處理勸善的正當及必要，難以用
物理經驗求得驗證，引發王充的質疑，在《論衡‧福虛》篇裏統理
漢時流傳的善惡報應理論後且附與評議，可據王充的敘述，瞭解勸
善思想與宗教接軌後的理論概貌。王充云：

> 世論行善者福至，為惡者禍來。福禍之應，皆天也，人為之，
> 天應之。陽恩，人君賞其行；陰惠，天地報其德。無貴賤賢
> 愚，莫謂不然。徒見行事有其文傳，又見善人時遇福，故遂
> 信之，謂之實然。斯言或時賢聖欲勸人為善，著必然之語，
> 以明德報；或福時適遇者以為然。如實論之，安得福佑？[8]

根據王氏所評述的漢代風氣，透露著兩項當時盛行的報應觀念：第
一，就善惡內容來看，可徵見於他人的善行是由人君（即政府）負
責回報，因此善行的範圍及定義仍屬乎社會秩序的維護；第二，就
善惡的執行而言，是用天地（有意志的神靈）擔任回覆陰德的職責，
補足人為法治所不能成全的社會公義，讓勸善觀念微具宗教模式；
再者善惡行為必然對應著相當的福禍，預示著善惡福禍必然地傾向

7　據張雙棣點校《淮南子校釋》（北京市：北京大學出版社，1997 年 8 月），
　　頁 1856。
8　據王充撰、黃暉點校《論衡校釋》（北京市：中華書局，1999 年 2 月），
　　頁 261。

量化，以利於計算及比對因果間的對應關係。因此中華文化對善的界定，仍以維繫社會秩序如孝悌忠孝等德目作為內容，即將鼓舞行善的動力由實現自我本性，轉換為具有神格的天帝，但在善的內容而言，並無變動。由此可以得見勸善觀是以「完成至善」作為最終目的，在這基礎上，是可以調整其思想體系，惟不能與中國文化裏所規定「善」的意涵相互牴觸作為前提：即以儒家所定義的內容為準則，容許融攝各種不同的觀念與主張裏「善」的成分。

二、宗教意識取代修德的發展脈絡

漢代始由天帝承擔起勸善懲惡的職責，以勸導、威嚇的口吻要求民眾遵行社會規範，已考量人們內心期盼長壽與畏懼死亡的心理，容攝了民間司命信仰裏的紀算觀念，呈現著量化後的報應系統：

> 天地有司過之神，隨人所犯輕重，以奪其算紀。惡事大者奪紀，紀一年。過小者奪算，算，一日也。隨所犯輕重，所奪有多少也。人受命得壽，自有本數，數本多者，紀算難盡，故死遲。若所稟本數以少，而所犯多者，則紀算速盡而死早也。又人身中有三尸，三尸之為物，實魂魄鬼神之屬也。欲使人早死，此尸當得作鬼自放，縱游行饗，食人祭醊。每到六甲窮日輒上天，白司命道人罪過。過大者奪人紀，小者奪人算。故求仙之人，先去三尸，恬愉無欲，神靜性明，積眾善，乃服藥有益，乃成仙。（《河圖紀命符》）
> 孝順二親，得算二千，天司錄所表事，賜算中功。（《河圖》）[9]

---

[9]　文據日人安居香山、中村璋八所輯《緯書集成》的佚文（河北：河北人民出版社，1994 年），頁 1145、1196。

上引兩則文字雖然思想略有齟齬，不過皆將善惡行為予以量化，俾
利計算，以命定的年壽（即紀算）作為預設基礎。當人行善、為惡
時皆令壽命延長或剋扣，由天地間的司過之神來負責計算，讓善惡
行為藉由神明的超然個性，環結起與賞罰的關聯，以宗教模式來強
化執行的力量。故漢代後將善惡報應觀轉換成微具宗教的形式，見
《太平經》也汲引善惡報的說法，建構宗教思想，便謂：「是故天
者常祐善人，道者思歸有德。故天者不肯祐惡人，道者不肯附於愚
蔽人也。」[10]道出善惡有報是與上天攸關，並且「為善有功年益長，
無所復疑。……大陰法曹，計所承負，除算減年。算盡之後，召地
陰神，并召土府，收取形骸，考其魂神。」[11]亦采善惡行為影響年
壽的觀點，其思考方式實與前述所引讖緯相同。東晉葛洪便統括前
說，說明功過對年壽紀算的實質影響，並且明確地指出數據，「人
欲地仙，當立三百善；欲天仙，立千二百善」，又說「積善事未滿，
雖服仙藥，亦無益也。若不服仙藥，並行好事，雖未便得仙，亦可
無卒死之禍矣」，[12]將報應功過思想，明確地融入道教之中，[13]當

---

[10]　見王明點校《太平經合校・來善集三道文書訣》（北京市：中華書局，1997
　　　年10月），頁326。

[11]　見王明點校《太平經合校・有過死謫作河梁誡》，頁579。

[12]　上引文字皆出於《抱朴子內篇・對俗》，文據葛洪撰、王明點校《抱朴子
　　　內篇校釋》，頁53-54。

[13]　李豐楙言：「《太平經》的通俗化道教色彩，表現在司命、司過，以及天
　　　算、校算說，借神力以勸善，有助於約束其奉道之民的行為。太平道、五
　　　斗米道等道派都是具有民眾基礎的宗教，因而提出的道德條目，大多依循
　　　通俗化、簡單化的原則，其中自有濃厚的民間信仰的色彩。葛洪的金丹大
　　　道並非屬教民眾多的普化宗教，而較傾向於清修的性質；但仍採取功過之
　　　說，與儒家的忠孝和順仁信等道德，組成其宗教倫理觀。」已解釋道家從漢
　　　末至六朝功德紀算的發展，本文即采其說。詳參李氏著《不死的探求——
　　　抱朴子》（台北市：時報文化事業有限公司，1998年12月），頁209。

視為此思想模式的引申。但據葛洪所述，僅有積善是不足以成仙，為充要條件，非必要條件，故與原來的勸善觀仍存區隔。善惡有報的觀念，不僅道教汲引，佛教東傳後佛徒亦加以吸納，證說佛理。北齊顏之推即採善惡有報，輔證、對映釋教裏的因果報應：「世有癡人，不識仁義，不知富貴並由天命。為子娶婦，恨其生資不足，倚作舅姑之尊，虐遇其性，毒口加誣，不識忌諱，罵辱婦之父母，欲成教婦不孝己身，不顧他恨。但憐己之子女，不愛己之兒婦。如此之人，陰紀其過，鬼奪其算。」[14]盡做惡事，便扣減年歲，申說著與傳統善惡報應相同的論調。此觀念除了轉變成微具宗教意識外，復為不同宗教立場的信徒引援，以證明自己所信奉的宗教內涵，是與儒教精義互通消息。

　　善惡有報雖皆被佛道二教援用並加以調整，但在善的界定上卻無轉圜的餘地，不能逾越傳統道德的規範，甚至受到儒教的影響，修正自己教義裏對善的定義。故《太平經》、《抱朴子內篇》、《顏氏家訓・歸心》所引用善行的內容，可視為儒家心性修養及道德規範的延伸。換言之，在不與傳統信仰衝突的前提下，善的內容仍是具備擴充的彈性。若顏之推即用儒家的不忍之心，來比照佛教殺生的戒律，而謂：「儒家君子，尚離庖廚，見其生不忍其死，聞其聲不食其肉。高柴、折像，未知內教，皆能不殺，此乃仁者自然用心。含生之徒，莫不愛命；去殺之事，必勉行之。好殺之人，臨死報驗，子孫殃禍，其數甚多，不能悉錄耳。」[15]儒家自無不殺生的說法，但顏氏認為孟子的不忍之心，即為釋教的慈悲義，推衍出仁者必定

---

[14]　見王利器點校《顏氏家訓・歸心》（北京市：中華書局，2002 年 8 月），頁 406。

[15]　見王利器點校《顏氏家訓・歸心》，頁 399。

反對殺生的行為,並借善惡報應的原理,指出殺生則必得懲罰,技巧地將佛教不殺生靈、不食肉類的戒律,置於善的內容之中,亦轉化為後來勸善故事的要題之一。故報應之說雖於漢時已經微具宗教體貌,儆戒人們當從善去惡,遵守道德規範,不過因著佛、道二教向儒家文化的靠攏,比附或吸收勸善所建構起的報應觀,致使勸善未能獨立成宗教派別,沈潛於佛道兩教及民間文化的思想中。惟其觀念不僅具獨特性,更深植在中土民眾的意識裏,在唐五代佛道爭競的時代裏,仍在小說中透顯著獨立的勸善主題。

第二節　善報故事的類型與意涵

既然以強調善惡有報的必然推銷勸善思想,自然借用報應模式來演述故事,安排人在行善之後,獲得上天的更大賞賜,讓善行有了實質的回饋,作為激勵眾人行善的動力。此類陳講陰德的故事,則可上溯至先秦。劉向《新序》裏即引有此類故實,或記楚惠王食寒葅雖見有蛭,但不忍庖宰因此獲死罪,仍食用寒葅而得蛭,令尹指出惠王有仁德,因此上天會予以護祐,當晚不僅蛭出,痼疾亦得瘳;又若孫叔敖於孩提時見兩頭蛇,因俗傳見兩頭蛇必死,故殺而埋葬,以免他人受害,孫母告知其行為已有陰德,因此上天會報予福德,後果應驗母言而騰達。[16]劉向所舉兩事皆有隱喻,前者勸勉帝王當以不忍之心施政,後者則是說明懷有仁心者才能有所作為,說喻的對象一是帝王,一是臣子,但皆顯示出故事的勸善傾向。由

---

[16]　本事分見劉向撰、石光瑛校釋、陳新整理《新序・雜事》(北京市:中華書局,2001年1月),頁559-562、21-27。

具人格的天來執行獎勵，在佛、道教未興的漢代裏，補足了儒家所缺乏制衡帝王以及鼓勵行善的機制。即便時入東漢末年，善惡有報的思想仍盛興未艾，若王符即用此說，申明行忠孝之道，便得福澤，而謂：「御史大夫張湯，增定律令，以妨姦惡，有利於民，又好薦賢達士，故受福祐。子安世為車騎將軍，封富平侯，敦仁儉約，矜遂權而好陰德，是以子孫昌熾，世有賢胤，更封武始，遭王莽亂，享國不絕，家凡四公，世著忠孝行義。」[17]張湯、安世父子皆行正道，而受福祐，即便遭受新莽之亂，家族不受災殃，肯定了行善得報的想法。但在佛道抬頭後，亦援用報應之說來輔證各自教義，令六朝未得宣揚勸善主題的作品，皆化入佛道應驗的故事中。經歷六朝佛道汲引善惡報應作為輔教之用的宗教激盪後，唐五代善報故事結構與思想的皆產生轉折，形成頗為特出的一支。就命題及結構以觀，仍依循著由天帝仲裁善惡與執行賞罰的思維，回歸傳統的脈絡。惟就故事類型而言，又可分為兩類：

一、延展傳統陰德的觀念

漢時已形成由天帝統籌運作的善報觀念，雖經歷六朝佛道思想的衝擊，唐以降仍大致承襲既定的模式，惟獎賞多規範在增壽延年上，就此而調整情節單元及信仰內容。《陰德傳》即藉由相人者之口，說明年壽（即相）、德行、度量間的關係，而謂：「夫相不及德，德不及度量。君雖不壽，而德且厚，至於度量尤寬。且告後事，但二三年之期。勤修令德，冀或延之。夫一德可以消百災，猶享爵

---

[17] 文據汪繼培箋、彭鐸點校《潛夫論箋校正・志氏姓》（北京市：中華書局，1997 年 10 月），頁 454。

祿，而況壽乎？」[18]亦即年壽雖然天生人成，藉由相法可以看出，若與人品及度量的個人德行相較，又屬於次要。若年壽雖短，藉由行善積德，足以使天地動容，讓天帝延其壽命，甚至福延後代，成為勸善故事所奉行的基本原則。若〈范明府〉一則云：

> 唐范明府者，忘其名，頗曉術數，選授江南一縣宰。自課其命云：「來年秋，祿壽俱盡。」將出京，又訪于日者。日者曰：「子來年七月數盡，胡為遠官哉？」范曰：「某固知之，一女未嫁，利薄俸以資遣耳。」及之任，買得一婢子，因詰其姓氏。婢子曰：「姓張。父嘗為某堰官，兵寇之亂，略賣至此。」范驚起，問其父名，乃曩昔之交契也。謂其妻曰：「某女不憂不嫁。」悉以女粧奩，擇邑客謹善者配之，秩滿歸京。日者大駭曰：「子前何相紿之甚！算子祿壽俱盡，今乃無恙。非甲子差繆，即當有陰德為報耳。」范曰：「俱無之。」日者詰問不已，范以嫁女僕事告之。日者曰：「此即是矣，子之福壽，未可量也。」後歷官數任而終。[19]

范明府為求取女兒幸福而不顧惜自己將盡的性命，描繪出為子女犧牲的慈父形象，卻又在突發事件下面臨撫恤友人遺孤與厚奩嫁女的抉擇，兩難中范明府毅然地捨棄自己女兒的幸福，表現出無私且超然的義行。故事裏所突顯的問題癥結即為已定的壽命，故由天帝介入賜與年壽與福分，成全了范明府心中的願望。故事陳訴了年壽即使決定在天，並非世上凡人所能求取，卻仍可藉由行善來獲得，就

---

[18] 見《太平廣記》卷一百一十七引《陰德傳》（北京市：中華書局，2003 年 6 月），頁 818。

[19] 見《太平廣記》卷一百一十七引《報應錄》，頁 821。按此類記錄行善得延壽的聽聞頗為習見，模式亦大同小異，今僅引一則為說。

利益的觀點衡量，反映著付出的渺小與獲得的豐富，勸誘世人投入行善的行列。故事的建構實鑑於人們處於對年壽多有期盼卻難以干預的地位，因此認為善行可換得年壽而非人世享受，擴展行善後所得福報的範圍與價值，而契合民眾憂亡怖死的深層疑懼。為確認行善後所得到的福分能全然轉換到壽命，文中雖看似採用命運已定的觀點，但為求得善惡報應的絕對與超然個性，以致賦予善行改變命定人生的力量，相違於當時流行的命定觀——命運可知但不可干預；至於安排能參透天意的日者（智慧老人）聯繫天、人，乃是強化行善與報應間的關係趨向絕對與神祕，已建立起上帝、神人中介（即日者）與個人等三者的互動關係，微具簡易的宗教模式及概念，足堪獨立運作其善惡報應的體系。

　　行善得報的對象本僅針對組成社會的群體而已，但在佛教傳布與流行下，行善的對象不再侷限於人身，而擴展至所有生靈。衡諸道教本有愛護生靈的相關主張，佛教亦列戒殺、茹素等戒律，令善行又置入了救護萬物的內容。此類作品多以制止殺生行為的進行為主題，與六朝佛教應驗有關，若《顏氏家訓‧歸心》附錄諸多殺生便得報應即是。但六朝時所記載救贖生靈的故事，與唐五代所流行的勸善主題意義不同：唐前故事模式是以被拔救的生物於夢裏來謝，在於說明萬物皆具含識，印證報應之不誣。入唐後，當救贖生物的行為發生後，動物們不僅止於來謝而已，往往帶來更大的報償，或得延壽，或得財富，讓伸出援手的人們，有意外且鉅大的收穫。譬若《儆誡錄》所收錄者即是：

　　　　偽蜀廣都縣百姓陳弘泰者，家富于財。嘗有人假貸錢一萬，
　　　　弘泰徵之甚急。人曰：「請無慮，吾先養蝦蟆萬餘頭，貨之，
　　　　足以奉償。」泰聞之惻然，已其債，仍別與錢十千，令悉放

> 蝦蟆于江中。經月餘，泰因夜歸，馬驚不進，前有物光明。
> 視之，乃金蝦蟆也。[20]

陳弘泰因心生慈念，用錢一萬換取萬頭蝦蟆性命，並放生於江中，後來獲得金蝦蟆一隻，可印證放生所獲利益，實逾越原來所付出的價值，又肯定放生與報償間的因果關係。可以說善的內涵擴及至佛教放生行為，在結構及命題上，仍是屬於勸善的範疇內。雖然或間有道士、僧人現身在故事裏，但仍是對善行予以推崇與強調，而並非僅以推銷佛教信仰為主要企圖，因此仍能置於勸善故事之中。

二、發揚積善成仙的思想

自葛洪將行善視為成仙的重要條件，認為「是故非積善陰德，不足以感神明」、「非功勞不足以論大試」[21]突顯了行善與成仙具有必然關係。此觀念為後來道教徒所認可，促使積德立功常成為仙道故事裏不可或缺的要題。入唐亦然，多附記陰功須滿，方能昇仙。杜光庭《墉城集仙錄》即載：

> 相國盧鈞，進士射策為尚書郎，以疾求出為均州刺史。到郡，疾稍加，羸瘠而不耐見人。常於郡後山齋，養性獨處，左右接待亦皆遠去，非公召莫敢前也。忽有一人衣飾故弊，踰垣而入。公詰之，云：「姓王。」問其所自？云：「山中來。」公笑而謂之曰：「即王山人也，此來何以相教？」王曰：「公之高貴，位極人臣，而壽不永，災運方染，由是有沉綿之疾，故相救耳。」山齋無水，公欲召人取湯茶之屬。王止之，以

20　見《太平廣記》卷一百一十八引《儆誡錄》，頁829。
21　文據葛洪撰、王明點校《抱朴子內篇校釋》，頁124。

腰巾蘸於井中，解丹一粒，捩腰巾之水，以丹與之。因約曰：
「此後五日，疾當康愈倍常。復三年，當有大厄，勤立陰功，
救人憫物為意。此時當再來，相遇在夏之初也。」自是盧公
疾愈，旬日平復。明年解印還京，署鹽鐵判官。夏四月於務
本東門道左，忽見山人，尋至盧宅，喜而言曰：「君今年第
二限終，為災極重。以君在郡去年雪冤獄，活三人之命，災
已息矣。只此月內三五日小不康，已固無憂也。」翌日，山
人使二僕持錢十千，於狗脊坡分施貧病而已，自此復去，云：
「二十三年五月五日午時，可令一道士於萬山頂候。此時君
節制漢上，當有月華相授，勿愆期也。」自是公揚歷清切，
便蕃貴盛，後出鎮漢南，之明年已二十三年矣。及期，命道
士牛知微五日午時，登萬山之頂，山人在焉。以金丹二，使
知微吞之，謂曰：「子有道氣而寡陰功，未契道品，更宜勤
修也。」以金丹二粒，授於公曰：「當享上壽，無忘修鍊，
世限既畢，佇還蓬宮矣！」與知微揖別，忽不復見。其後知
微年八十餘，狀貌常如三十許。盧公年僅九十，耳目聰明，
氣力不衰，既終之後，異香盈室。[22]

文中所提及善行的功能有二，一是能解命中大劫。即道士告知盧鈞
命裏有大厄，勸其行善，後來曾救三人性命，大厄得解。二是有助
成仙飛昇。盧鈞雖有道氣，不過缺乏陰功，道士令其勤修，以利達
到成仙的目的。前者善行能抵厄運，實為陰德獲報的形式，後者積
善成仙，便是道教的思維了。就此看來，積善是成仙的充要條件，

---

[22] 文據宋張君房編《雲笈七籤》本（北京市：中華書局，2003 年 12 月），
頁 2445-2446。

仍須採取道教正規的修鍊法式，方能達到成仙的目的，其意與葛洪
的觀點相同。杜光庭在其志怪書《錄異記》便錄有一位好道且積德
有年的黃齊，表明有善行卻缺乏修鍊，雖能免災，卻不足以成仙的
立場。[23]雖然如此，勸善思想卻因著道教關注，推展此觀念的流行，
當出現以勸善作為主要命題的故事，亦往往雜染道教的色彩。譬如
《燈下閒談》載李玨得仙的故事云是：

> 李相公玨鎮揚日，夜夢長衢而行，見一金字牌屹於路左，觀
> 者架肩接踵，遂詣看焉。金書云：「淮南道揚子縣李玨得仙。」
> 玨遂立於牌下，久而不去。俄見一羽衣乘鶴，自天下曰：「爾
> 是何人，敢當此立！」玨啟曰：「是淮南道節度李玨，今觀
> 金牌有字言　得道，是敢當此而立。」羽衣曰：「非子也，
> 淮南道揚子縣李玨，三代販舂糠粃，心不忘道，陰功數滿，
> 運偶昇天，上帝遂降金符金字，預示上下。」神祇言訖，昇
> 空而去。玨夢覺，將旦，令左右遍於坊郭府縣尋訪，並無李
> 玨，忽示揚子縣舊籍齷齪行有李玨，遂差人訪得。李玨年六
> 十，與府主同名更之，見係齷齪行，相將詣於公府。玨具公
> 裳，命左右策住設拜恭禮，以父兄禮詰曰：「三代販舂糠粃，
> 不棄齷齪，悉令他人執升斗，自致豐致盈之。因復賑飢寒之
> 人。」公歎曰：「三代販舂，陰功猶著。數年蒞事，功得（德）
> 蔑聞，莫若自知，尚虞天譴，敢言□□（按疑闕兩字），曷

不慚乎？」未數月，其人白日沖天。是時文儒之士，著李玨
白日升天沖天詩十有六七，是故相公詩曰：「金字分明見，
分明列姓名。三千功若滿，雲鵲自來迎。要警貪悌息，將萌寵
辱驚。知之始不息，霄漢是前程。」幕吏上相公詩曰：「同姓
復同名，金書應夢靈。彼行功已滿，此得政惟馨。中國為元老，
遙天是昂星。將知賢相意，不去為時寧。」餘詩不錄耳。[24]

　　李玨因行善有年，積累陰功，最後以白日沖天而去的方式成
仙，至於道教的關係，僅有天使羽衣所稱說的「心不忘道」而已。
故事依循積善而得昇仙，自然與道教義理相悖。今若相較道教傳記
沈汾《續仙傳》卷中所收李玨本事，使《燈下閒談》以行善得善報
的主要訴求，更加明顯：就故事整體來看，沈書所記乃李玨本事，
自然較為完整，而《燈下閑談》則起自節度使李玨見牌樓字迄其成
仙為止；其次就成仙的方式觀察，《續仙傳》裏李玨成仙的原因，
一如其他道教小說般除積善外，亦習胎息之法，務求行善與道法並
修；最後就成仙的品類而言，《續仙傳》的李玨乃尸解而去，《燈
下閒談》則是白日沖天的上仙。從大略的比對裏足見《鐙下閒談》
乃是聚焦於行善上，讓「李氏成仙」傳說裏李氏行善的特質予以突
顯。因此，即便勸善積功為道教小說所用，不過卻在推展勸善思想
的發展上，扮演極為重要的推手。讓這些原本積善、修鍊並重的道
教故事，出現了僅肯定勸善一端而向勸善思想靠攏的類型，讓勸善
故事更趨茁壯，以致獨立門戶。

　　在明瞭了中華文化裏「善」內涵及界定，並且掌握勸善故事的
模式及特徵後可以得知，雖然勸善故事裏多出現僧人或佛理，亦有

---

[24]　見《燈下閒談》卷下，原文據國家圖書館藏傳錄藝風堂藏江鄭堂（藩）鈔本。

道士及仙法，不過皆非用以證說其宗教的真實，或排擠其他信仰，而是將勸善的想望予以托出。就此觀察宋代善書大行後，內容多統攝著三教義理，無論是輪迴、昇仙、儒家道德等相互牴觸的觀念，都並存於一書之中的怪異現象，從勸善故事的傳承來看，實已提供足夠的解釋理據。

第三節　惡報故事的模式與思維

　　相對於善行所得的酬賞，惡行則需付出相對應的代價，作為懲戒，而這思考模式的形成，與群體社會追求公義的價值相關。一如法令的制定即出於公義的基礎，依據報復的原則，讓加害他人的惡徒得到相對責罰。於是加諸痛苦予行使個別惡行抑或破壞社會秩序的個人，是具有伸張正義，且讓受害一方得到心理宣慰的正面意義。因此，當公義無法得到伸張時，自然促使人們心生想望，讓逃脫制裁的加害人，受神祕力量所牽制而受到懲罰，完成正義的程序。就此心理反映觀察佛道思想未盛以先的報應故事，多藉由冤魂報仇，讓現實世界無法完成的報復工作，在幽微的陰界中予以完成，實未出社會正義的思考模式。此類故事的首次集結，意外地完成在佛教徒顏之推之手，即顏氏纂集的《冤魂志》。顏氏崇奉釋教，但鑒於古代靈魂報仇故事近似於佛教因果，並且間接地肯定了靈魂不滅，因此集結歷代此類故事作為輔教之用，亦可說明佛教義理實能會通傳統思想，藉以調和儒釋衝突，讓集結的故事多未刻意申述佛教應驗，而影響甚為廣遠。[25]就《冤魂志》裏收錄的報應形式而

---

[25]　王國良已注意《冤魂志》所收故事，並非專以闡述佛理為本，指出：「顏

言，反映出中國傳統思維裏的報應觀，仍是歸屬於復仇觀念的延伸，且決定報應的發生與否，是定奪於人間律法的實質判定，[26]點明冥界的力量仍以維護法律制度為目的，深具社會性。顏氏採取輯錄鬼魂報仇印證報應真實的方式，不僅影響了佛教應驗小說的纂集，亦讓傳統的報應思想得到宣揚的機會，形成特定的故事類型。因此，唐五代的報應故事並非僅闡揚佛教報應理論而已，仍存有依循簡易的報應模式建構故事，扮演著勸善思想裏負面的教材，勸導民眾應該行善，避免行惡。就故事的模式而言，於承續舊制之外，尚有新意在焉。

一、由敘事模式以觀

「惡有惡報」是此類故事既定的原則與模式，即便是受害者死亡，報應卻未因此中止，讓死者化為冤魂持續執行報復行為，由此

之推《冤魂記》一書，不強調崇經像，造塔寺，只是搜集了載籍及個人聞見中的因果報應故事，佛教信徒固然愛讀，一般的知識分子也能接受。因此，它的影響層面，比起別的靈驗錄、報應記等宗教性格鮮明的故事集要大得多。」因著其中多採歷代故事，致使接受的層面較廣，而能達成顏氏會通儒釋的纂集目的。王文見其著《顏之推冤魂志研究》（台北市：文史哲出版社，1995年6月），頁30-31。

[26] 驗諸今存65則（含疑似5則）《冤魂志》佚文，無一不依照當時的法律規範，作為是否有罪（即是否受報）的標準。以〈真子融〉事為說，真子融任檢租使卻貪贓，本應處死，卻巧遇大赦，惟執法主事者法瓚、蔡暉揣測上意將其罪行移至大赦後，令子融伏法而死，子融後為崇，法瓚、蔡暉相繼而卒。細繹此事，子融雖有免死的機會，卻不能改變犯下死罪的事實，若以善惡有報來看又屬罪有應得，向法、蔡二氏索命即屬無理，僅可用「不能依法行事」來坐實法瓚、蔡暉害人性命的罪責，由此更知惡報是依照人間法律的規定為規範，而非單純地採取個人的行為當標準，自接近法律層面，與道德關係較遠。本事詳參王國良輯校《顏之推冤魂志研究》，頁110-111。

更顯此模式的必然性。這種近於運作報仇的理念，自然可以採用直覺的方式進行，即亡靈直接向施暴者索命，而初見於早期的報應作品。若《冤魂志》所載莊子儀化為冤魂，報復簡公無罪而殺害的仇恨：

> 燕臣莊子儀無罪，而簡公殺之。子儀曰：「死者無知則已，若其有知，不出三年，必使君知之。」期年，簡公〔將〕祀於祖澤。燕之有祖澤，猶宋之有桑林，國之大祀也。男女觀〔之〕。子儀起於道左，荷朱杖擊公，公死於車上。[27]

燕簡公殺莊子儀事，本事見於《墨子‧明鬼下》，後來顏之推輯錄於《冤魂志》中，故事頗為簡易，即燕簡公錯殺無罪的莊子儀，子儀卒後便化作冤魂向簡公索命，仇竟得報。若忽略子儀已死的部分，復仇的意味自然更為顯著。由此單純的復仇模式，已發展出需經由天帝（或冥界、司命等相關神祇）仲裁後方能執行的形式，可使復仇更具備正當性。例如〈陶稱〉載：

> 晉時庾亮誅陶稱後，咸康五年冬，節會，文武數十人，忽然悉起，向階拜揖。庾驚問故，並云：「陶公來。」陶公是稱父侃也。庾亦起迎。陶公扶兩人，悉是舊怨，傳詔左右數十人，皆操伏戈。陶公謂庾曰：「老僕舉君自代，不圖此恩，反戮其孤，故來相問陶稱何罪？身已得訟於帝矣。」庾不得一言。遂寢疾。六年一月死。[28]

---

[27] 據王國良輯校《顏之推冤魂志研究》，頁42。文字與《墨子‧明鬼下》所載略異，但故事結構相同，今不復引錄。

[28] 據王國良輯校《顏之推冤魂志研究》，頁103-104。

庾亮誅除陶侃子稱，但陶侃卻有恩於庾亮，陶侃便申訴於天帝，顯然天帝裁定庾亮理虧，故得受報而死的結局。文中的陶侃並非直接殺害庾亮，但在報仇的意涵上仍是相同，採用一如人間的訴訟方式，讓庾亮以死抵罪。亦即人於陽世未能處理的紛爭，於冥界仍然持續進行，讓天帝成為公義的最後防線，務使惡行必得懲罰，正義必得伸張，而讓善惡獎懲，必然得到回應，成為勸善故事裏具有警示作用的例證。換言之，至顏之推時，傳統的報應觀已經由報復的直接聯想，發展出經由天帝仲裁後而執行的模式，原理雖然簡易，卻已有宗教的意味。此類模式雖經佛徒所吸收，演繹著釋教的相關應驗，卻因著此思想長期於中國文化裏沈潛與醞釀，入唐之後，即便與佛教頗為接近，仍突顯著善惡有報的特徵，少攙雜佛教的信仰內容。故在強調報仇正當性的企圖下，唐以後的惡報故事不少仍是委託天帝而非輪迴、神佛的力量來執行，經由天帝宣判之後，才能夠藉由冤魂纏身、致禍等方式索命，或降下災事處罰等方式執行報復工作，與冤魂直接復仇的形式並傳於世。若《廣古今五行記》載云：

> 宋少帝子業常使婦人裸形相逐，有一女子不從，命斬之。其夜，夢有一女子罵曰：「汝悖逆，明年不及熟矣。」帝怒，於宮中求得似夢見者，斬之。其夕，復夢所戮者曰：「汝枉殺我，我已訴上帝。」集群巫與六宮捕鬼，帝尋被弒。[29]

29　見《太平廣記》卷一百二十九引《廣古今五行記》，頁 912。按子業（即前廢帝）因個性凶悖而被廢弒、早卒，或因與少帝景況甚近而誤植為少帝。《宋書·前廢帝本紀》云：「太宗與左右阮佃夫、王道隆、李道兒密結帝左右壽寂之、姜產之等十一人，謀共廢帝。戊午夜，帝於華林園竹林堂射鬼。時巫覡云：『此堂有鬼。』故帝自射之。壽寂之懷刀直入，姜產之為

文中記敘前廢帝多次行惡，先荒淫無道而殺人，後又為求洩忿卻誤殺宮女，最後招集巫覡驅鬼抗拒懲罰，全然悖逆且迄終未悔，於是年壽一減再減，未久不免被弒而崩，讓尊為九五集人世權力於一身者皆會得報，上天的意志凌駕一切，使善惡報應能夠不受任何外力而影響。

　　但在佛教傳入之後，特講報應之說，尤其對殺生一項著墨甚多，讓原本僅劃限在人事的報應，出現了動物報仇的模式。此類型於六朝多附庸在佛教小說裏，比照著人類報復的方法，讓受害的動物化作冤魂親自攻擊加害人，甚而禍延其子孫。不過因著動物不能言語，所以早期作品未考量經由上帝訴願的程序進行，大凡採取以牙還牙的途徑還諸惡人。入唐後殺生得報故事大興，採用的模式亦大同小異，除了上述單純的動物來報模式外，又得置入天帝裁決的情節，讓殺生的行為，正式列入天庭律法的懲治明細裏，成為冥界主動偵察的罪行，已擴大了對惡行的解釋範圍。此時期將正義指標的天帝意志置放於勸善故事裏，代表著人們對殺生行為已有較深入的審視，不同於先前僅簡易地將殺生看待成大惡的絕對評判。要之為求一己私欲而過於殘忍地對待動物者，方才列入受報的範圍內。若《玉泉子》所載：

　　　　唐李詹，大中七年崔瑤下擢進士第。平生廣求滋味，每食鱉，輒緘其足，暴於烈日。鱉既渴，即飲以酒而烹之，鱉方醉，

　　副。帝欲走，寂之追而殯之。時年十七。」《廣古今五行記》所記前廢帝事當由此而附會，復由人物錯置的情形、顏之推《冤魂志》未收的情形推斷，故事當成於隋後。又唐五代由天帝仲裁報應發生者已習見，可參《廣記·報應》裏摘錄此時新聞，後文所引報應事亦多有天帝介入，故不復贅引。前引文見《宋書》（台北市：鼎文書局，1998年7月），頁146。

　　已熟矣。復取驢縶於庭中，圍之以火，驢渴即飲灰水，蕩其
腸胃，然後取酒，調以諸辛味，復飲之，驢未絕而為火所逼
爍，外已熟矣。詹一日，方巾首，失力仆地而卒。頃之，詹
膳夫亦卒。一夕，膳夫復蘇曰：「某見詹，為地下責其過害
物命。詹對以某所為，某即以詹命不可違答之。詹又曰：某
素不知，皆狄慎思所傳，故得以迴。」無何，慎思復卒。慎
思亦登進士第，時為小諫。[30]

　　李詹為滿足口腹之欲，以極殘忍的方式處理鼈、驢，促使地府追究
責任，要傳授烹調祕方的狄慎思及食用的李詹以命相抵。其他若殺
害懷孕母獸，或是漁獵無節，皆會受報。這樣看來，若殺生時欲念
愈重，方式愈殘忍，必然受到相同恐怖的報應。除了對考量殺生者
的心態外，尚得融入了社會價值判斷者。在《三水小牘》裏王公直
為求己利而殺鼈，死鼈卻化為屍首引發官府以凶殺查辦此事，後來
公直因此獲判死罪，受杖而卒。殺鼈雖然不道德，不過罪不致死，
但府尹指出：「王公直雖無殺之辜，且有坑鼈之咎。法或可恕，情
在難容。鼈者，天地靈蟲，綿帛之本。故加剿絕，與殺人不殊。且
置嚴刑，以絕凶醜。」[31]字裏行間無不散發著強烈的道德傳統與社
會意識。由上述的改變可以看出，唐五代是將殺生時的心理狀態定
義成殘忍貪婪，讓茹葷的百姓亦能認同戒殺的主張，博得社會群體
更廣泛的肯定；此外，尚可解釋在報應具備必然性的循環下，判定
並非以不人道方式取得肉食的殺生者，無庸受報，作為世上多有殺

---

[30]　見《太平廣記》卷一百三十三引《玉泉子》，頁945。
[31]　見皇甫枚《三水小牘》卷上〈埋鼈受禍〉，據上海古籍出版社影印繆荃孫
　　校補雲自在龕刻本。

生者，卻並非皆受惡報的自解之詞，讓報應的發生，更加合乎社會
的規範及情理，亦更體貼群眾的想法。

　　檢視惡報的故事模式，或為人事的復仇，或是動物的回擊，皆
是依循加害和報復情節交替的模式進行，並且多置入天帝審判的情
節，使報應的發生具有正當性，並且合乎當時社會所認可的報復範
圍。而由情節單元的組合來看，是以報復模式作為主體，適度地加
入其他敘述甚至情節單元，以利突顯故事的報應意識，亦反映出人
們對惡行得報的關切及期望。

二、就思想特徵而言

　　勸善故事不同於佛教報應擁有完整的哲學理論支持，僅能倚賴
簡易的復仇模式來操演，不免依存在其他宗教思想之中。見六朝時
佛教尚倚重傳統報應思想，作為輪迴果報的腳力，卻在入唐後佛學
於中土已然茁壯的事實下，讓佛教的應驗故事更具宗教色彩，傳揚
著具有排他性格的佛教聞錄，自與勸善懲惡為主要訴求的報應作
品，由冤魂（包括人及動物）直接的敘事模式、略去輪迴的報應方
式不同。但在佛教對報應思想的推展及影響下，勸善故事已雜染佛
教思維，讓佛教的部分觀念融入於勸善故事之中。即便如此，作為
儆誡眾人行善的惡報故事，除了具有特定的情節模式外，亦可在命
題裏看出對勸善訴求的堅持與維護，進而與佛教報應有所分別：即
便在思想採用了佛教教義，卻又維持著勸善命題的完整，表現出對
宗教的疏離。

（一）疏離佛道教義，突顯報應運作的獨立性

　　由於欲彰顯報應的獨立超然，來證明行惡便足以引發上天的懲罰，故事裏多根據「以牙還牙，以眼還眼」的復仇原理，使得在中國文化裏所容忍甚至正面肯定的復仇行為，在冥冥中繼續執行，延展現實社會所當依循的道德規範至幽冥裏。若以下故事不僅是唐五代報應的習例，亦表明報應的發生，乃現實規範向幽冥的繼續延伸。《博異志》即載：

> 唐元和四年，憲宗伐王承宗，中尉吐突承璀獲恒陽生口馬奉忠等三十人，馳詣闕，憲宗令斬之於東市西坡資聖寺側。斬畢，勝業坊王忠憲者，屬羽林軍，弟忠弁，行營為恒陽所殺。忠憲含弟之讎，聞恒陽生口至，乃佩刀往視之。敕斬畢，忠憲乃剖其心，兼兩腔肉，歸而食之。至夜，有紫衣人扣門，忠憲出見，自云馬奉忠。忠憲與坐，問所須，答「何以苦剖我心，割我肉？」忠憲曰：「汝非鬼耶？」對曰：「是。」忠憲云：「我弟為汝逆賊所殺，我乃不反兵之仇。以直報怨，汝何怪也？」奉忠曰：「我恒陽寇是國賊，我以死謝國矣。汝弟為恒陽所殺，則罪在恒陽帥，我不殺汝弟，汝何妄報吾？子不聞父子之罪，尚不相及，而汝妄報眾讎，則汝讎極多矣！須還吾心，還吾腔，則怨可釋矣。」忠憲如失理云：「與汝萬錢可乎？」答曰：「還我無冤，然亦貰公歲月可矣。」言畢遂滅。忠憲乃設酒饌紙錢萬貫於資聖寺前送之。經年，忠憲兩腔漸瘦，又言語倒錯惑亂，如失心人，更三歲而卒。則知志於報仇者，亦須詳而後報之。[32]

---

[32] 見《太平廣記》卷一百二十二引《博異志》，頁 861-862。今傳顧氏文房

王忠憲弟忠弁被恒陽賊眾所殺,卻因著黨羽皆已伏法使忠憲無法為弟報仇,採取割下且食用其中一人即馬奉忠的心及兩脛肉的方法,宣洩其恨。但此舉因報復的對象有誤,不符合報應原則,引發奉忠魂夜來責問忠憲,指出奉忠等自知據地作亂,必須以死謝國,然而忠弁被殺,罪責應計算在賊首恒陽身上,實與他無關,因此割下奉忠部分屍體食用的仇恨,便必須報復。果然其後便在忠憲處作祟,讓他三年身亡。故事裏報復的進行雖已涉足冥界,其實仍是現實社會觀念的反映,與佛、道思想無關,而作者道出的「志於報仇者,亦須詳而後報之」申誡,更讓復仇的本質更加突顯。復仇為故事的中心思想,在敘事時更欲使報復不受外來干預而超然獨立,而這企圖可由部分故事明白地否定佛道的贖罪方式得到印證,能讓冤魂報復的意志,超越在宗教的救贖之上。《玉堂閒話》曾載:

> 魏帥侍中馬全節嘗有侍婢,偶不愜意,自擊殺之。後累年,染重病。忽見其婢立於前,家人但訝全節之獨語,如相問答。初云:「爾來有何意?」又云:「與爾錢財!」復曰:「為爾造像書經!」哀祈移時,其亡婢不受,但索命而已。不旬日而卒。[33]

馬全節僅因侍婢不愜意而殺害她,侍婢果來索命,報復意志堅定,許諾錢財、作佛教功德,皆斷然不受,無得變通,至終取得全節性命。另外,像《通幽記》裏竇凝欲娶名望崔氏女而殺已懷有二女身孕的舊妾,竇凝妾經天帝允諾來取竇凝,崔氏便祈求竇凝妾以功德贖罪,而化為厲鬼的竇凝妾便回答「凝以命還命足矣,何功德而當

　　小說之一卷本為殘本,未收此則,今仍據《廣記》。
[33]　見《太平廣記》卷一百三十引《玉堂閒話》,頁923。

命也。譬殺娘子，豈以功德可計乎？」除堅定地回絕崔氏的請求，並認為以命抵命，才能讓復仇完成，致使竇凝請善持咒的僧人曇亮相助解冤，亦是徒然；[34]又若《三水小牘》裴光遠殺王表而取其子，王表訴於天而來索命，光遠許以「重作功德，厚賂陰錢」也遭冤魂否決，[35]無不否定佛、道的功德力量，間接地質疑兩教的宗教價值。若與佛教應驗故事相較，不同處亦僅在於報應的可否救贖上而已。像《冥報記》裏犯有罪行，尤其殺生者，若能悔悟而向佛，便可藉由吃素、念經或作功德等具宗教意義的形式來抵銷罪過，由此肯定佛教的超越性與正當性。[36]這樣看來，雖然在佛道皆援用以及轉化報應思想來支持教義的情況下，報應的主體性仍不時被提出、強調，除了佛教報應故事亦有獨立操作的趨勢外，以勸善為目的作品亦讓報應獨立運行，甚至排擠著佛、道的教義。

（二）採取對等報復，強調惡行受罰的必然性

　　由於惡報是社會正義向幽冥世界的延伸，惡行便理所當然地皆應付諸於公平的審判與懲罰，也因著報應具備了伸張公義的性格，

---

[34] 見《太平廣記》卷一百三十引《通幽記》，頁 920。

[35] 《太平廣記》卷一百二十三引《三水小牘》。繆荃孫據盧文弨《抱經堂叢書》本《三水小牘》並據類書《廣記》、《類說》及《紺珠集》輯有逸文，附於書後。今引文即據上海古籍出版社影印繆荃孫校補雲自在龕刻本。

[36] 譬若〈隋姜略〉即載：「隋鷹揚郎將天水姜略，少好田獵，善放鷹犬。後遇病，見群鳥千數，皆無頭，圍繞為床，鳴叫曰：『急還我頭來！』略輒頭病氣絕，久之乃蘇曰：『請為諸鳥追福。』許之，皆去。既而得愈，遂終身絕酒肉，不然生命。臨在隴右夏見姜也，年六十許，自臨說云爾。」姜略殺生無數，導致無頭群鳥的冤魂至門尋仇，後以應許追福令報應得解。此類因著佛教功德可令冤仇得到轉圜，促使報應未能貫徹，僅見於佛教報應故事，由此可與勸善報應觀予以區別。引文據唐臨撰、方詩銘輯校《冥報記》卷下（北京：中華書局，1992 年 3 月），頁 53。

便必須考量報復的公平對等。故以命抵命，成為殺人者最常見的受報方式，至於為官不仁，濫罰淫刑，便需受到相對等的刑責。在《耳目記》裏便記有平盧節使因此而獲神靈降罰事云：

> 會昌中有王瑤者，自云遠祖本青州人，事平盧節使。時主公姓李，不記其名，常患背疽，眾醫莫能愈。瑤祖請以牲幣禱於岱宗，遂感現形，留連顧問。瑤祖因叩頭泣血，願垂矜憫。岳神言曰：「爾之主帥，位居方伯，職在養民，而虐害生靈，廣為不道，淫刑濫罰，致冤魂上訴。所患背瘡，蓋鞭笞之驗，必不可愈也。天法所被，無能宥之。」瑤祖因拜，乞一見主公。洎歸青丘，主公已殂歿矣。瑤祖具以泰山所睹之事，白於主公夫人，云：「何以為驗？」瑤祖曰：「某當在冥府之中，亦慮歸之不信，請謁主公，備窺縷綖。主公遂裂近身衣袂，方圓寸餘，以授某曰：『爾歸，將此示吾家。』具衣袂見在。」夫人得之，遂驗臨終服之衣，果有裁裂之處，瘡血猶在，知其言不謬矣。[37]

居官不謹，唐律多用苔杖為刑，[38]但平盧節使濫用職權的惡事卻未曾敗露，政府的制裁自然未曾加諸其身，至終冤魂上訴於天，由天庭執行苔刑，讓節使難脫懲罰。不過僅受鞭苔，實難滿足受苦百姓

---

[37] 見《太平廣記》卷一百三十引《玉堂閒話》，頁 923。

[38] 唐律居官不謹，處置不當者，多用苔杖的處罰。若〈囚應禁不禁〉：「諸囚應禁而不禁，應枷、鏁、杻而不鏁、鈕及脫去者，杖罪苔三十，徒罪以上遞加一等；迴易所著者，各減一等。即囚自脫去及迴易所著者罪亦如之。若不應禁而禁，及不應枷、鏁、杻而鏁、鈕者杖六十。」又〈斷罪不具引律令格式〉：「諸斷罪皆須具引律、令、格、式正文，違者苔三十。」文據劉文俊校釋《唐律疏議箋解》（北京市：中華書局，1996 年 6 月），頁 2013-2014、2062-2063。

的心理，因之李公更在受苦後而殂歿，付出生命為代價。人事的刑罰，追求公平，至於殘殺動物，也要求相對的報復。被殺動物除以靈魂的形式外，亦有化為其他生物向加害人甚至其子孫報復或索命，報復的方式和人類化為冤魂相同，在報復的同時，多用相似於加害行為的方式來復仇。若《廣古今五行記》所載以殺羊為業的屠人即是如此：

> 唐總章咸亨中，京師有屠人，積代相傳為業，因病遂死。乃被眾羊懸之，一如殺羊法。兩羊捉手，諸羊捉腳，一羊持刀刺頸，出血數斗乃死，少頃還蘇。此人未活之前，家人見繞頸有鮮血，驚共看之：頸有被刺處，還似刺羊，一邊刀孔小，一邊刀孔大。數年瘡始合。[39]

故事裏的屠人殺羊無數，雖僅輕判皮肉之刑，卻由眾羊來執行懲罰，亦用殺羊之道，還於屠人之身，似對屠人進行機會教育，受罰的對等及同質性，亦在其中有所著墨。另外像《報應記》所載岳州人殺眾龜獲利，忽然全身患瘡，未幾變為龜形而卒，[40]又《儆戒錄》裏韓立善以做釣鉤為業，後即因食魚而鯁喉成瘡，頷脫而死，[41]在索命之外，亦讓屠殺者經歷受害動物所受的磨難。如此一來，可經由惡行與報應的同質性，連結、說明二者間的必然關係，亦由此告示眾人天道於執行報復的同時，亦能兼顧公平對等，符合正義的原則。

　　無論是疏離佛道，求取報應在運作時能突顯獨立個性，抑或是採對等報復，促使報應於執行時能發揮公平原則，皆堅守、鞏固著

---

[39] 見《太平廣記》卷一百三十二引《廣古今五行記》，頁 941。
[40] 事見《太平廣記》卷一百三十三引《報應記》，頁 949。
[41] 事見《太平廣記》卷一百三十三引《儆戒錄》，頁 951。

報應的基本運作原則，反映出此概念已根深柢固於人心之中，以及群眾對社會正義的單純想望。

第四節　小結

正因著眾人對良善社會的殷殷期盼，本存有鼓勵行善、譴責罪行的共識，而這共識在報應原則的支持下，形成了「善惡有報」微具宗教概念的意識，在攙入神祕經驗的概念後，教育眾人樂於行善，遠離罪惡，故就本質而言仍深具社會個性，與儒家入世的精神相符。因著勸善思想無論在行善延年、為惡得報的思考模式，皆是人世規範與未竟想望的延續，對群眾有廣泛、深刻的影響，促使佛道兩教興起後無不援引，用以證說教義裏的輪迴報應與承負觀，成為宗教靈驗的一例。且在佛道兩教思想的激盪下，促使原本僅肯定社會價值的勸善思想，擴展原先善的定義，讓行善在社會價值之外，增添了宗教意涵，使宗教成為勸善助力，持續發明行善的價值基礎。惟唐五代社會盛行的定命觀否定人力對命運改變的可能，因此勸善主題在這氛圍下發展多有掣肘，僅能靜待群體意識的改變，入宋後才能獲得擴展事業的契機。在察驗唐五代勸善主題的故事後，可以瞭解唐代實為勸善故事思想的醞釀階段，傳承了勸善思想的原來精神，也啟發著後來影響中國民間信仰最著的善書體系。

第六章　記異題材的思維與意識

　　初民以恭敬且畏懼的心態面對經驗世界的現象及律動，輔以個人身處對萬物變遷僅能觀察而無法干預的地位，便認定在所有變化的背後，必然存有不可違抗的意志與規律被持續的執行，由此生成了天命、天道等概念，在思想爭競的先秦裏被諸子援引闡述。作為主流思想的儒家僅著眼於社會規律的討論，對於與現實人生並無直接關聯且無法驗證的天命及天道，多採取存而不論的疏離態度，惟陰陽家正視且歸納天地變化為論證，主張雖多荒誕不經，卻能提供一種簡易的原理來解釋天地的運行、萬物的變遷，甚至可應用在人事處理甚而國家興廢，符合人們心靈對宗教的原始需求。[1]影響所至，已令《中庸》、《易傳》開始探討天道的內容，入漢以後，儒家更借用已深入人心的陰陽學說，[2]補充自身所欠缺的宇宙論，建

---

[1]　據司馬談〈論六家要指〉撮陰陽家指要云：「嘗竊觀陰陽之術，大祥而眾忌諱，使人拘而多所畏。然其序四時之大順，不可失也。」班固亦言：「陰陽家者流，蓋出於羲和之官，敬順昊天，歷象日月星辰，敬授民時，此其所長也。及拘者為之，則牽於禁忌，泥於小數，舍人事而任鬼神。」道出陰陽家學說的源頭，除與觀察天文變化有關外，而談超自然的禁忌，自予人好說鬼神的印象，不過亦看出陰陽已微具宗教意識，方能使人敬畏，能深入民心。司馬談文見司馬遷撰、瀧川資言考證《史記會注考證‧太史公自序》（台北市：天工出版社，1989年9月），頁5585；班固語參《漢書‧藝文志》（北京市：中華書局，1983年6月），頁1734-1735。

[2]　對此陳麗桂言：「換言之，陰陽家學是漢代學術思想的底流，自戰國鄒衍以後，它便以強大的滲透力，普遍地蔓延於秦、漢的政治、社會、學術、文化各層面，形成了一種時代思潮。因為它不但詭異、神奇，而且天、人兼顧，內聖、外王皆照應，故能普遍迎合各階層的需求。就天、人兼顧而言，它不但就天言天（非若儒墨之就政治、修養、人生言天），其『氣』

立起「天人交感」的學術思維，[3]這觀念在儒家取得政治及學術優勢的助力下，在兩漢時得到完整而充分的發展，即便佛道兩教於唐後興盛且各秉持既定的宗教觀念，陰陽五行卻仍能維持自身獨立且完整的思想系統，未曾衰頹。由此看來，傳統思想實已深烙在人們潛在意識之中，用以解釋周遭所有社會活動與自然現象，建構起完整而簡易的理論體系，讓其他思想未敢拂逆其理路：就外物的變化而言，除了解釋天道運行的歸趨及事物變化的道理外，對於個人死後靈魂歸往的世界，亦有規範；此外，個人在這體系之下，所應該持有的處世態度，以及環境的限制內容，皆提供了確切的法則及解答。這些隱匿在人心深層的意識，便在怪力亂神的志怪題材裏一一浮現——解說著各樣人事與萬物易動的歸趨及理則。以下就唐五代小說裏攸關超現實的陳述，細繹出天道意志與萬物流轉的經緯，建構起唐五代時人概念中的異想世界。

的觀念更提供思想界詮釋宇宙創生的方便條件。」已簡要地將陰陽五行入儒家的背景及影響予以陳述，本文即據其說。陳氏文見〈從天道觀看董仲舒融合陰陽與儒學的天人合一思想〉，《中國學術年刊》第 18 期，（1997 年 3 月），頁 18-19。

3　儒家思想由原來注重德性修養、社會倫理，卻於漢代轉變成以陰陽五德終始扶會經文，關於此轉變，勞思光已指出其演變原因，即儒家理論裏本缺乏的「宇宙論」，他說：「由孔孟之努力，此『生活之哲學』逐漸進展而成為『德性之哲學』；其系統甚大，造境甚高，然獨缺一宇宙論。嚴格言之，『宇宙論』本為一種幼稚哲學思想；儒學最初無宇宙論，並非一缺點，實為一優點；蓋正因無此種幼稚思想，儒學始能直見自覺心之大本，德性之真源。然而，人類心靈之幼稚傾向，亦為不可免者；故在荀子之後，心性之本義不明；從事儒學者各入歧途。」至於人類心靈何以有「幼稚傾向」，當出於人心對宗教意識的需求，且在原始思想影響下開展陰陽五行的論述，讓「天人交感」之說得以成立。勞氏文見其著《新編中國哲學史》第二冊（台北市：1999 年 2 月），頁 13。

第一節　天道運行的軌則

　　唐五代小說裏對天道運作的敘述，必然含括三項情節單元：第一預示徵兆，告知天意的動向；其次執行天命，貫徹上天的意志；最後則是略予說解，證明天命的必然。就結構而言看似單純且制式，然而卻因著「徵兆」在形式與性質的不同，左右著當代對於天意的解讀與面對的態度。要之天的預示可略分「變異」與「文字」兩類：前者是指出現悖於自然、常態的物理現象，並被視為天的示警者，可謂間接地表達天命內容；後者則採謠讖、詩歌的文字形式，或用讔語、拆字、離合詩的暗示，或是直書上天的命令，態度上是趨向直接與肯定。二者所表呈的不僅是徵兆在形式與性質上的差異而已，更指示出在思想傳承與進路的懸殊分別，甚至導致天命性格的相互衝突。以下即個別論述。

一、天人交感形式的天道特徵

　　自先秦儒家將天道秩序逐漸落實到禮法制度的安排上，並由此拓展出力行道德的概念，讓富含宗教觀感的意涵，也容納了社會秩序及道德實踐的內容。[4]因著天道已與人道建立起聯繫，輔以天道

---

[4]　梅廣指出大道概念的形成與體現，實肇始於儒家《中庸》、《易傳》裏對「誠」的提出，而謂：「儒學對天之道的理解是明確的，既然誠（真實）就是（儒學概念中的）天之道，那麼誠就跟天之道一樣具有普遍意義，而不限於宗教意義。而一旦跳出了宗教的意義限定，它可以進一步發展成一個具有實踐內涵（誠之）的道德概念了。」不過也說明了即便天道具有實踐道德的概念，亦仍保有宗教的成分，讓漢儒能夠援引陰陽五行演術天道。梅氏文見〈釋修辭立其誠：原始儒家的天道觀與語言觀——兼論宋儒的章句學〉，《臺大文史哲學報》第 55 期（2001 年 11 月），頁 225。

本具備宗教的意識，促使漢儒進一步吸納陰陽五行的變化理論，作為說解宇宙運行、政治及人事運作的理據，建構起細密且完整的天人感應理論，[5]以強調道德意志會經由天道而徹底執行，就此來說，天道已不再是天地運作的原理而已，而是居於具人格特質的「天」之下，由具有個人意志的天帝發布命令，實現其意旨。那麼當天道在運作時，雖然是依照著陰陽五行的更迭來進行，仍應視為天意、天命的執行與運作，並與君主施政良窳攸關，並非僅機械式的運轉而已。故政權更迭，社會治亂皆會引發符應及災變的發生。而這影響兩漢的思潮，雖經歷六朝的動亂卻仍維持它的影響力，讓唐五代時上至史書的五行志，下迄民間的志怪書，皆反映著此思想對人心的浸霪與作用。就天道運行的模式觀察，實未脫漢儒學說而為其思想的遺緒。

基於陰陽五行運行宇宙的思維，當五行不諧，便導引自然界出現反常現象，即是天的示警。其原理是由個人、氣（陰陽五行）及天三種因素所構成，並非僅是天人的直接關係。今以簡圖示之如下：

5　漢儒雖然是以宇宙論來解釋萬物甚至於人事的變化，不過究其思路，仍用陰陽五行作為思考底蘊，並藉由「天」的超越性作為其價值基礎。盧央便說：「其（漢代）一切論均導致一種對自然和社會的，一種對災異的解釋，即天人相應學說。」即指出漢儒是以陰陽五行作為思路的中心，而非明白地拈出天道來說。盧氏文見〈漢代儒學的宇宙觀念〉，收於《孔子誕辰 2540 周年紀念與學術討論會論文集》下冊（上海市：上海三聯書店，1992 年），頁 1863。

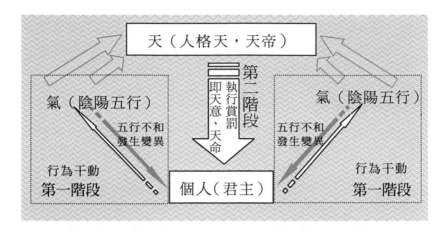

　　如上圖的程序顯示，個人（君主）行為違抗當時氣（陰陽五行）的運作時，會將氣導向或是帶離正道，進而得到符瑞或是災變的不同回應，此乃第一階段；若個人的行為持續進行讓氣繼以變化時，此時人格天便下達旨意，導向正道則賜下獎賞，悖離正道便下達懲戒，此為第二階段。因此氣的變化近似於物理的作用，而非由天帝可任性地下達災異或祥瑞的命令，或可視為天帝設下的善惡機制（以回歸天道為善，離開天道為惡），當君主偏離正道時，便會先得到氣的回應，當下必須體察變化，審思問題，以明瞭上天的意旨，以免招致天帝的進一步處罰。若未解天意，天則進而執行其意志，完成賞罰的天命內容。在明瞭其運作的程序後，繼以觀察所謂的五行變異，方能瞭解其思考的因果關係。若《廣古今五行記》所標舉的五行變化，其中便多載地方發生異於平常的怪事，卻表徵著天下將有變革，若犬、鹿口吐人語，魚變馬頭等皆是，甚至人亦會受到干擾，而成人妖，皆顯示五行不和，產生異變。若云：

> 宋文帝元嘉末，長廣人病瘲，便能食而不得臥。一飯輒覺身
> 長，如此數日，頭遂出屋。段究為刺史，度之為三丈，復還
> 漸縮如舊，經日而亡。俄而文帝為元凶所害。[6]

長廣人在病瘲後竟不斷成長，身長三丈後又漸縮回原來身高，幾日
後便卒，本是一件頗為怪異的社會新聞，然而後綴以宋文帝被弒
事，將全無因果關係的地方異聞與政治謀殺相予連結。它所反映的
是作者認定長廣人的變化是導因自五行受政治干動而成為人妖，因
此為政者當引以為鑒，惟文帝未覺，方才被殺。這種解讀的方式，
本合於漢儒所主張的五行陰陽的天人交感說，驗諸唐初魏徵等撰
《隋書》，其〈五行志〉便言：「易以八卦定吉凶，則庖犧所以稱
聖也。《書》以九疇論休咎，則大禹所以為明也。《春秋》以災祥
驗行事，則仲尼所以垂法也。天道以星象示廢興，則甘、石所以先
知也。是以祥符之兆可得而言，妖訛之占所以徵驗。夫神則陰陽不
測，天則欲人遷善。均乎影響，殊致同歸。」[7]語氣實與漢班固所

6　見《太平廣記》卷一百三十九引《廣古今五行記》（北京市：中華書局，
　　2003 年 6 月），頁 1000。按今本《異苑》卷四亦收此事，實維鈞似據《異
　　苑》摘錄。然《異苑》一書為明末好事者即胡震亨等據類書輯錄，王國良
　　謂：「今本乃明末好事者，自古注、類書中輯錄出遺文，重加編排刊刻而
　　成，既非相傳舊本，內容則係真者十之七八，贗者十之二三也。」（見氏
　　著《魏晉南北朝志怪小說研究》（台北市：文史哲出版社，1984 年 7 月），
　　頁 322。）並列十八例證明今本多摻入他書內容，李劍國補充至六十餘則
　　濫取他書的文字，其中便得「『長廣人』條，《廣記》卷一三九引作《廣
　　古今五行記》。」（見李氏《唐前志怪小說史》（天津市：天津教育出版
　　社，2005 年 1 月），頁 406。）判定此事乃載見於實氏書，本文亦依之。
　　此類將異變與朝代更替聯繫的記載，六朝已盛，實氏錄有相近文字，可見
　　入唐後此說仍頗流行。又《廣五行記》為唐時書，雖多載唐代五行異變事，
　　在朝代更替的異變上自然僅能載記唐前，故今舉此所錄為例。
7　見唐魏徵等撰《隋書‧五行志上》（台北市：鼎文書局，1997 年 10 月），
　　頁 617。

撰《漢書·五行志》同出一轍，說明此觀念乃出於史家解讀政治得失的傳統。然而一般人對單一變異事件的反映，多半效法上引故事裏的刺史段究，興味地丈量人妖身高，全然未察此乃上天示警，畢竟能體悟天道運行微妙者屬於少數，那麼既為儆示眾人，故使五行變化擁有更具體的形象，讓人更易於觀察便成為必要。驗諸《廣古今五行記》即有：

> 周靖帝大象元年夏，滎（按應作熒）陽汴水北有龍鬥。初見白光直屬天，自東方而來，有白龍長十許丈，西北向，舐掌而鳴；西北有黑龍，亦乘雲而至，風雷相擊，乍合乍離，暴雨大注。自午至申，白龍昇天，黑龍墜地。復有大鯉魚三，從小魚無數，乘空而鬥，雷雨又甚。大風發屋，至暝乃止，魚不復見。明日，有兩黑虵，大者長丈五，小者半之，並傷腰頸，死於竇前。黑虵者，周天元帝及靖帝之象，大魚三而鬥者，尉遲迥、王謙、司馬消難，三方起兵亂之異。[8]

《隋書·五行志下》釋「龍蛇之孽」引《洪範五行傳》曰：「龍，獸之難害者也。天之類，君之象。天氣害，君道傷，則龍亦害。鬥者兵革之象也。」[9]龍本表徵君主，兩龍相爭，預示政權即將更迭。就文中所示，黑龍代表後周，白龍代表隋朝，告知後周國運已衰，便發生龍蛇之孽的異象。然隋代乃火德之興，色尚赤，主南位，而非故事裏的尚白，處東方，看似無甚緊要的齟齬卻干預了五德、五帝的輪替理論，無法讓大位的移轉合乎天命，故隋王劭敘及隋代承後周的正統性時，先謂：「『熒』字三火，明火德之盛也」，即用

8　見《太平廣記》卷一百三十九引《廣古今五行記》，頁 1003。
9　見唐魏徵等撰《隋書·五行志下》，頁 666。

離合文字的方式訓解「熒陽」火盛，代表火德，故能銜接後周居木
德的地位，繼以又詮解流傳於外「白」龍勝「黑」龍的傳說，採納
了「三統說」的看法，而說：「勝龍所以白者，楊姓納音為商，至
尊又辛酉歲生，位皆在西方，西方色白也。死龍所以黑者，周色
黑。」[10]楊為上聲，配以五音，則是商音，為西方；又隋文帝生於
辛酉年，辛、酉皆屬五行中的金行，為西位，西方尚白，故是白龍，
而後周本尚黑色，為黑統，黑統後則是白統，因此白龍勝黑龍。說
解雖然極盡扶會之能事，不過亦務必交代此徵兆皆符合五行的運作
道理。[11]但小說家言的《廣古今五行記》不需要亦未用隻字加解釋，

10　王劭於上書隋文帝時提及：「『赤應隨』者，言赤帝降精，感應而生隋也。
故隋以火德為赤帝天子。」隋之興起亦附於五行相勝，因是火德興，故色
尚赤，其立論是依循著當時普遍性的觀點。崔仲方論服色曾提及：「晉
為金行，後魏為水，周為木，皇家以火承木德之統；又聖躬載誕之初，有
赤光之瑞。車服旗牲，並宜用赤。」已交代了各朝所代表的德統，王劭所
說與崔氏相符。上引文分見《隋書·王劭傳》，頁1603、《北史·崔挺傳》，
頁1176。

11　採五德及赤黑白三統解釋政權的更迭，皆始於漢代，故錢賓四謂：「其實
五行相生，是上舉『五行相次轉用事』的說法，他們本只說時月政令，並
不是說五德遞王；用五行相生來配搭上五德遞王的，在董仲舒的《春秋繁
露》裏有過，以前有否不可考。」又「〈三代改制質文篇〉裏則將相生相
勝兩說一并採用。」（文收於《古史辨》第五冊（台北市：藍燈出版社，
1993年8月），頁624。）二說雖發生頗晚，且在漢時為各朝代表何德仍
爭論不止，但以五德論政權的正統性，影響後來甚遠，廣為應用。其理論
可據《淮南子·天文訓》見其端倪：「何謂五星？東方木也，其帝太皞，
其佐句芒，執規而治春，其神為歲星，其獸蒼龍，其音角，其日甲乙。南
方火也，其帝炎帝，其佐朱明，執衡而治夏，其神為熒惑，其獸朱鳥，其
音徵，其日丙丁。中央土也，其帝黃帝，其佐后土，執繩而制四方，其神
為鎮星，其獸黃龍，其音宮，其日戊己。西方金也，其帝少昊，其佐蓐收，
執矩而治秋，其神為太白，其獸白虎，其音商，其日庚辛。北方水也，其
帝顓頊，其佐玄冥，執權而治冬，其神為辰星，其獸玄武，其音羽，其日
壬癸。」已將五星、五位、五帝、五臣、五音、季節、五色的詳細規定予
以托出。故就王劭的敘述而言，其理據亦出於此，復兼容三統說，目的在

畢竟神祕莫測的五行、陰陽變化並非民眾所能瞭解甚至關心的議題，僅需交代在改朝易代之先有符應發生，來強調天命的確實存在，並且認定各代的君主皆因循天命而能興起，有相當的正統及正當性，至於運作時能否全然符合五行之理，便成為無關緊要的題目了。

　　這樣看來，用萬物的異變作為天道執行前的徵兆，是藉由媒介即氣（陰陽五行）的運行而生成，對天命的執行而言，屬於第一階段機制的預警（參簡圖），間接地暗示即將可能觸動天意的形成與執行，若之後持續發生異變，才預表上天的意志即將付諸行動，屬乎天帝第二階段意志的貫徹。換言之，當徵兆發生在上天做出最後定奪之前，亦即尚未形成天的意志時，是已留下轉寰的餘地：當上位者改易施政，讓氣的運行能夠調和，甚至停止災異，由於尚未形成的天意，自然可以得到抑制。因此若能見微知幾，自我警惕，便能使五行和諧，停止異變：

　　　唐大中初，京師嘗淫雨涉月，將害稼穡，分命禱告，百無一
　　　應。宣宗一日在內殿，顧左右曰：「昔湯以六事自責，以身
　　　代犧牲，雖甚旱，卒不為災。我今萬姓主，遠慚湯德，而災
　　　若是，兆人謂我何？」乃執鑪，降階踐泥，焚香仰視，若自

使黑、白二龍的敘述，可被五德五帝輪替的理論體系融攝。不過無論用三統抑或五德解釋的朝代更迭，都是屬於天道輪替的機制，而非天命的施行，即在新統或新德繼起前，君主仍可脩身正德，讓國祚綿長。復按漢代建立的理論，本在解釋朝代更換的合理與正統性，於是當南北朝分立時，北方政權便用此說而自重，隋統一天下後，理所當然地支持天命的正統存乎北方，復可證明自己政權為天命的所在。上引文據張雙棣點校《淮南子校釋》（北京市：北京大學出版社，1997 年 8 月），頁 263。

責者。久之，御服沾濕，感動左右，旋踵而急雨止，翌日而
凝陰開，比秋而大有年。[12]

大中初的淫雨不止，在使用宗教的祈禱止雨不效後，宣宗便深悟因
罪責在己，致使五行不和，立於雨中焚香自責，之後果然大雨立止，
隔天雲散，當年秋收豐盛，轉禍為福，藉之印證了上天警示的預設
想法。然而畢竟徵而有驗的結構方能被重視進而流傳，尤其是記錄
陰陽不協已影響國祚的徵兆，惟有確實發生政權轉移後方能證明變
異之不虛，因此即便是國君能夠藉由己力平息變異，暫時讓權位不
致於被他人所奪取，但是仍不免趨向敗亡，讓上天執行更換朝代的
決定。

　　既然異變是上天作出決定前的警告，至於以文字形式作為徵兆
者，則是代表上天已決定的意向，亦即啟示是直接出於天者，必然
是上天將執行的任務，不僅在表現的形式上有所差異，在性質上亦
迥異。就其根源來說，亦有不同。

二、文字傳達徵應的天命性格

　　以謠讖、或各種非由人力所成就的文字來預言未來、表陳天意
者，於漢前天人感應說流行前已可得見，顯然與五行陰陽、天人交
感之說來源不同。《左傳·僖公五年》所記的預言即是如此：

八月甲午，晉侯圍上陽，問於卜偃曰：「吾其濟乎？」對曰：
「克之。」公曰：「何時？」對曰：「童謠云：丙之晨，龍
尾伏辰，均服振振，取虢之旂。鶉之賁賁，天策焞焞，火中

---

[12]　見《太平廣記》卷一百六十二引《真陵十七史》，頁1170。

成軍，虢公其奔。其九月十月之交乎？丙子旦，日在尾，月
在策，鶉火中，必是時也。」冬十二月丙子朔，晉滅虢。[13]

晉獻公在攻伐虢國前問戰爭吉凶，卜偃引童謠歌詞精準地說明此戰
必克及獲勝的時間，解釋著晉勝虢滅的命定觀，至於童謠式精準預
言的來源，可從當時瀰漫天帝神鬼的信仰、且藉由巫覡來解說的情
形判斷，當來自上天的暗示，以謠讖等文字方式表陳上帝意旨者，
於先秦已見。由於以文字揭示天意過於明確，因此欲興兵自立者多
需憑藉符瑞、謠讖來直接說明自身政權來自上天的賜與、命定，讓
採用這樣的方式告示朝代將要改變，成為後來爭奪大位者不可或缺
的口實。不過漢時因五行之說盛行，方士更援引鄒衍五德終始而造
作讖緯。陳槃指出：「今須進一步檢討者，即讖緯者，所謂『祕書
微文』具充分之神性，故復有『天書』之目。」又言：「則知鄒衍
著論，勢必其中多有幽贊神明，與夫興亡禍福，推往知來之說。唯
其如此，故爾『王公大人初見其術，懼然顧化』。即此一端，已有
其濃厚之讖緯意味矣。」[14]足見方士借用鄒衍學說造作託言來自上
天的讖緯，輔證國家興亡的必然循環，藉由文字讓難以揣測的天命
具體呈現。此類文字性質的讖應，是必定發生事件的預示，不可改
變，亦不能干預。入唐後仍維持其特性，未有更易。

　　故欲得大位甚至已建立江山者，無不借用符讖以說明自己政權
是經由上天所安排，方能成就。若《廣德神異錄》即載：

---

[13]　文據台北藝文印書館影印嘉慶二十年阮元校刊江西南昌府學開雕《春秋左
　　傳正義》本。
[14]　見氏著〈論早期讖緯及其與鄒衍書說之關係〉，收於其著《古讖緯研討及
　　其書錄解題》（台北市：國立編譯館，1991 年 2 月），頁 133。

> 唐齊王元吉于晉陽宮獲青石，若龜形，文有丹書四字。曰：
> 「李淵萬吉」，元吉遣使獻之。文字暎澈，宛若龜形，見
> 者咸異焉，高祖曰：「不足信也。」乃令水漬磨以驗之。數
> 日浸而經宿磨之，其字愈明，於是內外畢賀。高祖曰：「上
> 天明命，貺以萬吉，孤陋寡薄，寧堪預此？宜以少牢祀石龜
> 而酹送之。」[15]

李淵建國後，子元吉獲得瑞石，刻載「李淵萬吉」四字，在經由磨石的動作證明此祥瑞確實出於天上後，證明李氏王朝是獲得上天的認可。因此「獲龜形丹書」的記載若非杜撰，當是李淵和元吉的陰謀，用以昭示天下符瑞既出，其政權自是應天道而興起的事業。隨著此觀念的普及人心，成為一種根深蒂固的意識後，[16]舉凡攸關國家興亡的事件發生前，必然有直接且準確地的文字，預示著將發生的政治事件：

---

[15] 見《太平廣記》卷一百三十五引《廣德神異錄》，頁 970-971。

[16] 帝王創業便有上天降下符讖的觀念，於唐時已形成一種單純的意識形態，即帝王能得大位，必根源於天命。其歷史演進，誠如李豐楙所陳述的：「兩漢時期讖緯之學與瀰漫兩漢社會的徵應之說，促使天命思想成為中國人普遍存在的一種意識型態。雖有王充等的反論，亦不能稍加阻遏；而道教的興起更使言一有神論加深、普及。王命原本就是一些具有思考能力的上層人士創造出來，放哲學、宗教等體系中，借以思索宇宙、人生問題。……這些上層文化滲透下來，經通俗化，就成為根深蒂固的一種意識型態。其說固可為帝王得位的理論依據；但也可作為民間反抗專制統治的思想依據，它被簡單化為一句口號，被通俗化為一種信仰。」已將民間深信帝天即位必源自天命的觀念發展，以簡要文字予以陳述。文見氏著〈唐人創業小說與道教圖讖傳說〉，收於其書《六朝隋唐仙道類小說研究》（台北市：學生書局，1997 年 2 月），頁 347-348。

上（睿宗）為冀王時，寢齋壁上，蝸跡成天字，上懼，遽掃之，
經數日如初。及即位，雕玉鑄黃金為蝸形，分置於釋道像前。[17]
唐高宗嘗患頭風，召名醫於四方，終不能療。宮人有自陳世
業醫術，請修藥餌者，帝許之。初穿地置藥爐，忽有一蝦蟆
躍出，色如黃金，背有朱書「武」字，宮人不敢匿，奏之。
帝頗驚異，遽命放於苑池。宮人別穿地，得蝦蟆如初。帝深
以為不祥，命殺之。其夕，宮人暴卒，後武后竟革命。[18]

首則記錄睿宗尚未登基前，有蝸牛以行跡寫成「天」字之讖應，後
則是高宗時得背寫朱書「武」字的金蝦蟆，預言武則天的革命，可
以更確切地指出當時普遍為「國有大事，必有徵兆」的觀念。因此
就此類以文字作為天意表達形式的思考模式來看，無論先秦抑或唐
時，皆未連結起君主行為與國運興替的關聯，以致缺少了五行變化
可產生示警的機制，其決定全然訴諸於上天的命定，天與人之間無
所謂的交互感通，而是由上天單方向的傳達命令而已，至於個人僅
能以上天所賜下的提示文字來揣測，無從干預或影響天意。以文字
形式顯示上天旨意者，便集中在天命的應驗上，即便是因殘暴以致
亡國者的君主亦如此。若《迷樓記》即載：

大業九年，帝將再幸江都。有迷樓宮人靜夜抗歌云：「河南
楊柳謝，河北李花榮。楊花飛去去何處？李花結果自然成。」
帝聞其歌，披衣起聽，召宮女問之云：「孰使汝歌也？汝自
歌之耶？」宮女曰：「臣有弟，民間得此歌，曰：『道途兒

---

[17] 見段成式《酉陽雜俎》前集卷之一（台北市：漢京文化事業有限公司，1983
年 10 月），頁 2。按杜光庭《錄異記》亦載蝸牛以跡寫字，作為即帝王大
位的讖應者，惟作玄宗，而非睿宗。
[18] 見《太平廣記》卷一百三十九引《瀟湘錄》，頁 1005。

童多唱此歌。』」帝默然久之，曰：「天啟之也，人啟之也！」
帝因索酒，自歌云：「宮木陰濃燕子飛，興衰自古漫成悲，
它日迷樓更好景，宮中吐豔變紅輝。」歌竟，不勝悲。近侍
奏：「無故而悲，又歌，臣皆不曉。」帝曰：「休問，它日
自知也。」後帝幸江都。唐帝提兵號令入京，見迷樓，大驚
曰：「此皆民膏血所為也！」乃命焚之，經月火不滅，前謠
前詩皆見矣。方知世代興亡，非偶然也。[19]

煬帝在聽聞童謠並與宮女談論後，是已採信歌詞中河北李氏將起兵
造反的訊息，雖然歎語裏游疑著是上天命意還是民心思變，不過從
煬帝並無任何遣軍鎮壓的行動並且獨自傷感國祚不久的反應看
來，是已認定煬帝相信天命如此，進而向近侍透露亡國將在日後實
現。那麼作者在文末由歌謠的預示，進而得到世代交替並非偶然的
結論，是更傾向於命定觀，而疏忽了煬帝勞民傷財的惡行。然而上
天以文字預示天命，亦不能排除是上天意志決定後才啟示世人的可
能，換言之，煬帝過於殘暴或許已導致五行的變異，惟煬帝仍執迷
不悟，讓上天決定更改朝代而興起李氏，方才啟示謠讖開始流行。
這樣的設論，雖然在五行變異的機制裏有存在可能性，亦即將「文
字類型」的天意表達，視作上天在人君至終不悔後作出的決定，容
攝在上天所設下的機制內，但從唐代筆記裏所記錄諸多單純的謠讖
應驗，可以說明時人所注目者，仍僅是上天意志的必然實現上，即
天命的必然性，故即疏略了個人（君主）所能感通上天的地位，而

---

[19] 據魯迅輯《唐宋傳奇集‧迷樓記》（北京市：人民文學出版社，1999 年 7
月），頁 214-215。

與先秦時期流行謠讖的應驗模式相近。今引《朝野僉載》卷一兩則
以觀：

> 神龍以後謠曰：「山南烏鵲窠，山北金駱馳。鐮柯不鑿孔，
> 斧子不施柯。」此突厥彊盛，百姓不得研桑養蠶、種禾刈穀
> 之應也。
> 景雲中謠曰：「一條麻線挽天樞，絕去也。」神武即位，敕
> 令推倒天樞，收銅並入尚方，此其應兆。[20]

當出處神祕、不知何來的謠讖流行後，其後必然有驗，說明了天命
既出，則會實現，又與前引《左傳‧僖公五年》事的結構相同。或
可說此類應驗記錄的思想淵源於先秦所形成的天命應驗模式，不過
再就文字類型的徵兆特性觀察，實已將天意內容以昭示天下的口氣
完整而確定地說明，自然是具備必然與絕對的性質。

　　是知唐時的天命觀一方面認為個人可以藉由修德自勵、勤勉政
治的方式平息災異，延續國祚，另一方面又認定朝代更易，國運興
衰早已命定，不可更易。雖然思想有所扞格，不過因著唐人簡化了
天道運行的原理，又信守天命不可違的原則，讓人與天賴以交感的
陰陽五行之「氣」，乃作為萬物變化的原理，建構起形而上的觀點，
至於天命的絕對及不可違抗性，便導引至人生裏而有定命觀，使兩
種觀念分別顯示在不同的思想場域裏，成為唐人小說裏習見的思考
方式與原理。

---

[20] 據張鷟撰、趙守儼點校《朝野僉載》（北京市：中華書局，1997 年 12 月），
頁 10。

第二節　萬物流轉的原理

　　唐代延續漢代氣化宇宙論的觀點，視萬物的消長乃陰陽五行氣的聚散，即便佛道信仰興起後影響了民眾對天理運行、人生價值的看法與理解，卻仍無法變更沈潛在個人意識裏的氣論觀念，讓釋、道兩教經文裏本質迥異的仙佛妖魔，無妨成為小說裏的養料，豐富了鄉里野譚的情節與人物。而這能兼容眾說的集體意識，乃是倚賴共通的物理定律所維持──能解釋萬物變化為精魅的原理、鑒別人類萬物間形質的區分，進而合理地將眾神靈及人們置於相同的時空下。而就當時已建構的物理軌則來看，不僅以五行陰陽的氣化觀作為變化原理，且保有原始信仰裏的萬物崇拜，務求精怪、神靈、人類的形質變化能被群體所認可。雖然思想的來源稍有分歧，惟細繹後，仍呈現著清晰的脈絡，且各自具備論述的要點，以下即予以分說：

一、氣因陰陽變異，生成妖物

　　「氣」不僅為萬物生成的根源，即便在形成實體之後，仍依存於其中，發揮其影響。且就生物而言，視氣為生命依存的關鍵，不可須與疏離，否則當氣消散殆盡，生命亦隨之停止。惟精怪本身屬於異變之「氣」所集聚而成具有人格特質的新生命體，是與常理下所形成的生命不同，使屬性有所分別。故在〈孫恪〉故事裏，便借處士張閒雲之口，解釋其中不同，指出「夫人稟陽精，妖受陰氣，魂掩魄盡，人則長生；魄掩魂消，人則立死。故鬼怪無形而全陰也；

仙人無影而全陽也。陰陽之盛衰，靈魂之交戰，在體而微有失位，不表白于氣色。」[21]人屬陽氣，因之體內若陰勝陽敗，便近死亡，相反地若讓陽氣充滿體內，則能昇仙；至於妖魅屬於陰氣，陽勝陰衰，妖邪則滅。文中除了點出氣對生命體有絕對的影響外，亦托出人、妖之間有著氣質屬性的區隔與對立。當不尋的氣（即與陽氣相悖的陰氣）形成後且聚積不散，自然形成精怪。《宣室志》即記有由煞氣而化為妖物的異事：

> 俗傳人之死，凡數日，當有禽自柩中而出者，曰「煞」。大和中，有鄭生者，常客於隰州，與郡官畋於野，有鷹逐得一巨鳥，色蒼，高五尺餘。生將命解而視之，忽無所見。生驚，即訪里中民，有對者曰：「里中有人死且數日，卜人言，今日『煞』當去，其家伺而視之，有巨鳥，色蒼，自柩中出。君之所獲，果是乎？」天寶中，京兆尹崔光遠因遊畋嘗遇一妖鳥，事與此同。[22]

人死乃陽氣的消滅，陰氣的開始，令惡氣漸生，即文中所記述的「煞」，煞氣對人有害，因此鄰人有喪，應舉家避鬼氣，[23]故事中因煞氣在棺木中無法離散，而凝聚成妖鳥。文中串連起煞氣與妖物

---

[21] 據王夢鷗輯校《唐人小說研究——纂異記與傳奇校釋》（台北市：藝文印書館，1997年6月），頁117。
[22] 見張讀《宣室志·遺補》，文據藝文印書館於1965年影印明萬曆中會稽半埜堂商濬校刊《稗海》本。
[23] 人死多生煞氣，應當走避。若《原化記》即載京師有人因鄰家有喪，即移家出宅，引俗諺「妨殺（煞）入宅，當損人物」來說解，勸旅人韋滂勿夜宿喪家鄰宅，韋滂不聽，夜晚果有鬼物來害；牛肅《紀聞》亦記：「俗每人死謁巫，即言其殺（煞）出日，必有妨害，死家多出避之。」此說已成俗諺，得見此思想的流行。文據《太平廣記》卷三百六十三、三百三十分引二書，頁2882-2883、2624。

的因果關係，相信當異於平常的氣出現而無法消散時，便理所當然地形成妖物。此類異變之氣除了直接變化成怪物外，亦可使器物、生物產生變化，至於人類，亦會因陰陽失和而改變形態，成為人妖。[24]因此異氣雖然能變化成形質的生命體，不過仍屬氣的集結，此外，亦能促使已有形體者變化為妖物。而這氣對人而言，必為惡物，若與之酖習日久，陽氣漸受陰物侵擾，便會神氣耗弱，甚至於死亡，[25]皆顯示精魅乃是邪氣的集合，且與人所秉持的氣息全然相反。

雖然氣有陰、陽之分殊，以致人與精魅必然處於對立關係，讓魅怪出現後，理應予以除滅，不過在舊有泛靈信仰的影響下，不少精怪的存在是承受天命，代為管理地上事物，譬若河川山林皆有精靈駐守，理應尊重，否則有違天之虞。譬若「太歲」者本是天文學所設星名，與歲星運行相反，《周禮·保章氏》鄭玄注即云：「歲星為陽，右行於天，太歲為陰，左行於地。」又〈馮相氏〉賈公彥疏云：「此太歲在地，與天上歲星相應而行；歲星為陽，右行於天，一歲移一辰。」又謂：「以歲星為陽，人之所見，大（太）歲為陰，人所不覩。既歲星與大歲雖右行、左行不同，要行度不異。」[26]足見歲星、太歲不僅運行軌道有天地的不同，且有陰陽的差異。唐時

---

24 陰陽失和，多導致人產生變異，即是「人妖」。王仁裕《玉堂閒話》即載契丹來犯時，一號曰白項鴉的婦人似男而善鬥，對此，作者以為「此人妖也。北戎亂中夏，婦人稱雄，皆陰盛之應」，即因天下兵革導致陰陽失和，令生人妖。文據《太平廣記》卷三百六十七引，頁2925。

25 唐人小說裏人若與妖物相處過久，本身的陽氣會受到陰氣影響，若不驅離，則會生病甚至於死亡。牛僧孺《玄怪錄·岑順》中主人翁雖得盟（明）器所化精怪的幫助，但與其相處日久，以致顏色憔悴，後來除滅後即癒；又《廣異記·蔡四》裏精怪提出向蔡四借住處的要求，蔡四即以懼怕妖氣影響家人為由加以婉拒，足見此觀念於當時的流行。

26 上引皆見《周禮·春官》，文據台北藝文印書館影印嘉慶二十年阮元校刊江西南昌府學開雕《周禮正義》本。

對太歲已有既定想法，認為太歲既然行於地下，自然可以發現。《廣異記》即載：

> 寧州有人亦掘得太歲，大如方，狀類赤菌，有數千眼。其家不識，移至大路，遍問識者，有胡僧驚曰：「此太歲也，宜速埋之。」其人遽送舊處。經一年，人死略盡。[27]

故事中寧州人因掘出外貌怪異具千眼紅色菌形的太歲，經胡僧指點應當立即加以掩埋，但一年後家中仍遭遇不幸，死亡略盡。可見唐時視太歲為作祟的妖神，「掘出太歲為不祥」的既定想法，生於太歲稟天命而於地上運行的觀念，將太歲掘離地下便是違逆天命，自然應受懲罰。不過太歲又是屬於陰氣的凶星，在其它唐小說裏太歲或以人手、肉塊的形貌示人，已是精氣形成的妖物，太歲既是屬於陰氣集結而成的妖神，因此又可依循一般除滅精怪的方式，將太歲精氣所依附的原形用鞭打、煮食的方式處理，[28]可以辟除不祥，甚至於延年益壽。就此看來，氣化理論已提供泛靈信仰的理論基礎，讓天地間精靈妖魅皆依循氣的流衍而生成，即便是載負天命的精靈，皆可依循除滅妖魅的方式予以翦除，讓陰陽五行的氣化理論，成為唐時主要的思想底蘊。

　　或因著大環境的社會紛亂、國家鼎革，或來自小範圍的個別喪亡、家族興衰，干動了氣的調和與運作，產生異變之氣，且在物由

---

[27]　據方詩銘輯校、戴孚著《廣異記》（北京：中華書局，1992 年 3 月），頁 117。

[28]　唐代小說對太歲多採敬而遠之的態度，不過即使不幸遇見，亦可採取除滅、鞭打的方式處理，以求免禍。若戴孚《廣異記・李氏》即載有：「相傳云：得太歲者，鞭之數百，當免禍害。」杜光庭《神仙感遇傳・蕭靜之》載記蕭氏掘出人手形的太歲，即以烹煮方式處理，而有延年之效者皆是。

氣所聚集、精魅來自氣的異變觀念下，自然使精魅尋常可見，其氣自然偏屬於陰氣、惡氣。而這呆板且簡易的思考公式，造就了人類對精魅存在的理據與既定的觀感。既然精魅由「氣」的「變異」而來，那麼能令氣所組成的物類產生改變者，尚有屬於外力的時間概念，成為精魅得到變化力量的另一項重要來源。

二、物受時間催化，變為精魅

除了流行的氣自身產生變異，直接促使萬物產生質變外，尚需考量「時間」影響下的物理變化。「時間」本為人類文明創造出的概念，藉以區別古今、計算生滅，任何物件毋論是否具備含識，皆因時間流逝而不斷地更易消長。初民鑒於時間促使萬物變化，在泛靈思想的催化下，發展出物老成魅的觀念。[29]此觀念在不合常理且難以理解的事件發生時，可得到驗證。漢應劭《風俗通義》即多載動、植物化為魅怪的野譚，其中「伐木血出」的故事，完整地記述此類傳說與思想成立的過程，其云：「桂陽太守江夏張遼叔高，去隮令，家居買田，田中有大樹餘圍，扶疏蓋數畝地，播不生穀，遣客伐之，六七血出，客驚怖，歸具事白叔高。叔高大怒曰：老樹汁

---

[29] 中國傳統以為「時間」具有神祕性，萬物因時間的流逝逐漸變異。在郭氏《玄中記》中多載有此類觀念，如云：「狐五十歲能變化為婦人。百歲為美女，為神巫；或為丈夫，與女人交接；能知千里外事，善蠱魅，使人迷惑失智。千歲即與天通，為天狐。」相似說法，見於同書其他各則。（文據魯迅《古小說鉤沈》（北京市：人民文學出版社，1999 年 7 月），頁458）其次，中國的民間信仰本具多神崇拜、萬靈崇拜的兩項特徵，而為一體之兩面。萬靈崇拜即指對萬物（包括有生命的動、植物及無生命的礦物、流水等）神格、人格化，既為萬靈崇拜，那麼亦是多神崇拜。烏丙安《中國民間信仰》（上海市：上海人民出版社，1996 年 1 月）有深說，可參看。

出，此何等血？因自嚴行，復斫之，血大流灑，叔高使先斫其枝，
上有一空處，白頭公可長四五尺，忽出往赴叔高，叔高及逆格之，
凡殺四頭，左右皆怖伏地，而叔高恬如也。徐熟視，非人非獸也，
遂伐其樹。」[30]當然故事的發生乃肇基於「世間多有伐木血出以為
怪者」，時人欲將此事合理化，將「物老為魅」的觀念投射事件，
證明斫木流血是因著傷及老樹精靈所致，復以白頭公的出現，來證
明此說不誣，滿足了某種思考邏輯的合理性。歷經六朝好談神怪的
氛圍後，更令「物類日久成魅，進而變化人形」[31]的觀念完整地孕
育成形。因此在物質必受時間影響而生異變的共同認識下，支持著
精怪由老舊的物品、長齡的動植物所形成，在入唐後成為普遍認同
的意識。其變化的原理尚可簡分為具血氣的動物與不具血氣的植
物、物品兩類，其中又以原不具血氣無個別意識者，最能勘察出精
魅與原形間的關係。此類已形成精魅者多未脫原來形質，令人能求
得原來變化的物件，而這原則，幾為唐五代物件變化的通例。今節
引《靈怪集》裏由鐵銚子、破笛及禿黍穰帚變化成人形，相互賦詩
的故事為例說，已可據三人的外貌及詩作揣見其原形。其云：

> 又曰：「今三人可各賦一篇，以取樂乎？」皆曰：「善。」
> 乃見一人，細長而甚黑，吟曰：「昔人炎炎徒自知，今無烽

[30] 見《風俗通義》卷九〈怪神〉（台北市：漢京文化事業有限公司，1983年
9月），頁434。又同卷尚載有來老狗化為來季德形貌，後因飲醉而露跡。
二則故事後為干寶《搜神記》所輯錄。
[31] 按此指干寶《搜神記》卷六所言：「妖怪者，蓋精氣之依物者也。氣亂於
中，物變於外，形神氣質，表裏之用也。」云云。鄭志明〈搜神記的生命
觀〉一文雖僅就《搜神記》為探論，不過頗代表六朝對超現實的觀感，可
參看。鄭氏文收錄於《魏晉南北朝文學與思想學術研討會論文集》第三輯
（台北市：文津出版社，1997年）。

竈欲何為？可憐國柄全無用，曾見人人下第時。」又見一人，亦長細而黃，面多瘡孔，而吟曰：「當時得意氣填心，一曲君前直萬金。今日不如庭下竹，風來猶得學龍吟。」又一人肥短，鬢髮垂散，而吟曰：「頭焦鬢禿但心存，力盡塵埃不復論。莫笑今來同腐草，曾經終日掃朱門。」（姚）康成不覺失聲，大贊其美，因推門求之，則皆失矣。俟曉，召舒吏詢之，曰：「近並無此色人。」康心疑其必魅精也，遂尋其處。方見有鐵銚子一柄、破笛一管、一禿黍穰帚而已。康成不欲傷之，遂各埋於他處。[32]

鐵銚色黑柄長，笛子身黃細瘦，掃帚則以黍穰綁結成形，分別作為日常煮物、吹奏、灑掃之用，三物雖然已幻化人形，仍保有原來的特徵：鐵銚子長年燒烤，人形便體黑，笛子身有孔竅，臉上就有瘡孔，掃帚日久黍穰漸脫，促使鬢髮垂散；各別所吟諸詩，皆扣住這些器具「不復使用」的主題，讓姚康成能識破其變化原形，發現其蹤跡。至於其變化的原理，故事中除了點出「舊」（即時間）的要素外，雖未明言，不過仍可從化為人形後維持原來特徵、以及原物無法移動至他處的情形判斷，即變化形貌（此處是人形）是抽離自原形裏的「氣」而形成，在原來物件氣質的影響下仍維持舊有特徵，由本體生出的氣息即意志主體，在被發現後可立即回歸於本體之內，且因著精魅所幻化的原形本無移動能力，即便已能化為有形之氣遊走，卻仍無法移動、隱匿原形，又妖魅乃是依附在原形內有人格的意識，當原形物件被銷毀後，精氣無處依託，隨之消散，至於樹木花草化成的精怪，其例亦同於由物件變化者。

---

[32]　見《太平廣記》卷三百七十一引《靈怪集》，頁 2948。

　　至於具血氣的精魅（多指脊椎動物），化為人形後則不易被人識破，變化的能力顯然較為高明。若觀察植物抑或用器在演化成妖魅過程裏，其原形亦逐漸轉化成具血肉的體質可以略窺原由，即視擁有血氣是朝向擁有人格特質（靈魂）的必然過程。要之妖魅變化後即具有個別性格，在行為裏加以表現，自然地動物原本即具有充分表現意識及好惡的能力，植物及器物則否，那麼從無意識的單純植物、器具轉化為有意識的精怪時，在形軀上亦同時朝向與動物同質化而漸具血肉，在破壞成精的器具、植物時，其原形往往已變為肉體，砍斫時便流出血液。至於由具血氣變化而成的妖怪，往往受動物本性的牽動在言談間暴露了身分。若《傳奇》所記〈甯茵〉故事，即為精怪化為人形拜訪秀才甯茵，而由談話中已可發現原形動物的本色，若記云：

> 後二班（斑特、斑寅）飲過，語紛挐。特曰：「弟倚是爪牙之士，而苦相凌，何也？」寅曰：「老兄憑有角之士而苦相抵，何也？」特曰：「弟誇猛毅之軀，若值人如卞莊子，當為粉矣。」寅曰：「兄誇壯勇之力，若值人如庖丁，當為頭皮耳。」茵前有削脯刀，長尺餘。茵怒而言曰：「甯老有尺刀，二客不得喧競，但且飲酒。」二客悚然。[33]

班特乃牛精，斑寅是虎怪，其姓名亦隱含二怪原形，至於角與爪牙皆是二物特徵，故各別稱呼為有角之士、爪牙之士，更有趣者，二怪各據對方弱處加以譏誚：卞莊子即卞嚴，因刺虎而有名於世，[34]

---

[33] 據王夢鷗輯校《唐人小說研究——纂異記與傳奇校釋》，頁104。

[34] 陳軫說秦惠王時便引有卞莊子刺虎事，其謂：「莊子欲刺虎，館豎子止之曰：『兩虎方且食牛，食甘必爭，爭則必鬥，鬥則大者傷，小者死。從傷而刺之，一舉必有雙虎之名。』卞莊子以為然，立須之。有頃，兩虎果鬥，

而莊子〈養生主〉有宋國庖丁，解牛已入於化境，皆是虎類、牛隻的宿敵，難怪二斑怫然作色，怒目相向了。寧茵在酒席間未能識破二怪，僅賴妖怪在醉後自行化作原形，方能得知，足見其變化之高明，甚者本具神化色彩的動物若狐妖，則僅有在天敵獵犬出現時，才會被強制變回原形。[35]因此可知，所謂物老成魅仍有品類的不同，約略可分為兩類：第一是較低下者為無生命及植物的變形，需要經由本體原形化為具血肉的過程，方能成為妖魅，且有變化後無法隱匿原形的特點；第二則是屬於較高等、已具血氣的生物，可因時間的直接催化而變成魅怪，擁有比無生命及植物變化成的精魅更強的變形能力，不易被人識破，不過身為物妖，仍不免被原形所牽制，或在言談間透露自己身分，或在意識不清時回復原來外貌，而無法全然隱瞞。[36]正由於精魅在變化為人後多殘存原形的部分特

大者傷，小者死。莊子從傷者而刺之，一舉果有雙虎之功。」事在《史記・陳軫列傳》。文據瀧川資言《史記會注考證》，頁 3924。

[35]　前文已引晉郭氏《玄中記》載狐千年後即成天狐，可知狐變為妖物後具有較強的變形及知天的能力，六朝志怪亦反映此思想，若千年之狐便不畏天敵獵犬。唐時狐妖若〈任氏傳〉者變化能力已使一般人無法識破，並且具有演算未來的能力，僅存懼天敵獵犬一端而已。至於狐何以據有強於其他動物魅怪的力量，李劍國指出與遠古有對狐有圖騰崇拜及符命瑞應的觀感，唐以後雖多視狐為妖精，不過在原來狐狸崇拜的影響下，成為更具有神祕能力的妖獸。其說極辨，本文即依循李說，不復贅述。詳說參其著《中國狐文化》（北京市：人民文學出版社，2002 年 6 月）。

[36]　按妖魅構成人形的「氣」，乃是由妖魅的意志所維持，屬於不固定的狀態，因此妖魅無論在活動及形貌上皆受制於原形，無法在變化成人身後得到永久變易，留下破綻。唐前已流行「照妖鏡」故事的鑑妖原理即可印證此說：基於認定了妖魅之人形由不固定的「氣」所形成，自然在鏡前無法隱身。拙文〈唐王度古鏡記之鑄鏡傳說辨析──兼論古鏡制妖的思考進路〉裏「精魅變化與古鏡鑑形對等聯想的生成」一節針對精魅的形質及戳破的方式已有詳說，可參看，今不贅引。是文發表於《中國文學研究》第十七期（2003 年 6 月），頁 125-144。

徵，或是在談吐間洩露原來身分，以致唐代文人將精魅與原形間近
似謎底和謎面的相互關係，設計出近似讔語的志怪小說，成為一種
創作的時尚，[37]正說明了「精魅變化」觀念的普及與流行。經由上
述，實可大致瞭解唐人對精魅形成的物理解釋，以及對動、植物及
無生物演化地位的大致看法。

三、人為萬物之靈，擁有靈魂

　　承前述，唐後認為萬物皆受陰陽異變及時間流逝的影響而成為
妖魅，不過身為萬物之靈的人類，是否亦依循物理變化之理，與其
他動、植物甚至無生命者等同而無區別？今就唐代志怪作品裏由人
所變化成的妖物及祟鬼觀察，或有偏重身體受物理影響而直接變為
精怪者，亦有靈魂離開身體而四處為祟者，已知唐五代時視個人為
肉體（指氣所組成的形質，簡稱「形」）及靈魂（屬乎人格的意識，
簡稱「神」）的組合，即使僅剩屬於物類的屍骨，亦能化為精怪，
至於靈魂更是具意識的精氣，自然有作祟的能力。中國本崇拜祖先
靈魂，認為祖靈有預示降災的力量，相較於萬物而言，人類靈魂自
然具有更優越的性質；不過身體代表著個人樣貌及人世身分，並且

37　將精魅變化的故事設計成讔語結構，為唐代小說裏頗為特出的族類。王夢
　　鷗〈東陽夜怪敘錄〉一文便針對此類作品予以評論，而謂：「然《太平廣
　　記》所收唐人小說，如此篇者為數頗多，甚且可以自成一系。蓋其運思之
　　要，在乎『諧辭』『隱語』之間，既無所託諷於其間，而情節又幾於千篇
　　一律，讀之無以興感，所謂『但可付之一笑』是也。惟可訝異者，其事既
　　浮淺若是，而唐人竟樂此不疲，一作再製，遞相述述，中間寧無別故乎？」
　　已指出這些為數眾多近於諧讔的精怪作品，反映著當時文人的創作時尚，
　　惟內容既無深意，情節制式，誠然只是游戲之筆。王氏文見其著《唐人小
　　說校釋上集》（台北市：正中書局，1994 年 8 月），頁 384。

靈魂須停留在身體內才能存活，即便靈魂才代表著個人的意識，身體仍具有重要意義，如何看待、解釋人類的內在靈魂與外在形質，則是唐代記異小說所當處理的命題。先就人最特出的靈魂觀察，已可瞭解其組成的本質：

（一）靈魂由氣組成，具有形質

認定人體即便在毀壞後，生命仍會採取其他的形式存續，是人們對主體意識的執著、卻又無奈地面對脩短隨化的必然下，應運而生的概念，在商代尚鬼重祠的風氣裏，記錄下中土靈魂觀肇發、興盛的年代。要之人生前具有魂魄，主宰個人肉體，死後魂魄便化作鬼神，具有賞賢罰暴的能力。[38]此質樸的概念雖其間經由子產的詮釋、儒家的解讀，將魂魄轉化成物質的消散，而非有宗教概念的靈體，[39]卻未曾動搖群眾所認定「神鬼轉化自魂魄」的思想遺傳，於世代的人心裏前後相續。

---

[38] 春秋戰國前的魂魄、神鬼觀，可以據《墨子‧明鬼下》援引傳統信仰的觀念窺見大概。據其形容，鬼神概可區分為「有天鬼，亦有山水鬼神，亦有人死而為鬼者」三種，具有懲惡賞善的絕對能力。其陳述除了兼容泛靈的質樸思維外，文中引證大凡是人死後化作鬼魂，足知人死為鬼神的概念，發軔甚早。惜今存〈明鬼〉殘篇未解釋生人變化為鬼神的原理，以致無法確切掌握春秋以前魂魄的個別性質。

[39] 先秦時對魂魄、鬼神有特殊見解者，以子產與儒者為代表。子產以為：「人生始化曰魄，既生魄，陽曰魂。用物精多，則魂魄強。是以有精爽至於神明。匹夫匹婦強死，其魂魄猶能憑依於人以為淫厲。……其（良霄）用物宏，其取精多，其族又大，所憑厚矣，而強死，能為鬼，不亦宜乎。」（文據台北新興書局影印相臺岳氏本《春秋經傳集解‧卷二十一》）是將魂魄視為身體殘餘氣的延續，以致生前供養完善者能形成鬼魅，一般人僅為依憑生人作祟，換言之，供應身體所需的物質好壞決定了魂魄強弱，亦說明魂魄不能永久存續。至於儒家則秉持近人事、遠鬼神的理念，對魂魄的解釋近於唯物理論。《禮記‧祭法》云：「大凡生於天地之間者曰命，其萬

　　入唐後，人死後靈魂離開依存的肉體，仍能單獨存留的觀念甚為普及，僅在名稱上更易為神或鬼；又認為個人在睡覺及病重時，亦會讓靈魂脫離身體。其思維的建構是基於身體在僵臥、但個人意志卻維持自由行動的衝突加以思考，以靈魂（主體意識）離開軀體而四處游走，來解釋何以意志裏仍能持續感受外在的事物。延伸這簡易的思考方式，可以瞭解當時人認為靈魂與鬼神的主要區別，在於當下肉身是否存在，區別出靈魂出竅的生魂與人死形滅的人鬼；其次，無論生魂或鬼魂，皆是離開肉身的主體意識，因此二者在物理形質上理應相近。就此而言，夢境提供了人與鬼神的接觸機會，亦由夢境的發生，瞭解當時人如何看待靈魂的本質。唐小說裏夢境的內容，可分為二類：其一則是幽冥經驗，意指和鬼神接觸或得到啟示；其二則為人世遊歷，乃是逾越空間限制而活動。就第一項言，夢境既然是靈魂離開軀體的活動，在本質是與鬼神相近，況且不再受累有形的肉身，便可倚重鬼神力量而得到啟示或者遊歷他界，所謂的占夢之術，亦是基於鬼神較易與生魂溝通的觀念而成立，鬼神

物死皆曰折，人死曰鬼。此五代之所不變也。」至於人死如何為鬼，在〈祭義〉裏便借孔子之口，作出說明：「氣也者，神之盛也。魄也者，鬼之盛也。合鬼與神，教之至也。眾生必死，死必歸土，此之謂鬼。骨肉斃于下，陰為野土。其氣發揚于上，為昭明，焄蒿悽愴，此百物之精也，神之著也。因物之精，制為之極，明命鬼神，以為黔首則，百眾以畏，萬民以服。」（據《禮記訓纂》（北京市：中華書局，1996 年 9 月）頁 693、709-710）是將魄視為形骸，死後歸土又稱為鬼，至於魂當解為神之盛之氣，是個人主要意識，死後則回復於天。解釋方式除了附會人事外，是採取無神論的觀點。故錢賓四鑑於此，而謂：「此乃先秦儒家心意中所謂之鬼神，後代經師說之，十分明確，斷不如一般世俗，指其離了肉體而另有一種靈體而始謂之鬼神矣。」扼要地說明儒家的魂魄神鬼觀，是與世俗即傳統信仰不同。見錢氏〈中國思想史中之鬼神觀〉，收於氏著《靈魂與心》（台北市：聯經出版社，1976 年 2 月），頁 81。

藉由顯示圖像來暗示明指、或是預示已命定的事件，甚者可直接以
話語明說。[40]小說裏得到鬼神啟示者，或需遊歷冥界、天庭，多借
助生人入夢的途徑方能成功。若盧肇《逸史》載：

> （皇甫弘）因寢，夢其亡妻乳母曰：「皇甫郎方應舉，今欲
> 何去？」具言主司有隙。乳母曰：「甫郎須求石婆神。」皇
> 乃相與去店北，草間行數里，入一小屋中，見破石人，生拜
> 之。乳母曰：「小娘子婿皇甫郎欲應舉，婆與看得否？」石
> 人點頭曰：「得。」乳母曰：「石婆言得，即必得矣，他日
> 莫忘報賽。」生即拜謝，乳母卻送至店門，遂驚覺曰：「我
> 夢如此分明，安至無驗！」乃卻入城應舉。[41]

皇甫弘認為自己與主司有隙，應舉自難如意而欲離開，是夜夢見亡
妻乳母引至石婆神前祈求，得到考上科舉的允諾，夢覺後入城應試
果然一舉及第。故事裏無論是鬼魂抑或神靈皆在夢裏啟示，表示神
靈、鬼魂及生魂三者本質上的相同，而由生人被引至他界者皆以靈
魂為主體的習例看來，生魂實等同於鬼魂。至於靈魂的物理屬性，
可由靈魂外遊的情形加以判斷。

---

[40] 占夢之術可遠溯至殷商，而歷代皆頗盛行。至於其原理，可由劉文英的詮
釋可見一斑：「占夢術是在神祕夢魂觀念指導下所進行的。它的要求是通
過夢象的分析，揭示出其中所蘊含的神意（或神靈或鬼魂的意旨），并說
明這種神意對人事未來的預兆（即屬凶、屬吉或人事如何發展。其結論，
還要經過而後事實的檢驗，以證明其『占驗不虛』，前兆後應。」已點明
夢兆的發生原因，即由神靈、鬼魂和生魂接觸而來，因此才具有預示吉凶
的力量。文見其著《夢的迷信與夢的探索》（北京市：中國社會科學出版
社，2000年1月），頁68。

[41] 見《太平廣記》卷二百七十八引《逸史》，頁2206。

　　唐五代時離魂故事頗為習見，皆因著個人在睡夢、病危時令靈
魂離開身體，僅留下「魄」於軀殼中。因著魄能使魂在離開身體後
陷入昏迷的情況下，維繫著身體基本的生理反應，讓個人在未真正
死亡前使身體不致毀壞，那麼魄雖是維繫生命不可或缺的要素，不
過卻無主體意識，當人死亡後，魄亦即消散，歸於塵土。[42]至於與
他人有實質上的互動，甚至可化為動物在人世遊走者則是「魂」。
唐人認定靈魂雖依附於有形的身體內，但在離開身體後卻能被他人
所見保有獨立性質的個體。以白行簡〈三夢記〉所舉三種異於常者
的夢即「或彼夢有所往而此遇之者，或此有為而彼夢之者，或兩相
通夢者」[43]而言，據所記三夢對照其論點，而得知前二者是指(1)
作夢者魂遊於外，活動區域若在人世，可被人看見，(2)夢境是靈
魂在外界遊歷的過程，若在人世遊走，所見自然皆是實物，醒後可
以實地徵驗，相反地，人亦可發現他人在外行動的靈魂。就此觀念
下，自然生成第三種情形，即(3)遊魂若在世上相遇，即是夢的互
通。簡言之，靈魂是實質的有形存在，至於靈魂的實質組成可以解
釋為依附固定形體的氣，能夠被人所見，且在離開原來形體日久
後，便能獨立形成具實體的形貌，皆是氣的運行特色──能構成有

---

[42] 唐人將「魂魄」二分，各有職掌，魂乃個人意識的所在，魄僅是維繫身體
運作的機制，故魂為主，魄為從。當作夢、離魂、死亡發生時，離開身體
的主體意識必是魂，而非魄，此分別可再從習見的冥府誤捉生魂故事裏看
出，當冥吏放歸生魂，卻發現原本身軀體已經毀壞，用其它剛死軀體替代，
存於不同身體裏的「魄」，並無發生排斥新魂的情形。此外，若《太平廣
記》卷三百五十三引《玉堂閒話》記有妖魅為祟，後知為鄰女之「魄」所
為，不過由「屬聲叱之，仍問數聲，都不酬答」的情形判斷，魄是無意識
的存附於身體裏；又《宣室志》卷三記刺史幼女若神魂不足，原來前生尚
未死亡，致魂未全，後前生卒女便「忽若醉寤」，回復意識，足見魂具主
體意識。

[43] 據魯迅輯《唐宋傳奇集・三夢記》，頁99。

形質的身體，亦是具神祕性的靈魂。就此而言，靈魂雖是生命的主
體，但是身體畢竟是生物賴以存活的主要憑藉，惟有兩者並存，生
命方能延續。那麼靈魂的自主及優越性勢必受到身體牽制，甚至視
肉身為主要的感受主體。不僅生前如此，死後亦然：當遺骨受到損
傷時，靈魂便會持續受苦，不能自解，必須求告他人處理其遺體，
方能得到至終的拯救。針對此類想法的出現，若單純地以神形兼重
來詮解，恐非周全之說。綜觀故事意旨，已可得見其觀感。

（二）遺體牽制靈魂，不能相離

　　強調遺體會令靈魂受其影響的故事，大凡以人卒後屍骨未能妥
善安葬、以致靈魂未安為大宗，且靈魂的活動亦被限制在遺體周
圍，當有生人靠近時，方能得到求告的機會。其停留、拘禁在死亡
處並非因著生前冤仇、委屈未能報復，伸張著主體意識的感受而令
靈魂為祟，乃是環結在屍體與靈魂間的關係上。亦即傷害屍骨，能
令靈魂受到相同的痛苦。若載：

> 則天時，狄仁傑為寧州刺史，其宅素凶，先時刺史死者十餘
> 輩。傑初至，吏白：「官舍久凶，先後無敢居者，且榛荒棘
> 毀，已不可居，請舍他所。」傑曰：「刺史不舍本宅，何別
> 舍乎？」命去封鎖葺治，居之不疑。數夕，詭怪奇異，不可
> 勝紀，傑怒謂曰：「吾是刺史，此即吾宅，汝曲吾直，何為
> 不識分理，反乃以邪忏正？汝若是神，速聽明教；若是鬼魅，
> 何敢相干！吾無懼汝之心，徒為千變萬化耳。必理要相見，
> 何不以禮出耶！」斯須，有一人具衣冠而前曰：「某是某朝
> 官，葬堂階西樹下，體魄為樹根所穿，楚痛不堪忍。頃前數
> 公，多欲自陳，其人輒死，幽途不達，以至于今。使君誠能

改葬，何敢遷延於此。」言訖不見。明日，傑令發之，果如
其言，乃為改葬，自此絕也。[44]

鬼魂因遺骨被樹根所穿，導致靈魂感受其苦，亡魂夜訪狄仁傑求取
協助，後來在改葬後果然凶祟亦隨之而止。其中說明了靈魂被牽制
在遺體附近，不能遠離，其次當屍體遭到傷害時，亦會使靈魂痛苦。
由文中所建立起靈魂與屍骨的絕對關係加以推測，是可對映到精魅
與原形間的關聯上，若將其性質分組觀察，即：靈魂——精魅的意
志主體，及屍骨——原形的實質本體，當本體受到損傷、破壞時，
連帶促使依附在其內的意志主體同受苦痛。欲除滅精怪，惟有攻擊
原形，同理欲使靈魂受難，就當斫傷屍骨，亦即視靈魂乃身體的延
展，一如精魅與原形間的關聯。依循著簡易的氣化理論，成為人、
物遵循的共同原則。

　　因此唐五代將氣作為一切物理變化的基礎，無論是精怪妖魅抑
或神靈靈魂的生成與變化，皆準於此例，反映著簡易而質樸的物理
原理，建構起足以理解的神靈世界。

第三節　死後靈魂的歸所

　　「死亡」是所有宗教的終極關懷，必須對身體毀壞後靈魂的歸
往，在教法中予以安排定義，因此無論佛、道兩教，都對死後的世
界加以建構。要之二教皆用天堂、地獄的概念，來接納人死後的靈
魂，[45]對於和現實接軌的志異小說而言，佛、道小說或受到新聞式

---

[44]　據方詩銘輯校、戴孚著《廣異記》，頁 69。
[45]　關於佛道兩教的天堂及地獄觀念，雖然皆頗分歧，不過在唐前的佛道經書

的故事結構所牽引，僅能申述部分的教義內容，無法針對死後世界
作較全面的描繪，況且道教乃追求長生以逃避死亡，本期盼成仙後
居於仙境，令道教小說多令世人誤入其中，來傳寫仙境的超越與美
好，以建立起有別於人間的他界，對死後靈魂去處的描述與擘畫自
較疏略；相對於道教小說對幽冥境域的輕忽，佛教小說則在宣教的
企圖下多引援、形容本存在於佛經裏的地獄景況，用驚怖的刑罰加
諸不信者，輔證佛教報應之不爽，兼以威嚇、引導群眾信奉大法，
否則死後的靈魂便在地獄裏受盡折磨，成為報應故事的附庸。今驗
唐代小說言及人死後的世界，雖然多少摻雜著佛道兩教的部分思
想，不過仍維持著民間信仰簡易、質樸的特質，與正統的宗教信仰
存有差別。要之以兩種形態作為人死後的主要去處：或認為靈魂必
先歸往冥府，接受死後的善惡審判，或直接滯留於人世，繼續生前
的日常生活。兩種不同的死後去處，顯示出歧異且相互排斥的觀
念：在承認死後有知的前提下，當身體失去生理功能時，靈魂若被
冥吏的拘拿至地府裏，便認定存有著嚴密的陰間官府系統，推動與
維持死後世界的秩序，反之，靈魂停留在尸骨處，不能離去，對冥
府的權威，甚至於其存在性予以否定。關於二者間所存在的差異，
是並無會通的思想基礎、卻又矛盾共存在唐人的觀念裏，這樣具思
想上根本衝突卻又和平共存的奇異景況，可從兩種類型的故事皆盛
傳於唐代、以及常同時出現在一位作者的志怪書裏得到了映證。至

裏皆多所著墨與發揮，至於志怪小說已如文中所敘述，道教小說甚少提
及，至於佛教小說則多止於描述地獄的情狀而已。關於唐前天堂地獄之詳
情，當參蕭登福《漢魏六朝佛道兩教之天堂地獄說》（台北市：學生書局，
1989 年 11 月）。

於其中原因，可分別由兩種不同類型的故事加以探討，而已略見其
端倪：

一、泰山治鬼建構的幽冥境域

　　早在秦漢間，人死魂歸於泰山之說已頗盛行，乃是仿造著人間
制度，由泰山府君及其官吏統治管理，作為鬼魂活動的幽冥之境，[46]
不過當時的天界（神仙交會之所）亦可經由泰山而到達，讓泰山亦
具備了天界的性質，成為靈魂上天入地重要的處所。惟東漢以後，
因著道教仙境傳說的流行，神仙居住的仙境逐步凌替了原本具有階
級意識的天界，[47]讓泰山天界的形象漸減，地府的樣貌增強，[48]成

---

[46] 關於泰山治鬼的起源，余嘉錫舉說甚詳，已得到「人死魂歸泰山之說，起
　　源甚早，蓋秦漢之間已有之。」的結論，今即從之，余氏並進一步指出「其
　　泰山主者，有府君，有令，令之下有錄事。府君即人間之太守，一以漢制
　　說之，此亦道家技倆。猶之天神亦有將軍功曹也。及齊梁以後，道教衰而
　　佛教大行。諸書乃多言閻羅王，少言太山府君矣。」點出秦漢時視人死後
　　世界乃人間的延續，至於泰山性質，則較近於佛教的地獄觀。文見余氏〈積
　　微居小學金石文字論叢序〉，收於《余嘉錫文史論集》（長沙市：岳麓書
　　社，1997 年 5 月），頁 541、543。

[47] 漢時天界、地下的分別，乃是陽世階級另一種形式的反映。即蕭登福在董
　　理出土漢墓資料後，得到「綜歸來說，漢人雖認為人死後的歸處有二：一
　　為天上、一為地下。但天上的生活，僅為那些極少數的帝公侯與方士神人
　　而設的；大部分的人，都只能到地下黃泉繼續過著與人世相同的生活；再
　　者，王公貴人如不能上天而入地，依然也是統治階級，驕貴異常」的結論，
　　是和道德意識關係較遠。由此亦可解釋不具備進入天界身分的官員甚至服
　　侍者，可以因著王侯的點選便得進入的原因。蕭氏文見其著〈由漢世典籍
　　及漢墓出土文物中看漢人的死後世界〉，收於《先秦兩漢冥界及神仙思想
　　探原》（台北市：文津出版社，2001 年 1 月），頁 98。

[48] 劉增貴針對漢代泰山信仰有深入的考證，指出「漢代泰山被視為交會神仙
　　之所，死後世界之者，具有天堂與地獄的雙重性格。……東漢中葉以下，
　　其天堂的一面退隱，地獄的一面漸顯，這種發展恰與崑崙相反，漢畫中泰

為專門統治人鬼的冥界機關，又原本可容納靈魂的天庭，後受道教
神仙是未經死亡途徑方能進入的觀念所排擠，[49]天界既不復接納鬼

山君少見，而西王母甚多，其因在此。」並說其原因為：「天堂或仙界作
為理想，在漢代人的心目中雖然也是現實世界的延伸，也可能存在於地
上，但愈遠不易捉摸，愈為人所嚮往，也愈有想像空間，蓬萊之若隱若現，
崑崙的渺遠飄忽都是如此。而泰山則是現實的存在，雖以其廣大高峻、群
岳之首的身分顯現神靈，但其神祕性畢竟不如崑崙，這恐怕是消長的主要
原因。」謹按劉氏由心理層面分析泰山與崑崙的消長情形，其說甚辯，惟
亦可說因神仙之說大盛而導致。畢竟神仙多有棲止蓬萊、崑崙仙境，故漢
人卒後欲與神仙同列，令墓穴圖畫、文字便多以此為題目，亦是人心理自
然的反映。劉氏文見其著〈天堂與地獄：漢代的泰山信仰〉，《大陸雜誌》
第九十四卷第五期（1997 年 5 月），頁 193、201。

[49] 道教追求肉身不死，雖有「尸解」之說，卻並非指人死亡後以靈魂作為主
要生存的形式，而在短暫經歷死亡又回復肉身的不死。《太平經》即云：
「或有尸解分形，骨體以分。尸在一身，精神為人尸，使人見之，皆言已
死。」（據王明點校《太平經》（北京市：中華書局，1997 年 10 月），
頁 553）又《抱朴子內篇・論仙》裏多陳尸解仙，若有：「曾有大疫，死
者過半。寬所奉道室，名之為廬，寬亦得溫病，託言入廬齋戒，遂死於廬
中。而事寬者猶復謂之化形尸解之仙，非為真死也。」（王明點校《抱朴
子內篇》（北京市：中華書局，2002 年 3 月），頁 19）當是道教鑒於人
無不死的現實，故發展尸解之說，以解世人對神仙存有的質疑。不過六朝
時「尸解」說得到進一步發展，李豐楙在解釋「尸解」理論時指出尸解尚
分火解、兵解、杖解、劍解、藥解等不同，且與死亡世界有所結合，而謂：
「（《真誥》）將暫死作為進入長生之門的構想，因而產生一個死後世界：
其中的重要觀念已出現於早期道經：三官為天師道所上章禱過的天、地、
水三官，為司人間功過的審判者；至於太陰則天師道系的《想爾注》中『沒
身不殆』條云：『太陰道積，鍊形之宮也。世有不可處，賢者避去，託死
過太陰中，而復一邊生像，沒而不殆也。俗人不能積善行，死便真死，屬
地官去也。』太陰即象北方，象徵死後世界，乃中國原始幽冥神話的遺跡。
經由太陰和三官的審判、考核，其功德足以復生，即可遷為仙人。」魂在
死後經由冥府審判功過後若功德滿足，即可還陽昇仙，誠然將尸解予以系
統化，仍解釋成一種經歷死亡而求得長生的途徑，至終並非死亡。李氏文
見其著〈神仙三品說的原始及其演變〉，《誤入與謫降：六朝隋唐道教文
學論集》（台北市：學生書局，1996 年 5 月），頁 89-90。

魂，使人死後的去處逐漸趨於統一，[50]即為泰山。但泰山畢竟僅代表著冥府的所在，並非概括人死後的所有區域。驗諸漢人所指稱的冥界，在地理上是與陽世相重，僅用地上陽間、地下陽間予以區分，並非是全然隔離的他界，[51]此現象可由漢代墳墓裏置滿明器規劃成

---

[50] 漢代雖然以為達官貴人或方士等居於天庭，不過畢竟道家神仙是已求得不死的修鍊者，思想上本會排擠人死後的靈魂。關於這思想變易的轉折，余英時以為發生於漢武帝，他說：「漢代死後世界觀的最大變化起於漢武帝的求仙。自神仙思想盛行以後，魂魄的歸宿便不能不隨著而有所改變。漢代流行的仙的觀念包括兩個要素，一是肉體不死，二是升天。這是武帝以來方士們的傑作。但是從此以後天上世界便成為神仙的世界，不再是魂的去處了。」其說可由漢以後六朝及唐代志怪小說少見魂可入天庭、並且得以長期居住的故事得到證明。余氏文見其著〈中國古代死後世界觀的演變〉，收於《中國思想傳統的現代詮釋》（台北市：聯經出版社，1992 年2 月），頁 138。

[51] 關於漢代所謂的冥府（除泰山外尚包括鄰近的蒿里、梁父兩座小山），並非指人死後皆集合於該處，而是散居於各區域的墳墓（即陰宅），受其管轄。蒲慕州便說：「總之，泰山、蒿里、梁父早期與封禪、不死觀念、后土、地主的關係，主要仍然限於統治階層的祭儀之中。而目前所見文獻，包括鎮墓文，均提示我們，可能要到了東漢時代，它們才逐漸的成為一般人死後的去處，其中的演變已無法得知。不過，我們也應注意漢人並非僅以這三座山來指稱他們所以為的死後世界，既然人死後埋入土中，漢人對於死後世界常概稱『地下』。」蒲氏發現冥府與地下皆是漢人認定的死後世界，不過人死後魂既歸於泰山，又為何漢人又認定靈魂亦可以滯留於墳墓的原因，他在另一書中指出「值得注意的是，我們也不應認為古代中國社會中有一種統一的對死亡以及死後世界的觀念，而必須承認，不同的概念是可以同時並存的。」由蒲氏的分析已經得到合理的解釋，亦即將陰間全然視為陽世的版樣，便可冰釋其間衝突：因著泰山為統治冥間的主要都市，統治階層可藉由祭祀等宗教行為祈求延壽、成仙，至少死後仍延續生前地位，而這幽冥最高統治區域一如陽世的京城，能匯集百鬼萬靈至此，亦屬自然，不過個人仍是居於地下即陰宅，並非死後必至冥都。前文所提及的「魂歸泰山」，則特指貴族階級的靈魂，至於平民之魂亦可至京城遊歷。蒲氏文前者見其著《墓葬與生死——中國古代宗教之省思》（台北市：聯經出版社，1993 年 6 月），頁 211，後文亦參其著書《追尋一己之福：中國古代的信仰世界》（台北市：允晨文化實業股份有限公司，1995

「樂園」的形貌看出，[52]人死後除了昇天的情形外，靈魂仍是居住
於墳墓裏，不過這些死後的亡魂仍可在墓穴附近活動，[53]成為地下
冥界通往地上陽世的窗口。靈魂雖可在墓地附近自由活動，卻仍須
受到泰山的管轄，所謂的「泰山治鬼」，即指泰山負有管理鬼魂的
職責而已，並不包括裁決生前種種的責任與義務。正因冥府缺乏審
判總結人於陽世善惡作為的機制，以致於人生前若受冤未雪，僅能

年 10 月），頁 278。

52　漢代墓穴往往布置成安樂理想家園的形式，甚至欲營造出近於樂園的樣
　　貌，是與亡者未來居住於此處有關。巫鴻在整理漢代墳墓的擺設與壁畫後
　　便謂：「回過頭來看一看漢代的墓葬，不難發現大量隨葬品和畫像的目的
　　是構造一死後的理想世界。……我們可以把這種種模擬和美化現實的器物
　　和畫像統稱為『理想家園』（ideal homeland）藝術，其與表現『天堂』或
　　『仙境』的作品在藝術語言及宗教涵義上都是大相逕庭的。」已道出漢人
　　頗費工夫地將墳墓建造成樂園的情況。巫氏文見其著〈漢代藝術中的天堂
　　圖像和天堂觀念〉，《歷史文物》第六卷第四期（1996 年 8 月），頁 8。

53　漢代尤其在東漢後，認為墳墓是亡者活動的地方，且認為靈魂具有降禍祈
　　福的力量，因此墓穴裏皆有鎮墓瓶寫上符文，以避免亡魂干擾生人。關於
　　鎮墓瓶的作用，王計生如是說明：「鎮墓瓶也是墓葬中常見的一種明器，
　　流行於東漢中後期。它的使用相當普遍，上至達官貴人，下至平民百姓。
　　陶瓶上的文字多為朱書，有的冠以年月日，最後都以『如律令』作結束。
　　其作用在於使生者的家宅安寧，安忍並約束亡靈，使其認識到生死有別，
　　不要再糾纏世上生人。」反映出生人欲藉法術對墓裏亡魂的活動與行為加
　　以限制，蒲慕州更進一步欲引漢代鎮墓文，點出：「這段文字所提到的『欲
　　令後世無有者。上黨人參九枚，欲持代生人。』以及『令禍殃不行。傳到，
　　約敕地吏，勿復煩擾張氏之家』等，都是為生者的利益而設。必要時，尚
　　得設法賄賂地下官僚，以求闔家平安，如另一段鎮墓文所云：『謹奉黃金
　　千斤兩，用填塚門，地下死籍削除文，他央（殃）轉要，道中人和，以五
　　石之精，安家莫（墓），利子孫。』」除了注意到魂對生人的影響，亦間
　　接地說明亡魂具有干擾生人的力量與可能，以及亡魂與墳墓間的關聯。計
　　氏文見其《事死如生——倫理與中國文化》（上海市：百家出版社，2002
　　年 1 月），頁 81，蒲氏文見其著《追尋一己之福：中國古代的信仰世界》，
　　頁 222。

自力救濟採取直接、間接的方式向仇家報復。[54]這種傳統幽冥觀在唐代仍舊盛行，使得墳墓附近成為遇見鬼魂最習見的區域，甚至歷代祖先的靈魂，皆可依序參見。今引孟棨《本事詩‧徵異第五》為說：

> 開元中，有幽州衙將姓張者。妻孔氏，生五子，不幸去世；復娶妻李氏，悍妒狠戾。虐遇五子，日鞭箠之。五子不堪其苦，哭於其葬。母忽於家中出，撫其子。悲慟久之，因以白布巾題詩贈張，曰：「不忿成故人，掩涕每盈巾。死生今有隔，相見永無因。匣裏殘粧粉，留將與後人。黃泉無用處，恨作冢中塵。有意懷男女，無情亦任君。欲知腸斷處，明月照孤墳。」五子得詩，以呈其父。其父慟器訴於連帥。帥上聞，敕李氏決一百，流嶺南；張停所職。[55]

張姓五子受到後母虐待，而至生母墳前哭訴，母親孔氏的靈魂便由墓中而出，因此除了可以瞭解其母卒後本居住於墳中，[56]亦知墓穴

---

[54] 關於中國死後求取生前冤屈的伸張，可據北齊顏之推為印映佛教報應而鳩集歷來報仇的故事集《冤魂志》見其端倪，王國良統計、分門書中六十五篇故事，粗分為現形為祟、直接報仇、間接報仇、不明原因（方式）等四類，並說明：「在敘述手法上，鬼魂現身固然是最常見的現象，但受害者臨終前語式的咀咒，以及死後在陰間遞訴狀或向皇天申冤也是很普遍的辦法。」說明了無論是何種報復方式，皆賴冤魂的獨力奔走，亦即雖承認了冥府的存在，不過亦認為所謂的冥府，並無強制對個人陽世的惡行提出公訴，僅是接受冤魂告訴乃論的司法單位而已。王文見其著《顏之推冤魂志研究》（台北市：文史哲出版社，1995 年 6 月），頁 19-25。

[55] 據王夢鷗《唐人小說研究三集：本事詩校補考釋》（台北市：藝文印書館，1972 年 11 月），頁 81。

[56] 人卒後未歸泰山，於唐小說中頗為習見，又可再分成兩類：其一乃未壽終於家，靈魂拘於外地者，其二則安葬後便於墳墓裏生活，二者皆是陽世遇鬼的主要地點，而與傳統鬼神信仰有關。

乃是陰陽銜接之所，復據孔氏所題詩謂「黃泉無用處，恨作冢中塵」，又云「欲知腸斷處，明月照孤墳」，說明墳乃與地下（黃泉）相通，而靈魂平日則居於墓穴裏。至於魂、墓穴與整起冥界的情形，可據《通幽記》所載蕭遇尋找生母墓的過程得見關聯。蕭遇在誤開盧會昌墓、亦遍尋不得母墓的情形下，藉由方士道華的協助，與其母的托夢，達成遷葬的目的。今即摘錄部分亡魂的談話，觀察冥界的消息：

> （盧）會昌再拜曰：「某賤役者，所管地累土三尺，方十里，力可及。周外則不知矣，但管內無蕭郎中太夫人墓。」
> 母（蕭遇母）曰：「叔母則是汝外婆，吾亦自呼作叔母。憐吾孤獨，嘗從咸陽來此伴吾，後因神祇隔絕不得去，故要二魂輿。」[57]

就冥界而言，是由神祇所鎮守管理，各有管轄範圍，故有「又聞鬼神不越疆」的說法，[58]它包括了所有陽世的地下，亦含納具有私人土地性質的墳墓；而就靈魂來說，是以尸骨的埋葬處作為落籍地，擁有以墳墓為基準，管理著地下三尺、面積百里的範圍，但基本上靈魂仍是可隨意活動，由於各地皆有地方冥官所管轄，以致靈魂並非絕對地得到自由遊走的權利。這種地下陰間的看法，引申出當太陽幽微所營造出的氛圍，是與人們對冥界陰暗無光的想像相互契合，已構成幽魂能夠適應的活動環境，若陰雨、或從黃後昏迄隔日

---

[57]　上引兩段見《太平廣記》卷三百三十八引《通幽記》，頁2686。
[58]　見《太平廣記》卷三百三十八引《通幽錄（記）》，記處士盧仲海的從叔纘為冥吏帶入冥界，後逃出，並以「雞鳴輿，陰物向息，又聞鬼神不越疆」，後與仲海即刻離開該地。頁2681。

天欲曙時，皆是志異小說裏最習見的遇鬼時分，[59]而合於當時對陰界的觀感。因之鬼魂平日便居於由生人建築的陰宅內，當幽都官方有要事招喚，便束裝前往，若《廣異記》裏即有居於古墓的書生朱均白拜訪常夷，後成好友，一日朱秀才告知常夷「司命追君為長史，吾亦預巡察，此職甚重，尤難其選，冥中貴盛無比」[60]的訊息，便是將冥府視作統領幽壤的單位，除常夷新獲官職，朱均白亦得調選，赴官上任，自不能仍居於家墳中了。至此，冥界已可合理且完備地建構出具體的形貌，誠為陽世的翻版而已。

二、形神不離成就的地方幽魂

　　因著傳統信仰將世界分為地上陽世、地下陰間，以及不與土地緊密接壤的天界與仙境，卻在神仙思想排除鬼魂進入天界與仙境後，使生前、死後的世界更趨單純，讓生人活動於地上，死人生活在土下，且推舉出泰山作為治理幽壤的官方城市，形成與陽世相同

---

[59] 唐代無論志怪抑或傳奇，皆將太陽幽微時尤其在夜裏作為鬼魂密集活動的時限。在《續玄怪錄》的名篇〈定婚店〉裏更以主角韋固於凌晨赴約，遇見冥界掌管婚姻老人的情節，藉由老人之口說明韋固提出為何在陽世遇見冥吏的質疑，而謂：「君行自早，非某不當來也。凡幽吏皆掌生人之事，掌人可不行其中乎？今道途之行，人鬼各半，自不辨爾。」當太陽未高起時，為鬼於陽世主要的活動時間，而與生人共同使用同一空間。（文據牛僧孺編，程毅中點校《續玄怪錄》卷四（台北市：文史哲出版社，1989年7月），頁180。）復按此則據《太平廣記》卷一五九引《續玄怪錄》，然王夢鷗由《太平廣記》的引文習例及本篇的行文筆調認為當是牛僧孺《玄怪錄》，逕至《玄怪錄》下，不過王氏所指皆為旁證，今從程毅中輯文，王氏考證參見其著《唐人小說研究四集·玄怪錄及其後繼作品辨略下》（台北市：藝文印書館，1978年10月），頁35-36及《唐人小說校釋下集·韋固敘錄》（台北市：正中書局，1996年12月），頁84-87。

[60] 文據方詩銘輯校、戴孚著《廣異記》，頁97。

的陰界生活。在這概念下，人死掘地而埋所修建的陰宅，除了解釋成與幽都相對的私人家園，亦是屍體與靈魂安居的所在，全然拋擲秦漢前曾流行「魂不隨屍」的概念。[61]由此而言，已可看出唐代如何解釋鬼魂何以出現與為祟的原因，其一、就鬼魂出現的地區來說，因屍骨葬於墓穴，靈魂便在其中，便發生遺體（形）與靈魂（神）間不能相離的微妙連繫，因此死後的靈魂雖可四處游走為祟，卻因遺骨的埋葬位置限制了活動範圍；[62]其二、就鬼魂作祟的原因而言，由於身體與靈魂不能相離、且死後靈魂亦會因屍骨的摧折破壞得到相同的感應，當遺體未能得到妥善的安葬時，靈魂因未得安定的居所、又無家族靈魂與明器的保護，易受其他靈怪欺凌，更遑論屍骨根本捐棄在外，靈魂同感屍骨所受到日曬雨淋的侵襲，進而干擾生人，求得協助，發生了鬼魅為祟的案例。除了墳墓外，舉凡有

---

[61]　錢賓四謂：「人死魂離，於是而有象號，於是而有招魂，於喪也有重，於祔也有主以依神，於祭也有尸以像神，凡以使死者之魂得所依附而寧定，勿使飄游散蕩。春秋以後，尸體廢而像事興。主也，尸也，像也，皆所以收魂而寧極之也。故古者不祭墓，韓退之〈豐陵行〉：『三代舊制存諸書，墓藏廟祭不可亂。』」可見至春秋時「魂不隨屍」的概念亦甚流行，但春秋戰國亦重視墓穴的規模，秦漢時墓穴多設明器甚至殉葬，厚葬之風漸熾，反映出將葬身處視為鬼魂歸所概念的盛行，屍魂不離的想法業已抬頭。錢氏文見其著〈論古代對鬼魂及葬祭之觀念〉，收於氏著《靈魂與心》，頁 67。

[62]　遺骨與靈魂不能相離的觀念，是由傳統祖先崇拜、重視祭祀安葬的觀念引申而出。雖然此觀念與前述精怪生成的物理觀相符，惟在於人類的主體意識（靈魂）是直接天生而得，有別精怪依賴五行異變抑或時間催化間接地變化而生，才獲取近於人類思維的生命意識，不過並非意指人類形神相互牽引的概念乃出於五行思想或物老為魅，僅能視為人與精魅皆適用於當時流行萬物流轉的概念而已。詳細論述請參本章第二節「萬物流轉之原理」裏第一、二段的論述，此不復贅述。

屍體置放者若殯宮、野外等處，皆是理所當然遇見鬼魂的地方。
若載：

> 洛陽人牟穎，少年時因醉誤出郊野，夜半方醒，息於路傍，
> 見一發露骸骨，穎甚傷念之，達曙，躬自掩埋。其夕，夢一
> 少年，可二十已來，衣白練衣，仗一劍，拜穎曰：「我彊寇
> 耳。平生恣意殺害作不平事，近與同輩爭，遂為所害，埋於
> 路傍，久經風雨，所以發露，蒙君復藏，我故來謝君。我生
> 為兇勇人，死亦為兇勇鬼，若能容我棲託，但君每夜微奠祭
> 我，我常應君指使，我既得託於君，不至飢渴，足得令君所
> 求狗意也。」穎夢中許之，及覺，乃試設祭饗，暗以祀禱祈。
> 夜又夢鬼曰：「我已託君矣！君每欲使我，即呼赤丁子一聲，
> 輕言其事，我必應聲而至也。」穎遂每潛告，令竊盜盜人之
> 財物，無不應聲遂意，後致富有金寶。一日，穎見鄰家婦有
> 美色，愛之，乃呼赤丁子令竊焉。鄰婦至夜半，忽自外踰垣
> 而至，穎驚起歆曲，問其所由來。婦曰：「我本無心，忽夜
> 被一人擒我至君室，忽如夢覺，我亦不知何怪也，不知何計，
> 卻得還家。」悲泣不已，穎甚閔之，潛留數日。而其婦家人
> 求訪極切，至於告官，穎知之，乃與婦人詐謀，令婦人出別
> 墅，穎自歸，言不知被何妖精取去，今卻得迴。婦人至家後，
> 再每三夜或五夜，依前被一人取至穎家，不至曉，即卻送歸。
> 經一年，家人皆不覺，婦人深怪穎有此妖術，後因至切，問
> 於穎曰：「若不白我，我必自發此事。」穎遂具述其實，鄰
> 婦遂告於家人，共圖此患。家人乃密請一道流，潔淨作禁法
> 以伺之，赤丁子方夜至其門，見符籙甚多卻反，白於穎曰：
> 「彼以正法拒我，但力微耳，與君力爭，當惡取此婦人，此

來必須不放回也。」言訖復去。須臾，鄰家飄風驟起，一宅
俱黑色，但是符籙禁法之物，一時如掃，復失婦人。至曙，
其夫遂告官，同來穎宅擒捉，穎乃攜此婦人逃，不知所之。[63]

彊寇遭同儕殺害後葬於路傍，靈魂不僅停留在遺骨處未能離去，亦
在骸骨因日久而曝露野地下而感受痛苦，因此當牟穎安葬其屍骨後
欲報答其恩德，後來竟為報恩，亡魂竟重操生前偷盜財物、竊取美
人的作惡舊業，故事裏除了表現著靈魂與形體不能相離且相互感應
的概念外，亦對人死後的世界提供了解釋：即人死後可活動於地下
陰間，亦可自由地到地上陽界執行工作，提供了陽世遇鬼的重要條
件，其次亦曝露了泰山府君與生人、鬼魂的關係，要之泰山府君雖
得到天帝賦予權利掌管陰間，不過對於如上引故事裏陽世為盜、死
後仍繼續害人的惡徒，雖有制裁惡鬼的能力，卻無必然的實際作
為，所反映的仍是傳統信仰對冥界的解釋。相反地，唐五代小說亦
多得生時並無行惡，甚至因著盡忠孝的情形下被惡人所殺，也無法
得到相對應的報償。在陳翰的《異聞集》裏便載錄這樣的故事：隋
煬帝二子齊王女雖受賊黨相逼卻不畏死，辱罵惡人而受害，實不愧
烈女之名，不過雖為保住貞節以及盡其忠心的情形下被殺，死後冤
魂卻仍滯留受害處，甚至被鄰近的王墓惡靈所逼迫，僅能求告獨孤
及協助她遷葬鄉里，[64]顯然故事所根據的思考基礎，認為人死僅變
更了生命形態，竟保有生前的個性、身分與外在環境，在陰陽兩界
穿梭生活，排除對個人生前善惡作為的總結與仲裁。畢竟關乎死後
靈魂的審判，必加深、摻雜宗教勸勉行善的色彩與特色。舊有觀念

---

[63]　上引兩段見《太平廣記》卷三百五十二引《瀟湘錄》，頁 2785。
[64]　據王夢鷗輯校《唐人小說研究二集——陳翰異聞集校補考釋》（台北市：
藝文印書館，1973 年 3 月），頁 143-147。

裏與宗教善惡疏遠的幽冥世界，自然和佛、道與勸善思想的陰間想
像不同，在宗教使命的驅策下，要求生前應積極行善（含括宗教所
定義具實踐信仰的善行），以換取死後進入樂園的資格，至少可消
極地減少入冥後的痛苦，以鼓勵、威脅群眾加入信仰的行列。以建
立冥界具有平議個人生前的善惡功用作為手段，來達成宗教企圖的
信仰，本應歸源於佛教的傳入，它牽引、並重新界定中土原來陰間
的作用與形象，拉大與舊有信仰的歧見，甚至取代了舊有的冥界觀
感，成為影響最深遠的陰間圖像。欲觀冥間形象的塑造與演進，可
由六朝以迄五代小說探得其發展的跡痕。

三、宗教思維啓發的懲戒處所

　　雖然泰山信仰所建立起的冥界頗具規模，卻在佛教地獄觀傳入
中土後引發了質變。由於佛教地獄在肯定靈魂不滅、以及人死靈魂
歸往上與泰山信仰有所交集，在六朝志怪小說尤其佛教小說裏，存
在著近似於泰山治鬼的佛教地獄，[65]相反的，佛教地獄對不信者必
然的恐怖刑罰，在經歷六朝吸納本土泰山信仰的過程，入唐後除了

---

[65] 六朝時所謂的佛教地獄，往往泰山府君亦列其中，最著名者，莫過於《幽
明錄》與《冥祥記》皆收錄的〈趙泰〉故事。趙泰入冥後經泰山府君判決，
卻遊歷佛教泥犁地獄，復活後便大設法會，且在家修佛，雖欲反映佛教地
獄，卻仍以泰山信仰作為故事的主要結構。此類情形與六朝志怪頗為習
見，王國良便說：「『地獄』的觀念則是外來佛教的說法。梵語『泥犁』
或『捺洛迦』，義譯為『苦器』－受苦的地方。漢魏間的翻譯每譯之為『太
山』、『太山嶽』、『太山地獄』。僧徒把泥犁譯作太山，以附合中國原
有的泰山信仰，地獄之說遂與泰山治鬼混合而難以分辨了。」已將六朝時
佛教地獄與泰山信仰相混的情形予以說明。文見王著〈幽明錄初探〉，《六
朝志怪小說考論》（台北市：文史哲出版社，1988 年 11 月），頁 166。

繼續影響佛教小說的地獄觀外，[66]亦逐漸回饋在泰山信仰尤其在冥府的功能與特性上。由唐代習見的再生、還魂主題，可以對冥界執行工作的方式、職責的範圍與大致的環境作出初步的描繪。唐五代的冥界遊行，與六朝的進程頗為近似，大凡由冥卒至陽間押行個人靈魂，後至冥府進行審判，卻因著若誤捉、年壽未盡、賄賂冥卒、與冥君為陽間舊友等特殊原因而還陽後，陳述在冥界的所見所聞。若《通幽記》即載韋諷祖父的女奴因主母多妒而被殺，靈魂滯留於冥界，還陽後陳述冥界概況，而謂：

> 某初死，被二黑衣人引去，至一處，大闕廣殿，賁勇甚嚴，拜其王，略問事故。黑衣人具述端倪，某亦不敢訴娘子。須臾，引至一曹司，見文案積屋，吏人或二或五，檢尋甚鬧。某初一吏執案而問，檢案，言某命未合死，以娘子因妒非理強殺，其斷減娘子十一年祿以與某。又經一判官按問，其事亦明，判官尋別有故，被罰去職，某案便被寢絕，九十餘年矣，彼此散行。昨忽有天官來搜求幽繫冥司積滯者，皆決遣，某方得處分，如某之流，亦甚多數，蓋以下賤之人，冥官不急故也。天官一如今之道士，絳服朱冠，羽騎隨從，方決幽滯，令某重生。[67]

女奴死後即為冥卒帶至冥府，由曹司對人在陽世的行為善惡作出判決，在這個案裏因女奴壽命未絕，輔以主母因妒殺害犯下惡行，因

---

[66] 佛教小說宣教的立意頗為明確，因此提及地獄，必集中於懲罰不信、犯戒者的報應功能上，若唐臨《冥報記》、郎餘令《冥報拾遺》等佛徒編纂的作品皆然，與此處所處理的冥界尚有區別，關於佛教地獄的討論，參見本書第三章「佛教主題的纂集與撰述」第一節「復仇與報應」。

[67] 見《太平廣記》卷三百七十五引《通幽記》，頁 2986。

此扣減主母壽命十一年予女奴，讓她還陽。不過冥府因職務調動，加上工作繁忙，女奴復因身分卑微，案件竟被積壓九十年，後由天官巡視，方將所有積案予以處分，女奴此時才能返還陽世，訴說其經歷。故事已透露出數項訊息：第一、冥府、天官實對照著人間的官僚體系，一如地方官與朝廷的關係，平民白姓死後仍受具地方官員身分的冥曹所管理，至於天官所代表的天庭，則由神仙所掌控，成為冥府的上級單位；第二，由於冥界的管理仍是由政府機關所維持，官吏的來源則由人世壽終者所補充，[68]自然會發生因人謀不臧，致使出現管理上的疏失；上述二者可說明唐人對冥界的想像，仍是延續著佛教未傳入以前的概貌，實無新意，不過以人死後即有「二黑衣人」引去的情節安排看出，靈魂是受到強制的外力引入冥府，以利對於個人生前所作所為作出公平的判決，如此，便與傳統冥府在功能上產生了嚴重分歧，即賦予冥府拘提死後靈魂與總結生前善惡的重大責任。為使所有的亡魂都得到最終審判，因此人死後便必須立即被拘拿至冥府裏，在斟酌刑罰獎賞後，便交辦實施。那麼在陽世為惡，便留滯於冥界受苦。張讀《宣室志》即載張汶入冥，得見舊故，而記云：

---

[68] 關於冥府官員的職掌，雖皆由個別作手的想像而來，然多遵守要職由上天指派，低階官職讓依冥官自行定奪，自陽世擇選人才，雖然統理地府者時作華嶽神君，或佛家閻羅王，甚至二種身分出現在同一故事裏，但在官府的編制上顯然並無不同。至於冥吏的來源來自於人世，則可反映出死亡僅是由陽界入幽間的一種途徑與手續。唐小說裏習見入冥者與冥府官吏敘舊、或是陽世人被冥界邀請擔任官職，即可說明。若戴孚《廣異記·李彊友》裏彊友暴卒後即入太山作主簿，又張讀《宣室志》郗惠連被上帝任命，「以冊立閻波羅王」，足見冥府官員的來源。《廣異記》據方詩銘輯校，頁127-128，《宣室志》因今本未收，今據《太平廣記》卷三百七十七引，頁3002-3004。

行十數里，路曛黑不可辨，但聞馬車馳逐，人物喧語，亦聞其妻子兄弟呼者哭者。皆曰：「且議喪具。」汶但與兄俱進，莫知道途之幾何，因自念：「我今死矣，然常聞人死當盡見親友之歿者，今我即呼之，安知其不可哉？」汶有表弟武季倫者，卒且數年，與汶善，即呼之，果聞季倫應曰：「諾。」既而俱悲泣，汶因謂曰：「今弟之居，為何所也？何為曛黑如是？」季倫曰：「冥途幽晦，無日月之光故也。」又曰：「恨不可盡，今將去矣。」汶曰：「今何往？」季倫曰：「吾平生時積罪萬狀，自委身冥途，日以戮辱，向聞兄之語，故來與兄言，今不可留。」又悲泣久之，遂別，呼親族中亡歿者數十，咸如季倫，應呼而至，多言身被塗炭，詞甚悽咽。[69]

張汶的故人皆在冥界，無不受到責辱，強調著於陽世為惡的懲罰。不過此處所謂的冥界與傳統的觀點不同，乃是以為人死後即入一塊開放的幽冥區域，是全然脫離人間的他界，命令所有人死後皆集結於此，以利處罰的進行，並非各自於墓穴或泰山幽都生活。在此處設有審問與受罰的官府單位，頗具地獄的意味，其他各地則供靈魂自由活動。這樣的看法便挑戰了合葬的意義。要求合葬者，多為夫妻，以利在死後靈魂能於墓穴裏相守，若《廣異記》裏便記載亡魂李澣向其子顯示，且要求「吾雖先婚汝母，然在地下殊不相見，不宜以汝母與吾合葬，可以寶氏同穴」，[70]李澣與妻子死後便不相來往，而偏愛妾寶氏而欲將尸骨合葬，若死後魂不住在墳墓中，其寄語便無任何意義，相反地，亦有認為合葬無益於兩人相守，若《通

---

[69]　今本《宣室志》未收，文據《太平廣記》卷三百七十八引，頁 3006。

[70]　文據方詩銘輯校、戴孚著《廣異記》，頁 107-109。

幽記》裏便借亡者之口，道出「人死之後，魂魄異處，皆有所錄。
杳不關形骸也。……曾聞合葬之禮，蓋同形骸，至精神實都不見，
何煩此言也。」[71]人卒後既歸冥間，不留滯墓穴裏，所謂合葬，尤
顯多此一舉。至於開發出另一單獨冥界的動力，是與強調「賞罰」
的必然性有關，乃受到佛道兩教欲以地獄為說帖所影響，讓不信與
犯戒律的死後靈魂，必受到地獄無盡的折磨。此類由佛道兩教支持
的概念，卻讓靈魂的活動受到限制，那麼便產生人無法在陽間遇見
亡魂，與信鬼淫祀的本土鬼神意識及鄉譚裏好說鬼怪的傳統背道而
馳。兩種觀念雖然相互牴觸，但畢竟皆承認靈魂的不滅，與鬼神的
實有，仍有相互會通之處，而能和平地各自發展，兼容於中土。

　　綜觀唐人的死後世界，是不含括仙話裏的仙境與天堂，畢竟不
老不死的神仙故鄉，並無死者的立足之處，靈魂的遊歷始於離開人
世才開展，安居在人手所建構的墳墓裏，並且可在地下的公共場域
裏互通消息，至於天界雖猶如人間朝廷，不過已由神仙所占據，幽
魂至多僅在冥府裏擔任官職而已，足見唐五代時已將人間的一切投
射在死後的世界外，且受佛道地獄說的影響，不僅認為冥府必須對
個人於陽世的善惡加以評判，並加強對靈魂的拘拿與處分，而另行
設計出單一且具他界意味的靈魂居所。至於部分靈魂因遭橫禍未能
壽終在家，以致缺少冢墓可供陰魂棲止，魂魄便滯留尸骨處未得歸
處，可謂是傳統信仰尤其是祭祀祖先習俗與概念的引申，由於尸骨
暴露在外未得安居之所，會使靈魂即個人的主要意識受苦，僅能停
留在陽世哀告生人協助，成為人鬼作祟的主要根源，此外，這概念
乃是基於傳統對陰間的建構，尚無宗教灌輸善惡得報的概念，無論

---

[71]　見《太平廣記》卷三百三十二引《通幽記》，頁 2637。

生前為善為惡，仍遵照此原則拘留於屍骨處，雖然排擠著佛、道與勸善思想，卻因源遠流長的信仰仍潛沈於中國人意識裏，在鄉野傳說裏予以傳續。

第四節　人生際遇的觀點

「定命」為中國傳統思維裏對人生境遇的設想，視生命裏的個別事件為前後連屬的整體，並認定在這過程裏的所有境遇皆受到不可抗拒的外力控制或導引，用以完成外力來源（即天道或人格天）預先設想的運作軌則或計劃，由於將力量歸源於絕對與超然的天道，自然不容懷疑其意志的正當性及執行的必然性，故所謂定命，即指人生命運已被上天所安排與決定。驗諸此觀念的歷史淵源，可由先秦子夏謂「死生有命，富貴在天」抑或莊子說「死生，命也，其有夜旦之常，天也」的言談裏察覺定命的思想雛形，[72]惟至兩漢，已發展為成熟的理論系統，即所謂三命之說。所謂三命，即天生而得的正命，配以行善作惡能讓命運更易的隨命，加上因環境變異而迫使個人命運接受改變的遭命，由此構成命運變化的理論基礎，仍

---

[72] 上引二文分見於《論語·顏淵》及《莊子·大宗師》。按先秦哲人所言及人生之「命」，乃指生命裏存有的限制，且此限定乃出於天。若《論語·雍也》云：「伯牛有疾。子問之，自牖執其手曰：亡之，命矣夫。斯人也，而有斯疾也！斯人也，而有斯疾也！」又《莊子·德充符》則云：「仲尼曰：死生存亡，窮達貧富，賢與不肖毀譽，飢渴寒暑，是事之變，命之行也。」無論是孔子視為年壽的限制，抑或莊子以為含括了死生窮達，二者皆視「命」乃生命的限制，不過就天的內容而言，則有不同的見解。換言之，二家皆承認個人皆受到命所限圍，足見所謂命定思想於先秦已微具雛形。

是傾向命運已被天道決定的心態，[73]雖經六朝佛道二教的傳播與興
盛，肯定著人能憑藉自力超脫俗世，不過佛教雖以善惡報應解說人
生的窮達原因，認定未來的命運掌控在人而不在天，實則申說著傳
統裏隨命觀點，竟成為命定思想的鼓吹，[74]至於道教於東晉葛洪主

---

[73] 漢時的命運觀以三命說最為流行，由《白虎通·壽命》、緯書《孝經援神
契》、《春秋元命包》等皆闡述三命義理，以及王充認為此說虛妄，於《論
衡》裏對此說法加以駁斥等情形足以反映。其理論可據《論衡·命義》所
云可見概貌，其云：「傳曰：說命有三：一曰正命，二曰隨命，三曰遭命。
正命，謂本稟之自得吉也。性然骨善，故不假操行以求福而吉自至，故曰
正命。隨命者，戮力操行而吉福至，縱情施欲而凶禍到，故曰隨命。遭命
者，行善得惡，非所冀望，逢遭於外而得凶禍，故曰遭命。」無論屬於良
善的本命抑或凶險的遭命，皆屬於外力的命運觀，惟遭命者，雖說善惡有
報的觀念，不過若遇遭命，即便行善，仍不免遭遇凶難，可見此觀念仍傾
向於命定觀，並削弱個人改變命運的能力。引文據黃暉點校《論衡校釋》
（北京市：中華書局，1996 年 11 月），頁 49-50。

[74] 三命裏的「隨命」內容，除上註引《論衡·命義》外，若《春秋元命包（苞）》
亦言：「命者，天之令也，所受於帝。行正不過，得壽命，壽命，正命也，
起九九八十一。有隨命，隨命者，隨行為命也。有遭命，遭命者，行正不
誤，逢世殘賊，君上逆亂，辜咎下流，災譴并發，陰陽散忤，暴氣雷至，
滅日動地，絕人命，沙鹿襲邑是。」又《孝經援神契》亦言：「命有三科：
有受命以任慶，有遭命以謫暴，有隨命以督行。受命謂年壽也，遭命謂行
善而遇凶也，隨命謂隨其善惡報之。」所謂「隨行為命」、「隨其善惡報
之」的觀念，實與佛教善惡報應的觀念相類，對此，（日）中嶋隆藏指出：
「命的思想中國人的心目中根深蒂固，但命的含義如果包含以上三種意思
的話（即三命），那麼佛教強調的因果報應論則傾向於三命之一的隨命的
含義，理應不是絕對不能了解的東西。但是，問題在於，三命說中的命運
恐怕是通過正命（壽命）、遭命、隨命三命并用方能說明其全體，相反，
佛教只憑借（藉）與構成三命說之一的隨命說相似的因果論便徹底地將所
有的命運問題說明得一清二楚。……歸根結底恐怕不能采納只將因果說看
作十分必要的佛教主張。」已點出佛教在宣揚報應觀時，仍可歸結至傳統
命運觀裏的「隨命」，亦未能單從報應理論支持「自力」能夠改變命運。
中嶋氏文見其著〈佛教的接受與傳統命觀的改變〉《世界宗教研究》1996
年第 2 期（1996 年 2 月），頁 39；至於緯書引自日人安居香山、中村璋
八所輯《緯書集成》（河北：河北人民出版社，1994 年 11 月），頁 618、928。

張「我命在我不在天」，致力於自力成仙概念的宣揚，然則六朝仙
傳包括葛氏所撰《神仙傳》裏仍強調著仙骨、仙質天生命定的想法，
又與其主張相互違抗，存留命定人生的思維，[75]入唐以後，定命之
說不僅盛行不衰，並且應用廣泛，即便佛教應驗抑或拾遺仙傳的宗
教作品，皆不免援用此觀念來作為腳力，儼然成為當時對人生最普
遍的觀感與瞭解，所謂的《感定錄》、《前定錄》、《定命錄》、
《續定命錄》等宣揚定命的專書，亦於此時應運而生。或可說當時
的人生觀乃是兩漢定命思想的沿續，但在細繹唐五代小說裏對命運
的運作或解釋後，可發現依循的主要思考脈絡：對命運發生的必然
性加以強化，由此牽動著對人生際遇的建構與設計。這樣看來，唐
代的命運觀雖源出漢代，卻已產生實質的變化。首先就力量的來源
觀察，小說裏亦直指出於所有價值根源的上天，不過在天意的執行
上則以實務操作代替理論演述，讓天人關係的環結，更擁有了具體
的實踐規定與細則：

---

[75] 自力成仙為道教信仰裏重要的觀念，卻與傳統的命運觀視人生境遇皆已預
先決定相互牴觸。對於此，呂鵬志指出：「直待東漢末道教產生後，始給
傳統的命運觀以猛烈衝擊。道教從古代神仙信仰和巫祝方術發展而來，十
分注重個體生命的維護和保養，以長生不死為人生追求的最高目的。這種
宗教特徵決定了道教必須有一個信念作人生之前提，就是命非由天定而由
人自己主宰。」指出道教思想與傳統觀念在人生觀上的衝突癥結。不過就
六朝及唐代仙傳觀察，仍不少僅因仙骨、仙質而得到神仙導引昇仙而去
者，足見傳統命運觀對道教以及民間的深刻影響，未能簡易地斷然二分。
呂氏文見其著〈試論道教的命運觀〉《社會科學研究》2002 年第 5 期（2002
年 5 月），頁 86。

一、出於天意，自成體系之宗教思維

　　既然人生的一切已被上天預作安排，那麼如何探知天意的趨向，則為當時人所當關心的議題。要之小說中對天意的探測，多藉由具宗教身分者經由占筮、法術等行為、或是採取直接質詢於神鬼，讓世人能在事件發生前得知命運的發展。雖然作為天人間溝通的媒介多來自不同信仰的修習有成者，但從個人藉由中介者而與上天、神靈溝通的簡易模式看來，仍以質樸近於原始的宗教動作為主要思想基礎，再將世俗觀念裏能與鬼神互動的社會角色置於其中，因此無論是僧侶、道士、巫師、卜人甚至博識學者，皆是窺見天機的習用人物，而所謂定命的思想模式，亦由此益顯其獨立及質樸的宗教特質。在此觀念的誘導下，讓幽冥國度裏的官吏系統，負責監督、執行上天對個人命運所下達的決策，而與傳統裏與命運攸關的司命信仰，有所結合。《定命錄》即載：

> 王晙任渭南已數載，自云：「久厭此縣，但得蒲州司馬可矣。」時奚三兒從北來，見一鬼云：「送牒向渭南，報明府改官。」問何官，云：「改蒲州司馬。」便與相隨來渭南。見晙云：「公即改官為蒲州司馬。」當時鬼在廳階下曲躬立，三兒言訖，走出。果三數日改蒲州司馬，改後二十餘日，敕不到，問三兒，三兒後見前鬼，問故，鬼云：「緣王在任膭請官錢，所以折除，今折欲盡，至某時，當得上。」後驗如其言。[76]

官職的任命，已被上天預作決定，記錄成文字，由各地方冥府差遣鬼吏派送敕令，呈現出陽世相同的官僚系統。鬼神雖然負責傳遞定

---

[76]　見《太平廣記》卷一百四十七引《定命錄》，頁 1056-1057。

命執行的官牒，讓個人命定裏的事件發生，但若其間發生了命定外的事件，阻止命運按照計畫進行時，上天便會加以直接干預，務使所預定的計畫必然應驗：

> 杜暹幼時曾自蒲津濟河，河流湍急，時入舟者眾，舟人已解纜。岸上有一老人呼：「杜秀才可暫下。」其言極苦，暹不得已往見，與語久之。船人待暹不至，棄襆於岸便發。暹與老人交言未盡，顧視船去，意甚恨恨。是日，風急浪麤，忽見水中有數十手攀船沒，徒侶皆死，唯暹獲存。老人謂暹曰：「子卿業貴極，故來相救。」言終不見。暹後累遷至公卿。[77]

文中說明杜暹命裏當有官祿（本命），但生命裏卻遇見死劫（遭命），為求本命的確實應驗，出現鬼神的外力強行改變厄運，讓上天所授予的本命能逾越環境不變的遭命。而這本命不可改變的想法，在唐五代時多有再生的故事最能反映此觀念，故事陳講著當本命壽命未完而身軀遭遇橫禍，致使靈魂入於冥司，後來翻檢壽命的簿冊後便令還陽的模式，即便主人翁因犯罪、戰爭被勒縊甚至頭項斷裂的情形下，皆無法致其死地，[78]就此看來，除了強化了定命即本命的不可更易性外，有別於漢時的命運觀點，亦與六朝志怪搜羅社會異聞

77　據方詩銘輯校、戴孚著《廣異記》，頁 35-36。

78　此類因遭橫禍以致入冥，後經陰間司命官使發現壽命未終而送還陽世者，於唐小說中頗為習見，若《太平廣記》卷三百七十六引《定命錄》便載有朱泚亂時，李太尉軍中有一卒耿皓為亂兵所殺，且身首異處，後耿皓入冥司發現年壽未終，故由冥吏以桑木自皓腦釘入喉來接合頭、身後返陽間，後活七十餘歲；又《廣異記・湯氏子》裏湯氏子殺人判死刑，唯相者卻說此少年有五品的面相，必不死，經歷兩次以繩勒縊皆復活，令刺史做出網開一面的決定，後果為全椒令。上引故事皆謂本命壽未終了，即使遇橫禍，亦不能傷。引文分見《廣記》頁 2991、《廣異記》頁 127。

的心態不同，[79]反映出唐時的定命思想，已建構起簡易而完整的宗教思維。

定命之說孕育且肇始自古代思想，然而由定命所引導建構的信仰體系，並非封閉地謹守傳統思維，而是具彈性地吸納其他宗教教義，以支持命運決定於上天意志的看法。由宣揚定命的專書便可明顯地看出輪迴報應之說，已被攝納於定命之內。不過佛教強調自勵修佛，近可累積福德，遠可超脫輪迴，講究自力得救，至於定命論則以消極的態度面對被決定的命運，否定自力變易現況的可能——至少是認定果效有限，顯然在基本的概念相互衝突。因此庶民所理解或接受與定命有關的佛教輪迴報應，與佛理當有差異。在《前定錄》裏已藉由擔任冥間役卒的亡者透露消息，而謂：「凡人夭逝，未滿七歲者，以生時未有罪狀，不受業報。縱使未即托生，多為天曹權祿驅使。某使當職役，但送文書來往地府耳。天曹記人善惡，每月一送地府，其間有暇，亦得閒行。」[80]所謂的輪迴，乃是藉由天曹、神鬼組成的冥界司法體系，執行能跨越前生、來世的善惡報應，那麼出家沙門能預見吉凶，亦是因著能在「冥司見善惡報應之

---

[79] 按「再生」故事並非唐五代時所特有的主題，六朝時此類故事亦眾，惟其復活的原因導源自年壽未終者甚少，多因精誠所致，以令還陽者。《搜神記》卷十五所載因病而卒又復活的「河間郡女子」，民間即認為「奏以精誠之至，感於天地，故死而更生」以致此，或入於墓冢，人身猶活，《博物志》卷七所記因發漢宮人冢發現宮人猶活即是（《搜神記》收於卷十五），皆近於載錄社會異聞，並無集中於某項思考概念，若比對唐五代的再生故事，可讓以命定作為還陽的主要原因更為鮮明。引文分見汪紹楹校注《搜神記》（台北市：里仁書局，1999 年 10 月），頁 179 及范寧點校《博物志校證》（台北市：明文出版社，1981 年 9 月），頁 86。

[80] 見《太平廣記》卷一百四十九引《前定錄》，頁 1075。

事」，[81]與佛理相去更遠了。而對「輪迴報應」的理解及運作，可由牛肅《紀聞》所記〈王偁〉故事得到完整的概念：

> 唐太子通事舍人王偁曰：「人遭遇皆繫之命，緣業先定，吉凶乃來，豈必誠慎？昔天后誅戮皇宗，宗子繫大理當死，宗子歎曰：『既不免刑，焉用污刀鋸？』以衣領自縊死。曉而蘇，遂言笑飲食，不異在家。數日被戮，神色不變。初蘇言曰：『始死，冥官怒之曰：爾合戮死，何為自來？速還受刑。』宗子問故，官示以冥簿，及前世殺人，今償對乃異報。宗子既知，故受害無難色。」[82]

故事裏已預設靈魂不滅且輪迴六道的立場，反映著唐人普遍的死後想像，而前世作為生成的業移轉至今世，由天曹決定於今世還報，記載於簿錄裏交付冥官執行，且分毫不差，以明定命之不爽，讓輪迴報應成為上天決定個人今生命運的重要參考，亦可解釋定命的發生仍具備部分的合理性。由傳統信仰裏發展出的定命觀，在佛教輪迴之說廣為眾人接受後，不得不對此普遍的思維加以回應：吸收了生命流轉於輪迴轉世的概念，惟將人格天的意志架設其上，作為運作個人命運、輪迴的主宰，雜染著佛教色彩卻仍能保持定命觀的基本架構及原理。

81　見《太平廣記》卷一百五十引《前定錄》，頁1083。
82　見《太平廣記》卷一百四十七引《紀聞》，頁1058。關於以輪迴強調今世命運被決定的原因者，在申言定命觀念的專書裏頗為習見，若《廣記》卷一百四十七引《定命錄》所載：「東京玩敲師與侍郎齊澣遊往，齊自吏部侍郎而貶端州高安縣尉。僧云：『從今十年，當卻迴，亦有權要。』後如期，入為陳留採訪使。師嘗云：『侍郎前身曾經打殺兩人，今被謫罪，所以十夫左降。』」（頁1061）即將前世惡行轉變成今生定命裏的謫罪，皆是強調定命發生是具有部分的合理性。

　　不過當借用前世造業以致報應在今生的公式，足以提供「個人命運被上天決定」概念的部分合理性，然而若肯定「報應」的確實存在，便必須考量報應發生在當世的可能，亦即本書第五章所討論善惡有報的勸善思想，讓個人行為干動著既定命運的進行，惟此舉則削弱了命運的必然個性，讓上天的意志未能得到貫徹，因此在定命觀大盛的氛圍下，勸善思想便受到抑制而無法傳揚。那麼普遍認定命運是可預知且不可改變的態度，便需要考量並處理會使定命改變的可能因素。

二、決定在天，難以干預之既定命運

　　因著唐人認為命運決定於具個人意志的上天，並非受機械式運行的宇宙所引導，在理論上命運不僅是可以被預知，亦可藉由宗教行為與鬼神溝通，進而改變被決定的命運，[83]尤其唐人多藉著宗教科儀、崇拜行為（譬若持經、造像等）甚至巫術等活動直接向鬼神祈願外，甚至認為可憑藉行善的方式間接地改變既定的命運，那麼唐五代應是傾向於「可預知且可更易」的命運觀。不過就目下所見

---

[83] 陳寧採用瑞恩格林（Helmer Ringgren）的看法，分析命運能否改變的認定，是訴諸於「命運主宰者的性質」上，而有鬼神、機械式宇宙的不同，而謂：「命運被認為可以改變，是因為人們相信鬼神為其主宰，而鬼神被視為有人格性，有思維，有欲望，其意志能被人了解。」又云：「命運被認為不可變更，是因為人無法與盲目性的命運主宰交通。」由此反觀唐五代時命運觀，乃是將人格天置於機械式的宇宙之上（即陰陽五行的變化），天的意志可直接干預事物的發生，於是唐人小說雖多出現「命運可預知不可改變」的事例，並非說明唐人以為命運決定於機械式的宇宙，而是與人格天對自己的意志鮮少改變有關。陳氏文見其著〈命運可預知而不可改變之觀念的產生〉，《中國文哲研究通訊》第六卷第二期（1996 年 6 月），頁147-160。

定命主題的故事，或導源自故事的敘述者為強調命運的必然發生，皆有意識地貶抑或是忽略個人其間的行為，以免產生可能改變命運的任何變數，若《定命錄》所記〈李迴秀〉故事，即為典型的情節模式：

> 李迴秀為兵部尚書，有疾，朝士問之。秀曰：「僕自知當得侍中，有命固不憂也。」朝士退，未出巷而薨。有司奏，有詔贈侍中。[84]

李氏自知命裏當得侍中的官職，而在卒時應驗，至於從預言至應驗這段期間裏李迴秀的善惡作為則全然被忽略，僅強調著已發出的定命預言，得到絕對的應驗而已。或許可假定這些例證的主人翁皆無重大過失或善行，未能影響既定命運的發展，惟就唐人最為看重的孝行以觀，強調定命者亦讓孝子遵循既定命運，未能預逾越，與勸善思想有所牴牾。《前定錄》即載：

> 袁孝叔者，陳郡人也，少孤，事母以孝聞。母嘗得疾恍惚，逾日不瘥。孝叔忽夢一老父謂曰：「子母疾可治。」孝叔問其名居，不告。曰：「明旦迎吾於石壇之上，當有藥授子。」及覺，乃周覽四境，所居之十里，有廢觀古石壇，而見老父在焉。孝叔喜，拜迎至於家，即於囊中取九靈丹一丸，以新汲水服之，即日而瘥。孝叔德之，欲有所答，皆不受。或累月一來，然不詳其所止。孝叔意其能曆算爵祿，常欲發問，而未敢言。後一旦來而謂孝叔曰：「吾將有他適，當與子別。」於懷中出一編書以遺之。曰：「君之壽與位，盡具於此，事

以前定，非智力所及也。今之躁求者，適足徒勞耳。君藏吾
此書，慎忽預視。但受一命，即開一幅，不爾，當有所損。」
孝叔跪受而別。後孝叔寢疾，殆將不救，其家或問後事。孝
叔曰：「神人授書一編，未曾開卷，何遽以後事問乎？」旬
餘，其疾果愈。後孝叔以門蔭調授密州諸城縣尉，五轉蒲州
臨晉縣令，每之任，輒視神人之書，時日無差謬。後秩滿，
歸閿鄉別墅。因晨起，欲就巾櫛，忽有物墜鏡中，類蛇而有
四足。孝叔驚仆於地，因不語，數日而卒。後逾月，其妻因
閱其笥，得老父所留之書，猶餘半軸，因歎曰：「神人之言，
亦有誣矣！書尚未盡，而人已亡。」乃開視之，其後唯有空
紙數幅，畫一蛇盤鏡中。[85]

袁孝叔因至孝而引來具神仙身分的老父賜藥，用以治療母疾，根據
善惡有報的原則，孝叔的善舉本可得到本命外的福澤，不過老人卻
僅贈與記錄命運的預言一冊而去，並傳達年壽與祿位皆已天定，若
命裏無分，強求僅能歸於徒然的告誡，那麼這位孝子僅能在命運裏
重要事件成為事實後，對照書中的記載，贊歎天命的不可違抗而
已，突顯著撰者強調定命必然性的意圖及目的，否定改變命運的可
能，另一方面也間接否定藉由勸善來改變命運的想法，減緩個人向
善及上進的用心。就此看來，唐時的定命（命運可知不可改變）與
勸善（命運可知且可行善變易）思想竟在命運的可否改變上相互衝
突，卻能並存且盛行於當時社會。這思想分歧的發生癥結，在於命
運對個人給予難以掌握及無能為力的感受，當個人善惡言行與窮達
遭遇相契合時，人便生出善惡有報的印象，那麼命運是可以藉由自

力而改變;相反地,若善惡行為與後來結果並不相符時,便僅能以
命運已決定予以解釋,然前者多作為推展宗教信仰所引用,諸若佛
道兩教無不引援,而後者則應用在人生的觀點上,如何面對生涯裏
的各種變化,那麼在唐代重要的社會活動譬若科舉、婚姻等大事
上,乃是偏向於命定觀念的加強:以科舉制度為說,本是唐代文人
晉身的重要途徑,有賴於自己的努力才能考取,即個人對考試結果
擁有操之在我的主導地位,不過應試成績卻與個人期待相違背時,
說明了即便是人類社會決定的項目,個人亦無法掌握干預,且將這
考取與否的原因,歸納在「上天決定的個人命運」裏,成為宣揚命
定觀念的習見要題。[86]依循事皆前定的想望下,便出現如《聞奇錄》
所載的定命,已規範至生活瑣事上:

> 杜悰與李德裕同在中書。他日,德裕謂悰曰:「公家有異人,
> 何不遣一相訪?」悰曰:「無。」德裕曰:「試思之。」曰:
> 「但有外生,自遠來求官爾。」德裕曰:「此是也。」及歸,
> 遣謁德裕,德裕問之,對曰:「太尉位極人臣,何須問也。
> 凡人細微尚有定分,況功勳爵祿乎?且明日午時,有白獸自

---

[86] 若《廣記》卷一百四十九引《會昌解頤》即有:「夫人生死有命,富貴關
天。官職當來之分,未遇何以悵然。」又卷一百五十四引《前定錄》亦
記:「明年進士人名,將送上界官司閱視之所。」考取名單需送至天庭裁
決,將功名繫於命定,其意甚顯。甚至以為個人無法干預祿位的安排,即
便是決定升遷的官吏,亦無權對天命置喙,若卷一百四十六引《定命錄》
云:「唐狄仁傑之貶也,路經汴州,欲留半日醫疾,開封縣令霍獻可追逐
當日出界,狄公甚銜之。及回為宰相,霍已為郎中,狄欲中傷之而未果。
則天命擇御史中丞,凡兩度承旨,皆忘。後則天又問之,狄公卒對,無以
應命,唯記得霍獻可,遂奏之,恩制除御史中丞。後狄公謂霍謂:『某初
恨公,今卻薦公,乃知命也,豈由於人耶?』」皆表明著天定的絕對性與
不可違抗性。分見《廣記》頁 1070、1123、1107 及 1052。

> 南踰屋而來，有小童丱角衣紫，年七歲，執竹竿，長五尺九
> 節，驅獸，獸復南往。小童非宅內人也，試伺之。」翌日及
> 午，果有白貓，自南踰屋而來，有丱角小童衣紫，逐之，貓
> 復南去。乃召問之，曰：「年七歲。」數其所執竹，長五尺
> 而九節，童乃宅外元從之子也，略無毫髮差謬。事無大小，
> 皆前定矣。[87]

杜憬外生作出的預言，乃是將時間、地點、物件、和人物及其身分
精確地命中，告示個人不僅生命裏的要事受到上天所預定，甚至一
舉一動亦不能逾越，全然受到鬼神的控制。在這命定觀念的強調與
冥府司命的預設下，讓命定的事項趨向苛細，導引著命運發展的線
索：其一，朝向簡略、忽略發出預言與應驗實現過程間的其他事件，
以祈排除影響命運轉變的可能；其二，採取單線進程的模式，能精
準地驗收預言裏所預設的動作內容，務求定命發生的必然與準確
性，指導著唐人建構人生的思想基礎以及定命故事的發展線索。

三、簡化際遇，命定人生之發展線索

　　那麼人生既然是一連串不可更易事件的預先設定，並且傾向於
準確地規範發生的時間與地點，如何讓漫長人生皆符合上天的計畫
而無逾越，就命定故事的設計來看，乃是將單一事件予以串連、延
展，呈現出由執行個別事件所構成的單元人生，成為唐人對人生命
運的基本意識與想像，而在定命故事裏加以申述：

---

[87]　見《太平廣記》卷一百五十六引《聞奇錄》，頁1123。

（一）簡化人生導引出的命運發展

　　由於定命是由天曹決定後以簿錄的形式交付冥界，再由鬼神負責執行，故由簿錄的載記方式，已足反映命運的如何開展。在薛漁思《河東記·李敏求》裏便透露了冥府記錄祿命的形式，「其文曰：李敏求至大和二年罷舉。其年五月，得錢二百四十貫，側注朱字，其錢以伊宰賣莊錢充。又至三年得官，食祿張平子。」[88]所展示的規範，乃是要求在既定的時間內，執行上天預先的旨意。這樣以事件依附既定時間作為命運進程的設想，自予人事件相互聯結的印象，當某件事件發生後，便牽引著下一事件的開展：

> 梁翰林竇學士夢徵，以文學稱於世，時兩浙錢尚父有元帥之命，竇以錢公無功於本朝，僻在一方，坐邀渥澤，不稱是命，乃抱麻哭於朝。翌日，竇謫掾於東州，及失意被譴，嘗鬱鬱不樂，曾夢有人謂曰：「君無自苦，不久當復故職。然將來慎勿為丞相，苟有是命，當萬計避之。」其後竇復居禁職，有頃，遷工部侍郎，竇忽憶夢中所言，深惡其事，然已受命，不能遜避，未幾果卒。[89]

竇夢徵被貶謫後夢見鬼神告知當復職，不過也告誡夢徵勿當丞相，否則便會死亡，後來果然在升任工部侍郎位時退遜不及，未幾而卒。故事的意旨即以夢裏預示的乃是天命安排，即便人能預知，亦難逃避，然而就這能閃躲「丞相之位」來達到免除死亡的說明而言，本會產生在避開排定在死亡前的事件後，能否進而讓單線發展的天

[88]　見《太平廣記》卷一百五十七引《河東記》，頁1127。
[89]　見《太平廣記》卷一百五十八引《玉堂閒話》，頁1137。

命線索歧出，得到新生命運可能的設想。這疑義在《定命錄》裏的
〈張文瓘〉故事裏提供了解答：

> 張文瓘少時，曾有人相云：「當為相，然不得堂飯食喫。」
> 及在此位，每昇堂欲食，即腹脹痛霍亂，每日唯喫一椀漿水
> 粥。後數年，因犯堂食一頓，其夜便卒。[90]

張文瓘的命定裏除了有丞相之位外，亦設下當堂裏食飯便會死亡的
規定，而這預設讓文瓘任丞相時，舉凡昇堂便會腹痛而難以進食，
無法測試其一預言的真偽，後來終於在堂食飯，其夜便死，告知著
個人即使避開某項預定時間發生的事件時，僅能拖延命定事件發生
的時間而已，無法引發命運的整體變化，仍依照原來的命運設定進
行，而以單線作為命運的想像，亦由此更加顯明。

（二）量化生命算計出的人生進程

　　將命運視為個別事件的串連，並相互牽引，形成單線、串珠式
發展的人生，為當時對既定命運的看法，惟唐五代又好用彰顯命定
的精準與嚴格，且在冥界執行命運的影響下，除了已得個人食料、
用水的用量皆有專司管理的苛細發展，[91]亦讓命定的人生裏，存在
著數字的計算。那麼就此推想，當個人命定的物資消耗殆盡，亦表

---

[90] 見《太平廣記》卷一百四十七引《定命錄》，頁 1060。

[91] 分見《太平廣記》卷一百五十一引《感定錄》云：「乃曰：『既屬陰司，
有何所主？』吏曰：『某主三口已上食料。』」卷一百五十八引《玉堂閒
話》：「吏既出，生潛目架上有簽牌曰：『人間食料簿』」（頁 1086、1138）；
又杜光庭《錄異記》卷二記云：「某（李生）受命於冥曹，主給一城內戶
口逐日所用之水。」《錄異記》據日本京都市中文出版社影印明毛晉汲古
閣《津逮祕書》本。

示個人的生命到達盡頭，魂當歸返陰界了。若張讀《宣室志》所載錄的李德裕故事，即採此觀念擘畫情節，陳講定命，其云：

> 唐相國李德裕為太子少保，分司東都。嘗召一老僧問己之休咎，僧曰：「非立可盡，願結壇設佛像。」僧居其中，凡三日。謂公曰：「公災庚未已，當萬里南去耳！」公大怒，叱之。明日，又召其僧問焉：「慮所見未子細，請更觀之。」即又結壇三日，告公曰：「南行之期，不旬月矣，不可逃。」公益不樂，且曰：「然則吾師何以明其不妄耶？」僧曰：「願陳目前事為驗，庶表某之不誣也。」公曰：「果有說乎？」即指其地曰：「此下有石函，請發之。」即命窮其下數尺，果得石函，啟之，亦無睹焉，公異而稍信之，因問：「南去誠不免矣，然乃遂不還乎？」僧曰：「當還耳。」公訊其事，對曰：「相國平生當食萬羊，今食九千五百矣；所以當還者，未盡五百羊耳。」公慘然而歎曰：「吾師果至人。且我元和十三年為丞相張公從事於北都，嘗夢行於晉山，見山上盡目皆白羊，有牧者十數迎拜我，我因問牧者，牧者曰：『此侍御平生所食羊。』吾嘗識此夢，不泄於人。今者果如師之說耶，乃知冥數固不誣也！」後旬日，振武節度使米暨遣使致書於公，且饋五百羊。公大驚，即召告其事。僧歎曰：「萬羊將滿，公其不還乎！」公曰：「吾不食之，亦可免耶？」曰：「羊至此，已為相國所有。」公戚然不悅。旬日，貶潮州司馬，連貶崖州司戶，竟沒於荒裔也。[92]

92　見張讀《宣室志》卷九，文據藝文印書館於 1965 年影印明萬曆中會稽半埜堂商濬校刊《稗海》本。

僧人以結壇作法三日，探得李德裕命運的休咎，且察知德裕一生當
食萬羊的訊息。因德裕命裏當被貶謫至南荒，因此僧人以萬隻羊作
為計算德裕能否回京任官的基礎，若食羊已達萬匹，便無回日，反
之，便能返京，後來米暨饋羊五百，與之前德裕所食羊九千五百隻
相加已滿萬隻之數，由此預告著德裕當死蠻荒。文中所展現命運發
展的線索，乃是認定個人一生中使用的所有物資皆有定量，並由鬼
神精準的執行，那麼當已設限的物資使用既盡，自然預表生命將步
入結束。雖然，壽命與食糧的關係並非呈現絕對的正相關，亦有「食
盡而命未盡」的情形，在《兩京記》裏載錄僧人法慶因命裏食盡卻
年壽未終，入冥後被遣回，採用食荷葉的折衷方式維繫生命，[93]不
過在傳達天定壽命不可改變、及更精確計算生命的意旨上則無不
同，讓生活裏看似平凡無奇單一事件的發生（若故事裏饋贈五百羊
的行為、及食盡），皆隱含計算意義的命運進程，就此而言，雖然
也是串連個別事件、依循著單一線索作為命運發展的基調，不過更
賦予定命銖兩不謬、絲毫不爽的意義了。

　　唐人不僅認為天道決定著萬物的歸趨與變化，亦是人生境遇何
以發生的終究根源與答案，由人生命運已經決定的觀點而言，已否
定人能藉由自力進而改變命的可能，除了與較具宗教色彩的勸善思
想相互矛盾外，在態度上亦傾向於消極。然而由正面的角度觀察，
現實社會裏行善、為惡者能得到相對報應的情形本不多覯，人生也
充斥逆境與挫折，將這得不到合理解釋的現象歸源於「人生無非命
定」裏，就具有宣慰、紓解情緒的療效，讓人接受既成現實的正面
意義。

---

[93]　見《太平廣記》卷三百七十九引《兩京記》，頁 3016。

第五節　小結

　　藉由董理記異小說裏對超自然現象的敍述與詮解，實已建構起唐五代時對神鬼世界所設想的變化原理，體現著完整且親切的集體意識。藉此研議，除了讓志異小說的思考進路趨於明晰外，且使作品的主題更加地突顯與易於掌握，尤其在探討中已發現不少故事僅採用單一的概念作為演述基礎（譬若魅怪的存有、天命的難違），反映出當時人們的信仰及觀感外，亦可明瞭當時志異小說裏，存在著僅以表述純粹概念為命意的族類。

第七章　結論

　　在刻意鍛鍊的哲學理論以及致力文辭的詩文創作之外，唐五代文人亦好纂寫奇事異聞，其撰寫目的若摒除具宣教使命的宗教應驗不計，作品較多以近於隨興輕佻的態度面對，無庸端正意念去細繹、推敲其中是否存有與聖道相違的異說，使得這些故事所載錄的人物心理、場景鋪陳頗貼近當時民間社會，讓妖魅精怪與神仙人鬼皆能置身在相同的時空裏，至於文人更可利用記述日常所不能遭遇的異常經驗，讓精神活動得到暫時的滿足與疏離，取得紓解情感的文學管道。正因著記述者（文人）在小說創作裏擺脫了宗經文論的傳統束縛，甚至特別興味小說所可承負的變異情節，讓被記述者的觀感（含括一般民眾的所有人物）能被接近完整的記述下來，即便是前朝故實的傳寫，亦再次地被賦予記錄者自身的思維，而富含時代的色彩。因此本書已就志怪、傳奇所援用記異的題材予以析論，體現出相去於端坐廟堂思辯甚遠的社會意識：是含括著真實與異想世界的整體面貌，表呈著萬物變化的運作法式與信仰體系，亦標誌出在小說演變長河裏所蘊含更深刻的發展意義。以下便簡說本書所演繹的論述重點，作為結論。

第一節　呈現社會的意識

　　在充斥神鬼妖魅不稽的載聞裏，傳遞著當時社會意識所體認萬物流變的理則，使得看似僅侷限於個別的獨立經驗，卻能體現著共

通的集體意識。就其運作的主要脈絡而言，是承續起傳統信仰裏人格天的概念，將人事發展及萬物變遷都統攝在上天意志的執行裏，構成以天意（道）為運行主軸的世界觀：

一、就人事來說，乃是將天道運行的原理演繹更趨苛細，進而延展至個人命運，令原本僅止於命定、預示君國大事的興替衰亡，也應用在尋常人一生的遭遇上，而這正是唐五代時最為盛行的定命觀，務使所有與人攸關的一切事物，皆囊括在意志天設定的範圍內。既然人生已被預設，便可倚重人神的仲介由宗教形式（若卜筮、作法、面相、入夢）探測天意，使得預見天命成為當時傳說的要題，投射在當時袁天綱、李淳風等具神祕色彩的箭垛式人物上。命定人生雖然看似消極，卻提供在人世多舛裏壯志難酬者一種非人為因素的解釋，讓失意者不因失敗而否定自我，間接地產生撫慰人心的正面力量。這亦是唐人潛意識裏對社會以及人生的觀感。

二、至於對萬物流傳的設想，仍未脫陰陽五行的氣化宇宙論、物理觀。唐五代承繼起漢時已被劃規成天人交感的氣化機制，亦將氣的異變作為妖怪精魅出現的主要理據；此外尚考量時間亦能促使萬物變異的特質，讓氣的變異與時間的催化，成為促使器物甚至動植物得到人格意識的主要力量來源。換言之，若能結合個人意志與物件本體，便可化身精魅。而這思考進路，是與生人結合魂魄、身軀的概念有所對應與契合，故當精魅或魂魄所寄居的原形物件、軀體消滅及受傷害時，精魅便可剪除，亡魂則會受苦，惟將陰陽賦予褒貶的意涵，判定精魅的陰氣必會傷害稟陽氣的生人。代表個人主要意識的魂亦是由氣所組成，當人死後魂便離身成為鬼或神，與人因睡夢致使暫時離開軀體的生魂性質相同，由此人可在夢裏與神鬼交通，甚至得到祂們

所給予的未來啟示。以單純的氣化物理觀，來看待、解釋所有
超現實的現象與人格，成為當時的普遍觀感。

三、這些對現實世界的預想也延伸至人死後的歸所。唐五代小說少
見前往天界（天堂）的描述，畢竟道教天堂本是不死神仙的居
所，而佛教極樂世界則為超脫輪迴者所專設，與一般群眾保持
相當的距離。在依循原始信仰的質樸想像下，靈魂僅能在埋葬
屍骨的墓穴裏延續生前的活動，惟在地下又另外建立起仿傚陽
世生活的陰間規模，作為陰魂共同的活動區域，至於未得安葬
的靈魂便淹留在屍體處未能離去，為遇鬼事件提供了墓地、殯
宮外的另一場地，如此便可將神鬼與生人置諸相同的活動空
間；由於釋教小說皆務將靈魂帶往地獄審判，以顯宗教的威
信，而產生人死後陰魂必須前往陰府結算生前善惡、甚至繼續
在具有與世隔絕的他界生活，若如此便阻斷了魂與身體在人死
後的依存關係，而與前說有所扞格成為歧出。

在天意預設的機制與規律下，讓具人格意志個體的活動，以及
萬物流轉的變化皆必須依循而不能逾越，雖劃定出想像不可超出的
界線，卻也建立起神仙鬼魅合理地在故事裏與生人接觸的基礎，沈
潛在當時人們的意識裏。

第二節　刻劃宗教的體貌

宗教雖欲提供宣慰人心的淨土，卻在鞏固己身宗教利益的企圖
下排擠著其他信仰，於是佛道兩教亦在入唐後爭競愈顯激烈，就史

籍所錄，兩派多就教義展開攻防，用以辨分信守宗教的合理與優
越，進而求取政治力量對宣教活動的支持。[1]這些義理上的往來申
辯，除了不適用於小說既定的敘事體例外，亦與此類宗教性小說所
擁有的任務不同，畢竟前者面對的乃是嫻熟於教義的飽學文士，後
者則是貼近於民間的一般群眾，就此時期的佛道小說而言，是體現
著當時社會信仰的真實風貌。入唐後的佛道小說，亦不例外地承繼
起六朝規模與敘事：

一、以應驗作為主軸的佛教故事，除了多青睞代表應驗原理的報應
　　聞錄外，六朝廣傳的救苦觀音信仰以及唐代新興《金剛經》的
　　持驗靈驗，皆是當時最為興盛的佛教主題。這些故事皆突顯著
　　現世的持奉利益，引導著觀音信仰繼續維持原有的救苦職志，
　　進而統攝密教及淨土觀音的能力，擴展觀音的慈悲形像與救贖
　　大能，俾使強化持念聖名必得解救的必然性；至於《金剛經》
　　也仿傚著人們所熟習的觀音應驗模式，另行擇選佛教聖賢來運
　　作《金剛經》大能，甚至直接賦予佛經人格特質，救濟眾生，
　　讓原本以「自力救贖」作為原理的《金剛經》，竟採取觀音「他
　　力救贖」的途徑。而這環結信守方便與利益廣大的絕對關係，
　　成為佛教應驗小說最為突出的敘事特色。

二、道教小說雖接續起六朝仙傳、仙遇的編纂職志，復就母題而
　　言，除仙傳少有變化外，仙境遊歷則更易了不能回歸的母題，

---

[1]　據湯用彤〈隋唐佛教大事年表〉所董理，此時佛教多次受道士以及儒者的
　　攻謗，大凡針對佛理或僧人著作而發論，尤其由道士的論辯裏，已見爭說
　　的真實目的。若貞觀十三年，即有「道士秦世英奏沙門法琳著《辯正論》
　　訪誹皇室，罪當罔上。太宗及下敕沙汰僧尼，並下琳於獄按問，後放之蜀
　　部。」即藉政治力量限制佛教的宣揚，達成己身的宗教企圖。文見湯著《隋
　　唐佛教史稿》（台北市：木鐸出版社，1988 年 9 月），頁 303。

傳揚著修仙可成的印象；思想方面則已融入忠孝節義等國家意識，告知道教教義趨向入世的事實。而道教徒在見識了佛教應驗的流行現實與傳教力量後，也以自造道教應驗記作為回應。在這些作品裏展開佛道兩教的法力對抗，以道勝佛敗的既定形式，來貶低甚而否定信奉佛教的價值，成為道教小說新生的類型。

三、此外尚有鑑於社會對良善的追求而抽繹儒釋道裏相近的概念，以善惡（不具有特定宗教意識的通俗道德觀）有報作為基礎，又摻入了道教積善成仙、佛教輪迴報應而形成微具宗教規模的勸善理論。勸善思想雖未積極地排擠佛道兩教，卻亦強調著善惡報應的獨立與超然，勉人行善換取福報，雖悖於當時盛行的「定命」思想而未能廣傳，卻是宋代以後勸善書大盛的先聲。[2]

另外，小說裏也反映出這些立論各異的宗教信仰在宣教的企圖下，是以尋求民眾的認同作為要務，對於群眾深信不疑或與教義相違的民間信仰（若法術科儀、鬼魅邪神作祟等），未見就教義來駁斥其合理性，反倒藉由降伏靈怪或表現神異來證明己身信仰的優越與實用性，兼容了民間淫祠的傳統信仰。由此更可突顯這些宗教小說所具備的宣教使命，也說明了可在這些作品裏找尋到具體、完整的信仰實況。

---

[2]　關於宋代勸善書的分門、定義及流傳，詳參林禎祥《宋代勸善書研究》（台北市：東吳大學中國文學研究所碩士論文，2005 年 7 月）。

第三節   體驗小說的發展

　　唐五代小說本取意於六朝志怪，張皇著殊方異物與神鬼精魅的傳聞，讓「變異」情節成為小說裏的主要命題。當作者的命意不再止於異變的載記與宗教的應驗，更偏向著體察人事上尤其情感的特異時，竟讓記異題材不再是演繹的主題，退為映襯主題的附庸，而這取意的不同，已提點言情、歷史小說對記異題材的援用方式，建立起後世小說大盛的基礎：

一、提供演論的題材

　　六朝志怪多止於純粹記事的撰寫，入唐後敘事已趨向細密，增益對話。手法雖不同於六朝，然而記異的目的則未更改。這些作品反映著人們對於智識不能理解的現象及事物的深厚興趣，傳繼著志怪初肇時的原來精神。唐五代時既便志怪已有偏好文采的趨向，但僅以傳述異聞來滿足人們的單純興味也未曾更易，而這演繹「記異」的手法與好異的精神，不僅是後來若洪邁《夷堅志》、張潮《虞初新志》等直接仿傚的文言典範外，亦指點後來宋話本及神魔小說在演述故事時的創作迷津。[3]

3　　按宋話本的體裁雖承繼唐代說話而來，但仍多取用唐五代志怪、傳奇的題材。可由宋羅燁《醉翁談錄‧小說開闢》（上海市：古典文學出版社，1957年7月）裏便指出話本作家須「尤務多聞」、「幼習《太平廣記》」，仍乞靈於宋以前的小說作品見其端倪。關於宋話本援用唐五代記異故事篇目，胡士瑩《話本小說概論》（台北市：丹青出版社，1983年5月）中第八章第一節〈醉翁談錄著錄的宋人說話名目〉已有考論，可參看。

二、作為命題的映襯

　　部分創作者以觀察人事的特異作為命題，多採傳記（尤其人物別傳）的體例撰寫作品，卻仍對記異的情節多有援引。亦即異變已不再是故事的主體，卻又具有烘托、深化主題的積極作用。譬如沈既濟〈任氏〉一文載狐妖故事，意旨卻落於人情的諷喻，[4]又〈枕中記〉一篇為神仙點化，實寄寓人生若夢的慨歎，[5]至若〈補江總白猿傳〉、〈周秦行紀〉用虛幻之筆求得誹謗的果效，[6]顯然和記怪述異的創作心態大相逕庭。

　　因此志異雖涉不稽，卻在唐五代小說作手的重新演繹、運作下，已建立起多樣的小說式樣，指引著後世有心從事小說創作者的依循方向。或借用奇幻之筆以寄孤憤，或僅將靈怪當作點綴以事創作，皆是小說作手習用的技倆。至若提供文人詩文撰寫的素材，馳騁想像的場域，更是小說創作外，發揮著難以數計的文學影響。

---

[4]　關於〈任氏〉一文的主旨，王夢鷗已有深說，其云：「蓋作者雖以任氏屬之妖狐，然以異類匹配浮蕩少年，殊非忝竊；迨至愛慾升華，結成至交，雙方蟬蛻於汙泥之中，一則明知西行不利而甘為公死；一則如喪所親而相持盡哀；作者乃從而興歎，謂『異物之情也有人道焉！遇暴不失節，殉人以至死，雖今婦人，有不如者矣。』」已將作者用妖魅反諷人情的意圖加以詮釋，文見王氏《唐人小說校釋上》（台北市：正中書局，1994 年 8 月），頁 57。

[5]　〈枕中記〉乃託寓沈既濟己身的慨歎，即王夢鷗所說的：「是故，本篇中之盧生，實似為楊炎（按拔擢沈既濟者）寫照；至於追求『人生之適』以至於幻滅，則是作者親聞目擊而得之心證者。」文見王氏《唐人小說校釋上》，頁 36。

[6]　唐代以撰寫小說求取政治上的目的者，可由卞孝萱《唐人小說與政治》（廈門市：鷺江出版社，2003 年 6 月）的董理看出實遍及傳奇、志怪與一般筆記，本文僅引今人最習知的兩篇為例。

引用書目

凡例

一、書目範圍僅止於正文引用，其他若索引、目錄之屬雖有參考，皆不收錄。

二、共分古籍、專著及單篇論文三部分：
古籍含括今人輯錄、點校成果，依經史子集為次；至於專著則兼收學位論文，依研究主題略分宗教習俗、小說專題及思想學術三類，門類下以性質近者相從；單篇論文以發表先後為序。

古籍

周易集解纂疏	清李道平撰 潘雨廷點校	中華	2004 年
周禮正義	清阮元校刊	藝文	1996 年
春秋左傳正義	清阮元校刊	藝文	1996 年
緯書集成	安居香山 中村璋八輯	河北人民	1994 年
說文解字	漢許慎著 徐鉉校	香港中華	1998 年
史記會注考證	漢司馬遷　撰 瀧川資言校注	天工	1989 年
漢書	漢班固撰	鼎文	1999 年
魏書	北齊魏收撰	廣文	1995 年
南齊書	梁蕭子顯撰	鼎文	1999 年
北齊書	唐李百藥撰	鼎文	1999 年

北史	唐李延壽撰	鼎文	1999 年
隋書	唐魏徵等撰	鼎文	1997 年
舊唐書	後晉劉昫撰	廣文	1995 年
新唐書	宋歐陽脩撰	廣文	1995 年
南唐書	宋陸游撰	中華	1936 年
水經注	魏酈道元注	世界	1983 年
唐律疏議箋解	劉文俊校釋	中華	1996 年
老子道德經	魏王弼注	文史哲	1997 年
墨子閒詁	春秋墨翟撰 清孫詒讓注	中華	2001 年
莊子纂箋	戰國莊周撰 錢穆箋注	東大圖書	1993 年
呂氏春秋校釋	秦呂不韋編 陳奇猷點校	學林	1995 年
新序校釋	漢劉向撰 石光瑛校釋、陳新整理	中華	2001 年
淮南子校釋	漢劉安撰 張雙棣點校	北京大學	1997 年
淮南鴻烈解	漢劉安撰	藝文	1968 年
潛夫論箋校正	漢王符著 彭鐸等點校	中華	1997 年
論衡校釋	漢王充撰 黃暉點校	中華	1996 年
顏氏家訓集解	北齊顏之推撰 王利器點校	中華	2002 年
風俗通義	漢應劭撰 王利器注	漢京文化事業	1983 年
雞肋編	宋莊綽著蕭 魯陽點校	中華	1997 年
少室山房筆叢	明胡應麟撰	上海	2001 年
日知錄	清顧炎武撰 徐文珊點校	明倫	1979 年
妙法蓮華經	姚秦鳩摩羅什譯	上海古籍	1994 年
金剛般若波羅蜜經	姚秦鳩摩羅什譯	上海古籍	1994 年
佛說觀無量壽經	劉宋畺良耶舍譯	上海古籍	1994 年
楞伽阿跋多羅寶經	劉宋求那跋陀羅譯	上海古籍	1994 年
請觀世音經	佚名	新文豐	1983 年
集神州三寶感通錄	唐釋道宣撰	新文豐	1983 年
續高僧傳	唐釋道宣編	上海古籍	1994 年

宋高僧傳	宋釋贊寧撰 范祥雍點校	中華	1996 年
景德傳燈錄	宋道原	上海古籍	1994 年
佛祖統紀	宋求那跋陀羅譯	上海古籍	1994 年
法苑珠林校注	唐釋道世編 周叔迦、蘇晉仁校注	中華	2003 年
敦煌變文校注	黃征、張涌泉點校	中華	1997 年
抱朴子內篇校釋	晉葛洪撰 王明點校	中華	1996 年
養性延命錄	梁陶弘景撰	上海古籍	1989 年
真誥	梁陶弘景撰	上海古籍	1989 年
洞玄靈寶真靈位業圖	梁陶弘景撰	新文豐	1983 年
上清黃庭內景經	唐務成子撰	中華	2003 年
雲笈七籤	宋張君房編 李永晟點校	中華	2003 年
列仙傳校箋	漢劉　向撰 王叔岷點校	中研院文哲所	1995 年
神仙傳	晉葛洪撰	自由	1989 年
洞仙傳 （道教研究資料第一輯）	六朝見素子撰 嚴一萍輯校	藝文	1974 年
墉城集仙錄	五代杜光庭撰	莊嚴	1995 年
仙傳拾遺 （道教研究資料第一輯）	五代杜光庭撰 嚴一萍輯校	藝文	1974 年
續仙傳	南唐沈汾	自由	1989 年
廣黃帝本行記	唐王瓘撰	新文豐	1983 年
山海經校注	袁珂校注	里仁	1995 年
拾遺記	晉王　嘉撰 齊治平校注	中華	1981 年
搜神記	晉干　寶撰 汪紹楹校注	里仁	1999 年
博物志校證	晉張華撰 范寧點校	明文	1981 年
觀世音應驗記三種譯注	董志翹譯注	江蘇古籍	2002 年
冥報記	唐唐臨撰 方詩銘輯校	中華	1992 年
冥報拾遺	唐郎餘令撰 方詩銘輯校	中華	1992 年
金剛般若經集驗記	唐孟獻忠編	新文豐	1983 年
廣異記	唐戴　孚著 方詩銘輯校	中華	1992 年

朝野僉載	唐張　鷟撰 趙守儼點校	中華	1997 年
大唐新語	唐劉肅撰 許德楠、李鼎霞點校	中華	1997 年
杜陽雜編	唐蘇鶚撰	藝文	1965 年
三水小牘	唐皇甫枚撰	藝文	1968 年
玄怪錄	唐牛僧孺撰 程毅中點校	文史哲	1989 年
續玄怪錄	唐李復言撰 程毅中點校	文史哲	1989 年
宣室志	唐張讀撰	藝文	1965 年
酉陽雜俎	唐段成式撰 方南生點校	漢京文化事業	1983 年
嶺表錄異	唐劉恂撰 魯迅輯校	人民文學	1999 年
錄異記	前蜀杜光庭撰	中文	1980 年
燈下閒談	五代佚名	國家圖書館藏傳錄藝 風堂藏江鄭堂鈔本	
醉翁談錄	南宋羅燁撰	古典文學	1957 年
歷代小史	明李栻編	江蘇廣陵古籍	1989 年
顧氏文房小說	明顧元慶輯刊	新興	1960 年
古小說鉤沈	魯迅輯校	人民	1999 年
述異記	梁任昉撰、明陳榮輯	新興	1959 年
唐宋傳奇集	魯迅輯校	人民文學	1999 年
藝文類聚	唐歐陽詢編	上海古籍	1999 年
太平廣記	宋李昉等編 汪紹楹點校	中華	2003 年
全唐文	清董誥等編	中華	1983 年

專著

一、宗教風俗

隋唐佛教史稿	湯用彤撰	木鐸	1988 年
漢魏兩晉南北朝佛教史	湯用彤撰	臺灣商務	1998 年
隋唐佛教文化	（日）礪波護著 韓昇、劉建英譯	上海古籍	2004 年
密宗概論	張曼濤編	大乘文化	1979 年
佛教概論	周紹賢撰	臺灣商務	1995 年

原始佛教思想論	（日）木村泰賢著、歐陽瀚存譯	商務	1999 年
淨土概論	釋慧嚴撰	東大圖書	1998 年
金剛經哲學的通俗詮釋	吳汝鈞撰	臺灣商務	1997 年
漢唐佛教思想論集	任繼愈撰	人民	1994 年
呂澂佛學論著選集	呂澂撰	濟魯	1996 年
中國文學中的維摩與觀音	孫昌武撰	高等教育	1996 年
文壇佛影	孫昌武撰	中華	2001 年
中國民間目連文化	劉禎撰	巴蜀	1997 年
敦煌壁畫佛像圖研究	陳國寧撰	嘉新水泥	1973 年
藏密觀音造像	李翎撰	宗教文化	2003 年
兩晉佛教居士研究	紀志昌撰	國立臺灣大學中國文學研究所	2004 年
中國道教史	任繼愈撰	上海人民	1990 年
淨明道研究	黃小石撰	巴蜀	1999 年
魏晉南北朝時期的道教	湯一介撰	三民	1988 年
魏晉神仙道教——抱朴子內篇研究	胡孚琛撰	臺灣商務	1995 年
不死的探求——抱朴子	李豐楙撰	時報文化事業	1998 年
讖緯與道教	蕭登福撰	文津	2000 年
先秦兩漢冥界及神仙思想探原	蕭登福撰	文津	2001 年
道教與民俗	蕭登福撰	文津	2002 年
道教與唐代文學	孫昌武撰	人民文學	2001 年
誤入與謫降——六朝隋唐道教文學論集	李豐楙撰	學生	1996 年
漢魏六朝佛道兩教之天堂地獄說	蕭登福撰	學生	1989 年
道教與密宗	蕭登福撰	新文豐	1993 年
道佛十王地獄說	蕭登福撰	新文豐	1996 年
佛教與儒道的衝突與融合——以漢魏兩晉時期為中心	彭自強撰	巴蜀	2000 年
道家道教與中土佛教初期經義發展	蕭登福撰	上海古籍	2003 年
西王母信仰研究	魏光霞撰	淡江大學中國文學研究所	1994 年
西王母神話仙話演變之研究	黃才容撰	國立臺灣大學中國文學研究所	2001 年

古神話選釋	袁珂撰	人民文學	1996 年
中國的神話與傳說	王孝廉撰	聯經	1994 年
中國民間信仰	烏丙安撰	上海人民	1995 年
驪龍之珠的誘惑——民間敘事寶物主題探索	程薔撰	學苑	2003 年
中國狐文化	李劍國撰	人民文學	2002 年
追尋一己之福——中國古代的信仰世界	蒲慕州撰	允晨文化	1995 年
墓葬與生死——中國古代宗教之省思	蒲慕州撰	聯經	1993 年
夢的迷信與夢的探索	劉文英撰	中國社會科學	2000 年
勸善成仙——道教生命論理	李剛撰	四川人民	1994 年
中國善書與宗教	鄭志明撰	學生	1993 年
民間勸善書	袁嘯波撰	上海古籍	1995 年
宋代勸善書研究	林禎祥撰	東吳大學中國文學研究所碩士論文	2005 年

二、小說專題

中國小說史略	魯迅撰	里仁	1994 年
中國小說史	李悔吾撰	洪葉文化	1995 年
話本小說概論	胡士瑩撰	丹青	1983 年
唐前志怪小說史	李劍國撰	天津教育	2005 年
魏晉南北朝志怪小說研究	王國良撰	文史哲	1984 年
六朝志怪小說考論	王國良撰	文史哲	1988 年
六朝志怪小說他界觀研究	謝明勳撰	中國文化大學中研所博士論文	1981 年
六朝志怪小說故事考論	謝明勳撰	里仁	1999 年
六朝小說本事考索	謝明勳撰	里仁	2003 年
唐代小說史	程毅中撰	人民文學	2003 年
唐人小說	李宗為撰	中華	2003 年
唐代小說承衍的敘事研究	康韻梅撰	里仁	2005 年
宋元小說研究	程毅中撰	江蘇古籍	1998 年
佛教與中古小說	夏廣興撰	佛光山	2001 年
六朝隋唐仙道類小說研究	李豐楙撰	學生	1986 年

許遜與薩守堅——鄧志謨道教小說研究	李豐楙撰	學生	1997 年
古典小說與民間文學	謝明勳撰	大安	2004 年
唐人小說與政治	卞孝萱撰	鷺江	2003 年
唐代非寫實小說之類型研究	李鵬飛撰	北京大學	2004 年
顏之推冤魂志研究	王國良撰	文史哲	1995 年
冥祥記研究	王國良撰	文史哲	1999 年
搜神後記研究	王國良撰	文史哲	1978 年
唐人小說研究——纂異記與傳奇校釋	王夢鷗撰	藝文	1997 年
唐人小說研究二集——陳翰異聞集校補考釋	王夢鷗撰	藝文	1973 年
唐人小說研究三集——本事詩校補考釋	王夢鷗撰	藝文	1972 年
唐人小說研究四集——玄怪錄及其後繼作品辨略	王夢鷗撰	藝文	1978 年
唐人小說校釋（上集）	王夢鷗撰	正中	1994 年
唐人小說校釋（下集）	王夢鷗撰	正中	1996 年
唐傳奇箋證	周紹良撰	人民文學	2000 年
唐五代志怪傳奇敘錄	李劍國撰	南開大學	1998 年
中國文言小說書目	寧稼雨撰	齊魯	1996 年

三、學術思想

新編中國哲學史	勞思光撰	三民	1999 年
中國文化史導論	錢穆撰	河北教育	1999 年
古讖緯研討及其書錄解題	王樵撰	國立編譯館	1991 年
顧頡剛古史論文集	顧頡剛撰	中華	1996 年
中國上古史導論	楊寬撰	藍燈	1993 年
中古史學觀念史	雷家驥撰	學生	1990 年
中古學術論略	張蓓蓓撰	大安	1991 年
事死如生——倫理與中國文化	王計生撰	百家	2002 年
四庫提要辨證	余嘉錫撰	雲南人民	2004 年
靈魂與心	錢穆撰	聯經	1976 年
余嘉錫文史論集	余嘉錫撰	岳麓書社	1997 年

單篇論文

唐人小說概述	王夢鷗撰	中國古典小說研究專集三	1979 年
中國魏晉以後的仙鄉故事	小川環樹撰、張桐生譯	中國古典小說論集第一輯	1988 年
唐代胡人識寶藏寶傳說	王國良撰	文學與社會	1990 年
漢代儒學的宇宙觀念	盧央撰	孔子誕辰 2540 周年紀念與學術討論會論文集下冊	1992 年
中國古代死後世界觀的演變	余英時撰	中國思想傳統的現代詮釋	1992 年
唐五代的仙境傳說	王國良撰	唐代文學研究第三輯	1992 年
西王母的演變	王景琳撰	道教與傳統文化	1992 年
敦煌本持誦金剛經靈驗功德記綜論	鄭阿財撰	敦煌學第 20 輯	1995 年
偽經與觀音信仰	于君方撰	中華佛學學報第 8 期	1995 年
從偶像崇拜到觀想天國——論西方淨土變相之形成	寧強撰	段文杰敦煌研究五十年紀念文集	1996 年
佛教的接受與傳統命觀的改變	中嶋隆藏撰	世界宗教研究1996年第2期	1996 年
敦煌泗州僧伽經像與泗州和尚信仰	羅世平撰	敦煌吐魯番學研究論集	1996 年
命運可預知而不可改變之觀念的產生	陳寧撰	中國文哲研究通訊第 6 卷第 2 期	1996 年
漢代藝術中的天堂圖像和天堂觀念	巫鴻撰	歷史文物第 6 卷第 4 期	1996 年
搜神記的生命觀	鄭志明撰	魏晉南北朝文學與思想學術研討會論文集第三輯	1997 年
從天道觀看董仲舒融合陰陽與儒學的天人合一思想	陳麗桂撰	中國學術年刊第 18 期	1997 年
天堂與地獄——漢代的泰山信仰	劉增貴撰	大陸雜誌第94卷第5期	1997 年

敦煌靈應小說的佛教史學價值——以持誦金剛經靈驗功德記為例	鄭阿財撰	唐研究第 4 卷	1998 年
敦煌佛教靈應故事綜論	鄭阿財撰	佛教與文學——佛教文學與藝術研討會論文集	1998 年
金剛般若靈驗記探究	于國良撰	山鳥下聽事，簷花落酒中——唐代文學論叢	1998 年
論古代中國的吃菜信仰	芮傳明撰	中華文史論叢第 63 輯	2000 年
釋修辭立其誠：原始儒家的天道觀與語言觀——兼論宋儒的章句學	梅廣撰	臺大文史哲學報第 55 期	2001 年
試論道教的命運觀	呂鵬志撰	社會科學研究 2002 年第 5 期	2002 年
唐王度古鏡記之鑄鏡傳說辨析——兼論古鏡制妖的思考進路	黃東陽撰	中國文學研究第 17 期	2003 年
三尸信仰初探	林禎祥撰	東吳中文研究集刊第 11 期	2004 年
中國原始變形神話試探	樂蘅軍撰	古典小說散論	2004 年
隋唐五代小說采摭佛典題材探微	夏廣興撰	佛經文學研究論集	2004 年
六朝觀世音信仰之原理及其特徵——以三種觀世音應驗記為線索	黃東陽撰	新世紀宗教研究第 3 卷第 4 期	2005 年

國家圖書館出版品預行編目

唐五代記異小說的文化闡釋 / 黃東陽著 . --
一版 . -- 臺北市：秀威資訊科技，2007[民96]
　　面；　　公分 .--(實踐大學數位出版合作系列語言文學類；
AG0066)
參考書目：面
ISBN 978-986-6909-44-3(平裝)

1.中國小說 - 歷史 - 唐(618-907)　2.中國小說 - 歷史 - 五代十
國(907-960)　3.中國小說 - 評論
820.9704　　　　　　　　　　　　　　　　　　　96003551

實踐大學數位出版合作系列
語言文學類　AG0066

▌唐五代記異小說的文化闡釋

作　　者	黃東陽
統籌策劃	葉立誠
文字編輯	王雯珊
視覺設計	賴怡勳
執行編輯	賴敬暉
圖文排版	黃莉珊
數位轉譯	徐真玉　沈裕閔
圖書銷售	林怡君
網路服務	徐國晉
法律顧問	毛國樑律師
發 行 人	宋政坤
出版印製	秀威資訊科技股份有限公司 台北市內湖區瑞光路583巷25號1樓 電話：(02) 2657-9211 傳真：(02) 2657-9106 E-mail：service@showwe.com.tw
經 銷 商	紅螞蟻圖書有限公司 台北市內湖區舊宗路二段121巷28、32號4樓 電話：(02) 2795-3656 傳真：(02) 2795-4100 http://www.e-redant.com

2007 年 3 月
BOD 一版
定價：340元

讀 者 回 函 卡

感謝您購買本書，為提升服務品質，煩請填寫以下問卷，收到您的寶貴意見後，我們會仔細收藏記錄並回贈紀念品，謝謝！

1. 您購買的書名：_____

2. 您從何得知本書的消息？

　　□網路書店　□部落格　□資料庫搜尋　□書訊　□電子報　□書店

　　□平面媒體　□ 朋友推薦　□網站推薦 □其他_____

3. 您對本書的評價：(請填代號　1.非常滿意 2.滿意 3.尚可 4.再改進)

　　封面設計____　版面編排____　內容____　文/譯筆____　價格____

4. 讀完書後您覺得：

　　□很有收獲　□有收獲　□收獲不多　□沒收獲

5. 您會推薦本書給朋友嗎？

　　□會　□不會，為什麼？_____

6. 其他寶貴的意見：_____

　　_____

　　_____

　　_____

讀者基本資料

姓名：_____　年齡：_____　性別：□女 □男

聯絡電話：_____　E-mail：_____

地址：_____

學歷：□高中(含)以下　　□高中　　□專科學校　　□大學

　　　□研究所(含)以上 □其他_____

職業：□製造業 □金融業 □資訊業 □軍警 □傳播業 □自由業

　　　□服務業 □公務員 □教職　□學生 □其他_____

To：114

台北市內湖區瑞光路 583 巷 25 號 1 樓

秀威資訊科技股份有限公司　　　收

寄件人姓名：

寄件人地址：□□□

(請沿線對摺寄回,謝謝!)

秀威與 BOD

BOD（Books On Demand）是數位出版的大趨勢，秀威資訊率先運用 POD 數位印刷設備來生產書籍，並提供作者全程數位出版服務，致使書籍產銷零庫存，知識傳承不絕版，目前已開闢以下書系：

一、BOD 學術著作—專業論述的閱讀延伸
二、BOD 個人著作—分享生命的心路歷程
三、BOD 旅遊著作—個人深度旅遊文學創作
四、BOD 大陸學者—大陸專業學者學術出版
五、POD 獨家經銷—數位產製的代發行書籍

BOD 秀威網路書店：www.showwe.com.tw
政府出版品網路書店：www.govbooks.com.tw

永不絕版的故事・自己寫・永不休止的音符・自己唱